"十三五"国家重点图书出版规划项目

浙江文化艺术发展基金资助项目

中国民间文艺思想史论

繁星满天
现代中国民间文艺思想的历史轨迹

高有鹏 著

宁波出版社
NINGBO PUBLISHING HOUSE

图书在版编目（CIP）数据

繁星满天：现代中国民间文艺思想的历史轨迹/高有鹏著.--宁波：宁波出版社，2023.3
（中国民间文艺思想史论）
ISBN 978-7-5526-4196-7

Ⅰ.①繁… Ⅱ.①高… Ⅲ.①民间文学—文艺思想史—研究—中国—现代 Ⅳ.①I207.709

中国版本图书馆CIP数据核字（2021）第027630号

繁星满天 FANXING MANTIAN

现代中国民间文艺思想的历史轨迹

高有鹏　著

策　　划	袁志坚　徐　飞
责任编辑	朱璐艳
责任校对	秦梦嫄
出版发行	宁波出版社
地址邮编	宁波市甬江大道1号宁波书城8号楼6楼　315040
装帧设计	金字斋
印　　刷	宁波白云印刷有限公司
开　　本	710毫米×1000毫米　1/16
印　　张	20.25
字　　数	280千
版　　次	2023年3月第1版
印　　次	2023年3月第1次印刷
标准书号	ISBN 978-7-5526-4196-7
定　　价	80.00元

本书若有印装错误，影响阅读，请与出版社联系调换，电话：0574-87248279。
（版权所有　翻印必究）

目　录

绪　论　中国现代民间文艺学的历史分野 …………………………… 001

第一章　历史文化的语言学研究：董作宾 …………………………… 004
　　第一节　民间歌谣《看见她》的母题研究 …………………………… 008
　　第二节　民间文学的语言学研究 …………………………………… 014

第二章　歌谣的历史学透视：顾颉刚 ………………………………… 022
　　第一节　吴歌研究 …………………………………………………… 024
　　第二节　孟姜女故事研究 …………………………………………… 029

第三章　民间文艺学的文学研究：钟敬文 …………………………… 040
　　第一节　早期民间文学的搜集整理与研究 ………………………… 041
　　第二节　中山大学民俗学会时期 …………………………………… 047
　　第三节　从杭州到日本 ……………………………………………… 058
　　第四节　归来 ………………………………………………………… 065

第四章　神话学的文学研究：茅盾 …………………………………… 068
　　第一节　关于民间文学基本形式与精神的论述 …………………… 071
　　第二节　神话研究及其神话学理论体系的基本形成 ……………… 091

第五章 通俗性与民间文艺学问题：老舍 … 138
第一节 关于民间文学在文学起源和发展中的价值与意义 … 140
第二节 关于民间文学与作家文学的关系 … 145
第三节 关于通俗文学与民间文学问题 … 153

第六章 歌谣学的诗学研究：朱自清 … 163
第一节 为民众的立场 … 164
第二节 歌谣与诗歌 … 173
第三节 现代歌谣学理论体系的建立 … 177

第七章 神话与诗学：闻一多 … 191
第一节 民间歌谣研究 … 192
第二家 民俗学视野中的文化研究 … 200
第三节 神话传说研究 … 209

第八章 民间文艺学与俗文学问题：郑振铎 … 220
第一节 儿童文学与民间文学 … 221
第二节 俗文学视野中的民间文学 … 227
第三节 文学发展中的民间文学 … 236
第四节 对域外民间文学的翻译和介绍及其神话研究中的文化人类学方法 … 244

第九章 戏曲研究与民间文艺学理论：赵景深 … 251
第一节 童话理论 … 253
第二节 民间文学的戏曲研究 … 259

第十章　民族学为背景的民间文学理论建设 ································ 263
第一节　民族志的意义 ································ 268
第二节　边疆建设的文化选择与民间文学问题 ································ 277

第十一章　中国现代民间歌曲理论 ································ 283

第十二章　少数民族民间文学 ································ 299

绪 论
中国现代民间文艺学的历史分野

中国现代民间文艺学的构成,既有思想理论的探讨,也有文化实践的总结。特别是思想理论的建设,我们应该关注不同身份的文化群体。中国现代民间文艺学的建构是多元的,不但有纯粹的文学研究,而且有跨学科色彩的历史学研究、语言学研究、民族学研究,更有人类学研究、社会学研究等现代人文学科、社会学科的大胆探索。除了鲁迅、胡适、周作人,还有董作宾、顾颉刚、茅盾、闻一多、朱自清、老舍、郑振铎、钟敬文、赵景深等,以及郭沫若、姚雪垠、周扬等更多不同身份的人,他们共同建构了中国现代民间文艺学。

他们并不是完全纯粹的民间文艺学家,有人是作家,有人是学者。作为学者,许多人并不是仅仅研究民间文艺学。值得注意的是,他们都关注中国民间文艺学,关注下层人民的命运。这是中国现代文化的重要特色,打破了历史上简单的为天地立心、为往圣继绝学,也不仅仅是为生民立命,而是求真。这个时代的文化主潮具有鲜明的"民主""科学"色彩,中国现代民间文艺学关注人民命运,关注国家民族命运,在实际上成为中华民族独立自由解放事业的一部分。

中华民族具有悠久的历史文化传统,非常重视历史的经验与教训。历史是一面镜子,也是一种情结。所以,通过历史文化研究民间文艺,就成为中国现代民间文艺学的一个热点。如关于历史的语言学问题,在董作宾的学术研究中成为一个亮点。他早期的关注点是民间歌谣《看见她》的母题研究，通过民俗研究文化，进行民间文学的语言学研究。再如歌谣的历史学透视，顾颉刚较早进行的学术研究并不是历史文化的多层次构成，并不是大禹神话，而是吴歌研究和孟姜女故事研究。

对民间文艺学的文学研究更具有自觉意识的是钟敬文。他是一位卓有建树的诗人，一位特立独行的散文家，更是一位对民间文艺学情有独钟的文化战士。他早期在民间文学的搜集整理与研究上具有巨大的热情。从中山大学民俗学会时期，到杭州，到日本，到归来，他的民间文艺学思想理论渐渐成为时代的集成，特别是他关于故事理论的研究，具有重要意义。

中国现代文学是人学的研究，是文化的研究。通过神话学的文学研究，研究人生、人性的代表人物是茅盾。他对中国现代民间文艺学的理论贡献，在于他关于民间文学基本形式与精神的论述，其次是神话研究及其神话学理论体系的基本形成。

中国现代民间文学史上另一个深入研究民间文艺与大众文艺的重要作家是老舍，他深入研究通俗性与民间文艺学问题，深入探讨民间文学在文学起源和发展中的价值与意义、民间文学与作家文学的关系。关于通俗文学与民间文学问题，他有许多理论值得我们关注。

民间文艺学与俗文学问题，是中国现代民间文艺学的热点问题。与老舍不同，郑振铎对于儿童文学与民间文学、俗文学视野中的民间文学、文学发展中的民间文学进行了系统而深入的研究，特别是他对域外民间文学的翻译和介绍及其神话研究中的文化人类学方法研究，别开生面。在中国现代民间文艺学历史上，郑振铎是一位重要的开拓者。他的文学史理论具有十分重要的价值意义。

在作家群体中，进行歌谣学的诗学研究的代表人物是朱自清。他最突出的诗学理论，表现为"为民众"的立场。他的学术思想集中体现为歌谣与诗歌的文化研究，这对现代歌谣学理论体系的建立做出重要贡献。

中国现代民间文艺学史上,对神话与诗学理论做出重要贡献的是闻一多。他是一个诗人,也是一位美术史家,他的学术思想、艺术理论,实际上更多地来源于他的民间歌谣研究,来源于他民俗学视野中的文化研究,特别是他对神话传说的研究。

中国现代民间文艺学自建立起,长期以来忽视的是民间戏曲。民间社会最重要的文化生活集中体现在民间戏曲。关于戏曲研究与民间文艺学理论研究的代表学者是赵景深。他对中国现代民间文艺学的重要贡献,首先是他的童话理论,其次是民间文学的戏曲研究,两者表现出独特的魅力。

中国现代民间文艺学的历史,还表现在以民族学为背景的民间文学理论建设,以及边疆建设的文化选择与民间文学问题、中国现代民间歌曲理论,特别是少数民族民间文学问题,都值得我们重新思索。

第一章
历史文化的语言学研究：董作宾

　　董作宾（1895年3月20日——1963年11月23日），河南南阳人，原名作仁，字彦堂，又作雁堂，号平庐。六岁入私塾，及其稍长，因家中不富裕，曾经随街坊学习刻字；1915年春，其考取南阳县立师范学校，次年毕业，接受了新学，其勤奋读书，因成绩优良而留校教书。1917年春，董作宾随同乡来到开封，曾经为人做过管家，后被推荐入河南省政府育才馆读书。其间，他经常与河南留学欧美预备学校、河南省立师范学校、河南省通志馆的学者来往，切磋学问，接触到西方现代文化思想理论。1919年五四运动爆发，董作宾参加了声援北京学生爱国行动的群众游行活动。其从育才馆毕业后，没有到政府就职，而是与朋友在开封合办《新豫日报》，自任编辑。他受到五四新文化运动影响，曾经写作一些新诗发表在该报上。

　　值得注意的是，董作宾在开封读书期间，结识了河南省立第一师范学校的国文教员白启明等人，曾经与同乡白启明一起搜集整理南阳的民间歌谣、民间谜语和民间故事等民间文学[1]。自此，董作宾以研究历史文化为学术目标，走上民间文学与民俗学研究道路，开始了他一生中尤其辉煌的一段学术

---

[1]　董作宾曾经为白启明《河南婚姻歌谣的一斑》写附记（载于《歌谣周刊》第1卷第59号1924年6月15日），称"白先生这篇文字，洋洋万余言，在本刊婚姻专号里，论起材料，要算他是头一份了。即如他所引南阳的歌谣，我是南阳人，还有好多是我不曾听说过的，足见他采撷的周到"云云；他们后来合作过《婚姻歌谣与婚俗》。

事业[1]。

1921年冬,董作宾来到北京,这是他人生的重要转折点。他在北京大学旁听,受到钱玄同等学者指点和帮助,以及有关语言学和古文字学的系统训练,因而对甲骨文产生兴趣。1923年,他被录取为北京大学研究所国学门研究生,专门学习语言学、考古学、人种学和历史学等现代学科知识,曾经师从王国维。1925年春,董作宾研究生毕业,被聘为福州协和大学国文系教授。在北京大学期间,他积极参与各种社会文化与学术活动,担任过《歌谣周刊》和《甲子报》的《社会新闻》《每日新闻》编辑,参加了北京大学歌谣研究会、考古学会、风俗调查会、方言调查会,发表了许多民间文学与民俗学的研究文章。

董作宾在福州时期,与人一起创办了"闽学会",开办了歌谣研究班,讲授"歌谣概论"等课程,并积极参与福建地方民间文学与民俗的调查研究[2]。1925年冬天,董作宾回到河南开封,在中州大学任讲师,曾经在课堂上讲上古历史与平民文学等课程,还与朋友一起到安阳殷墟进行文化考察。至1927年夏天,董作宾又回到北京大学,任职北京大学国学门,继续进行以甲骨文为主要内容的古文字学研究。不久,因为种种原因,董作宾离开北平来到广州,在中山大学与他人一起成立民俗学会,主编《民间文艺》周刊,发表许多民间文学理论研究文章。1928年中央研究院历史语言研究所成立,董作宾被聘为通讯员,后又被聘为编辑员、研究员、代理所长等,其不久又因为母亲生病而离开广州,回到家乡河南南阳做中学国文教员。他利用假期,多次到河南安阳考察殷墟,向中央研究院提出系统发掘殷墟的建议,得到支持,中央研究院委派他现场作业,发掘出大量甲骨文。至此,其民俗与民间

---

[1] 本章内容的写作曾经得到河南大学中文系任访秋、于安澜、赵天吏、王吾辰、宋景昌、任继昉、王蕴智、杨永龙、王宛磐等老师的帮助,我的研究生冀红雪帮助查阅并提供了一些文献材料;王宛磐教授的父亲王吾辰与董作宾是亲姑表兄弟,其提供了许多个人生活材料。此致谢意。

[2] 董作宾:《福州民歌的第一章》,《歌谣周刊》,1925年4月26日第1卷第88号。

文学研究告一段落。1948年,董作宾被选为中央研究院院士;1949年之后赴台湾。1952年,董作宾发表《福州岁时记》[1],重新整理了当年在福州调查研究地方民俗与民间文学的文章。

董作宾的学术成就是多方面的,除了民俗学、民间文学研究,其更大的贡献在于甲骨文的研究。甲骨文是古代文字的重要类型,其研究方法与董作宾所进行的民俗与民间文学的研究在很多地方是相通的,如都使用广阔的历史文化知识解释各自的一些现象,再如都因为文献、文字之外的田野作业,而拓展了学术空间。其面对历史文化生活,能够从语言、历史、文化等视角看取别样存在的研究方法,这不但有利于古文字的研究,也同样有利于民俗学与民间文学的研究的拓展与深化。董作宾是中国古文字学历史上杰出的学者,多次主持殷墟等古代文化遗址的发掘,在甲骨文等古文字特征、实质、类型及其价值与意义等方面的研究上有许多重要的开拓,被称为"甲骨四堂"之一。或曰,在中国现代民间文学史上,董作宾也是一位具有卓越贡献的学者。

董作宾的民间文学研究分为三个基本阶段,一个是北京大学歌谣学运动时期,一个是福州"闽学会"时期,一个是中山大学民俗学会时期。三个时期各有侧重,如第一个时期主要研究民间歌谣,以《一首歌谣整理研究的尝试》为代表,显示出其比较研究与母题研究的重要理论方法。第二个时期,则注重民间文学与民俗的地方性研究。在福州,董作宾与协和大学教授陈锡襄等人讨论如何像北京大学歌谣研究会那样进行民间文学与民俗学研究。福建是我国重要的客家文化集聚区,当年陈元光开发八闽,深刻影响福建与台湾等地区的社会历史与社会风俗生活的特色构成。他们成立了以福建这一独特历史文化区域及其民间文学等内容为研究对象的闽学会,研究工作取得可喜进展;董作宾甚为辛苦。陈锡襄在《闽学会的经过》中对此记

---

[1] 董作宾:《福州岁时记》,台湾《台湾风物》,1952年第2卷第2、3期。

述道:"创办之始 …… 我当时单身匹马,盖以福州学术界的荒芜 —— 关于这节很想作一篇文章报告,但此刻是没有工夫的 ——,这事情一直到董作宾先生于一九二五年春来到福州才协同讨论具体的办法。…… 然而我们所在的是一所教会大学,学校的宗旨在于传教,对于这种学术的计划,虽然并没公然加以反对,但是赞助是万万不能的;董先生和我都是穷光蛋,而我们所竭蹶以从的国学系又只有一笔'其小无内'的预算,经济极端没有把握。后来勉强由国学系借得二十元,复由董先生和我两人合捐十元,闽学会就是这样子开始的。学校既不与帮忙,只有向同学们'请命',我们便写了些宣言和通告 —— 当时还没有'标语' —— 并把福建的县分列一详表,把签名的按其籍贯分属各县,而空其无人担任者,希望引起他们的兴趣,结果,经三次签名之后,共得五十余人,约占全校人数三分之一,分二十余县。这样地,官民合办的闽学会于以成立,职员于以选出,章程于以草成,计划于以厘定"。[1] 闽学会仅存在几个星期,很快就夭折了,却极大影响了福建民间文学研究的开展。如有人后来回忆这件事,在文章中写道:"本年董先生作宾来此掌教,特开歌谣研究一班,正合着我的夙愿,于是我又重整起旗鼓来。"他特别提到"我也谢谢董先生给我兴奋剂"云云。[2] 闽学会虽存续时间较短,意义却尤其重要。这一时期,董作宾著述甚丰,写作或发表《歌谣通论》《福州民歌的第一章》《畲语十八名》《〈西京杂记〉作者辨》《〈中原音韵〉的研究》《"唐晡"与"诸娘"》《说"畲"》《闽俗琐闻》和《福建畲民考略》等著述。其中涉及畲族等少数民族民间文学的研究,在中国现代民间文学史上有非常重要的开拓意义。第三个时期与前两个时期明显不一样,显示出其民间文学思想理论的又一种风格。这一时期,董作宾的方向主要集中在民间文学的内容上,如其执笔的《民间文艺》的《发刊词》,既是他们中山大学民俗学会的

---

[1] 陈锡襄:《闽学会的经过》,《国立第一中山大学语言历史学研究所周刊》,1927年12月13日第1卷第7号。

[2] 江鼎伊:《我与童谣的过去和将来》,《歌谣周刊》,1925年6月14日第1卷第95号。

学术立场的表现,也是他民间文学思想理论的集中体现。这一时期他因为母亲生病而回到家乡;此时,他发表了《闽谣篇》《几首农谚——九九——的比较研究》《南阳歌谣》和《净土宗的歌谣化——南阳通行的老婆经》等文章。中山大学民俗学会发表《民俗学会一年来的经过》,在总结中称,"本会的由来,始于十六年八月语言历史研究所之成立,其时傅斯年教授兼任本所主任,适旧日国立北京大学之歌谣研究会,及风俗调查会的会员联翩至粤,如顾颉刚先生,董作宾先生,陈锡襄先生,容肇祖先生,钟敬文先生等,皆旧日热心于风俗调查,而著有成绩者","当日主持这刊的编辑事务,为董作宾,钟敬文两先生"。[1] 或曰,第三个时期还包括20世纪30年代董作宾与钟敬文的交往,他在钟敬文主持的报刊上发表民间文学研究文章。

董作宾学养深厚,是我国现代民间文学思想理论体系的重要开拓者,以民间歌谣《看见她》的母题研究和民间文学语言学研究深刻影响当世与后来者。尤其是他对福建地区民间文学与民俗的调查与研究,对少数民族民间文学的研究,披荆斩棘,蔚为壮观。

第一节 民间歌谣《看见她》的母题研究

北京大学歌谣研究会为董作宾提供了极其宝贵的人生舞台与学术思想的广阔空间。这是他关于民间文学思想理论形成和发展的第一个阶段。这一时期,他以《歌谣周刊》为重要的学术阵地,主持或参与了"方言标音""婚姻""看见她""腊八粥""方言""看见她""医事用的歌谣""关于'鸦片烟'的民间作品""腊八粥"等专题研究,发表的论文主要有《歌谣与方音问题》[2]

---

[1]《民俗学会一年来的经过》,《国立第一中山大学语言历史学研究所周刊》,1929年1月16日第62、63、64期合刊。

[2] 董作宾:《歌谣与方音问题》,《歌谣周刊》,1923年11月11日第1卷第32号。

《为方言进一解》[1]《"研究婴孩发音"的提议》[2]等,《歌谣周刊》第62、63、64期发表其关于歌谣《看见她》母题研究的《一首歌谣整理研究的尝试》[3],引起许多人注意。

自1917年,北京大学发起歌谣学运动,至1924年,民间歌谣的搜集整理取得了突出的成绩。如常惠在《对于投稿诸君进一解》中称"我们征集了几年的歌谣:现在差不多二三千首,再拿地方来说也有二十二省",他提出"我们要同时下手,一方面还要各处征集歌谣,一方面设法整理",其《歌谣周刊》的目的之一就是"每星期我们必有几首歌谣和研究歌谣的文章登出来,为引起大家的兴会来研究","再者提醒大家的记忆或因为看见我们登了这首而想起那首来了","或者虽是一首歌谣而到处的说法不同"。这里,他举例《隔着竹帘看见她》,说:"从一首歌谣脱出十几首来,地方倒占了八九省,几乎传遍了国中。但是各有各的说法,即便相隔很近的地方,说法也都不同;很有研究的价值。并且我不相信只有这几首,还希望有的多。我更怕有一层:若是有人见了我们报上登的无论哪一首,'说这首与我们家乡的简直差不多,或者是几乎完全一样。'因此没有把它写来,那真可惜了。"[4] 此时,林语堂提出歌谣研究"制成方言地图""考定方言音声""调查殖民历史""考定苗彝异种的语言""依据方言的材料反证古音""杨雄式的词汇调查""方言语法的研究"等方法。[5] 这些方法,都不同程度包含了历史地理的比较研究。

此前,刘半农和胡适他们也曾经论述歌谣的比较研究问题;如刘半农说:"歌谣随时代与地方为转移,并非永远不变之一物。故吾辈今日研究

---

[1] 董作宾:《为方言进一解》,《歌谣周刊》,1924年4月6日第1卷第49号。
[2] 董作宾:《"研究婴孩发音"的提议》,《歌谣周刊》,1924年4月13日第1卷第50号。
[3] 董作宾:《一首歌谣整理研究的尝试》,《歌谣周刊》,1924年10月第1卷第62、63、64期。
[4] 常惠:《对于投稿诸君进一解》,《歌谣周刊》,1922年12月17日第1卷第1号。
[5] 林语堂:《北大研究所国学门方言调查会宣言书》,《歌谣周刊》,1924年3月16日第1卷第47号。

歌谣,当以'比较'与'搜集'并重。所谓比较,即排列多数之歌谣,用研究科学之法,以证其起源流变。虽一音一字之微,苟可讨论,亦大足增研究之兴味也。"[1]胡适具体提出民间文学的"母题"与歌谣比较研究方法,白启明在《几首可作比较研究的歌谣》中做出反应,论述:"至于《歌谣周刊》第一号'隔着竹帘看见她'一首","但胡适之先生所提出的'歌谣的比较的研究法'(《努力》第三十一号),我以为是很好不过的;而先生又在《歌谣周刊》第一号上,对于这个方法,也是大提倡而特提倡,所以我不揣冒昧,毅然决然的首先响应,将我们南阳堪作比较的几首,尽为录出。还希望许多'歌谣迷'的朋友们,也刺刺不休,继续响应啊"[2]云云。这些意见应该都影响到董作宾的歌谣母题研究。他在《〈看见她〉之回顾》中讲道:"我当然受了胡先生很大的暗示,我那篇文字研究的结果,丝毫也不曾跳出胡先生所指出的轨范,所以在这里不惮烦琐的重述一遍。"[3]当然,他们的研究方法并不完全相同。

民间歌谣的流传范围越广泛,说明其被认同的程度越高;而其中所体现的社会风俗生活内容也就越具体。董作宾关于《看见她》的母题研究,受到常惠的"从一首歌谣脱出十几首来,地方倒占了八九省,几乎传遍了国中"的启发,具有创造性地提出了中国现代民间文学史上的歌谣母题研究方式。

董作宾关于民间歌谣《看见她》的研究汇集为《看见她》,列入北京大学研究所国学门歌谣研究会歌谣小丛书[4]。他在此对《歌谣周刊》所发表的所有《看见她》之类的民间歌谣做出比较,其"从一万多首的歌谣中选出四十五首同母题的歌谣",分别从"风俗""方言"和"文艺"的视角选取观察方式,总结出三个最显著的主题,即"娶了媳妇不要娘""寻个女婿不成

---

[1] 刘半农:《罗家伦君与刘复教授往来之函》,《北京大学日刊》,1918年11月25日第2册第258号。
[2] 白启明:《几首可作比较研究的歌谣》,《歌谣周刊》,1923年1月7日第1卷第4号。
[3] 董作宾:《〈看见她〉之回顾》,《歌谣周刊》,1937年4月10日第3卷第2期。
[4] 董作宾:《看见她》,北大歌谣研究会1924年版。

材"和"隔着竹帘看见她"。其意在于"把他们的异同拿来一比,各个选出他们特点来;再就大部分不同之中,求他们小部分的相同;便可以看见彼此间相互的关系,和他们流传散布的迹痕"。在具体的比较中,他发现一个重要现象,即"甲地和乙地的歌谣相同,就是甲乙两地语言相通的证据;歌谣不同,也可以说就是语言不通","一山相隔,歌谣便自不同,一水相通,歌谣便可传布","原来歌谣的行踪,是紧跟着水陆交通的孔道,尤其是水便于陆。在北可以说黄河流域为一系,也就是北方官话的领土,在南可以说长江流域为一系,也就是南方官话的领土。并且我们看了歌谣的传布,也可以得到政治区划和语言交通的关系。北方如秦晋,直鲁豫,南方如湘鄂(两湖)、苏皖赣,各因语言交通的关系而成自然的形势","这都是歌谣告诉我们的",而且"这首歌谣的发源,可以假定在陕西的中部,因为我们见到的三原和陕西东南部两首大同小异的歌谣,实可以为南北各分系一切歌谣之母","至于它的时代,现在还不易考求,且不必去妄猜"。他以此勾勒出一条十分清晰的线路图,即"由三原顺流而下沿着黄河,分布于河北三府,西而山西晋城,北而直隶南宫,似乎都是河北的派别,这是第一支。南阳,单独成为一派,可以说是第二支。第三支由唐县北传至毗邻的完县,东传到南阳,南传到赵县,到宁晋;宁晋又分为两小支,一经束鹿到东山的威海卫,再传到莱阳。一则迤达山东的泰安而北至长山,东抵莱芜。第四支由武清到北京"。进而,他指出"一个母题,随各处的情形而字句必有变化,变化之处,就是地方的色彩,也就是我们采风问俗的师资,所以歌谣中一字一句的异同,甚至于别字和讹误,在研究者视之都是极贵重的东西","从歌谣中得来的各地风俗,才是真确的材料,因为它是一点点从民众的口中贡献出来的。像本题一首寥寥百余字,到一地方就染了一层深深的颜色,以前他处的颜色,同时慢慢的退却"[1]。董作宾的发现还在于歌谣显示的社会风俗生活,诸如歌谣中首先是

---

[1] 董作宾:《看见她》,北大歌谣研究会 1924 年版。

"陕西的燕雀燕""北地的爬草根""武清的太阳出来","皆为唤起第二段之故,用他作个引线,结构不能说不巧妙了"。其次为"到丈人家",则显示"按习俗没过门的女婿是不能走岳家的","在有心无心之间,真是传神之笔了",其中有三原、晋城的"赛跑";北京的"一跑跑到";南阳的"一放放到";河北的"一走走到";绩溪的"一骑骑到";武清的"一逛逛到";成都的"一踏踏到"等,具体表现出"怎样会看见她"和"她容貌妆束如何"。他说,"看见她要有机会,不可开门见山那样的简单,也同第二段无意的到丈人家,第三段强被拉到家里是一样的,所以看的机会,多是隔着竹帘,玻璃,窗棂,门帘,格子眼等等,或是有情的风儿给他摆开门帘,刮开门帘才看见的";"莱芜的一首'东南风,西北刮,刮开门帘看见她'最好,不但说得毫无痕迹,并且叙风也有条理,不像'东风刷,西风刮'那样的忙乱","赵县的自己把门帘掀开,宁晋的自己把门帘撩开,丹徒一带的,自己把房门推开,都未免太不客气,艺术上比前者已经差一等了"[1]云云。或曰,这是中国现代民间文学史上关于歌谣历史地理研究方法的重要开端。

民间歌谣的地方性特征显示出不同地区的历史文化与审美传统等内容。中国地大物博,民族众多,文化丰厚,各地民间歌谣所显示的不仅有不同地域的社会风俗生活,而且包含着丰富多彩的审美风尚,包括思想情感等具体的区域差异。董作宾在《一首歌谣整理研究的尝试》中注意到南北文化差别在民间歌谣中的表现,如北京地区"脸儿大大的四方方白静静的,长得赛似银盘;头发黑黝黝的梳了个大辫子,用鲜红的头绳扎了辫尾;上身穿一件月白色缎子小棉袄,掐着'狗牙'的边儿,缀着银疙瘩似的纽扣儿;下身中衣是青缎子做的,裤筒紧紧扎着;脚上穿的一双小红鞋儿那有三寸!刚刚只是二寸八分,鞋面上还绣着喇叭花呢",南京地区"好翠花戴得满满的,左插着黄金簪子,右戴着白玉耳挖,中间捧着一个梳得起明发亮的元宝头;脸

---

[1] 董作宾:《看见她》,北大歌谣研究会1924年版。

上淀粉搽得雪一般的白;樱桃小口,糯米银牙,更衬得十分俊俏;一双雪白的小手,戴着银指甲;穿了一件大红棉袄,满绣着兰花;套的是天青色背心,也绣着蝴蝶花;地下看,那一丁丁的小金莲,也不过有一捺义";所以有"北方多穿高底鞋,南方则否,北尚朴素,南多奢靡"[1]云云。他从中看到的是"中国的婚制是父母包办式的,这首歌谣,就是它的小影",应该是"年长的妇女替儿童描写想象中未婚妻的作品","一方给儿童一个婚姻的观念,一方发舒她们文学的天才,才产生出来的东西;多少还要带一点自况的意味"。他在歌谣中看到更多的内容,称"文艺是一种天才的表现,歌谣虽寥寥短章,但皆出自民俗文学家的锦心绣口;北方的悲壮醇朴,南方的靡丽浮华,也和一般文学有同样的趋势。明明一首歌谣,到过一处,经一处民俗文学的洗礼,便另换一种风趣。到水国就撑红船,在陆地便骑白马,因物起兴,与下文都有叶和烘托之妙"。[2]

《看见她》的研究是一个重要的学术现象。董作宾将各地的同题材民间歌谣进行整理,以北京大学歌谣研究会小丛书名义出版,其除了汇集各地民间歌谣,还包括周作人的《弁言》与董作宾的《整理研究的过程》等文章。这种研究方式体现了董作宾与当世研究民间歌谣众多人采用所谓民俗学的社会分析相区别的内容,更多来自他长期研究历史文献,包括他具有的文字学、语言学等学科知识的优势。多少年后,《歌谣周刊》在抗战之前复刊,他继续做这种比较研究与母题研究,表现出他对这种研究方法特有的热情。

此如刘锡诚所说,"董作宾运用这一概念来作中国歌谣的比较研究时,编制了《民间故事类型索引》(*Types of Folktale*,1928)和《民间文学母题索引》(*Motif-Index of Folk-Literature*,1932—1936)的美国民俗学家斯蒂

---

[1] 董作宾:《一首歌谣整理研究的尝试》,《歌谣周刊》,1924年10月12日第1卷第63号。
[2] 董作宾:《一首歌谣整理研究的尝试》,《歌谣周刊》,1924年10月12日第1卷第63号。

斯·汤普森（Stith Thompson,1885—1976）的这两部划时代的著作还没有问世","在20世纪20年代之初中国歌谣研究还处于初创阶段时期,董作宾对《看见她》母题的歌谣研究,把考订研究、比较研究、地理研究、民俗研究、方言研究与文艺研究诸种方法融为一炉,从理论上开启了以家乡人的视角研究家乡歌谣的先河",与"顾颉刚的《吴歌甲集》及其相关研究"一起,"构成了一个可以以'乡土歌谣学'或'歌谣的乡土研究'名之的歌谣研究会学派,使刚刚有6年零8个月的歌谣征集研究运动在理论建设上迈出了无可替代的、非常重要的一步"。[1] 也如钟敬文所说:"这篇关于同一类型歌谣整理、研究的尝试论文,还有别的一些优点,这里就不再琐琐细说了。它刊出后也引起学术界的瞩目、倾心。它可说是自北大搜集发表歌谣五年多以来最有分量的理论文章,跟前文所介绍的关于孟姜女的研究,先后辉映,堪称这时期口承民间文艺学上的'双璧'。由于它们的诞生和存在,使我们这门新的人文科学有了比较坚牢的基础,在那稍后的一段时期里,一些新产生的故事、歌谣的研究性文章,不少是从它们得到启发或方法上的借鉴的。这就证明它们在当时学界所具有的意义了。"[2]

第二节　民间文学的语言学研究

民间文学与作家文学一样,都是语言的艺术;所不同者,一个是无数人共同的语言所形成的艺术,另一个是强调个体存在的创作。那么,作为无数人的语言,就必然涉及方言、方音等地方性文化识别问题。自然,方言研究在民间文学思想理论体系的建构中也就有了独特的价值与意义。

故乡与童年是一个人生活中最深刻的记忆。尤其是当一个人漂泊他

---

[1] 刘锡诚:《20世纪中国民间文学学术史》,河南大学出版社2006年版,第130页。
[2] 钟敬文:《"五四"时期民俗文化学的兴起——呈献于顾颉刚、董作宾诸故人之灵》,连树声编纂《钟敬文文集·民俗学卷》,安徽教育出版社2002年12月版,第121页。

乡,感受到人生种种挫折与苦闷时,总是把对故乡的怀念作为慰藉心灵的妙药。董作宾也是如此,其青年时代失去父亲,母亲身体衰弱,常常成为他心中的牵挂。他对家乡的民间歌谣总是难割难舍,身在广州,心念故乡;在1928年《歌谣周刊》第2期、第6期,可见到他所发表的河南南阳民间歌谣《姐儿房中劝丈夫》《老爷娶个十七八》《就怕爹爹娶"姚婆"(后母)》《未曾娶你忙死我》《张张台》《张连卖豆腐》《卖花生》《秃子秃》《板凳歪》《小促促》《老爷娶个花娘了》《开开后门娶二嫂》《老头老》等。或曰,对于家乡民间文学的记忆,首先是方言的文学。他看到了民间歌谣《看见她》中不同地域的生活内容。

北京大学歌谣研究会成立之后,又有方言研究会。董作宾是方言研究会的成员。他与这时期的许多学者一样都认识到民间歌谣中的方言与方音问题,其民间文学的方音、方言研究在事实上形成民间文学语言学的模式。常惠曾经在回顾总结中说"研究所国学门是位子孙娘娘","提到她生产不能算是不勤了。在这一年多的工夫她产生了不少的子嗣,如季刊编辑会,整理档案会,考古学会,风俗调查会;还有将要临盆的就是方音方言会"。[1]《歌谣周刊》第55号为"方音标音专号",发表林语堂《方言调查会方音字母草案》与《方言标音实例》,选取一篇童话白话文,然后用国际音标标出北京、苏州、昆明、广州、南阳等地区15种方言作标音实例,进行比较研究。董作宾参与了这项工作。

《歌谣与方音问题》是董作宾民间文学语言学研究中一篇非常重要的理论文献。他说,歌谣是"方音的诗","从歌谣里面去找方音,当然找到不少的资料。所以也可以说方音和方言,在歌谣里面,都是他的'副产物'";他在此中得到开拓者的快乐,称:"'文字学'是干燥无味的东西,'音韵学'尤其是那样——这是一般人的评论。但是在我看来,不但'文字学'和'音

---

[1] 常惠:《一年的回顾》,《歌谣周刊》"纪念增刊",1923年12月17日。

韵学'是有趣的东西,尤其是方音的研究有趣!"他以此强调"专从活的横的方面下手",即重视研究社会生活中那些鲜活的语言,其论述道:"我以为现在研究音韵学者,应当撇开死的纵的方面的纠纷,来专从活的横的方面下手。把方音分省分县分乡一一地调查清楚,再去参证前代韵书作综合的比较的研究,寻他彼此因革的统系,前后变迁的痕迹,总不难求出一个相当的结论,解决千余年来'音韵学'上纷纭聚讼的问题。"[1]

他认真考察了许多形声字的古今读音,总结其家乡南阳的方言特点为"由舌体的升到降的,由口腔的合到开的,他的方法是:(1)附声韵仍变附声韵;(2)复韵仍变复韵;(3)单升韵变结合韵",其强调"就歌谣中已经注了音的字,比较一下,都很鲜明地带着地方的色彩","倘把他汇集起来,定然能寻出他们彼此变迁的踪迹来"。在这里,董作宾提出一种设想,其详细论述道:"我曾作一种幻想:假如把常先生所集那《隔着竹帘看见她》一个题目前后十多首的采集人,同时请到一个地方,开一个'歌谣俱乐会',再请一位精于国语的人来挨次按着国音唱一遍,那末,听者恐怕就要摇头不迭笑得'不亦乐乎'了。反过来再请那些原歌谣的采集人,各操他们那北京、京兆、绩溪、旌德、丰城、镇江、南阳、夏口、陕西的方音,轮唱一遍;那时就把个'歌谣俱乐会'变成了南腔北调的'方音比较会',又禁不住听众的哄堂了。照这样的想着,总觉得现在纸片上印的歌谣,只是呆板干燥的意义,却一点也感觉不到他那活泼有趣的声音。"[2] 同时,他提出民间歌谣解释即具体的注释方法等问题,其称"文字来注,仍然脱不了方音的纠纷",所以,"采集歌谣时,把方言,韵脚和带方音色彩较重的字,都注出音来"(注音方法,暂请参照《征集歌谣简章》五项所举的,采用一种),"任选一篇歌谣,把他的读法和方音完全注出","对于方音做特别的调查或研究,把成绩送到本会,以便

---

[1] 董作宾:《歌谣与方音问题》,《歌谣周刊》,1923年11月11日第1卷32号。
[2] 董作宾:《歌谣与方音问题》,《歌谣周刊》,1923年11月11日第1卷32号。

参考"。[1]

在《为方言进一解》中,董作宾指出应该从"四个方面"展开研究,即"方言二字略释""方言误解之由来""今所谓方言的界说""方言调查会的职责"。关于方言与方音,他说:"我以为'方音'的确可以支配'方言'。因方音的不同,足以使一个地方的语音避难就易而制成特别的方言","方言,就是一个地方的普通说话,用文字和音标写出来,能表现出这地方的语句词字和别地方有不同样的色彩","方言的本义,明明能包涵着声音,语句和词字,决不能仅指词汇而言的,即此可见";进而,他指出"如安南,缅甸,暹罗,朝鲜,台湾,日本的语言,和中国古代的典籍,都可以旁证或深求方言的语根"。[2]

董作宾重视民间文学特别是民间歌谣中的语言,其实与他比较研究的方法是贯通的。他在《歌谣周刊》中发表相关研究文章,如《歌谣与方音问题》(《歌谣周刊》第32号)和《为方言进一解》(《歌谣周刊》第49号)外,还有《北京城里方言化的地名》(《歌谣周刊》第70号)、《一首歌谣整理研究的尝试》(《歌谣周刊》第62—64号)、《南阳音》(《歌谣周刊》第55号)等。周作人在给他的信中也提到"尊著讨论'方音问题',足以引起大家对于方音的趣味,促成'方言调查会'之设立,至为有益"。[3]

同时,董作宾注意到民间文学的民俗解释问题,其中也涉及语言学的内容。如《歌谣周刊》第75号"腊八粥"专号,他发表《南阳的腊八粥》,对"粥"字进行解说,并从"普通人家的腊八粥"、"玄妙观"的腊八粥、神话中的"迷魂汤"(腊八粥)、歌谣、游戏和谚语六个方面对其家乡"腊八粥"风俗与民间传说故事做学理上的探讨。他说:"南阳人对于'腊八'这一天看的很重,说这天是'小年下'——俗以元旦为'大年初一儿'——差不多家

---

[1] 董作宾:《歌谣与方音问题》,《歌谣周刊》,1923年11月11日第1卷32号。

[2] 董作宾:《为方言进一解》,《歌谣周刊》,1924年4月6日第49号。

[3] 周作人:《致董作宾信》,《歌谣周刊》,1923年11月25日第1卷第34号。

家户户都要吃一顿'腊八粥'过这个节气。也同'冬至'吃'扁食'一样。"关于南阳风俗中"粥"和"米汤"名称不同,他说:"(这)可见这种风俗是传自北方的?因为这个'粥'字,南阳人不惯说",他从方言变化来研究这个问题。以此,他对地方民众领取"玄妙观"腊八粥风俗从民间信仰意义上论述"有些为着儿女不易成人,特意讨寻一碗半碗为小孩压灾的";其解释"闺女住娘家的,到腊八这天,无论如何须要接回婆家去,即或有特别情形,仍要住在娘家,但是绝不吃这顿'腊八粥'的"风俗,仍然是以俗说俗,以俗释俗,即"有两句俗话:'吃了腊八米,一辈子还不起'","这话是说吃了它就于婆家不利,婆家一定要穷的,穷的程度,以至于连这顿'米'也'还吃不起'"。[1]

董作宾的语言学、文字学研究不是普通意义上的语言文字研究,而是关于民间文学所表现的语言文本的学术研究。其《为方言进一解》与《歌谣与方音问题》形成前后呼应,从方言和方音两方面探讨民间文学语言的特征、价值与意义。或曰,这种有明确学科意识与学术目的的研究,应该就是现代民间文学语言学的雏形标志。

董作宾的民间文学语言学研究是历史文化与社会现实相结合的综合研究,是民俗学的研究,也是民间文学的研究,受到当世许多学者认同。如《看见她》由北京大学歌谣研究会小丛书出版之后,胡适给予其很高评价,称:"此书整理的方法极好。凡能用精密方法来做学问的,不妨大胆地假设;此项假设,虽暂时没有证据,将来自有证据出来。此语未可为一般粗心人道。但可为少数小心排比事实与小心求证的学者道。不然,流弊将无穷无极了!此书中有我征集的两首。其旌德一首是我的夫人念出而我写出的;她说明是从南京传去的,故我注出是南京。其绩溪一首是我的表弟曹胜之君写给我的。你在此书里(页十一)说此首有北系的风味,疑是北京传去的。曹君今天见

---

[1] 董作宾:《南阳的腊八粥》,《歌谣周刊》,1925年1月4日第75号。

了此段,甚赞你的细心。他说此首是他的母亲从四川带回绩溪的;后来他家的人因久居汉口武昌,故又不知不觉地染了湖北的风味。你试把绩溪这一首(45)和成都(26)汉阳(乙)(28)两首相比较,便可明白你的假设已得了证实了。"[1] 或曰,这种"假设已得了证实",正显示其严谨与扎实之处。

在民间文学的方言研究中,董作宾在福建地区所做开垦有着非常特殊的意义。如其《高湖一夜》所记"倘若你去到离家几千里的异乡,你定会感觉到处处都是希奇而且有趣的,无论语言、衣饰、食物、居处","以至于一切。何况我又是个热心调查风俗的人呢","到福州以来,我所最快乐而满足的,就是在高湖这一夜,一夜之中,使我得到不少的风俗材料"[2];其《闽俗琐闻》,分别记述了"史迹""传说""闽俗""闽语"等内容,诸如"福州赌风盛""闽俗多忌讳""闽俗多迷信""闽俗中丧礼繁重""'烧山'为闽中一种照例故事""闽中疍户"等。其称"凡一地方言中所有之音,与国音同音,关于此母字即少音变","福州所有之声韵母也","福州音即与国音无异","福州土字甚多,然皆其音与本字有关,一望便可知其转变之迹也","福州俗字有省'有'字中间一二画作有者"等等,其感慨"闽语极难学"云云。[3] 这种研究方式充满艰苦备至的拓荒,是董作宾坚持的学术道路;结合其甲骨文研究,这一切都是田野作业与典籍文献相结合方法的胜利。

董作宾总是能够别出心裁,用新的理论方法从新的角度研究民间文学。如他在《"研究婴孩发音"的提议》中提出"我想倘从牙牙学语的婴孩的发音中,来求他由简单而复杂的过程,集合好多材料,整理出一个条理来,或者可以窥见原始人类语言进化难易先后的程序","婴孩虽在不能发各种语言的时候,她却已有辨别各种音的能力,这或者是他听觉已经练习精确的缘故";其意义在于语言遗产价值,即"要知道这模仿性和求知性,是当展本

---

[1] 胡适:《关于〈看见她〉的通讯(2)》,《歌谣周刊》,1924年11月30日第1卷第70号。
[2] 董作宾:《高湖一夜》(即《福州民俗考察记》),《孟姜女月刊》,1937年1月第1期。
[3] 董作宾:《闽俗琐闻》,《国立第一中山大学语言历史学研究所周刊》,1927年3月第1卷第2期。

能的唯一工具人类语言的遗传,这是重要的过程,一方面我们所谓方言的潜在势力,也就由此建树了很巩固的基础"。[1] 他曾经发表《几首农谚——九九——的比较研究》[2],用事实解释现象,后来,有学者对此引述道:"这些工作董作宾先生,对之极有趣味,也极有研究,如果由他来干时,一定会成皇皇巨著。只是,我不是董先生,我没有多多的材料,没有像他那样的精神和魄力,是以只能这样随便的说了一阵便了事。"[3]

董作宾的民间文学思想理论是建立在"为民生"的基础上的。如其"这民间的文学,关系社会生活的密切,和在现代社会上的价值,拿他们所谓贵族的文学——制艺试帖一类——来比,直不啻霄壤云泥!""试看那:屋角树阴,灯前月下,何处不是民俗文学的'讲座';农夫蚕妇,黄童白叟,那个不是民俗文学的'信徒'"。但是,"中国贵族派的学者对于民俗的文学,向来是很蔑视的,像唱书,鼓词,小曲,戏本之类,甚至于故事和歌谣,他们以为这都是'卑鄙无足道'的,都是'不登大雅之堂'的"。他说:"据最近统计说'中国不识字人占百分之八十五',我可以换句话说'中国受民俗文学的洗礼的人,占百分之八十五',因为不识字的人,很少很少是没有受过民俗文学的教育的人"。[4] 同时,他非常明白,民间歌谣随着时代发展也正在变化,较早表现出抢救意识。其称:"我们应该注意,歌谣,是口耳相传的民间文学,这一类文学家,已是一天少似一天了!三十岁以下的人,受过学校教育的。无论男女,都已不会唱歌谣了。能记得几首歌谣而吟哦上口的,多数是四十岁以上的妇女,再过上二三十年,歌谣便成为一种'绝学'了,我们赶得上亲聆歌谣的一辈人,还不及时努力,去采辑记录它们吗?"[5] 同样的意识,

---

[1] 董作宾:《"研究婴孩发音"的提议》,《歌谣周刊》,1924年4月13日第1卷第50号。

[2] 董作宾:《几首农谚——九九——的比较研究》,广州《民间文艺周刊》,1927年11月22日第4期。

[3] 张清水:《民间文艺掇拾》,《民俗周刊》,1928年12月26日第40期。

[4] 董作宾:《民族文学中的"鸦片烟"》,《歌谣周刊》,1924年11月9日第1卷第67号。

[5] 董作宾:《〈看见她〉之回顾》,《歌谣周刊》,1937年4月10日第3卷第2号。

表现在他关于歌谣与方音的研究中,他说,"交通便利之后,全国语言要渐趋统一,方音就有消灭的危险","现在是个过渡时代",所以要"必须及今下手"。[1] 这种意识在今天更为可贵。

---

[1] 董作宾:《歌谣与方音问题》,《歌谣周刊》,1923年11月11日第1卷第32号。

第二章
歌谣的历史学透视：顾颉刚

顾颉刚的身份看起来是一个历史学家，其实他很注重民间文艺学的文学性。当然，他更注重文学背后的历史文化研究。

顾颉刚（1893—1980），原名诵坤，字铭坚，江苏苏州人。其出生于读书世家，1913年考入北大预科，1920年毕业于北京大学本科哲学门，在北京大学图书馆工作并开始点校《古今俗书考》。其间，即1915年，顾颉刚因病回苏州老家，完成《清代著述考》（二十册），并搜集整理歌谣、谚语、谜语、唱本、风俗等民间文化地方文献。1921年，顾颉刚改任北大研究所国学门助教，任《国学季刊》编委，编点《辨伪丛刊》等。青年时代的顾颉刚勤奋读书，接触到姚际恒《古今伪书考》、夏曾佑《中国历史教科书》和章太炎《訄书》等著作，对"神话时代"和"传疑时代"等历史文化现象产生浓厚的学术兴趣。尤其是胡适的新史学思想与白话文主张，深刻影响着他"研究古史也可以应用研究故事的方法"等民间文学思想理论的具体形成。或曰，顾颉刚的民间文学思想理论是从怀疑历史、"辨伪"开始的。顾颉刚熟稔中国古代历史文献，触类旁通，又能够注意到鲜活的民间文学，具有大师色彩。这是中国现代民间文学史上的一个典型。与中国现代民间文学史上其他学者相比，顾颉刚应该是少有的没有走出国门而以新史学理论研究中国民间文学并取得重大成就的学者。

北京大学歌谣学运动影响了他，其民间文学思想理论在中国现代学术史上独树一帜。他对民间文学与民俗学的研究是其研究历史文化等学术活动的一部分,如其受刘半农搜集整理民间歌谣影响,曾经在家乡搜集整理了许多民间文学资料,发展出吴歌研究的学术兴趣。他认为《诗经》中部分诗是徒歌的民谣,著有《汉儒的诗学和诗经的真相》《歌谣的转变》《诗经的厄运与幸运》《从诗经中整理出歌谣的意见》等文章;他在研究《诗经》时,注意到《琴操》中"杞梁之妻"故事,引发其关于孟姜女故事的兴趣。1922年,顾颉刚为商务印书馆编纂中学历史教科书,从古代典籍中将上古史传说整理出来,形成其关于"古史是层累地造成"的思索。1923年底,顾颉刚回到北京大学,后担任《歌谣周刊》的编辑,至此,开始其民间文学理论研究的更大作为。其当年在《晨报副刊》发表搜集整理的家乡民间歌谣"吴歌",在《歌谣周刊》百日间连续发表吴歌研究的文章,形成较大反响,而其发表的《孟姜女故事的转变》,则引起意想不到的反响。以此,他主持了《歌谣周刊》的"孟姜女故事研究专号"等学术专号,后来结集出版《孟姜女故事研究》。1925年4月,顾颉刚与朋友们一起进行北京郊区妙峰山庙会的文化考察,发表《妙峰山的香气》等文章。至1926年,顾颉刚的《吴歌甲集》与其主编的《古史辨》出版,标志着其第一个阶段的学术研究基本完成,而且确立了其民间文学理论研究的基本方向。此后,无论在中山大学和厦门大学等高校时期,还是在大西南重庆等地时期,其民间文学理论研究基本上是在民间歌谣、古史中的神话、传说故事和民俗这几个方面进行。而且,顾颉刚的民间文学研究面向民间社会现实,是民间文化生活事项与历史文献相结合的成功范例,不以所谓文化人类学套用一切,避免了许多移花接木的强拉硬扯。

顾颉刚是中国现代民间文学思想理论体系的重要奠基人。他并不仅仅是一个历史学家和历史地理学家,他确实是以新史学为重要思想理论研究民间文学与民俗的。他还是民间文学与民俗学等学术研究活动的组织策划者,曾经与人一起组织禹贡学会,创办《禹贡》半月刊,制定"禹贡学会研究边疆计划书";其担任中山大学《语言历史学丛书》的总编辑,具体负责历史学与民俗学两类丛书的编辑工作;抗战爆发后,其参加燕京大学教职员学生抗日会,与人一起成立"三户书社"(即后来引发民间形式中心源泉讨论的通俗读物编刊社);其创办《责善》半月刊、《民众周刊》,曾经主编《文史杂志》和《文讯》等刊物,以及参与中国民俗学会复会等活动。1937年9月,顾颉刚受"管理中英庚款董事会"的派遣至西北地区进行考察,包括民间文学调查,这是许多学者忽视的内容。西北之行结束后,顾颉刚随北平研究院来到云南昆明,在《益世报》上创办《边疆》周刊。1940年4月,教育部成立史地教育委员会,顾颉刚被聘为委员,参与创办《史学季刊》。总之,顾颉刚始终坚持民间文学的历史文化研究与田野作业相结合,始终坚持将学术研究与国家前途、民族命运相联系,显示出中国知识分子宝贵的气节与高尚的情操。或曰,其为中国现代民间文学思想理论体系的发展建设做出卓越贡献,成为中国历史文化思想理论重要基础。而且他时刻关注民族命运,他在中山大学时期为《民俗周刊》所写的《发刊词》,提出打倒以封建贵族为中心的历史,建立以民众为中心的历史,这应该是其学术思想的集中体现。

他对中国现代民间文学最重要的贡献主要集中在四个方面:一是以《古史辨》为代表的"层累构成"历史与神话传说问题研究,一是以孟姜女研究为代表的民间文学历史地理研究,一是以吴歌研究为代表的民间歌谣学理论体系,一是以《妙峰山调查》为代表的关于民间文学的民俗学研究。

第一节 吴歌研究

吴歌的发现是一种偶然。1918年,《北京大学日刊》登载民间歌谣的活动引起了顾颉刚对民间文学的注意。1919年,遭遇丧妻之痛的顾颉刚在苏州老家养病,细心搜集民间歌谣,而且知道歌谣也和小说戏剧中的故事一样,会随时随地发生变化。这是一个普遍现象,即一个人在苦闷时,总是留恋家乡,从家乡与家乡的传说中获得精神慰藉,也会在慰藉中得到某种灵感,促使某种事情发生。或曰,这是文化发展中"精神还乡"的表现吧。

此如顾颉刚在《〈吴歈集录〉的序》中所说:"我搜集歌谣的动机,不消说得,自然是北京大学征集歌谣的影响。那时我正病了很厉害的神经衰弱,在家里养病,书也不能读,念头也不能动,看着时间一刻一刻过去,十分的难过。适《北大日刊》上天天有一二首的歌谣登出,吾想,吾不能做用心的事情,何妨做做这种怡情的东西呢!所以我便着手采集歌谣。始而在家里就几个小孩口里去采集,继而托人到乡下去采集,居然成绩很好,到今有三百首的左右了。我当初采集的时候,原是想投稿到北大里去的,现在积了这些,似乎可以出一本《吴歈集录》的专书了。"[1]

顾颉刚关于吴歌的研究,集中在《吴歌甲集》《吴歌丁集》等处。后人注意到"顾颉刚先生搜集吴歌的两个问题",即搜集整理吴歌的"时间"和"他究竟搜集了多少吴歌",《〈吴歈集录〉序》《吴歌小史》《我和歌谣》中声称有三百来首,《苏州的歌谣》《吴歌甲集自序》中声称有二百首,其讲述道:"顾先生搜集的吴歌现在遗留下来的,仅有他亲手抄录的《吴歌杂录》三册,这三册封面上所写的年月,分别为'八年四月''九年一月''九年四月',第三册后面有16页的空白,末尾还抄录了一封邓仲澥的来信,内容是送还《吴歌杂录》,并评价其中几首吴歌,日期是'九、十、五'。由此可见,顾颉刚先生搜集的吴歌,抄录入册的都在这三册之内,这三册总共抄录了198首(其中有2首是吴谚)。因此,他所说的'我的箧中的吴歌有了二百首',当是专就这三册所抄录的而言。在编辑本书(指《吴歌·吴歌小史》)时,我为了把《(吴歌)甲集》以外的吴歌编为《丁集》,就核对《杂录》和《甲集》,发现《甲集》的100首,在《杂录》中仅有96首,《悃懒迷迷吃筒烟》《金凤玉露动秋惊》《秋天明月桂花香》和《牡丹开放在庭前》等四首,《杂录》中

---

[1] 顾颉刚:《〈吴歈集录〉的序》,《晨报》,1920年11月3日。

并未录入;又他在《语丝》第 54 期上发表的《吴声恋歌》8 首,仅有 1 首《摸摸倷个手来软绵绵》是《杂录》中有的;发表在《民间文艺》(第 11、12 期合刊上)的《吴歌丙集》6 首,《杂录》中的一首也没有,可见录入《杂录》的,并非是他所搜集到的全部吴歌,尚有一部分因为忙而一直没有抄录入册,因此 300 来首这一数字,乃是包括未抄录入册的而言。"而且,其当年"未抄录入册的",后来"已损失了一百首左右"。[1]

《吴歌甲集》的出版,得到当世许多学者好评。胡适为其作序时称"国语不过是最优胜的一种方言",其称"中国各地的方言之中,有三种方言已经产生不少的文学",其中就包括"苏州话(吴语)",他说:"顾颉刚先生编的这部《吴歌甲集》是独立的吴语文学的第一部。"其又称其中的儿歌"是最纯粹的吴语文学","'道地'的方言文学"。[2] 俞平伯在《序》中表达自己"凡是真的文学,不但要使用活的话语来表现它,并应当采用真的活人的话语"的主张,他说顾颉刚"才真是苏州人"。[3] 刘半农说"语言、风土、艺术"就是"民族的灵魂",他称赞"前年颉刚做出孟姜女考证来,我就羡慕得眼睛里喷火,写信给他说:'中国民俗学上的第一把交椅,给你抢去坐稳了。'现在编出这部《吴歌集》,更是咱们'歌谣店'开张七八年以来第一件大事,不得不大书特书的"。[4] 在吴歌整理中,保持了地方发音原貌,顾颉刚自己也说:"我很感谢玄同先生和魏建功先生,他们为了这一本歌谣集,用精密的方法整理出苏州方音的声韵的部类,在方音的研究上开了一个新纪元。"[5]

---

[1] 顾颉刚等辑,王煦华整理:《〈吴歌·吴歌小史〉前言》,江苏古籍出版社 1999 年 8 月版,第 7 页。
[2] 胡适:《〈吴歌甲集〉序》,顾颉刚等辑、王煦华整理《吴歌·吴歌小史》,江苏古籍出版社 1999 年 8 月版,第 13 页。
[3] 俞平伯:《〈吴歌甲集〉序》,顾颉刚等辑、王煦华整理《吴歌·吴歌小史》,江苏古籍出版社 1999 年 8 月版,第 16—17 页。
[4] 刘半农:《〈吴歌甲集〉序》,顾颉刚等辑、王煦华整理《吴歌·吴歌小史》,江苏古籍出版社 1999 年 8 月版,第 31—32 页。
[5] 顾颉刚:《古史辨》第一册《自序》,《古史辨》,上海古籍出版社 1982 年重印本,第 75 页。

《吴歌甲集》分为上下两卷,上卷为"儿歌",有五十首;下卷为其他四类,也是五十首。其中,顾颉刚在《吴歌甲集·自序》中介绍了自己"生平出版的作品的第一种"整理与出版经过,并提到自己的分类方式,称"分成五类",即"儿童的歌""乡村妇女的歌""闺阁妇女的歌""男子(农、工、流氓)的歌""杂歌"。他分别做了阐释,说:

> 儿歌——这是就儿童的兴会发抒,或以音韵的谐合,或以联想的凑集,或以顽皮的戏谑而成的歌。这些歌与下列四类的描写人生,叙述有条理的思想的完全不同。
>
> 乡村妇女的歌——这是以她们的中心思想(爱情)发挥而成的歌,因为她们没受到过礼教的熏陶,所以敢做赤裸裸的叙述。
>
> 闺阁妇女的歌——这类歌的结构比别类都茂密,说的人情世故也都刻画入细。在形式方面,固然独创的也很多,但给识字的妇女做了,便接近到诗及弹词上面去。在意义方面,说私情的不及说功名的多,大都希望夫婿以科第得官;或者说自己竭力振顿家事,求得丈夫面上的威光,这种情境,绝不是乡村妇女所想得到的。
>
> 男子(农、工、流氓)的歌——他们或有豪迈的气概,或有滑稽的情兴。(农、工、流氓以外的男子是没有歌的,程度高的就做诗歌了,低的就唱戏了。)
>
> 杂歌——如对于宇宙和人生求解答的对山歌,如佛婆们的劝善歌等。[1]

对于"吴歌"的名称,他做解释说:"沿太湖居住的人民,无论在风俗上,生活上,语言上,都不应分隔;这些地方虽是给政治区域画断了,但实际

---

[1] 顾颉刚:《吴歌甲集·自序》,顾颉刚等辑、王煦华整理《吴歌·吴歌小史》,江苏古籍出版社1999年8月版,第36—37页。

上仍是打成一片的。所以我们尽可沿着旧有的模糊不清的'吴'名,来广求太湖沿岸人民的歌谣。"[1]同时,他也总结了自己编《吴歌甲集》的不足,诸如"前后不一致""解释也杂乱得很""没有把歌词加上音符"和"没有把搜集的地方按歌记出"等,其希望"歌谣学家、文字学家、风俗学家、音乐学家"给予"详细的指正"云云。[2]他在编纂《吴歌甲集》时,充分显示了他地方性文化知识的厚实与精细,每每在注释中形成对歌谣内容的解释,以此构成其民间文学思想理论的一部分。他对此也形成诸多感受,如其所称"搜集的结果使我知道歌谣也和小说戏剧中的故事一样会得随时地变化。同是一首歌,两个人唱着便有不同。就是一个人唱的歌也许有把一首分成大同小异的两首的。有的歌因为形式的改变以至连意义也随着改变了",他以"忽然想起皱眉头,自叹青春枉少年"和"佳人姐妮锁眉尖,自叹青春枉少年"两首民歌为例,概括总结道:"这二首都是小老婆怨命的歌,都是从一个地方采集来的;又都以皱眉起,而自叹青春,而推想前生,而埋怨爹娘,而咒骂大娘,而伺得偷情的机会,末尾也都以紫藤花盘缠枯树作比喻:可见是从一首歌词分化的。但中间主要的一段便不同了:上首是老相公承受了她的情意而她登床;下首是丈夫酣睡未醒而她孤身独立,看月自悲。究竟这首歌的原词是得恋呢,还是失恋呢,我们哪里能知道。我们只能从许多类似的字句里知道这两歌是一歌的分化,我们只能从两歌的不同的境界里知道这是分化的改变意义。"[3]对此,他表示自己"对于歌谣的本身并没有多大的兴趣,我的研究歌谣是有所为而为的:我想借此窥见民歌和儿歌的真相,知道历史上所谓童谣的性质究竟是怎样的,《诗经》上所载的诗篇是否有一部分确为民

---

[1] 顾颉刚:《吴歌甲集·自序》,顾颉刚等辑、王煦华整理《吴歌·吴歌小史》,江苏古籍出版社1999年8月版,第38页。

[2] 顾颉刚:《吴歌甲集·自序》,顾颉刚等辑、王煦华整理《吴歌·吴歌小史》,江苏古籍出版社1999年8月版,第38页。

[3] 顾颉刚:《古史辨》第一册《自序》,《古史辨》,上海古籍出版社1982年重印本,第37—39页。

间流行的徒歌","我自己知道,我的研究文学的兴味远不及我的研究历史的兴味来得浓厚;我也不能在文学上有所主张,使得歌谣在文学的领土里占得它应有的地位:我只想把歌谣作我的历史的研究的辅助","我为要搜集歌谣,并明了它的意义,自然地把范围扩张得很大:方言,谚语,唱本,风俗,宗教各种材料都着手搜集起来"云云。[1]

顾颉刚的吴歌研究引起社会注意,是北京大学《歌谣周刊》之前,郭绍虞主编《晨报副刊》栏目时向顾颉刚约稿。如顾颉刚自己所述:"民国九年,郭绍虞先生担任撰述《晨报》的文艺稿件,他要求我把这些材料发表。我道:'我实在没有工夫;你若要把它发表,只要你替我抄出就是了。'他果然一天抄出几首,登入《晨报》。这时报纸上登载歌谣还是创举,很能引起人家的注意,于是我就以搜集歌谣出了名,大家称我为研究歌谣的专家。我受了这种不期的称誉,屡次激起强烈的羞愧"云云。[2]《吴歌甲集》的出版,使顾颉刚和许多人都非常振奋,他表示要一直做下去,但是因为种种原因,一时没有如愿。直到他来到中山大学,王翼之将其搜集的百余首苏州歌谣寄给他,他便将其编为《吴歌乙集》,又开始亲手编《吴歌丙集》(顾颉刚只编了一部分,后来由他人接着编)。后来,顾颉刚又做了关于吴歌历史的研究。

第二节　孟姜女故事研究

孟姜女故事在中国民间文学发展中具有非常重要的影响,以同病相怜引起天下穷苦人的情感共鸣。人们凭着这熟悉的声音,能够尽情发泄胸中的愤懑。

孟姜女故事的核心是控诉暴政。一个年轻的女子,本来应该与新婚的

---

[1] 顾颉刚:《古史辨》第一册《自序》,《古史辨》,上海古籍出版社1982年重印本,第75—77页。
[2] 顾颉刚:《吴歌甲集·自序》,顾颉刚辑、王煦华整理《吴歌·吴歌小史》,江苏古籍出版社1999年8月版,第35页。

丈夫一起享受合家团圆、夫妻恩爱的天伦之乐,却因为秦始皇抓夫修筑长城,而被迫与丈夫失散。孟姜女千里寻夫,却得知丈夫累死并被埋于长城下,最后放声大哭,感天动地,哭塌长城。这个情节成为故事述说的主体,以民间文学的多种形式表现出来。

顾颉刚说自己是从历史角度"表彰民众的真传说",即从民间文学中发现社会历史事实的影踪。如其所述:"民间故事无论哪一件,从来不曾在学术界上整个的露过脸;等到它在天日之下漏出一丝一发的时候,一般学者早已不当它是传说而错认为史实了。我们立志打倒这种学者的假史实,表彰民众的真传说;我们深信在这个目的之下一定可以开出一个新局面,把古人解决不了的历史事实和社会制度解决了,把各地民众的生活方法和意欲要求都认清了。"[1] 这是新的学术视角,其实也是历史上许多学者曾经注意的"民歌真切表现民情"的方法。但是,从来没有人像顾颉刚这样能够以孟姜女故事历史演变的方式,将传说的核心与衍生的社会生活附属物做十分清晰的剥离与梳理,并从中看到人民大众所表现的情感。亦如他自己回顾孟姜女故事研究时所说,"我原来单想用了民俗学的材料去印证古史,并不希望即向这一方面着手研究",而是当年"辑集郑樵的《诗辨妄》","在《通志乐略》中见到他论《琴操》的一段话:'杞梁之妻,于经传所言者不过数十言耳,彼则演成万千言。'"使他注意并认识到"杞梁之妻即孟姜女,孟姜女有送寒衣和哭长城的故事,这是我一向听得的,但没有想到从经传的数十言中会得演成了稗官的万千言";又有"点读姚际恒的《诗经通论》,在《郑风·有女同车》篇下见到他的一段注释",其中有"谓'孟姜'为文姜。文姜淫乱杀夫,几亡鲁国,何以赞其'德音不忘'","诗人之辞有相同者,如《采唐》曰'美孟姜矣',岂亦文姜乎!是必当时齐国有长女美而贤,故诗人多以'孟姜'称之耳"。于是,就有了"经了这一回的提醒,使我知道在未有杞梁之妻

---

[1] 顾颉刚:《孟姜女故事研究集·自序》,上海古籍出版社1984年版,第4页。

的故事时,孟姜一名早已成为美女的通名了。我惊讶其历年的久远,引动了搜辑这件故事的好奇心"。[1]

他的《孟姜女故事的转变》[2],成为他这种研究方式的重要开端。他在《歌谣周刊》上连续主编9期"孟姜女专号"(分别是1924年11月第69号、第73号、第76号、第79号、第83号、第86号、第90号、第93号、第96号),发表各种研究文章,包括与孟姜女传说故事相关的各种民歌、小调、唱本、宝卷、碑文等文献材料与各种表现孟姜女故事的图画,各种通信和讨论,以及他撰写的编辑手记,成为孟姜女故事研究的集中展示。此后,他又在《古史辨》第一册《自序》中继续探讨这个问题,以《孟姜女故事研究》为题,在《现代评论》(1927年纪念两周年刊)上发表出来。此如魏建功回忆这段历史时讲道:"专号成绩丰富多彩的是顾颉刚先生主编的《孟姜女》。顾先生用研究史学的方法、精神来对旧社会认为'不登大雅之堂'的故事传说进行研究,一时成了好几十位学者共同的课题,有帮助收集歌谣、唱本、鼓词、宝卷和图画、碑版的,有通讯分析讨论故事内容的。远在巴黎留学的刘复教授见到专号,忙忙抄回伯希和拿走的敦煌卷子里唐人《云谣集》《虞美人》词中有关孟姜女的资料,很令人兴奋。从那时起,人们对现行故事传说的源远流长,认识更加明确。《孟姜女》共出过9期,最典型地体现了人们自发自愿、肯想肯干、互相启发、不断影响的范例。"[3]

孟姜女故事包含着历史演变的内容,是历史与传说相糅合的典型。对此,顾颉刚表示:"传说与历史打混,最是讨厌的事。从前的人因为没有分别传说与历史的观念,所以永远缠绕不清,不是硬并(杞梁妻与孟姜为一),便是硬分(杞梁妻与孟姜为二)。现在我们的眼光变了,要用历史的眼光去看历史(杞梁妻的确实的事实),用传说的眼光去看传说(杞梁妻的变为孟

---

[1] 顾颉刚:《古史辨》第一册《自序》,《古史辨》,上海古籍出版社1982年重印本。
[2] 顾颉刚:《孟姜女故事的转变》,《歌谣周刊》,1924年11月23日第1卷第69号。
[3] 魏建功:《〈歌谣〉四十年》,《民间文学》,1962年第2期。

姜),那么,它们就可以'并行而不悖',用不着我们的委屈迁就,也用不着我们的强为安排了。"[1]

顾颉刚考证出孟姜女故事的历史演变,发现春秋时代的《左传》中"杞梁之妻"为故事原型。唐宋之前是一种流传形态,明代各地修建孟姜女庙成为一种流传形态,清代至民国时期,又表现出一种流传形态。他将清代孟姜女故事的流传形态总结为七种具体情节,即"查拿逃走""花园相见""临婚被捕""辞家送衣""哭倒长城""秦皇想娶她,她要求造坟造庙和御祭""祭毕自杀,秦皇失意而归"等。在每一种流传形态中,都有历史的影子。他考察了相关文献,诸如《檀弓》中提及曾子所述"齐庄公袭莒于夺,杞梁死焉。其妻迎其柩于路而哭之哀";汉代刘向《说苑·立节篇》所述"杞梁、华舟"中"进斗,杀二十七人而死。其妻闻之而哭,城为之阤,而隅为之崩";晋时崔豹《古今注》述"(杞妻)乃抗声长哭。杞都城感之而颓。遂投水而死";到后魏,郦道元说哭倒莒城。此后,唐代《同贤记》《文选集注》残卷,以及敦煌俗曲等文献显示,孟姜女故事逐渐定型。他依据各种史籍与地方志文献,把孟姜女故事流传分布地域具体归纳为9个系统,即山东故事,山西、陕西和湖北故事,直隶、京兆和奉天故事,河南故事,湖南和云南故事,广东和广西故事,福建故事,浙江故事,江苏故事,他发现,"事实发生在齐郊。哭调是在齐都中盛行的。《檀弓》和《孟子》的作者也都是山东人。汉代起来的传说说她投的淄水和崩的杞城也都在山东。所以在这件故事的初期七百余年(公元前549—公元200年)之中,它的根据地全没有离开过山东的中部。就是后来郦道元说的莒城(今莒县),也是在山东"[2];而且,"秦地的孟姜女故事,我虽没有得到什么材料,但是觉得关系很大,不可轻轻看过的。例如桂林刻本《花幡记》就说范杞郎的籍贯是华州,同官县北高山上

---

[1] 顾颉刚:《〈广列女传〉中的杞植妻和杞梁妻·按》,《孟姜女故事研究集》,上海古籍出版社1984年版,第247页。

[2] 顾颉刚:《孟姜女故事研究集》,上海古籍出版社1984年版,第37页。

又有孟姜女的哭泉,潼关亦为哭倒长城的一个地点,都可见。我以前见江浙间流行的唱本都说孟姜女为华亭人,不知其故;直到近来,始觉悟华亭一名即是由华州演变来的。在这一点上,可见江浙的故事亦导源于秦地了。"[1] 其中,"民众的感情中为了充满着夫妻离别的悲哀,故有捣衣寄远的诗歌,酝酿为孟姜女寻夫送衣的故事;有登高望夫的心愿,酝酿为孟姜女筑台望远的故事;有骸骨撑拄的猜想,酝酿为孟姜女哭崩长城滴血觅骨的故事。所以我们与其说孟姜女故事的本来面目为民众所讹变,不如说从民众的感情与想像中建立出一个或若干个孟姜女来"。[2] 孟姜女故事流传中,不同地区的故事内容差别,包括故事中民众的情感与士大夫的立场形成冲突,他做论述道:"因为两方面的思想有这样的冲突,所以一个知礼的杞梁之妻会得变成了自由恋爱的主张者,敢把自己的生命牺牲于爱情之下;但又因智识分子的牵制,所以虽有崩城的失礼而仍保留着却郊吊的知礼,虽有冒险远行的失礼而仍保留着尽孝终养的知礼。"[3]

其发现文献中孟姜女故事"开始从'夫死哭城'而变为'寻夫送衣'"的内容,具体总结说:"第一,它把杞梁改名为良,并且变成了秦朝的燕人而筑长城了。第二,它把杞梁之妻的姓名说出了,是姓孟名仲姿。第三,杞良是避役被捉打杀,筑在长城内的,所以她要向城而哭。第四,筑入长城内的死尸太多,所以她要滴血认骨。"[4] 他就孟姜女故事的地域分布特征,说:"上一年中所发现的材料,纯是纵的方面的材料,是一个从春秋到现代的孟姜女故事的历史系统。我的眼光给这些材料围住了,以为只要搜出一个完整的历史系统就足以完成这个研究。这时看到了徐水县的古迹和河南的唱本,才觉悟这件故事还有地方性的不同,还有许多横的方面的材料可以搜集。

---

[1] 顾颉刚:《〈懊侬歌〉中的崩城·按》,《孟姜女故事研究集》,上海古籍出版社1984年版,第231页。
[2] 顾颉刚:《孟姜女故事研究集》,上海古籍出版社1984年版,第69页。
[3] 顾颉刚:《孟姜女故事研究集》,上海古籍出版社1984年版,第71—72页。
[4] 顾颉刚:《孟姜女故事研究集》,上海古籍出版社1984年版,第28页。

于是我又在这个研究上开出了一个新境界了!"[1] 同时,他还具体总结出齐鲁地区形成孟姜女故事的地理原因,说:"春秋战国间,齐鲁的文化最高,所以这件故事起在齐都,它的生命会日渐扩大。西汉以后,历代宅京以长安为最久,因此这件故事流到了西部时,又会发生崩梁山和崩长城的异说。从此沿了长城而发展:长城西到临洮,故敦煌小曲有孟姜寻夫之说;长城东到辽左,故《同贤记》有杞梁为燕人之说。北宋建都河南,西部的传说移到了中部,故有杞县的范郎庙。湖南受陕西的影响,合了本地的舜妃的信仰,故有澧州的孟姜山。广西、广东一方面承受北面传来的故事,一方面又往东推到福建、浙江,更由浙江传至江苏。浙江是南宋以来文化最盛的地方,所以那地的传说虽最后起,但在三百年中竟有支配全国的力量。北京自辽以来建都了近一千年,成为北方的文化中心,使得它附近的山海关成为孟姜女故事最有势力的根据地。江浙与山海关的传说联结了起来,遂形成了这件故事的坚确不拔的基础,以前的根据地完全失掉了势力。除非文化中心移动时,这件故事的方式是不会改变的了。"[2]

孟姜女故事研究引起越来越多的学者注意,诸如郭绍虞提出"此类故事之转变由于文人作品者为多",称"如孟姜女之由贯休一诗,遂转移其时代到秦朝,即是一例","而文人所作,羌无故实,只凭他一时兴会,想像所及,随意掇拾,恐未必可作为一时之传说。但其影响所及,则使后人由此傅会,或竟成为一种传说亦未可知",[3] 顾颉刚回应道:"郭绍虞先生所说的'传说的转变多由于文人虚构的作品风行以后的影响'的话,我不能完全承认。一来是中国的文人最不敢虚构事实来变更传说,因为他们对于描写事实本来不感兴味,而且信古之念甚深,也不敢随情创造。二来是纯出于文人虚构

---

[1] 顾颉刚:《孟姜女故事研究的第二次开头》,《北京大学研究所国学门周刊》,1925 年 10 月 14 日第 1 卷第 1 期。

[2] 顾颉刚:《孟姜女故事研究集》,上海古籍出版社 1984 年版,第 67 页。

[3] 郭绍虞:《文人的兴会与传说》,顾颉刚《孟姜女故事研究集》,上海古籍出版社 1984 年版,第 177 页。

的作品,决不会造成很大的影响。一种传说的成立,全由于民众的意想的结集;它的所以风行,也全由于民众的同情的倾注。杞梁妻的哭崩杞城和梁山的传说,所以发生于汉魏而不发生于其他时代,只因为汉魏的民众的头脑原是酷信'天人感应'之说的。孟姜女的送寒衣的传说所以发生于唐末而不发生于其他时代,也只因为唐代的民众的感情原是满装着'夫妻离别'的怨恨的。所以我们决不能说有了刘向和曹植,才有她的崩城和崩山的故事,也决不能说有了贯休和郑廷玉,才有她的哭长城与送寒衣的故事。"[1] 从而,他总结孟姜女故事流传演变的规律及其体现的特征说:"孟仲姿的姓名是从孟姜讹变的,也许孟姜是从孟仲姿讹变的,现在没有证据,未能断定。说杞良为燕人,想因燕近长城之故,或者这一种传说是从燕地起来的。滴血认骨是六朝时盛行的一种信仰,萧综私发齐东昏墓一件事是一个证据。至于杞梁筑长城,孟仲姿哭长城,这里面自有复杂的原因。其一,是由于事实上的。隋唐间开边的武功极盛,长城是边疆上的屏障,戍役思家,闺人怀远,长城便是悲哀所集的中心。杞梁妻是以哭夫崩城著名的,但哭崩杞城和莒城与当时民众的情感不生什么联系,在他们的情感里非要求哭崩长城不可。其二,是由于乐曲上的。乐曲里说到城的,大抵是描写筑城士卒的痛苦。如陈琳《饮马长城窟》说'君独不见长城下死人骸骨相撑拄'……在这些歌词中,都有招他们的闺人去痛哭崩城的倾向。杞梁妻既以哭城和崩城著名,自然会得请她作这些歌词中的主人,把她的故事变为哭长城而收取了白骨归家了。"[2]

20 世纪 20 年代,中国民间故事研究还处在起步阶段,远远逊色于当世的民间歌谣研究。顾颉刚的孟姜女故事研究具有首创之功,深刻影响了中

---

[1] 顾颉刚:《〈送寒衣的传说与俗歌〉按语》,《孟姜女故事研究集》,上海古籍出版社 1984 年版,第 213—214 页。

[2] 顾颉刚:《〈送寒衣的传说与俗歌〉按语》,《孟姜女故事研究集》,上海古籍出版社 1984 年版,第 28—29 页。

国现代民间文学史上的民间故事研究。包括北新书局出版民间故事丛书，其背景也与此有一定联系。诸如钟敬文对其家乡广东陆安民间传说故事所做比较研究的《老虎外婆》[1]；诸如冯沅君以"淑峦"的笔名发表的《老丑虎——关于老虎母亲的传说》[2]，其发表家乡河南唐河民间传说故事研究系列《牛郎织女的来历——唐河传说之一》《灶爷的来历——唐河传说之二》《老猴精——唐河传说之三》《蛇吞相（象）——唐河传说之四》[3]等，其研究方法都与孟姜女故事研究有关。诸如赵景深《徐文长故事与西洋传说》（其《徐文长故事·新序》中称发表在长沙的《潇湘绿波》，1925年）。后来，赵景深在《民间文学丛谈》中提到"在那一时期（二十年代后半期到三十年代），我国主要从事民间文学研究的，除我之外，还有顾颉刚、钟敬文、董作宾和黄石等人，顾颉刚、钟敬文、董作宾等虽然也研究民间故事，却偏重于民间文学中的韵文部分即歌谣的研究，著作有《吴歌甲集》《昼歌》《看见她》等等；而我及黄石则主要从事散文部分，即民间故事、童话故事传说等等的探索，很少涉足民间歌谣的园囿"云云。[4] 或曰，顾颉刚研究孟姜女故事并不仅仅是一般散文体叙事文本，还包括许多说唱与民间歌谣等形式。这在事实上打破了民间故事研究的单一形式，强调了民间故事的多种形态。这种研究方式，有力影响了中国现代民间文学思想理论的方法。

后来，顾颉刚曾经在答复别人问题的一篇文章说到自己"（1）用故事的眼光解释古史的构成的原因，（2）把古今的神话与传说为系统的叙述——是我个人研究古史愿意担任的工作"，他就此详细论述道："我研究古史的愿望还有一个，是把神话与传说从古代的载记中，后世的小说诗歌戏剧以至

---

[1] 钟敬文：《老虎外婆》，《国学周刊》，1926年第10期。
[2] 淑峦（冯沅君）：《老丑虎——关于老虎母亲的传说》，《北京大学研究所国学门月刊》，1926年12月20日第1卷第3期。
[3] 淑峦（冯沅君）：《唐河的传说》，《北京大学研究所国学门月刊》，1927年1月20日第1卷第4期。
[4] 赵景深：《民间文学丛谈·后记》，湖南人民出版社1982年版。

道经善书中整理出来,使得二者互相衔接,成为一贯的记载。本来古代人对于真实的史迹反不及神话与传说的注意,所以古史中很多地方夹杂着这些话。后世智识阶级的程度增高了,懂得神话与传说不能算做史迹,他们便把这些话屏出了历史的范围以外。但它们的势力虽不能侵入历史范围,而在民众社会中的流行状况原与古代无殊,它们依然保持着它们的发展性与转换性。"[1] 他还曾经表示自己的研究比他人"考据孟姜女故事的文字",只是"多走上一步";他说:"我的研究孟姜女故事将来也许完成到七八分(十分完成的事是世界上没有的),但若没有诸位同志给予我许多指示,我只有比顾亭林们考据孟姜女故事的文字多走上一步罢了,我们的成绩依然是限于书本的。书本虽博涉,总是士大夫们的'孟姜女'。孟姜女的故事,本不是士大夫们造成的,乃是民众们一层一层地造成之后而给士大夫们借去使用的。幸赖诸同志的指示,使我得见各地方的民众传说的本来面目!必须多看民众传说的本来面目,才说得上研究故事!"[2] 其中"民众们一层一层地造成",便是其"层累构成"理论的同内容表达。

对此种现象,一位日本学者说"在中国民俗学研究诸项目中,对民谣最具贡献的便是故事","这种故事通常也称为民间故事,即以故事为中心,但也包括传说在内的用语","顾颉刚的《孟姜女故事研究》三集,是一方面采集故事,一方面着手研究的成果",而"随着故事资料的积累,研究故事的学者们开始注意到分类的重要性"云云。[3] 他说:

> 顾颉刚的三册力作《孟姜女故事研究》是以过去在《歌谣周刊》上刊登的论文为中心编集而成的。第一册是孟姜女故事的演变和研究论文;第二册是各方学者对此故事的讨论集;第三册由全国各地搜集来的资料

---

[1] 顾颉刚:《答李玄伯先生》(1925年2月3日),《古史辨》,上海古籍出版社1999年8月版。
[2] 顾颉刚:《孟姜女故事研究集》第3册,中山大学民俗学会民俗小丛书,1928年6月版。
[3] [日]直江广治:《中国民俗文化》,王建朗等译,上海古籍出版社1991年2月版,第197页。

汇编。有关孟姜女的故事（杞梁之妻哭倒长城的故事），虽然多少有些差异，但却流传于全国各地。顾氏将所搜集到的众多资料，用来作比较研究，寻出了这一故事历史变迁的痕迹。这本书对当时研究故事、传说方法论上，具有很大的震撼作用；后来娄子匡发行的一份名为《孟姜女》的民俗杂志，便是受此书影响而创办的。[1]

这个日本学者还说，"如同重新检讨民谣研究与古代典籍之间的关联一样，故事、传说的研究方向，也刺激起人们研究古代传说的欲望"，他以茅盾《中国神话研究》为例，指出"真正的神话研究，是需以民间传说为题材来进行研究的"，"顾颉刚便是以这种态度来研究古代传说方面开创新天地的第一人"。[2] 他强调道：

> 像这样将各个流传迄今的故事进行比较，以研究历史的变迁过程，从而由另一角度去了解古代传说的世界，便是在前面提过的《孟姜女故事研究》三集所持有的态度与目的。而将研究民俗学视为研究古代史的方法之一，也是一个非常卓越的见解。这种方法由顾颉刚才开始采用，而这方面的开拓，在将来尚有很大的发展潜力。[3]

顾颉刚的民间文学研究方法集中起来看，就是深入的历史文化考察、深入的田野作业与深入的学理思索相结合。尤其是这种注重历史文化背景下文献记录的研究方式，虽然也有自己的局限性，但在总体上讲迄今仍然是中国民间文学学科最急需的内容和最薄弱的环节。

顾颉刚对神话的研究，和他对民间文学的民俗学研究，分别表现在《古

---

[1] ［日］直江广治：《中国民俗文化》，王建朗等译，上海古籍出版社1991年2月版，第184—185页。
[2] ［日］直江广治：《中国民俗文化》，王建朗等译，上海古籍出版社1991年2月版，第199页。
[3] ［日］直江广治：《中国民俗文化》，王建朗等译，上海古籍出版社1991年2月版，第200页。

史辨》历史文化研究与妙峰山庙会考察等学术活动中,诸如西北考察、西南考察,都显示出其开阔的胸襟与视野。关于其神话学思想理论,笔者在关于古史辨神话学派等处已经论述过;至于其北京郊区的妙峰山庙会考察,也多有学者论及。笔者更看重其采用的社会历史文化考察的综合研究方式对民间文学研究的意义,其实还是田野作业与文献使用在理论研究中的重要作用问题。或曰,妙峰山庙会考察的意义对于中国现代民俗学理论研究无论多么重要,也只是一个个案的典型,过高评价这个典型,未必是科学的理性态度。

在中国民间文学的学科构建中,顾颉刚现象值得我们注意的是其研究方法。当我们津津乐道于套用西方学者的只言片语,用以证明某种理念时,更应该注意从中国实际出发,像顾颉刚这样用中国历史文化知识解决中国民间文学问题。当然,引用西方民间文学思想理论也有自己的必要性,而真正的中国思想,包括多种形式和内容的中国传统文化思想,才应该是理解中国民间文学思想文化价值的基础。顾颉刚的学术精神是求是,是求真,是融会贯通,既重视历史,又重视现实,而且非常注重民间文学研究与国家民族命运的结合。

顾颉刚对中国现代民间文学思想理论的贡献是巨大的,甚至少有人能够与之相比。其最显著的风格就是大胆开拓,认真研究,报效国家和服务人民。

第三章
民间文艺学的文学研究：钟敬文

钟敬文并不是中国现代民间文艺学的奠基者，却是一个重要的领袖人物、先锋人物。

钟敬文（1903年3月30日—2002年1月10日），原名钟谭宗，字静闻、金粟，广东海丰人。1922年，他毕业于广东省海丰县陆安师范学校，在师范学校读书时，接受了五四新文化运动的影响，曾经创作白话新诗。毕业后曾经做小学教师，搜集整理民间歌谣和民间故事，在北京大学《歌谣周刊》等报刊发表民间文学研究文章《读〈粤东笔记〉》《南洋的歌谣》《海丰人表现于歌谣中之婚姻观》等，与人一起出版诗歌《三朵花》。20世纪20年代中期，钟敬文到广州岭南大学国文系读书和工作，整理《粤风》等民俗文献，并在（上海）北新书局出版民间歌谣集《客音情歌集》和民间故事集《民间趣事》，在（上海）开明书店出版民间歌谣集《疍歌》。1927年，钟敬文来到广州中山大学，参加创办中山大学民俗学会和民俗学讲习班，编辑《民间文艺周刊》与《民俗周刊》、民俗学丛书，出版《民间文艺丛话》等著述，经历了所谓《吴歌乙集》"猥亵民歌"事件，之后辗转来到浙江杭州，与朋友发起中国民俗学会，主编《民众教育季刊》《民间月刊》《民俗学集镌》等刊物与民俗学丛书，发表《山海经神话研究的讨论及其他》（1930）、《中国民间故事型式》（1931）、《关于中国的植物起源神话》（1933）、《中国的天鹅处女故事》（1933）等理论文章，继续从事文学创作和民间文学研究，其散文集《荔枝小品》《西湖漫拾》《湖上散记》等以清秀绝俗为人称道。20世纪30年代初期,钟敬文求学日本,系统接受日本民俗学理论,写作和发表《老獭稚型传说的发生地》《槃瓠神话的考察》和《民间文艺学的建设》等文章。1936年回到中国后,他具体提出并阐述中国民间文艺学的主张,在民间故事类型研究等方面做出重要贡献。抗日战争爆发后,他积极投入抗日洪流,组织文协,坚持报告文学等抗日宣传,发表了《抗日老英雄——黄阿彬》《指挥刀与诗笔》等文学作品。此后辗转广东、广西、香港等地,锲而不舍于民间文学研究,是中国现代民间文学思想理论体系的重要组织者和建设者。1949年之后,他以杰出的贡献受到拥戴,成为中国民间文学学科与中国民俗学的一面旗帜。

钟敬文是在五四歌谣学运动中成长起来的学者。他的民间文学研究在总体上分为歌谣研究、神话传说故事研究与民间文学的价值意义研究,包括民间文学的民俗学研究;特别是他所提出的民间文艺学概念与中国民间故事类型,具有重要的开拓意义。

第一节　早期民间文学的搜集整理与研究

钟敬文将自己的一生都献给了中国民间文学研究事业,1949年之前,是其中国现代民间文学思想理论形成与发展阶段;其中,1922年至1926年之间,其学术活动基本上属于五四歌谣学运动,可以视为其早期民间文学搜集整理与理论研究。

钟敬文搜集整理民间歌谣受到五四歌谣学运动的影响。关于他的一些传记称,其早在师范学校刚毕业做小学教师,还是一个20岁的青年时,就开始搜集整理家乡的民间歌谣,并向北京、上海等地的报刊投稿。后来,他也多次提到这些活动。他在《客音情歌集》的《引言》中曾经说:"我数年来,承北京大学歌谣研究会诸同人的奖励与诱掖,收集到了千首左右的歌谣,而这客音的山歌,便占据了它全数之半。两年前,曾草草录出数十首,编成一小册子,名曰《恋歌集》,寄交会中。不久同人要把它付印,我觉得那本东西,编集时太过草率,不成什么样子,所以写信回绝了他们。年来会中经济缺乏,出版丛书的计划,不能不暂时中辍;而我也没有多兴趣去把那些积稿清理,——除了去年勉强整理出一百首畬歌而外——所以这回的工作,算作一种侥幸,并不是什么过言了。"[1]

检索北京大学《歌谣周刊》,可以看到自1924年5月《歌谣周刊》第54号刊载"收到钟敬文广东海丰歌谣六则"开始,之后,从1924年11月《歌谣周刊》第67号至1925年5月《歌谣周刊》第91号,其发表的相关文章有十几篇。诸如《读〈粤东笔记〉》(《歌谣周刊》1924年11月9日第67号)、《读〈粤东笔记〉(续)》(《歌谣周刊》1924年11月16日第68号)、《南洋的歌谣》(《歌谣周刊》1924年11月30日第70号)、《山歌》(《歌谣周刊》1924年12月7日第71号)、《潮州婚姻的俗诗》(《歌谣周刊》1924年12月14日第72号)、《海丰人表现于歌谣中之婚姻观》(《歌谣周刊》1924年12月28日第74号)、《猥亵的歌谣》(《歌谣周刊》1924年12月28日第74号)、《故事之俚谚》(《歌谣周刊》1925年1月18日第77号)、《从古诗窜改出来的歌谣》(《歌谣周刊》1925年1月18日第77号)、《附会的歌谣》(《歌谣周刊》1925年2月15日第78号)、《歌谣之一种表现法——双关语》(《歌谣周刊》1925年3月1日第80号)、《海丰的邪歌》(《歌谣周刊》1925年3月8日第81号)、《故事的歌谣》(《歌谣周刊》1925年4月5日第85号)等。同时,他还在《语丝》《文学周报》等报刊发表许多有关歌谣研究的文章,如《歌王:读了台静农君〈山歌原始的传说〉所引起的几句话》(《语丝》1925年4月20日第23期)、《福佬民族的孟姜女传说及其他》(《北京大学研究所国学门周刊》1925年11月25日第1卷第7期)、《汕尾

---

[1] 钟敬文:《客音情歌集》,上海北新书局1927年2月版,第1页。

新港疍民调查》(《北京大学研究所国学门周刊》1926 年 8 月 4 日第 2 卷第 22 期)、《特重音调之客歌》(《北京大学研究所国学门周刊》1926 年 8 月 18 日第 2 卷第 24 期)、《崔歌集序》(《文学周报》1926 年 7 月 18 日第 234 期)、《读〈中国民歌研究〉》(《黎明》1926 年 9 月 19 日第 3 卷第 45 期)、《重编粤风引言》(《文学周报》1926 年 11 月 17 日第 255 期)等。他的勤奋与执着是非常可贵的。

此时,他在《歌谣周刊》发表了《广东海丰的孟姜女传说》(《歌谣周刊》1925 年 2 月 22 日第 79 号)、《情史及戏曲大全中之孟姜女》(《歌谣周刊》1925 年 3 月 22 日第 83 号)、《送寒衣的传说与俗歌》(《歌谣周刊》1925 年 5 月 11 日第 90 号)等,论述地方民间流传的孟姜女故事。他还在《北京大学研究所国学门周刊》等报刊发表许多关于广东陆安地方传说故事的文章,诸如《单身娘子》(《北京大学研究所国学门周刊》1925 年 10 月 14 日第 1 卷第 1 期)、《月华》(《北京大学研究所国学门周刊》1925 年 10 月 21 日第 1 卷第 2 期)、《鼠与牛和猫排生肖》(《北京大学研究所国学门周刊》1925 年 11 月 4 日第 1 卷第 4 期)、《老虎外婆》(《北京大学研究所国学门周刊》1925 年 12 月 16 日第 1 卷第 10 期)、《戆子婿上厅》(《北京大学研究所国学门周刊》1926 年 7 月 21 日第 2 卷第 20 期)、《猴的故事》(《北京大学研究所国学门周刊》1926 年 7 月 28 日第 2 卷第 21 期)等。这些歌谣与故事搜集整理及其理论研究,不仅仅体现出钟敬文对民间文学的巨大热情,而且体现出其许多富有真知灼见的文化思想。

他以诗人常有的敏感,迅速捕捉到民间文学中闪烁出的思想文化的火花,善于发现,善于观察和总结,形成他独具特色的民间文学思想理论风格。这与历史学家出身的顾颉刚他们一切从材料出发的理论方法,有异曲同工之处。如其阅读《粤东笔记》发现传统文献中的"增删任情"时称:"书中保存着的许多歌谣,是否有经过他改窜和润饰的地方,从古许多保存下来的歌谣,十之八九是已经受了采集者的一番改削的。因为前人对于歌谣,多半是取其内涵的义理,而不注重其外表的词句——无论歌谣之附会者或赏鉴者,都是如此;——所以增削任情,是我们中国人对于歌谣的传统方法。"[1]在民间歌谣用语的双关性中,他发现"在歌谣中的势力颇形普遍,最大的缘故,是歌谣为口'唱的文学',所以能适合于这种'利用声音的关系'的表现。尤其是表现关于恋爱的文艺,这种婉转动人的方法,更切用而且多用"云云。[2] 又如其对"咸水歌"艺术特色与"疍民"生活的发现,钟敬文将疍民视作"未开化的民族",其论及他们中流行的"咸水歌",曰"略同现在各地流行的山歌,多为七言四句体。每首一章的为普通,二章以上的,虽然也有,但不大多。最可注意的,是每句末端,皆附有助词,在我们这里一带通行的,是一个'啰'字。诗歌中,这种尾词的附加,在吾国颇不乏例。如古歌谣中的'兮'字,《楚辞》中的'些'字,都是和这同一类的东西""多喜用显比、隐比和双关等表现法,而《咸水歌》则除常以别的事物'起兴'外,其余都为极直率的陈述,回环吞吐的风格,绝少能得见到""表现上过于直率"等内容,其总结民间文学的"一条通例"道:"凡民族生活简单的,他们歌唱的生活,总要发达得多。几乎可以如此说:他们的生之绝大的慰安与悦乐,便是唱歌。休息时,固然要唱,工作时,尤要唱,独居时,固然要唱,群聚时,更加要唱。所以在他们居处中,无论是在烟雾犹迷的清晨,日中鸡唱的亭午,月明星稀的晚上,都可以闻到他们婉转嘹亮的歌声,有如歌者之国一样。獞人如此,苗民如此,便是我们一部分未尽开化的汉人,散居在山岭深处的,也何尝不然","惟其环境如此,所以能够产出一种极有价值的文学"。[3] 或曰,一切发现都来源于长期的观察与深入的思索,包括其深入社会底层对民间社会流行的口头文学形式的具体感受。在这一时期的民间歌谣研究中,他已经开始注重民间文学所表现的社会风俗生活内容,诸如歌谣与婚姻生活、歌谣与

---

[1] 钟敬文:《读〈粤东笔记〉》,《歌谣周刊》,1924 年 11 月 9 日第 1 卷第 67 号。
[2] 钟敬文:《歌谣之一种表现法——双关语》,《歌谣周刊》,1925 年 3 月 1 日第 1 卷第 80 号。
[3] 钟敬文:《中国疍民文学一脔》,《疍歌》,上海开明书店 1927 年 2 月版,第 83—97 页。

婚姻观念、歌谣与社会猥亵心理、歌谣与社会历史文化等问题。而在总体上讲,还是文学研究的方法,更注重民间歌谣作为民间文学形式的价值意义等内容。

在《歌王:读了台静农君〈山歌原始的传说〉所引起的几句话》中,他论述道:

> 用不着我来"剥削"的说,谁都会知道,我们中国现在大部分的社会,是尚处在半开化的状态中的,一切原始时期的传说,尚在多数的人们的心里居留着而未收它的幻影。不信吗?见了月蚀,都说是天狗在吃月呢;见了地震,都说是地牛在翻身呢。其他,指之不尽,数之不清,总而言之,万物都各有它极浪漫的传说的外衣,深深地蒙盖着在。但传说虽出自原人,其所言并不是全无道理,有时,竟孕藏着极丰富的义理在其中,固非徒饶于韵趣而已。

"话皮揭开,话肉讲来。"

台君所写出的两条关于山歌原始制作之传说,我觉得它不但是很富于趣味,而且也就是极有意思的。我读了,颇联想到十二三岁时看过的《东周列国志》里的一段故事。隐约记得它是这样的,齐桓公起兵伐山戎,因及孤竹,在那里山路崎岖,很难行走,管仲乃制上山下山两歌,使军士唱之,因各忘其困苦,遂定孤竹。这段事,和那两节传说,在表面上看来,虽全没有黏着,但我们细考它内含的道理,却很相像,——就是所谓"凡人劳其形者疲其神,悦其神者疲其形"。不过,在同一的树丛上,开放出几葩色香异样的花朵吧了。

关于山歌的传说,我也得到一点资料,虽然是零缺而不完整的。

你晓唱——

你知歌王在那往?(那往,那方也。)

你知歌王几时死?

死在那山那干葬？（那干,那场所也。）
我晓唱——（我字客音读如"呆"。）
我知歌王在浙江；
八月十五歌王死；
死在南山路里葬。

我真懊恨！关于这位歌王的故事的传说,比较歌里所言来得更其详尽的,我此刻不能从人们的口里得到。虽然如此,但在许多人们的口舌中,确有一个极浪漫的传说。至少如歌里所咏的,这是毫无可疑的了。我约略记得在别人所采集的山歌里,也有和我这么差不多的两首歌词,那末,显见得这桩传说,是必然流传得很广远的了。我此际恨不能听到的话,在别人也许早听得烂熟了。若有人把它详详细细的描写了出来,便大家都认识了这位歌王的故事,不是很有味儿么？

一九二五年,三月二十二日,于广东海丰[1]

此一时期,钟敬文主要研究民间歌谣,涉及民间故事的文章并不是很多,但是都很有见地。如其《陆安传说·缀言》,论述这些"民众口里所流传的"地方传说,其中"有的是荒唐的传说,有的是滑稽的趣事,有的是空幻的童话",他说：

这许多故事中,我相信必有若干是各地所共同的。（也许有的已经别人先我写出。）不过,大体虽然相近,性质上至少要各带着几分不同的地方色彩。这种大同小异,或竟是小同大异的东西,在研究者的眼光看来,正是绝好的足资比较研究的材料。然即在赏鉴者方面也非无益处。因他

---

[1] 钟敬文：《歌王：读了台静农君〈山歌原始的传说〉所引起的几句话》,《语丝》,1925年4月20日第23期。

在同一的事情上,可以感到异样的情调与色素。

我的文章,十分生硬与芜杂,是用不着自诩的。像这样稚弱到很可以的东西,献给文艺的鉴赏家,我固万分不敢,便是贡于天真活泼的小儿童恐也不能有用。我的微愿,只在给予喜欢研究这门功课的先生们一点参考的材料,其他更非所敢想的了。[1]

再者是关于徐文长故事与呆女婿故事的讨论。当时,北新书局出版了《徐文长故事》和《呆女婿的故事》,同时,赵景深等学者在报刊上对此类问题展开讨论。如赵景深发表《徐文长故事与西洋传说》等文章;钟敬文因为参与其中,他发表《致赵景深君论徐文长故事》,与其提出不同意见。他指出"'智慧'与'愚骏',是人性中的两方面","在我们中国民间的传说里,代表智慧方面的人性的故事,便是徐文长;代表愚骏方面的人性的故事,便是呆女婿","你说他应该归入呆女婿一类的故事中,不知到底别有什么解说","我们试把它和繁女君所写的那一条,详细的比看一下,益发可以见得那张五麻子的故事,是该附属于徐文长一派的"云云。[2] 此时为1925年,在五四歌谣学运动时期,出现了关于徐文长故事的讨论。至此,中国民间故事研究出现一个可喜的开端。

第二节 中山大学民俗学会时期

钟敬文在中山大学期间,编辑《民间文艺周刊》《民俗周刊》和民俗学丛书,这是他民间文学思想理论发展的又一个阶段。风华正茂的钟敬文尤其勤奋,他与顾颉刚、董作宾、江绍原等人心心相印,开诚布公,情同手足,一

---

[1] 钟敬文:《陆安传说·缀言》,《北京大学研究所国学门周刊》,1925年10月14日第1卷第1期。
[2] 钟敬文:《致赵景深君论徐文长故事》,《晨报》副刊,1925年11月14日第328期。

起孜孜以求,兢兢业业,辛勤耕耘中国现代民间文学理论研究的田地,表现出忘我的境界与高尚的品格。

日本人直江广治总结中山大学民俗学会《民俗周刊》的成就时说:"综观此期间《民俗周刊》的成绩,概括起来共发表有178篇故事、112篇传说、161篇民谣、38篇谜语、9篇谚语、130篇习俗报告、44篇信仰报告和196篇研究论文等",其中"以故事的报告资料较多","《歌谣周刊》还出版了关于神、谜语、歌谣、故事、传说、槟榔、蚕民、清明、中秋、新年、祝英台故事、王昭君、山海经、妙峰山进香的特集号",其称"(中山大学)民俗学会除了发行《民俗周刊》外,还出版了36册丛书,若与北大所出的《吴歌甲集》和《看见她》两册相比,实在可说是很大的收获"。[1] 其中,他特别举例钟敬文与人合编的《狼僮情歌》,他和杨成志合著的《印欧民间故事型式表》,以及他的《楚辞中的神话和传说》等;其称《印欧民间故事型式表》"这项翻译造成了一种刺激","使学者们趋向于注意各国故事的一致性,并开始从事这方面的研究"。[2] 直江广治还说,"歌谣研究发展到后来,不仅是研究汉族的歌谣,也扩展到搜集住在中国境内的各民族的歌谣","自钟敬文的《疍歌》、《客音情歌集》开始,谣歌、疍歌、僮歌、狼歌等歌谣集也相继问世",其举例称"在最初采集的歌谣中,只是将采集来的歌谣杂乱的并列在一起而已,慢慢地,在排列歌谣时开始注意分类。接着,研究性的概论书籍也出现了",[3] 其中就包括钟敬文的《歌谣论集》。

直江广治总结"民间传说研究的成果"时尤其强调道:

  随着故事资料的累积,研究故事的学者们开始注意到分类的重要性。杨成志、钟敬文的《印欧民间故事型式表》,便是依据美国班尼女士著的

---

[1] [日]直江广治:《中国民俗文化》,王建朗等译,上海古籍出版社1991年版,第183页。
[2] [日]直江广治:《中国民俗文化》,王建朗等译,上海古籍出版社1991年版,第184页。
[3] [日]直江广治:《中国民俗文化》,王建朗等译,上海古籍出版社1991年版,第194页。

《民俗学手册》一书的附录翻译而成。钟敬文还更进一步,写了一本《中国民间传说型式表》,虽然内容简单,却是第一次将中国故事予以分类的型式表。这本书以《中国民间传说的型式》为名,被介绍到日本(见《日本民俗学》5卷11期)。钟敬文还有一本《中国的天鹅处女型故事》的著作,乃是就普遍流传于世界上的 swan maider(白天鹅处女)故事中的中国故事部分,加以研究而成,是一部难得的佳作。[1]

搜索此一时期(1927年至1928年)钟敬文民间文学与民俗学研究著述,笔者不完全统计,大致可数如下:

《谈两部民歌集——〈吴歌甲集〉与〈白雪遗音选〉》,《一般》1927年4月5日第2卷第4期。

《关于〈民间趣事〉》,《北新》1927年4月23日第1卷第35期。

《〈山歌选〉序》,《北新》1927年10月16日第1卷第51、52期。

《重编粤风引言》,《文学周报》1927年8月第4卷。

《民间文学》,《民间文艺》1927年11月第3期。

《我所闻的灶神故事》,《民间文艺》1927年11月8日第2期。

《中国古代几个鸟的传说》,《民间文艺》1927年11月8日第2期。

《歌仙刘三妹故事》,《民间文艺》1927年11月29日第5期。

《马头娘传说辨》,《民间文艺》1927年12月6日第6期。

《歌谣论集序》,《民间文艺》1927年12月13日第7期。

《台湾民间的趣话》,《民间文艺》1927年12月20日第9、10期。

《客音的山歌》,《语丝》1927年2月12日第118期。

《两首禽言诗的取材》,《民间文艺》1927年12月20日第9、10期。

---

[1] [日]直江广治:《中国民俗文化》,王建朗等译,上海古籍出版社1991年版,第197—198页。

《粤风》(李调元编《粤风》整理本),北京朴社 1927 年版。

《疍歌》,上海开明书店 1927 年版。

《客音情歌集》,上海北新书局 1927 年版。

《歌谣论集》,上海北新书局 1928 年版。

《游山》,《北新》1927 年 4 月 2 日第 1 卷第 32 期。

《谈谈兴诗》,《文学周报》1927 年 9 月 25 日第 281 期。

《关于〈诗经〉中章段复叠之诗篇的一点意见》,《文学周报》1927 年 10 月 9 日第 285 期。

《中国印欧民间故事之相似》,《民宿》1928 年 6 月 13 日第 11、12 期。

《宋代民歌一斑》,《文学周报》1928 年 2 月第 297 期。

《谈谈兴诗——致顾颉刚先生的信》,《文学周报》1928 年 2 月第 5 卷第 8 号。

《花束》,《文学周报》1928 年 10 月第 339 期。

《广州风物杂忆》,《一般》1927 年 10 月 5 日第 3 卷第 2 号。

《从迷恋的梦里归来》,《一般》1927 年 12 月 5 日第 3 卷第 4 号。

《旧梦》,《一般》1928 年 1 月 5 日第 4 卷第 1 号。

《读燕筑信》,《一般》1928 年 1 月 5 日第 4 卷第 1 号。

《介绍一部六十多年前的风俗书》,《民俗周刊》1928 年 4 月 11 日第 4 期。

《闽南故事集》,《民俗周刊》1928 年 3 月第 2 期。

《〈台湾情歌集〉序》,《民俗周刊》1928 年 4 月 4 日第 3 期。

《呆女婿故事探讨》,《民俗周刊》1928 年 5 月 2 日第 7 期。

《读〈三公主〉》,《民俗周刊》1928 年 5 月 16 日第 9 期。

《艺术三家言》,《民俗周刊》1928 年 5 月 9 日第 8 期。

《池田大伍的〈支那童话集〉》,《民俗周刊》1928 年 6 月 27 日第 13、14 期。

《关于〈孩子们的歌声〉——序黄诏年编的儿歌集》,《民俗周刊》1928年7月25日第17、18期。

《几则关于刘三妹故事材料》,《民俗周刊》1928年8月8日第19、20期。

《台湾俗歌》,《民俗周刊》1928年5月23日第10期。

《波斯故事略窥》,《民俗周刊》1928年8月21日第21、22期。

《答茅盾先生关于楚辞神话的讨论》,《民俗周刊》1929年12月4日第86—89期。

《同一起句的歌谣》,《民间文艺丛话》,《中山大学民俗学会丛书》,国立中山大学语言历史学研究所1928年6月版。

《楚辞中的神话和传说》,《大江周刊》1928年11、12月号。

《七夕风俗考略》,《国立第一中山大学语言历史学研究周刊》1928年1月16日第1集第11、12期合刊。

《獞民略考》,《国立第一中山大学语言历史学研究周刊》1928年7月4日第1集第35、36期合刊。

《民间文艺丛话》,《中山大学民俗学会丛书》,国立中山大学语言历史学研究所1928年6月版。

《马来情歌》,上海远东图书公司1928年12月版。

《印欧民间故事型式表》(与杨成志合译),国立中山大学语言历史学研究所1928年3月版。

《中秋夜的西湖和我:西湖灵掇》,《山雨》1928年11月1日第1卷第6期。

《想起五坡岭的母校》,《山雨》1928年11月16日第1卷第7期。

这一时期,他的民间文学思想转向民间故事的趋向越来越明显。从中可以看到,除了继续研究民间歌谣与社会风俗,其有意识将神话研究、传说研究、故事研究与民间信仰和历史文化的研究相结合,形成综合性的社会文化研究；其民间歌谣的研究也与以往有了很大不同。如其在《马来民歌研究》中所说"我之意识地爱好民歌，是最近数年来的事"，"但以前，在翻阅古诗歌的集子时，对于两汉及南北朝时代那些乐府风谣，早已感到特殊的兴味。那种纯朴的风格，真切的情感，实在足以深深敲动我天真少造作的心绪，而以为她比起那些文人们辛苦经营的创制更为可爱赏（目）"，而"近几年来，歌谣运动突兴，尤教我从理论上实际上认识了'野人之诗'——风谣——整体的价值"，他接着说，"从北京大学于民国七年起，开手搜集歌谣，到现在十年中间，中国境内野生的诗作之被发掘者，最少在三万首以上"，"然在现代，对于一种学术的研究，其取材之范围，须打破了时间与空间的限制，聚古今中外于一处，然后条分而缕析之，综合而归纳之，始能发见真相，而有奇大的创获"，"若仅限一地一时，则所得未免过于褊浅，或有陷于谬误的危险"，"这单就站于歌谣的研究上着想，觉得已很有翻译国外民歌，介绍到中国来的必要"，"若另换一面，从欣赏文学艺术的立点看，介绍些域外的民族的诗作进来，以供大家的鉴赏，尤其是很需要的"，"何况，她——民谣——还是供给民俗，历史，教育各方面之研究呢"云云。[1]确实，其学术视野不断扩大之至多民族、多地区，既有古代历史文献的钩沉，又有当世民间传说的搜集，也有外国民间故事的引入。其注重"整体的价值"的学理思辨性也越来越强。从研究内容上看，虽然民间歌谣的研究仍然是其重要研究对象，但是，民间故事的研究已经成为他学术研究的重要一翼。诸如《我所闻的灶神故事》《中国古代几个鸟的传说》《歌仙刘三妹故事》《几则关于刘三妹故事材料》《马头娘传说辨》《台湾民间的趣话》《中国印欧民间故事之相似》《闽南故事集》《呆女婿故事探讨》《波斯故事略窥》《楚辞中的神话和传说》等，以及《獞民略考》《七夕风俗考略》，其故事研究的领域越来越宽，研究方法也越来越注重多元并用。其《楚辞中的神话和传说》指

---

[1] 钟敬文：《马来民歌研究》，《马来情歌》，上海远东图书公司1928年12月版。

出,研究神话,不能仅仅从文学研究的角度出发,要注意到神话学的特殊性,他强调要联系《山海经》《列子》和《淮南子》等文献中的神话传说。他把《楚辞》中的神话传说分为"自然力及自然现象的神""神异境地""异常动植物""神仙鬼怪""英雄传说用其他奇迹"等类型,针对每一类神话,他都采用了人类学的理论,借以理解其中所蕴含的历史文化遗留物内容。这种方式并不是他的首创,却体现出这一时期神话研究中人类学理论的重要倾向。其中还有他关于刘三妹(刘三姐)传说的研究,对古代典籍文献记述与现世民间流传材料的对比与分析总结,深刻影响到后世的同类题材研究。其一方面注意到从民俗,诸如灶神信仰作为历史文化传统所体现的风俗生活内容,从中分析传说故事的具体变化原因,另一方面,他注意到台湾故事、闽南故事的特殊价值,而且有意识进行不同民族或不同国家的民间文学的文化比较研究。这些研究方法都具有开拓性意义。

此以《呆女婿故事探讨》(《民俗周刊》1928年5月第7期)为例,可以看到其与前一个时期的徐文长故事研究等内容,在研究方法与思想理论等方面有明显不同,其注意到徐文长故事已经有周作人和赵景深他们研究,故事研究领域中,"呆女婿故事,则除了故事本身的传写外,尚没有人肯把它探讨一下","我是很早提议记录呆女婿故事的,老是看看人家对它漠然地不别加青眼的状态,心里实在有点忍受不下";同时,他特别强调其中的"人性愚骏"等内容,由此出发,做各种各样的分析概括总结与比较研究。如其所论述:

> 如果我们依照西洋人的方法,要把中国民间流行的故事,区分为若干类式(Types),那末,谁也不容否认,呆女婿故事是其中的一个,并且很占重要的。
>
> "呆女婿故事,可说是很通行的,在民间传说中。它之集合关于人性愚骏方面之故事的大成,(是所谓箭垛)正犹如徐文长之集合关于人性尖刻方面的故事之大成一样。"像这样意思的话,我不知道重复地说了多少

回次,若我们承认徐文长一类的故事,在中国民间故事中,是很值得特别注意探究的,那末,同样的我们对于这呆女婿的故事,也不能不加以相当的研讨。徐文长的故事,已早有周作人,赵景深两先生替它论述过,呆女婿故事,则除了故事本身的传写外,尚没有人肯把它探讨一下。我是很早提议记录呆女婿故事的,老是看看人家对它漠然地不别加青眼的状态,心里实在有点忍受不下。好,现在我就来摇笔尝试吧,这个不为人们所感到重要的事功。

我所依据为探讨上取资的材料,略举如下:

《中国童话集》两篇(痴人,傻女婿)

《民间趣事》第一集三篇(一女许三婿,愚夫卖猪的故事,三个问题)

《民间趣事》第二集七篇(呆女婿的故事其一至其七)

《黎明周刊》一篇(愚女婿故事)

《闽南故事集》六篇(戆子婿的故事)

《世界日报》副刊一篇(呆女婿的故事)

《民间文艺周刊》一篇(呆女婿的故事)

以上二十余篇中,所包含的这类故事,不下数十则,虽不能说所有的呆女婿故事,已尽于是,但我们总可以由这些材料中,窥见了这个故事内容及形形上一点概略的状态。数年来,商务印书馆出版的《少年杂志》中,颇继续登载了许多民间趣话,又第七卷的《妇女杂志》,亦有民间传说的刊录,惜这些书报都非手头所有,否则,其间当更有帮助我们探究的若干好材料供给呢。

要作这个代表愚骏人性方面的呆女婿故事之探讨,我们不可不先说一下这个故事所以会产生的根据和背景。

我们都知道,人群中之免不了有愚骏人性的表现,正犹如也免不了有伶俐人性的表现一样。无论如何,在一群人当中,总有些是蠢得可怜,和有些是聪明得可爱的。就一个人说,所表现的举动,也往往有极聪明可爱的地方,和愚骏得可厌的地方。代表了极端的智慧机警方面的人性而出现于民间故事中的,在希腊有伊索,在中国有徐文长,代表了极端的愚骏方面的人性而出现于民间故事中的,则是我们这位贵同胞呆女婿了。

我们又知道,中国的社会是通行家族制的,而一方面又是十分讲究仪式的礼仪之邦。因为通行家族制,所以对于亲族姻戚等,看得很紧要,所谓父族,母族,妻族,都和个人有特别重大的关系。礼教的严重,尤为个人生活上极大的枷锁,差不多无论何人,都不许超越的,你有意的超越了,或愚笨的干不来,那你只好做了大众的叛逆者和摈弃者。俗语说:"女婿当半子"。这话是不错的,中国人的儿子,(假使他是讨了老婆的)不但是自己父亲母亲的"属物",而且还要做老婆的父亲母亲的"半属物"。社会上又是那样注重礼数的,一年中四季八节,和生死寿忌,差不多都有所谓应有的礼节,疏一点的戚友,且不容不因教循礼,何况半子的女婿呢?而这些季节中,最被重视的,当无过于一岁之首的元正,又生辰上寿,乃是后辈的对于尊长者一种免不得的重要礼数。因此,呆女婿故事中许多元正上厅,及称樽上寿等情节,便产生出来了。(至于讨了老婆不晓得性交,这自然是发生在中国社会从来不把性教育公开的根据上,但我以为也许它在故事上的出现,是半因为女婿,丈人等名词发生联想关系,而孕育了来的)。

综看呆女婿故事所包涵的内容约可分为下列几种:

1 拙于礼数的应付

2 对于性行为的外行

3 其他种积愚蠢的行动

策(第)一项,拙于礼数的应付,是这个类型故事的主要分子,差不多最丰富而且最有趣。这一项中,也可分为数项:

1 牵绳线教动作 —— 这是一则极滑稽而有意思的故事,且流行也颇普遍。记得印度寓言中,也有和这很相似的一个故事。各处所述,大略相近。但有些地方的,教动作的记号,不用牵绳线而用打鼓。

2 说吉话——说吉话,是拜谒人家时,一种必具的礼数。呆女婿之成为呆女婿,也大半为了这点之故。但其所表现的形式,或先说对了,而后来才错,或一开口便教人难受,有种种不同的地方。

3 吟诗或行酒令——中国人,无论是文人或非文人,总有点喜欢附会风雅的脾气(虽然他们是那样的不风雅),所以在民间故事中,吟诗作对的情节,非常之多,呆女婿的故事,自然免不了此,因为这正是极好挖苦他的好机会。

第二项,对于性行动的外行,这也是极有趣味的事。民间的思想是很壮健的,所以对于性的故事的传说,很少忸怩的意态,因而这类故事便很畅行了。呆女婿是代表愚骏人性的"大王",而性行动的外行,正是他们所认为极大的愚骏故事,而很为可笑的。所以在这类故事中,会有许多关于性的外行性节,原因就基于此。他的外行,可细剖为三点:

1 绝不晓得有所谓性交的事

2 不知怎样性交

3 性交后的迷恋

第三项,包括许多上两项以外的种种愚蠢动作,如以买纸衣,走错路,认僧为鹅,放鸭下水,跳下毛厕里,打破大人家的东西等,不能尽举。

呆女婿故事,有一个很大的特征,就是学"学话的失败"。关于他的故事,差不多十篇有八篇是"学话"的。有的初学来的几句,并未用错,只后来一句,便全失败了。有的一开口,就叫人忍受不下。也有的竟始没有学错,那是极少数而且幸运之至的了。

研究故事的人,想都会晓得,故事中外形的构造,有些是单纯的,有些是复合的。大约单纯者比较是先产生的,而复合者则稍为后起的了。呆女婿故事,也逃不了这个例,如我自己所传述的十余则,都是每则为一故事,没有什么联系的,而彩英仙子君所记的一篇,则是联合七则单纯的故事,为一个复合的故事了。

第三章　民间文艺学的文学研究：钟敬文

天下有许多事情，是免不了"例外"的，有正面的文章，常有反面的陪衬。故事是民间许多好事的人，创作起来，而传述出去的，他们对它可以随时增加或减少，变化或粉饰，不但它的外形，要因时因地而不同，就是它的内容，也要为了他们对于它的口味而改变。如中国最通行的徐文长故事，无论它的方式如何更易，但内容总要是在表现他为人的机警，尖刻，恶作剧。可是，在事实上，大多数的篇章，固然是在表示他的智慧，然而却不免有小部说他怎样吃亏上当的故事。同样，呆女婿的故事也如是，呆女婿，他本来是一切"呆子"的代表，不论他的故事在形态上若何差异，总应走不了愚骏这一点。那里晓得他在许多地方的故事中出现时，却变成很伶俐的好女婿，要使丈人们大大为之称羡惊奇呢。（记得前年黎明周刊上有王世颖君所记录的《三个聪明的女婿》一篇文字，也是属于这个例外的）

我近来觉得自己真不行，什么事情都没有心情去做，就是勉强下手做了，不是半途而废，便是只草草的做成了一件远非初意所及料的粗恶的工作。你不信吗？这一篇文章，就是一个好证见！这个题目，我起始以为至少要写成一篇七八千字的文章，即使不能叫人人都满意，至少自己渐时要有勇气从头到尾校读一回。可是，现在事实上所做到的，是怎样的教我扫兴呢？有许多地方要说的话没有说，有些地方说了又是那样粗略，例子没有好好的条举，理论则更多空疏而不切实，总而言之，统而言之，我真对不起我们这位在中国民众传说上具有大势力的呆大王！如果不是什么急切的需用到她，写不好索性搁下来也就算了，而现在却不能，——不是把她凑数了，这一期的稿子就发不出去。唉！这才叫我真的无法拉！也吧也吧，叨叨絮絮的，反正是没补得什么，倒不如让这丑媳妇快快见翁姑去算了。[1]

在钟敬文之前，已经有许多学者研究民间文学，而他更注重传说故事中

---

[1] 钟敬文：《呆女婿故事探讨》，《民俗周刊》，1928年5月第7期。

那些社会风俗生活的具体内容,其学理意识与思辨性、逻辑性越来越强,与当时普遍存在的材料罗列、排列等粗放式研究不同。尤其是他所进行的具有文艺社会学与发生学色彩的民间文学研究,在当世确实有积极影响。此如刘万章说:"我们对敬文这段话,认为可以做一种探讨的公式;由此可以明了民众口里的传述,是一种有代表性的表现,他会用许多事体,可笑的,可恨的,可爱的,可憎的","用一种故事(构造事实)来陈述,是多么巧妙;虽然有时事实是假的或真而附增的"[1]。对此,后来也有学者强调钟敬文是第一个提出呆女婿故事研究问题的,其称"《民俗周刊》的作者中,大多是中山大学文科各系科的教师和民俗学会的会员,包括顾颉刚、朱希祖、何思敬、何思泽、招勉之、崔载阳、夏廷棫、容肇祖、钟敬文等。也有一些来自各地的教育和文化工作者,包括赵景深、朱自清、杨宽、罗香林、张清水、陈元柱、魏应麟等。但在这许多作者中,撰写民间文学研究文章者尤少,最能体现此刊最高学术水准、最具学科意识的民间文学研究文章,莫过于该刊前24期的编辑、后被戴季陶解聘的钟敬文的两篇文章:《呆女婿故事探讨》(1928年5月2日第7期)、《中国印欧民间故事之相似》(1928年6月13日第11/12期;同时发表于《文学周报》1928年第6卷第7期)。这两篇文章,不仅是《民俗周刊》发表的最优秀的民间文学研究论文,大致也是钟敬文在20世纪20年代离开中大到杭州另谋职务之前最有代表派性的论文。"[2] 诚然,钟敬文经历了五四时期的学术锻炼,在这一时期表现出越来越成熟的学术风度。

第三节　从杭州到日本

钟敬文告广州,来到风景秀丽的杭州,和朋友们在这里成立中国民俗学

---

[1] 刘万章:《读〈民间故事研究〉》,广州《民俗周刊》,1929年3月13日第51期。
[2] 刘锡诚:《20世纪中国民间文学学术史》,河南大学出版社2006年版,第334页。

会,开展各种形式的民间文学与民俗学研究,掀起中国现代民间文学思想理论的又一个高潮。此如娄子匡所说:"一方面中大民俗学会在快将没落中太息,另一方面有几个受它指引的各地的民俗学会,已在承接它的未尽的声息,于是杭州,宁波,厦门,福州,漳州,汕头……内地和海岸线一带,都现出民俗学运动的熹微的光辉,联接青黄不接的时代,维护民俗学的生命线的延长,这也是值得记录的一页。"[1] 杭州民俗学运动的领导者与推动者,显然与钟敬文有密切联系。对此,不能神话化钟敬文,但也不能无视其重要贡献。

这一时期(1929年至1934年为一个阶段;1934年至1936年在日本为一个阶段),钟敬文摆脱了人生的阴霾,迎来了他民间文学思想理论建设的曙光,一步步走向时代的峰巅。

搜集其这一时期的理论著述,可数如下篇目:

《答茅盾先生关于楚辞神话的讨论》,《民俗周刊》1929年12月4日第86、89期。

《别来无恙的一封信》(给容肇祖),《民俗周刊》1929年10月23日第83期。

《关于"民俗"》,《民俗周刊》1929年11月6日第85期。

《斗牛的风俗》,《民俗周刊》1930年第32期。

《山海经神话研究的讨论及其他》,《民俗周刊》1930年1月25日第92期。

《绝句与词发源于民歌》,《柳花集》,上海群众图书公司1929年2月版。

《盲人摸象式的诗谈》,《柳花集》,上海群众图书公司1929年2月版。

《柳花集》,上海群众图书公司1929年2月版。

《关于〈山海经研究〉——一封回答郑德坤先生的信》,《民俗周刊》(杭州《民国日报》副刊)1930年第5期。

《罗亭》,《真善美》1929年6月16日第4卷第3号。

---

[1] 娄子匡:《中国民俗学运动的昨夜和今晨》,《民间月刊》,1933年第2卷第5号。

《"狗耕田"型故事的试探》,《民俗周刊》(宁波)1930年2、3期。

《楚辞中的神话和传说》,《民俗学会丛书》,国立中山大学语言历史学研究所1930年版。

《湖上散记》,明日书店1930年3月版。

《中国民间故事试探》之一《田螺精后记》,《民众教育季刊》1930年12月1日第1卷第1号。

《种族起源神话》,《民众教育季刊》1931年4月20日第1卷第3号。

《中国的水灾传说及其他》,《民众教育季刊》1931年2月20日第1卷第2号。

《关于中国的植物起源神话》,《民众教育季刊》1933年1月31日第3卷第1号。

《中国民间故事试探》之二《蛤蟆儿子》,《民众教育季刊》1932年6月20日第2卷第3号。

《中国的天鹅处女型故事》,《民众教育季刊》1933年1月31日第3卷第1号。

《民间文学和民众教育》,《民众教育季刊》1933年1月31日第2卷第1号。

《风俗学资料征求范围纲目》,《新学生》1942年2月1日第1卷第2期。

《中国的地方传说》,《开展月刊》1931年7月25日第10、11期合刊。

《金华斗牛的风俗》,《开展月刊》1931年7月25日第10、11期合刊。

《中国民间故事型式》,《开展月刊》1931年7月25日第10、11期合刊。

《老虎与外婆儿故事考察》,《民间月刊》1932年第2卷第1号。

《已见刊布的老虎外婆型故事》,《民间月刊》1932年第2卷第2号。

《写在专辑之前》(老虎外婆故事专辑),《民间月刊》1932年第2卷第2号。

《答爱伯哈特博士谈中国神话》,《民间月刊》1933年第2卷第7号。
《为了民谣的旅行》,《艺风》1933年11月15日第1卷第9期。
《关于民间艺术》,《艺风》1933年11月15日第1卷第9期。
《中国古代的民间文学》,《新秦先锋》1933年2月15日第1卷第5期。
《文学家和数学》,《文艺茶话》1933年8月1日第2卷第1期。
《〈中国民间文学探究〉自叙》,《亚波罗》1934年3月1日第13期。
《故事的坛子·序》,上海黎明书局1934年5月版。

在这一时期,钟敬文对民间歌谣的研究已经不具有太多的热情,而是越来越多地转向神话传说,诸如《山海经神话研究的讨论及其他》(1930)、《种族起源神话》(1931)、《答爱伯哈特博士谈中国神话》(1933)、《关于中国的植物起源神话》(1933)等,神话传说研究占了一定比重;而《"狗耕田"型故事的试探》(1930)、《中国民间故事型式》(1931)、《老虎与外婆儿故事考察》(1932)、《中国的天鹅处女型故事》(1933)之类的民间故事研究,所占比重更大。以其《民间文学和民众教育》(1933)、《中国古代的民间文学》(1933)文章中可以看到他关于社会发展、民众教育等问题的思索和宏观研究的文章渐渐多起来,而且研究范畴与研究方法都有了明显的变化。其中,"为民众"和强调社会教育意义的思想文化理念成为其理论研究的重要出发点。这固然与当世流行的乡村教育运动注重民生的文化思想有关,而更多的是他经过人生挫折之后的思索与选择。他不仅走进民间即底层,而且大跨度走进广大社会,走在时代发展的前列。究其思想根源,其实还是五四歌谣学运动"民主"与"科学"文化思想的深刻影响。如20世纪50年代中期,钟敬文在对自己的总结中所说:"在'五四'以前,我也曾从古诗的选集上读到一些前代的谣谚,并且情不自禁地喜爱它,可是,对于眼前活在人民口头的无穷珍宝,却没有什么感觉。说得老实些,我瞧不起它。'五四'的智慧醒觉运动把我的心眼撞开了。我起劲地在探寻人民的风俗、习尚,特别是他们的文学","我向店里的工人,向家里的嫂嫂,向邻居的老伯伯","从这些不同年龄和身份的人们的口上去挖掘山歌、农谚、传说和笑话的矿石"。[1]

钟敬文关于中国民间故事类型的研究,富有非常重要的理论意义。当年,钟敬文曾经与人一起翻译了英国学者 Baring Gould 的《印欧民间故事型式表》,后来,他借助这种类型理论对中国民间故事进行类型划分,整理出 54 个基本类型。当时,在清华大学工作的英国学者 R.D.Jameson 也曾经做过民间故事类型研究,中国学者于道源翻译了 R.D.Jameson 的著述(见《歌谣周刊》1936 年 11 月 14 日第 2 卷第 24 期),并将之与钟敬文的研究相比较,指出中国学者的方法简单云云。或曰,这并非不存在表面的理解,还有许多像于道源这样的人,误解了钟敬文从民间文学形式上进行深入研究的意义。20 世纪 30 年代初,在杭州的日子里,钟敬文的文章在浙江《民国日报》副刊《民俗周刊》上连载,接着又将此《中国民间故事型式》(《中国民谭型式》)在《开展月刊》(即《民俗学集镌》1931 年第 10、11 期第 1 辑)发表。这篇文章发表之后得到国内外许多学者的重视,成为国外学者研究中国民间故事的重要参考。对此,他颇有感慨地说:"印欧民谭型式,不但在它的本土的欧罗巴,就在东方的日本,也被专门学者们所郑重地介绍,且承认它是很足供参考的东西。可是,它在中国,却被一部分人赐以和这极相反的命运——蔑视!这是颇使人感到难堪的事。(虽然另一些人,把它过分地看成为唯一的法宝,这也是我所不敢赞同的。)拙作《中国民谭型式》,不过是一个未完成的尝试,但自信不是全无意义的工作(这并非因为它在国外发表的时候,颇受到称许的缘故)",[2] 他还讲道:"我以为,神话、民谭(乃至于一般的风俗习惯)的研究,是可以从种种方面去着眼的。型范的整理

---

[1] 钟敬文:《一阵春雷——纪念"五四"运动》,《人民文学》,1954 年第 5 期。
[2] 钟敬文:《〈中国民间文学探究〉自叙》,《亚波罗》,1934 年 3 月 1 日第 13 期。

或探索,是从它的形式面(同时当然和内容有关)去研究的一种方法。这自然不是故事研究工作的全部,但这种研究,于故事的传承、演化、混合等阐明上是很关重要的。我不愿引什么外国学者的话来助证自己的论点……是的,故事的内容的研究,是重要的(至少,我自己,无论过去或现在,都不曾理论地或实践地忘记了这个原则),同时形式方面的研究,也不是容许疏忽的。或者更确切地说,这两方面的研究,是应该相辅而行的。"[1] 对此,他还曾经回顾总结道:"民国十六年的冬天,我和友人杨成志先生合译了库路德那被修正过的《印度欧罗巴民谭型式》(*Some Types of Indo-Europrnr Folk-Tales*),当时想,把中国的民谭,照样来整理一下,该不是无意义的吧","次年(民十七)春,国立中央者,研究院历史语言研究所,在粤成立,谋出《集刊》第一期。当其事为傅斯年、顾颉刚诸先生,承邀分题作文,我即提出《中国民谭型式》的题目。但只在忙碌中草就了数型,即以诸感困难之故中断进行。后来,赵景深先生,似会来函提议过大家分力合作;我也有时想起此事中断的可惜。但兴味既弛,课务也忙,因之,便成长期的悬搁",此后来又有"神经衰弱过甚,不能应付较忙的课务,便决然辞去浙大文理学院的教职,来就省立民众教育实验学校《民间文学》的讲席","因为常常浏览国内民谭一类书籍之故,所以整理型式的心思又形活动。高兴时,即信手草写两三个,以填塞此间《民俗周刊》的空白",其"本拟等写成一百个左右时,略加修订。印一单行本以问世","但数月来,半因为所讲的功课,已换了新题目;半因为自己的兴趣,又另转了一个方向:这样,写到了原定数目一半的型式,又只好'中断'了。但这回的结果,却不能与前次'一概而论',它终算有了相当的收成呢!虽然是那样薄弱与粗糙"[2]。相比而言,钟敬文强调的既有民间文学形式即类型的科学研究,又有民间文学思想情感内容的分析与总

---

[1] 钟敬文:《〈中国民间文学探究〉自叙》,《亚波罗》,1934年3月1日第13期。
[2] 钟敬文:《中国民谭型式·小引》,杭州《民俗学集镌》,《开展月刊》,1931年7月25日第10、11期合刊。

结,并不是简单的形式主义的类型学意义的探究。

1934年10月,已经具有突出成就的钟敬文携夫人一起来到日本,师从西村真次和柳田国男,在早稻田大学文学部研究院系统学习日本民间文学和民俗学理论,继续研究民间文学。当年,钟敬文曾经发表研究盘瓠神话的文章,研究"图腾(Totem)的思想,是世界上任何民族的初期所必具有的,所以这种以犬为始祖的传说,并不足以为奇怪的事",以及"人兽通婚的思想,原是初民时代所一例通行的,在现在半开化或比较文明的国家中,其人民的口碑上,尚残留有这类思想的故事传说。中国现在尚流行在民间的蛇郎娶妻的童话,就是一个'人兽通婚系'故事的好例"[1],其中述及盘瓠神话、黎族起源神话、盘古开天辟地与图腾等内容;这一时期,因松村武雄的《狗人国试论》启发了他对盘瓠神话的思索,他重新论述盘瓠神话记录(文献的和口碑的)的搜集和比较研究、对神话人物盘瓠的图腾性质的确认等问题[2],在日本《同仁》杂志发表《盘瓠神话的考察》[3]。此时,他翻译和介绍了柳田的《民间传承论导言》(《艺风》1935年第3卷第5期)和松村武雄的《神话传说中的话根和母题》(《艺风》1935年第3卷第10期)。他还发表了《老獭稚型传说的发生地》(《艺风》1934年12月第2卷第12期;又见日本《民族学研究》1935年第1卷第2号)等故事传说研究文章。同时,他在国内一些报刊诸如《艺风》杂志上发表《介绍一部百年前的俗歌集》(《艺风》1935年第3卷第2期)、《俄罗斯俗杂钞》(《艺风》1935年第3卷第3期)、《帝京岁时纪胜中的宜忌》(《艺风》1935年第3卷第3期)、《南蛮种族起源神话之异式》(《艺风》1935年第3卷第4期)、《诸人种的小孩取名》

---

[1] 钟敬文:《〈西南民族起源的神话——槃瓠〉书后》,《国立中山大学语言历史学研究所周刊》"西南民族研究专号",1928年7月4日第3集第35、36期合刊。

[2] 钟敬文:《槃瓠神话的考察》,《钟敬文文集·民间文艺学卷》,安徽教育出版社2002年版,第412—440页。

[3] 钟敬文:《槃瓠神话的考察》,日本《同仁》第10卷,分别刊登于1936年2月第2号、1936年3月第3号、1936年4月第4号。

(《艺风》1935年第3卷第6期)、《东国岁时记》(《艺风》1935年第3卷第8期)等文章。他在日本刻苦读书,结识了许多民俗学家,还曾在日本人的民俗学团体发表《中国民间文学研究现状》等专题演讲,向日本介绍中国民间文学理论研究,以此推进两国之间民俗学与民间文学研究的学术交流。

第四节 归 来

　　1936年,钟敬文回国,继续进行民间文学研究,使得杭州中国民俗学会有了更新的内容。20世纪20年代已经有人提出民间文学的学科概念,他在日本时期更加旗帜鲜明地提出"民间文艺学"的概念与设想,强调民间文学研究对民间艺术的关注。他论述民间文学是"组织和促进民众的生活的利器,同时也是映写他们内外生活的明镜",他说,"一个作品,同时或异时,在同一个地域或许多地域的社会中,往往存在着和它相同的或相近的东西。甚至于时代相隔千年以上,地域相距数万里以外,都会有这种现象",而且"这种科学的能够成立,乃至于具有相当的发展的前途,是没有更大的问题的。但是,在诞生以及发展的程途上,困难,也不是全可以幸免的事"。[1] 这些论断是他深思熟虑的结果,深刻影响了中国现代民间文学思想理论体系的构建与发展。检索其1936年、1937年两年所发表的文章,可发现与其1934年出国之前有了相当大的不同,其视野更为开阔。如其《被闲却的民间艺术》(《民众教育月刊》1936第5卷第2期)、《民众宗教活动的调查》(《民众教育月刊》1936第5卷第3期)、《民众固有的教育》(《民众教育月刊》1936第5卷第3期)、《古传杂钞》之一(《艺风》1936年第4卷第1期)、《民间文艺学的建设》(《艺风》1936年第4卷第1期)、《异民族土俗专辑序言》(《艺风》1936年第4卷第4期)、《征集农事的宗教资料》(《艺

---

[1] 钟敬文:《民间文艺学的建设》,杭州《艺风》,1936年1月1日第4卷第1期。

风》1936年第4卷第10期)、《神话杂谈》[《民俗周报》(北平民生报)1936年11卷10期]、《关于说明神话——写在〈妇女与儿童〉的〈说明神话专号〉之前》(《妇女与儿童》1936年第20卷第9号)、《古传杂钞》之二(六则)(《妇女与儿童》1936年第20卷第9号)、《朝鲜产育俗信》(《孟姜女》1937年第1卷第1期)、《民俗学研究在法国》(译文)(《孟姜女》1937年第1卷第2期)、《中国古代民俗中的鼠》(《民俗季刊》1937年第1卷第2期)、《〈农谚〉序》(《民俗季刊》1937年第1卷第1、2期合刊)、《中国民谣机能的探究》(《民众教育月刊》"民间艺术专号"1937年第5卷第4、5期)等。但是,日本人的炮火炸毁了他们的梦想;此时的钟敬文毅然投入抗日救亡的战场,拿起他的笔,与侵略者进行抗争。他写作出介绍抗日英雄们事迹的报告文学,代替往日描绘人性与自然的散文和民间文学研究论著。

或曰,"钟敬文现象"是中国现代民间文学史上显现民间文学研究中个体如何从一个学者成长为文化战士的典型。当年,刚刚从师范学校毕业的钟敬文也未必就胸怀远大理想,而是在人生求索中,逐渐明白了许多社会道理,懂得了人生与时代的联系及其具有的价值。他研究民间文学,在民族危亡的历史时刻,他毅然决然投入抗日洪流,表现出民族大义。其后来能够成为中国民间文学思想理论的旗手,秉承和传递民族文化的神圣薪火,与这种人生历练具有十分密切的关系。

20世纪40年代,钟敬文的人生发生了重要变化。他曾经又回到中山大学,又因为思想锋芒的显露,再次受到打击,最后他来到香港达德学院,终于迎来新中国成立的喜讯。这一时期,他仍然进行着民间文学研究,曾经发表《民间艺术探究的新展开》(《新军》1941年第3卷第1期)、《方言文学试论》[《文艺生活》(海外版)1948年第2期]、《方言文学的创作》(《大众文艺丛刊》1948年第3辑)、《〈方言文学〉双周刊发刊词》(《方言文学》1949年5月第1期)、《方言文学运动的新阶段》(《方言文学》1949年5月第1期)、《谈〈王贵与李香香〉——从民谣角度的考察》(《海燕》1948年第

6期)、《诗与歌谣》(《文讯》1947年6月15日)、《民间的讽刺》(香港《大公报》副刊1949年第77期)、《谈谈口头文学的搜集》(《新民报》1949年8月16、17日)、《请多多地注意民间文艺》(《文艺报》1949年第13期);他在全国文代会《特刊》上发表《民间文艺的意义和价值》《收集研究工作的过去和今后新发展》等文章,展示出一个民间文学研究家的特殊风采。

1949年之后,钟敬文成为中国民间文学事业的重要领导和组织者,其民间文学思想得到发扬和光大。他提出建立中国民俗学派,渐渐从民间文学学科转向民俗学,与他当年的民间文学研究有很大不同。

第四章
神话学的文学研究：茅盾

　　茅盾的民间文学思想理论是茅盾文学思想的重要组成部分。全面理解其民间文学观，必须理解其文学思想，即其文学思想构成，如其在20世纪初，特别是在五四时期，所提出的"为人生"的文学观。所谓"为人生"，就是茅盾所说的"文学是为表现人生而作的"。他说，"文学家所欲表现的人生，决不是一人一家的人生，乃是一社会一民族的人生"，"不过描写全社会的病根而欲以文学小说或剧本的形式出之，便不得不请出几个人来做代表"。与此同时，他对"旧学"和"西洋"的内容表现出时人并不多见的宽容，提出"积极的责任"即"把德谟克拉西充满在文学界，使文学成为社会化，扫除贵族文学的面目，放出平民文学的精神"，"是为人类呼吁的，不是供贵族阶级赏玩的；是'血'和'泪'写成的，不是'浓情'和'艳意'做成的"。[1] 我以为，关键的内容在于他所主张的"放出平民文学的精神"。他在《新旧文学平议之评议》中曾说，"新文学就是进化的文学"，而"进化的文学有三件要素"，即"普遍的性质""有表现人生、指导人生的能力""为平民的非为一般特殊阶级的人的"。他强调的是"唯其是为平民的，所以要有人道主义的精神，光明活泼的气象"。[2] 在《文学和人的关系及中国古来对于文学

---

[1] 沈雁冰：《现在文学家的责任是什么？》，《东方杂志》，1920年1月10日第17卷第1期。

[2] 沈雁冰：《新旧文学平议之评议》，《小说月报》，1920年1月25日第11卷第1期。

者身份的误认》中,他勾勒了英国文学存在的"文学进化"阶段,即"太古"时的"个人的"或者"个性","中世"的"社会、国家"或"帝王贵阀的","现代"的"民众的",他借以提出"文学家的大责任便是创造并确立中国的国民文学"。[1]

但是,所谓"民众的""国民文学"和"平民文学的精神",虽然和民间社会有密不可分的联系,可是茅盾并没有具体提出如何把握其中的"民间"性,只是在《社会背景与创作》中提到"国内创作小说的人大都是念书研究学问的人,未曾在第四阶级社会内有过经验,像高尔基之做过饼师,陀斯妥夫斯基之流过西伯利亚","所以反映痛苦的社会背景的小说不能出现了"。[2] 应该说,这里面包含着他对民间社会这一底层生活作为民间文学生存基础的关注。在《评四五六月的创作》中,他指出"知识界人不但没有自身经历劳动者的生活,连见闻也有限,接触也很少",从而表示他"最佩服的是鲁迅的《故乡》"。[3] 鲁迅的《故乡》是一篇充满浓郁的民间文化生活气息而又体现出深刻哲理的优秀小说,诸如其中关于动物故事的内容,构成了小说特殊的氛围,形成独特的审美效应。茅盾虽然没有明确分析这些内容,但是他确实注意到了它,所以他在这里提出:

> 我对于现今创作坛的条陈是"到民间去";到民间去经验了,先造出中国的自然主义文学来。否则,现在的"新文学"创作要回到"旧路"。[4]

"到民间去"在这里的意义未必就是主张作家去重视民间文学,但这一

---

[1] 沈雁冰:《文学和人的关系及中国古来对于文学者身份的误认》,《小说月报》,1921年1月10日第12卷第1期。
[2] 沈雁冰:《社会背景与创作》,《小说月报》,1921年7月10日第12卷第7期。
[3] 沈雁冰:《评四五六月的创作》,《小说月报》,1921年8月10日第12卷第8期。
[4] 沈雁冰:《评四五六月的创作》,《小说月报》,1921年8月10日第12卷第8期。

口号实际上应和了现代民间文学理论体系建立中的文化理念,诸如《歌谣周刊》的《发刊词》中所提倡的"文艺的"目的,用以"引起当来的民族的诗的发展",[1] 又如胡适多次论述的"一切新文学的来源都在民间"。[2] 诚如洪长泰所说,"民间文学家们在 1920 年至三十年代提出的响亮的'到民间去'的口号,是一种复杂的现象",他说,这种口号至少包含着三种含义,即"知识分子对民众的想象""知识分子对自己的想象"和"知识分子愿意深入民间的行动趋势"。[3] 考此"到民间去"的主张,确实和 19 世纪俄国民粹派的文化宣传有着直接联系,而在中国,当时茅盾做此主张,其实是与李大钊提出的"走向农村去"相应的。当时,即五四前夜,李大钊明确提出"都市上有许多罪恶","都市的生活黑暗一方面多","都市上的生活几乎是鬼的生活",而农村则"有许多幸福","光明一方面多","是人的活动",他大声喊出"青年呵!速向农村去吧"的口号。[4] 茅盾后来也曾重复解释说,"前世纪的八十年代,俄国的知识分子因为革命运动在都市里碰了壁,于是乎也要转换革命运动的方向","那口号就是'到民间去!'所谓'民间',也指的农村"。[5] 当然,两处表达的意思不一样。从其《中国旧戏改良我见》中也可以看到,茅盾这一时期对民间文学的态度以改造为主,如其所举"中国旧戏非改良不可"的理由,"一是旧戏的艺术如脸谱等等有点要不得","一是旧戏的思想要不得"。他把"旧戏"归为"粗疏艺术"。[6] 这与他在《创作的前途》中的"三条对角线"是基本一致的,即他把"丝毫不曾受着西方文化影响的纯粹中国式的老百姓"分作一流,把"受着西方文化影响,主张勇敢进取的"分作

---

[1] 周作人:《发刊词》,《歌谣周刊》,1922 年 12 月 17 日第 1 卷第 1 号。
[2] 胡适:《白话文学史》第三章《汉朝的民歌》,新月书店 1928 年 6 月版。
[3] [美]洪长泰:《到民间去:1918~1937 年的中国知识分子与民间文学运动》,董晓萍译,上海文艺出版社 1993 年 7 月版,第 294 页。
[4] 李大钊:《青年与农村》,《晨报》,1919 年 2 月 20—23 日。
[5] 茅盾:《"回到农村去!"》,《申报》副刊《自由谈》,1933 年 4 月 24 日。
[6] 沈雁冰:《中国旧戏改良我见》,《戏剧》,1921 年 8 月 31 日第 1 卷第 4 期。

一流,把"介乎两者之间的,不主张反古而又不主张激烈的新主义的"分作一流。[1] 但无论怎样,他确实是把"民间"作为新文学建设所重视的一种内容,与当时的民俗学者一样,在不同程度上强调了这一特殊内容的重要性。他所追求的,包括他在论及翻译外国文学时所述的,就是"使文学更能表现当代全体人类的生活,更能宣泄当代全体人类的情感,更能声诉当代全体人类的苦痛与期望,更能代替全体人类向不可知的命运作奋抗与呼吁"。[2]

值得注意的是,茅盾在后来回忆自己的神话研究时,特别提到正是在这一时期,即其"二十二三岁时",他"为要从头研究欧洲文学的发展,故而研究希腊的两大史诗",包括"研究希腊神话"。[3] 也就是说,正是在1918—1919年这一时期,在发表这些文章,也是其提出"到民间去"之前就已经开始了其民间文学理论研究。当然,由于各人生活经历和知识经验的具体形成不同,对于民间文学的理解与研究方面也会不同,茅盾和胡适、鲁迅、周作人、郑振铎他们的研究视角与方法自然不同;正是这种不同,共同构成中国现代民间文学理论体系建立和发展中的绚丽多彩。

茅盾的民间文学观主要分为两大部分,一是关于民间文学基本形式与精神的论述,一是他的神话研究及其神话学理论体系的基本形成。尤其是后者,在中国现代神话学发展史上具有重要的奠基意义;而前一个方面,又常常是许多学者所忽略的,它在我国现代民间文学理论体系的建立中同样具有重要的理论价值。

第一节 关于民间文学基本形式与精神的论述

茅盾是一位新文学作家,与同时代许多作家一样,十分关注白话这一与

---

[1] 沈雁冰:《创作的前途》,《小说月报》,1921年7月10日第12卷第7期。
[2] 沈雁冰:《新文学研究者的责任与努力》,《小说月报》,1921年2月10日第12卷第2期。
[3] 茅盾:《神话研究·序》,《神话研究》,百花文艺出版社1981年版。

民间文学有天然联系的语言形式。当然,并不是一论及口语、白话,就是在论述民间文学,但白话问题确实是新文学建设中与民间文学联系密切的重要内容。胡适曾经把白话文学看作"活"的文学,把旧的文言看作"死"的文学;而以白话、口语,即民间语言形式进入文学作品,包括周作人他们提倡以民间歌谣为新诗的语言范式,这是五四新文学作家的共同努力。

如茅盾在《杂感(一)》中所举例,白话不唯是中国现代文学发展中所面临的问题。茅盾把"凡一种发表思想情感的工具,只用在纸面,而不用在口头的,叫做文言","反之,只能说在口头,而不许写到纸上的,叫做白话"。显然,民间文学作为口头文学,白话就成了它的基本标志。这就是我们所讲的,口头性是民间文学的本质特征。茅盾所举的例子是"犹太民族"和"希腊民族"。他举例说:

> 在今世纪初,犹太著作家写在纸面上的,是希伯来文;但是他们口里说的,却是德国中部的一种古代的方言,叫做 yiddish。所以希伯来文是犹太人用的"文言",而 yiddish 是他们的"白话"。犹太族中善用希伯来文的老宿,常把 yiddish 看作村俗不堪入文,正像我们的文言忠臣对于"白话"的态度。当二十年前,犹太新文人如潘莱士等,提倡"白话文",把"白话"写在纸面,作文,作小说,作诗,那时候,希伯来文的忠臣极力反对,也不亚于我们今日的"文白之争";然而现在如何?现在是伧俗的 yiddish 战胜了有古老历史的希伯来文了。[1]

这种"文白之争"在"1901 年"的"雅典",情况就更特殊了。A.Pallis 因为用"口语"翻译《圣经》而遭到"雅典的大学生"的"攻击","甚至演出流血的惨剧";白话作家被"视同卖国贼","阴谋毁坏希腊文化"。而这里"攻击"的背后是有人在操动,这就是"守旧派教授 Mistrictes

---

[1] 沈雁冰:《杂感(一)》,《时事新报》《文学旬刊》,1923 年 4 月 12 日第 70 期。

的鼓动"。当然,后来还是"有过最光荣的历史的文言,只好让路给白话了"。[1]

最能体现茅盾对白话的民间性内容理解的是其《驳反对白话诗者》。针对"现在有人主张诗应该有声调格律,反对没有声调格律的白话诗,视白话诗若'洪水猛兽'",他说,"文学上越多反对的声浪,便越见得文坛上热闹,有进步,能发展",所以"极欢迎听反对白话诗的声浪";他对反对者所列"白话诗即拾自由诗的唾余,而欧美的自由又是早为'通人'所诟病"的论点,说,"白话诗固与自由诗同,要破除一切格律规式","但这并非拾取唾余,乃是见善而从","如谓此便是拾取唾余,然则仿西人之重视文学而研究小说稗官野史荐绅先生羞道的东西,也是拾取唾余了!"[2] 这里的"研究小说稗官野史荐绅先生羞道的东西",也正是我们所讲的民间传说故事。也就是说,西方小说的发展,存在着以民间传说和民俗生活为题材,运用民间故事和民间歌谣语言为文学语言的文化传统,茅盾借之证明白话诗与民间文学联系有广阔的前途。这一论点提出的时间,正是《歌谣周刊》创刊之前,即五四歌谣学运动在《北京大学日刊》等处如火如荼展开之际。此时的《妇女杂志》自1921年1月开办《民间文学》和《风俗调查》两个专栏,"征集各地流行的故事歌谣,预备作为中国民间文学的研究资料",介绍欧美学者"首用科学方法,研究民间文学",[3] 更是锦上添花。相信这些活动会影响到茅盾民间文学观的形成和发展。

不可不论的是,由于对文学发展的关注方面的不同,茅盾不像周作人和胡适那样熟悉民俗学和相关的民间文学理论,即使是他对神话传说的研究,也更多的是纳入其文学研究的领域,因而在表述方式上与他人有一些不

---

[1] 沈雁冰:《杂感(四)》,《时事新报》《文学旬刊》,1923年6月2日第75期。
[2] 沈雁冰:《驳反对白话诗者》,《时事新报》《文学旬刊》,1922年3月11日第31期。
[3] 胡愈之:《论民间文学》,《妇女杂志》,1921年1月第7卷第1号。

同。他对民间艺术的理解,在早期更多的偏于理想化的认识。如其在《论无产阶级艺术》中,他称赞高尔基是"第一个把无产阶级灵魂的伟大无伪饰无夸张地表现出来","第一个把无产阶级所受的痛苦真切地写出来","第一个把无产阶级所负的巨大的使命明白地指出来给全世界人看","像高尔基那样的无产阶级生活描写的文学,其理论,其目的,都有些不同于罗兰所呼号的'民众艺术'",他指责罗兰关于"为民众的,是民众的,才是民众艺术"的理论是"空洞的",是"乌托邦式的",他质问道:"何尝有不分阶级的全民众?"所以,他"便不能不抛弃了温和性的'民众艺术'这名儿",代之而起的是"无产阶级艺术"。[1]在《"民族主义文艺"的现形》中,他针对"国民党对于普罗文艺运动的白色恐怖以外的欺骗麻醉"所提出的"民族主义文艺运动",要揭露其"法西斯帝的本相",指出其所谓的"民族的利益""就是统治阶级的利益"。潘公展他们提出,"在文学上,文学之民族的要素,也和艺术一样地存在着。文学的原始形态,我们现在虽则很难断定其为何如,但可以深信的,它必基于民族底一般的意识。这我们在希腊的《伊里亚特》和《奥德赛》,日尔曼的《尼贝龙根》,英吉利的《皮华而夫》,法兰西的《罗兰歌》,及我国的《诗经·国风》上,很可以明白的"。应该说,这里面除却他们的用心,是包含着一定的合理的见解的,而茅盾所要求的更高;他指出潘公展他们的"欺骗民众"的目的和实质,强调"所谓《伊里亚特》与《奥德赛》,《尼贝龙根》与《皮华而夫》,《罗兰歌》与中国《诗经·国风》等等,被他们民族主义派认为可以给他们'保镖'的作品,绝对不是文学的原始形态,又且绝对不是'基于民族的一般的意识'",其理由便是这些作品以《诗经》为例,"即使在本质上是民间的抒情文学",然而"至少是经过孔子批判地采取了的",即"已经渗透了统治阶级的意识"。[2]这似乎与鲁迅在《随感录

---

[1] 沈雁冰:《论无产阶级艺术》,《文学周报》,1925年5月2日第172期。
[2] 石萌(茅盾):《"民族主义文艺"的现形》,《文学导报》,1931年9月第1卷第4期。

（四十二）》指出的观念一样，即揭露新西兰总督英国人葛莱利利用"土人的自大与好古"来改造神话，但效果并不一样。

"大众文艺"的讨论是现代学术史上一个相当复杂的问题。在这场讨论中，茅盾针对《文学月报》上所发表的《问题中的大众文艺》，指出其"绅士文字的渣滓"等论调对群众阶级的诬蔑，他提出"不明白大众的艺术感应的特殊性，就不能创造出好的大众文艺"。他以"说书先生"对文学作品的改编为例，说"那有本事的说书先生并不按字就句背诵"，而是就其故事"另行创造"，即"合于大众口味的艺术的动作的描写"。[1] 茅盾更看重于文学的进化。如，面对"上海的街头巷尾"，"密布着无数的小书摊"，"小书"多是"连环图画小说"，其中既有"旧小说"，又有时新的电影故事；茅盾看到的是"上海一般民众的阅读能力"已经"有了很大的进步"，即"唱本不能满足他们"。茅盾所指的唱本，在这里特指"五六年前"在上海小书摊上流行的"《时事五更调》之类的唱本"，其实就是民间说唱刻本。茅盾借此所强调的是同"说书先生"一样的"巧妙地应用起来"，其"一定将成为大众文艺的最有力的作品"。[2] 应该说，茅盾对民间文艺基本形式的重视，在这一方面同鲁迅以为连环画中可以产生托尔斯泰在实质上是相同的。在《孩子们要求新鲜》中，他提及"从前仅有《大拇指》《无猫国》等等童话的时候，倒还没有'连环图画小说'，因此那少数的童话倒是'独占'的"，"现在儿童读物的数量多上几千倍，却反不能防止'连环图画小说'的无孔不入"；他指出，"现在的儿童读物，十之九是文艺性的"，一类是"猫哥哥狗弟弟的简单故事，或译或著或取中国民间故事稍加改换"，一类"较为复杂"，"题材大部分还是属于第一类，偶有历史传说和神话"，一类是"西洋文学名著的译本"，如《宝岛》类，这种情形造成"十二三岁的儿童便简直无书可读"，即在总体上"缺

---

[1] 止敬（茅盾）：《问题中的大众文艺》，《文学月报》，1932年7月10日第1卷第2期。
[2] 茅盾：《连环图画小说》，《文学月报》，1932年12月15日第1卷第5、6期合刊。

乏新鲜的题材"。[1] 他并不是反对运用民间传说做教材内容,而是主张要使儿童教育不断与现代文明的发展相结合,应该说,这二者并不矛盾。

在《民族的"深土"的产物——民间文艺》中,茅盾就人"赞扬中国古代建筑上的'斗拱'的神妙",引出民间文艺形式运用的话题。他说,"我并不否认诗赋词曲骈文四六乃至诗钟文虎之类,是从我们土里生长出来的文艺之花;然而我又觉得,生长出这些旧文学的'土'大概只是上层的浮土吧?"他接着说,"中国民族的深土里自来也不是竟然毫无所出","这就是流行于口头的民间文艺","这些是从来士大夫所看不起的,可是不因被他们看不起而遂停止了发长","因为这是从深土里长出来的,它的基础是全民族民众的情绪和思想"。从而,他更进一步论述道:

> 几乎是中国各地都有自己的独特作风的民间文艺,贯穿在这些"俚俗"的民间文艺内的,是老百姓的对于他们所爱所憎的人物的赞扬和讽刺,他们给这些人物创造了典型。而作为这些民间文艺的灵魂的,还有老百姓的从生活里得来的人生的真理和对于生活的积极的态度。
>
> 民间文艺中没有悲观和颓废的。民间文艺的男女关系描写,粗野则有之,然而决不是颓废,决没有病态,恰恰相反——是健康。[2]

他在最后将之归为现实,即"在国防文学运动"中,"不但民间文艺的形式应当被取来'实用',就是'内容'方面也有许多能帮助我们更了解中国农民性格上的优点,发生民族自信力的"。[3] 这就与以往所持的较低评价大不相同。

这篇文章是茅盾民间文学观的集中体现。自此作为一个分水岭,即此

---

[1] 茅盾:《孩子们要求新鲜》,《申报》副刊《自由谈》,1933年5月16日。
[2] 茅盾:《民族的"深土"的产物——民间文艺》,《生活星期刊》,1936年10月11日第1卷第19号。
[3] 茅盾:《民族的"深土"的产物——民间文艺》,《生活星期刊》,1936年10月11日第1卷第19号。

后他改变往日对民间文艺的矛盾态度,一直到抗战初期,他对民间文学价值和意义的评价越来越高。把民间文学看作文学的源泉,是茅盾理论的重要内容。例如,茅盾专门研究民间歌谣所发表的第一篇文章是《打弹弓》。这是他前期民间文学观的代表。《打弹弓》是一首在江南地区流行很广的民间情歌,以女子同男子相互问答的形式,表现男女间的真挚而自然的情爱。但这首民歌不是一般的男女恋情,它以"郎来山上打弹弓"和"姐来山下做裁缝"为引题,讲述二人相互倾情,但是,女要男"只要拿你妻房来卖脱"为条件,称"妻房不卖不要来,奴朵鲜花有人采",即情爱的专一追求的表达。最后男穷追不舍,表示愿以像"蚊虫死"那样,"死在你两乳白胸膛",称"两只奶头就是两座新挑坟头顶,你手臂湾湾好比坟莹(茔)匡"。情爱的表达极其大胆,无遮无掩。茅盾说,"中国民谣里的恋歌,古代的如《子夜歌》,现在留传的极少,且已非活的口头文学。现在流行于民众口头的,却是极多,并且内容也更丰富,多变化"。而且称"这种恋歌之所以可贵,即因他们是民众的真挚恋情的表现,是健全的民众的恋爱思想,既不带有偷香窃玉以恋爱为游戏的怪相,亦不夹着色情狂的邪气","在各走极端的禁欲(假道学)与纵欲(色情狂的描写)两种思想所表现的中国恋爱文学内,健全的恋爱观念是寻不出来的,但是我们在中国的民谣里却寻得出来"。[1]

茅盾以《打弹弓》为例,指出"民谣是民众思想的结晶的表现,在民俗学上占着极重要的地位";同时又指出,"民谣中尤以恋歌为重要的部分,各国莫不皆然"。他对"为什么民谣中独多恋歌"解释道:

> 赤裸裸的恋情的表白,从前文学家是有所顾忌而不敢形之笔墨的,但率直的民间文学家却没有这些顾忌,所以遂借了民谣的形式而产生出来;因为是表白民众的真挚的男女悦爱之热情的,民众自然极欢迎而且传布

---

[1] 玄珠(沈雁冰):《打弹弓》,《文学周报》,1925年3月9日第163期。

得快,又因为不受文学上传统法则的拘束,不受法吏的检查的,所以自由创作,故出产甚多,久而久之,便占了一民族的民谣的大部分了。[1]

然而,茅盾研究民间歌谣并不是仅仅为民俗学提供资料,他一贯的态度就是"拿来"为文艺所用。他并没有具体认识到民歌更高的艺术价值。又如其《田家乐》中,他指出"从前的'田园诗人'歌咏四时'田家乐',特别要出力描写农民在冬季的快乐","民间的无名诗人也编出了无数的通俗的'四时田家乐',给农民们在水车头在打谷场上歌唱"。他强调,"然而动机是不同的",即"风雅的'田园诗人'意在颂扬'尧天舜日'下的治绩,民间歌人则直诉了朴质的农民在一年中'和土地奋斗'所备尝的甜酸苦辣","并且民间歌人的鼓词或小调大都把'春耕、夏耘、秋收、冬藏'的农事历程描写得很具体,很详细,把农事的知识来歌谣化了"。他举例说,古希腊传说中的诗人海喜阿(He-Siod)有长诗《工作与时日》,"就是那样具备了'实用农事教科书'的资格的'四时田家乐'"。他接着举例说,"波兰的小说家莱芒(W.ST. Reymont)写过一部四卷的小说《农民》,按四季描写了农家的苦痛。可了不得,直欲上追海喜阿了",因此莱芒获得了诺贝尔文学奖。然而,该奖的评选委员们所看重的并不是这些"民间歌人"所"叹"的苦痛,而是"此四卷头的巨著描写的有农民们的原始性的残酷,淫纵,与贪欲","连穷人们的眼泪也成为他们'鉴赏'的材料"。茅盾看到的是"近来的田家生活实在是变化太多,有些事连顶好的'幻想家'也想像不到","不但以前那些民间歌人的什么'田家乐'鼓词见得平谈贫乏,就是莱芒的世界驰名的大著春夏秋冬的《农民》也成为描头画角的无聊的卖弄了",而这些,"都是厚待我们的作家,是在那里加工给作家们创造材料"。[2]

---

[1] 玄珠(沈雁冰):《打弹弓》,《文学周报》,1925年3月9日第163期。
[2] 茅盾:《田家乐》,《申报月刊》,1934年2月15日第3卷第2号。

自 1936 年之后,尤其是进入 1937 年,全民族的抗日战争开始之后,茅盾对民间文学的态度更明确,关注更密切,论述更具体也更深刻。先前那种"为人生"的文学观,在这一时期越来越多地融入了对民间文学形式的运用等问题的思索,渐渐形成其为社会的文学观,为民族的文学观。这一时期的民间文学观,也自然与社会现实有了更密切的联系。

如其作于 1938 年 2 月 13 日的《关于大众文艺》一文中,他对"多才多艺,能唱'绍兴司马懿,宁波诸葛亮'"的赵景深所写的一篇鼓词《八百好汉死守闸北》,提出自己的意见,称"这新词""忽略了民间文艺的几个基本要素","也可以说是违反了民间文艺的几个基本要素","所以唱起来即使可听,而感动的力量恐怕未必强"。他指出,所谓"民间文艺的基本要素","第一是故事的逐步展开,秩序井然","第二是主角和配角的分明,并且以故事系于人物,即人物为骨而以故事的发展为肉","第三是抒情和叙事错综溶合,抒情之中有叙事,叙事之中有抒情";他接着指出,"《八百好汉》的最大缺点就是缺少了一个主角","又一重大缺点是太死板板地守着所有的报纸记载,几乎照单全收,而又不分宾主,反使紧张部分显不出紧张"。他说,"'无人物'的故事不是一般民众所欢迎的","民间文艺的最大妙处就在能于人物对话中把故事展开并且加浓了抒情成分。壮烈、悱恻、缠绵、温婉,等等情绪,几乎全是从对话中传神","所以民间文艺虽然少有心理描写,少有细腻的人物的动作的描写,然而并不缺乏感情成分"。其归入点还是民间文艺形式的利用问题。如其所述,"利用旧形式是现在抗战文艺运动中的一个重要的课题","但是这一课题的最正确的意义,应该不是活剥了形式过来,而是连它特有的技巧学习之,变化之,且更精炼之,而成为我的技巧"。他说:

> 民间文艺中的各种体制,在艺术上的成就大有高低,譬如大鼓词,就是较高的一种。它是一种有旋律的散文,而叙事与抒情错综溶合之度又

较其他民间文艺为高。像这样的"旧形式",如果要"利用"它,就不能单单剥取它的外形。我们可以向最好的旧鼓词(那是多数无名作者——民间艺术家心血的积累)去学习,消化了成为我们自己的东西。我觉得"利用旧形式"这名词有点毛病,它使人以为只是剥取了外形就尽其能事;我们应该把民间文艺中最好的体制连血带肉吞下去,经过消化,然后自铸新词。[1]

这一段话的实际意义应该是茅盾准确概括了作家与民间文学关系中的一个规律,即作家如何学习与运用民间文学。茅盾将这种规律作为实现条件更具体地总结道,"要办到这一步,先须科学的研究民间文艺,洞见了它的构成的要素与技巧的特长;这,民间文艺研究专家和演奏专家(所谓艺员)的合作,是不能缺少的"。他又指出,"鼓词在北方民间,有绝大的势力"。[2]应该说这是解开赵景深作为民间文学研究专家,何以会出现如此"缺点"的谜底。这就是说,民间文学的"构成的要素"与"技巧的特长"中,都有地域的因素,即学习和运用民间文学的形式,在事实上还存在着一个艺术经验背景问题。由此,它使我们想起延安解放区文学中的李季与艾青两人同样运用民歌形式,结果诗学造诣更高的艾青却没有胜过李季。鼓词是北方民间文艺,所以赵景深不熟悉其中的许多技巧,而出现这些"缺点"。茅盾看到了大鼓书慷慨激越的表达效果,他强调说,"研究鼓词,创作新鼓词,应该首先列上我们的日程","抗战文艺中如果没有民间文艺形式的作品,那就决不能深入广大的民间",所以,"要加强大众化","假使不从民间文艺去学习,消化它而再酿造它,那么,我们的所谓大众化始终不能圆满的"。[3]之后在《关于鼓词》中,茅盾表达了与《关于大众文艺》相同的意见,而且切实地指出

---

[1] 茅盾:《关于大众文艺》,《文艺论文集》,群益出版社1942年12月版。
[2] 茅盾:《关于大众文艺》,《文艺论文集》,群益出版社1942年12月版。
[3] 茅盾:《关于大众文艺》,《文艺论文集》,群益出版社1942年12月版。

自己"是南方人,老家在太湖流域","不会唱鼓词",但"一向深喜鼓词",以为它"在北方民间势力很大,相等于太湖流域民间流行的滩簧",但与鼓词相比,"滩簧"则"不大适宜于表现悲壮激昂的情绪"。他对鼓词的表达效果做了很高的评价,说它"实在是一种可以弦歌的叙事诗",而"荷马的史诗,当初是'被之管弦'的,夕阳荒村,盲诗人弹七弦琴,唱这么一段,跟我们的鼓词实在差不多",其不同的地方只是在于"鼓词是短篇而史诗则是巨著"。当代作家的任务,在"改进这旧有的形式上",应"不为旧鼓词的规律所囿","从一个简单故事的旧鼓词发展为新时代的史诗"。[1]

《时调》是一个诗歌半月刊,在抗战中应运而生,但也在这特殊的岁月中"停刊",尽管它只出版了四期,但在大众文艺运动中却有着特殊的地位。在《时调》的"创刊号",编者称其工作为"救亡歌曲的制作,国防诗歌的创作,通俗诗歌、朗诵诗歌、歌谣、民间俗曲的编撰",应该说,其中所列的"歌谣"和"民间俗曲"就是与大鼓书一样的"旧形式"利用,即作家自觉运用民间文艺形式进行抗日救国的文化宣传。茅盾在评价这份刊物时,指出"诗歌朗诵运动就是诗歌大众化的一个方式";他说,"诗歌这东西,当其尚为民间的野生的艺术时,本来是'口头的',它的变为'非朗诵',是在承蒙骚人墨客赏识了以后",所以"我们要还它个本色"。他还评价《时调》"短小精悍",称其中"有新鼓词,也有俗曲,以及山歌、莲花落,正如我乡俗谚,'庙虽小,菩萨却不少'"。[2]

茅盾论及民间文艺即民间文学,始终是将其置于自己的文学视野之内的,因而他更多的是关注民间文学形式的再应用问题。在《利用旧形式的两个意义》中,他论及"旧瓶装新酒"问题,提出"'翻旧出新'必不可少"和"牵新合旧"。他举例说,所谓"翻旧出新",就是"去掉旧的不合现代生活的

---

[1] 茅盾:《关于鼓词》,《文艺月刊》"战时特刊",1938年3月16日第8期。
[2] 茅盾:《时调》,《文艺阵地》"创刊号",1938年4月16日。

部分","只存留其表现方法之精髓而补充了新的进去",以京戏为例,"则可以保存它的歌剧的特色以及象征手法的特长","如以布幔代替城,马鞭代马等等","而非现代的服装、台步、脸谱等,可以去掉","慢慢就惯了";所谓"牵新合旧",他说,"例如诗歌,尽管用每行字数长短不齐的新诗歌的形式,但须从民歌学习它的'比兴'","民歌开头两句常是'比'或'兴',而且就地取比,即景起兴,这是很巧妙的手法"。他将"翻旧出新"和"牵新合旧"二者"汇流的结果",看作"将是民族的新的文艺形式",是"'利用旧形式'的最高的目标"。[1]事实上这涉及民间文学理论中的"改旧编新"问题。在20世纪80年代中期,我国民间文学理论研究中曾经进行过这一问题的讨论,有些学者主张"改旧编新",使民间文学得以发展,有些学者则坚持要尽量保持民间文学的原始形态,反对改编。应该说,在作家运用民间文学形式上,这是很正常的,但在科学研究上就难免失之偏颇了。茅盾关注的是前一种内容,而且其论述是得当的。

在《论如何学习文学的民族形式》中,茅盾认为"创造"与"学习",二者是"'学习'到了醇化的境界,前人的遗产成为自己的血肉,生平之所经历,所见所闻,都溶合锤炼而成为自己的'灵感',到这时候,你的作品,自然而然具备了'创造性'了"。在对"文学遗产"即"文学的民族形式"进行历史考察时,他说"佛道论战"使"'独家言'的儒门思想失去了统制的力量"的时代即魏晋南北朝时期,"在文艺方面"给了"民间文学以抬头的机会","现在这些民间文学,尚保存了若干","因为当时北中国和南中国民风之不同,这些民间文学亦呈现了不同的风格",即"大抵北方民歌的特点是慷慨悲壮,而南方的则是缠绵婉转,从鲜卑语翻译过来的《敕勒歌》可为北方的代表,而无数的《子夜歌》则可为南方的代表";"南北朝时代的民间文学虽则充满了反封建意识的内容,然而还没有创造新的形式"。他把《木兰辞》

---

[1] 茅盾:《利用旧形式的两个意义》,《文艺阵地》,1938年6月1日第1卷第4期。

和《孔雀东南飞》看作"建安时代的诗篇（曹子建等的作品）的发展"。在他看来，民间文学"形式"的发展创造表现在"宋人评话"，他称之"形式是全新的、创造的，其传播的方法则为口述"，"这一种新内容新形式的市民文学的发源地和根据地，大概就是当时宋朝的都城汴京，而由所谓'说话人'者（作家，同时又是'出版家'，职业的宣传家）口头传播于各处"；到了元朝，新的形式的出现就是"曲"，"开端于宋末，而大成于元朝"，"这大概是北宋汴京盛时的'社火'的发展"。茅盾说，"市民文学的初期的作品"，正因为"口头的""街头的"，"力争其存在"，"因而亦充满了教育的、斗争的意义"；"由此演化而出的最高级的东西"，"乃是前者的同一中心题材的许多作品在长期发展中经过了多人的补充、润饰而终于由一谁某（大概也是职业的说评书者）整理连缀，并且写为定本的"。正是后者，"是成熟而完美的"，"即使称为中国民族文学的不朽的'古典的'著作，亦不算过份"。[1] 这里，茅盾事实上总结了民间文学史上的一个重要规律，诸如他所举的《水浒传》等作品的成书过程，即先是无数人的口头创作，再由民间艺人整理，之后形成"定本"。这里他举《水浒传》为例说，"西方有一俗谚：'罗马不是一天造成的'，说到《水浒》这部书，就不是一天产生，也不是一人之力产生的"，"最初，并无《水浒》之名，却是一些'口头的''街头的'故事，而以宋江等三十六人为中心题材。无数的民间的无名作家，创造出宋江等典型人物，这是一种集体创作"。他还解释说，"《水浒》当其尚为流行于民间片断故事的时候，是农民意识的东西，其后经过市民文学的'说评话者'转辗'润色'而发挥，便加进了市民阶级的思想内容"。在论及《西游记》时，他说，"今日所见的《西游记》，也是从许多片断的取经故事（流行于民间的口头文学），经过长期的发展（许多无名作家的润色发挥），而后整理写定了的"，"这和《水浒》的产生过程相同"。他还说，"《西游记》的全部取经神话却不但有浓厚

---

[1] 茅盾：《论如何学习文学的民族形式》，《中国文化》，1940年7月25日第1卷第5期。

的小乘佛教的色味,而且还有中国原始信仰的痕迹",是"幻想的寓言文学作品之中国民族形式的代表"。最后,他又提及"如何向人民大众的生活去学习"。[1] 由此使人想起他在《文学家成功秘诀》中提及的,"曾见某笔记谓施耐庵《水浒》先以三十六主要人物的画像挂在书房里,朝朝暮暮对着看,后来'神而明之',下笔若有'神助',于是三十六人者乃活跃于纸上了"的"秘诀";他说,"时至今日,《水浒》一书经过了几番考证,已经断定它并非姓施名耐庵者个人意匠之作,而是一群民间传说累积的果实","所谓三十六主要人物的性格,并非由施耐庵看熟了画像揣摹得来,而是许多无名的民间艺术家共同捏塑成功,不过由施耐庵加以最后的编定罢了",此"笔记"所传的"成功秘诀"只是一种"穿凿附会"。[2] 关于《水浒传》与《西游记》,包括《三国演义》,当时即20世纪20年代初,亚东图书馆刊印这些典籍时,由胡适以考证文章代序,在里面也谈及类似意见。茅盾对此"民族文学的形式"所做的历史考察,与胡适意见相差无几,他们强调的都是文学发展中存在的许多经典作品源自民间的文学规律。而茅盾更看重于"民间形式"的发展,包括新文学在此基础上的"创造"。

在抗日战争的文艺宣传中,曾经出现一场关于民族形式"中心源泉"的大争论。这主要是针对向林冰(赵纪彬)所提出的"民族形式不得不以民间文艺形式为其中心源泉"的主张,郭沫若、潘梓年、光未然,包括茅盾等人都对此提出批评。茅盾在《旧形式、民间形式与民族形式》中,介绍了这场争论的焦点,称向林冰的"中心错误"在于"三个方面",即一,"把'五四'以来受了西方文艺影响的新文艺形式等看作是完全不适宜于'中国土壤'",二,"把民间形式之所以能为民众所接受,认为是一个单纯'口味'的问题",三,"把民族形式了解为狭隘的民族主义的口号"。他说向林冰的"'中心源泉'

---

[1] 茅盾:《论如何学习文学的民族形式》,《中国文化》,1940年7月15日第1卷第5期。
[2] 仲方(茅盾):《文学家成功秘诀》,《申报》副刊《自由谈》,1933年11月12日。

三论","凡所触及的一些问题,几乎全盘错误了"。他在逐条介绍中进行辨析,如其中的第二条,事实上就是他的民间文学观的具体展示,他说,"以为民间形式既是不折不扣的'国货',那么,中国人有中国人的口味,当然中国口味特别喜爱国货,而不知民众之所以能够接受民间形式,不是口味的问题,而是文化水准的问题","因为民间形式既是封建的农村社会的产物,则其表现方式自然合于农村社会的文化水准。因此,如果为了迁就民众的低下的文化水准,而把民间形式作为教育宣传的工具,自然不坏,但若以之为将要建设中的民族形式的中心源泉,则是先把民众硬派为只配停留于目前的低下的文化水准,那是万万说不过去的谬论"。[1] 这里应该指出的是,向林冰过于夸大民间文学的作用,固然是一种偏颇,而茅盾,包括郭沫若他们的忽视民间文艺特征的论述,同样是偏颇的;其中一个很简单的道理就是茅盾把"文化水准的问题"作为"接受"的条件,没有看到口耳相传的便利性传播功能的内容。其实,关于这场争论,有许多问题在今天也并没有真正解决。

如茅盾所引,向林冰认为"我国固有的文艺形式乃是'中华土壤'的特产,复因野生的民间形式既是'口头告白'的东西,亦即为'生活'于广大民间,为民众所'习见常闻',既然'习见常闻',自必'喜见乐闻'",即"将以大众为主体的抗战建国新内容"的民族形式"不得不以民间形式为其中心源泉"。向林冰还提出一个"生于民间,死于庙堂"的问题。[2] 应该说,这和鲁迅在《门外文谈》中所谈"旧文学颓废时","因为摄取民间文学或外国文学而起一个新的转变,"[3] 以及他在《略论梅兰芳及其他(上)》中所提到的,文人"夺取民间的东西,将竹枝词改成文言",而"一沾着他们的手,这东西也

---

[1] 茅盾:《旧形式、民间形式与民族形式》,《中国文化》,1940年9月25日第2卷第1期。
[2] 茅盾:《旧形式、民间形式与民族形式》,《中国文化》,1940年9月25日第2卷第1期。
[3] 华圉(鲁迅):《门外文谈》之七《不识字的作家》,上海天马书店1935年9月版。

就跟他们灭亡"[1],在道理上是一致的。在这里,茅盾说,"从中国文学史上来看,确也有些'生于民间,死于庙堂'的现象",他举例称"西周时代的里陌讴谣是四言句,自从孔子之徒讽咏以后,四言诗就在民间'死'了,所以汉代'乐府'之所采辑,多半是五言,或长短句了","'杂剧'亦生于民间,而即进庙堂成为'南剧',也就在民间'死'了","'评话'是民间的,及至经过'庙堂'而成为大部的小说,'评话'在民间也就消歇了"。茅盾说,"这些事实,我们并不否认,但是也有例外",其"例外"就是"民间之'皮黄'进了庙堂而成'平剧'以后,依然不死,且为老百姓所'习见常闻'乃至'乐见喜闻'",其他例证,茅盾又举了"鼓词""蹦蹦"等现象。茅盾所要证明的是"后者确实胜过了前者",其理由就是"大众自己所创造者,其'形式'并不尽善尽美,而经过了庙堂中人沾手以后的更进步的形式,也并不为大众所歧视",所以"不应只推崇民间形式"。应该说,茅盾所讲的是文艺的发展,在旧形式的运用上当采用多元的方式。但这里面确实存在着一定的误会。特别是在对"生于民间"的理解上,茅盾以为"有了文艺复兴期意大利的商业都市,这才有薄伽丘的《十日谈》","中国之有宋代的'评话',及其后发展为大部的'小说',不能不说是因为宋明有了广大的市民阶级之故","中国的旧文艺形式之所以只发展到'小说'为止,而不能由'传奇'发展到'话剧',无非因为中国处于长期的封建社会,虽然早有了广大的市民阶级,然而不能发展为产业资产阶级之故";而向林冰所说的"口头告白"性质的"民间形式"在茅盾看来,"正是中国这封建社会中最落后的阶层(农民阶级)的产物,纵使其中含有如高尔基所称的长期积蓄的民众机智的金屑,然而其整个形式断然是落后的东西",他进而推论,"我们固有的'民间形式'一定要随社会之进步而归淘汰,新中国的民族形式如何能以民间形式为源泉呢?",因而他把向林冰的"中心源泉"归为"实际上却是延长了应该被淘汰的封建社会文艺

---

[1] 鲁迅:《略论梅兰芳及其他(上)》,《中华日报》副刊《动向》,1934年11月5日。

形式的寿命"。这样立论,其实就是大错特错了。向林冰讲"中心源泉",在实质上并无什么大错,只是提及在战时借用民间文艺这种为民间百姓更容易接受的形式宣传抗日,是面对大部分民众的文化实际而提出的,况且他也没有完全排斥其他形式,即使是有些偏激,也是可以理解的,那么,民间形式又如何同封建文艺画等号呢?在这里,应该说,错的是茅盾。说到底,茅盾用一般文艺学知识去简单理解民间文艺,也就难免出现这种偏颇。所以他一再称"大体上民间形式只是封建社会所产生的落后的文艺形式",这在实质上与文艺进行论并没有太多的差别。当然,茅盾所强调的更多的是"新中国文艺的民族形式的建立,是一件艰巨而久长的工作,要吸收过去民族文艺的优秀的传统,更要学习外国古典文艺以及新现实主义的伟大作品的典范,要继续发展五四以来的优秀作风,更要深入于今日的民族现实,提炼熔铸其新鲜活泼的质素"。[1]他将向林冰的"中心源泉"论不仅当作"抄小路""占便宜",而且看作"向后退的复古的路线",甚至是"'导引'民族形式入于庸俗与廉价化的危险";[2]若我们将这些与他在《想到》中所推崇的"民众思想情绪的结晶体"即民间艺人刘春山[3]相比较,尤其是与他在《关于大众文艺》和《关于鼓词》中对抗战文艺"深入民间"的高度赞扬相比较,这不能不说是偏激,是矛盾,包括失望。关键的问题在于茅盾在这里所表现的情胜于理的表述方式。在现代文学的发展中,这种现象,特别是把民间文艺同封建文艺画等号的理论不仅仅体现在茅盾身上;这一方面是因为现代作家在民间文学理论素养上的欠缺,另一方面则是因为文艺学上社会进化论的泛滥。真正的深入民间对许多作家来说还只是空谈,而更为重要的原因则是传统的士大夫鄙夷民间文学的观念的影响,茅盾也不例外。而这更说明现代民间文学理论体系建设的艰难。茅盾的这种思想在《〈诗论〉管窥》

---

[1] 茅盾:《旧形式、民间形式与民族形式》,《中国文化》,1940年9月25日第2卷第1期。
[2] 茅盾:《旧形式、民间形式与民族形式》,《中国文化》,1940年9月25日第2卷第1期。
[3] 茅盾:《想到》,《中华公论》"创刊号",1937年7月20日第1卷第1期。

(《诗创作》1942年10月第15期)、《文艺杂谈》(《文艺先锋》1943年2月第2卷第2期)等处,都有不同程度的存在。诚如他在《谈"深入民间"》中所说的,"抗战的文化运动必须'深入民间',这是不成问题的",现实中"也运用了各种各样的民间的艺术形式",诸如改良戏剧,"文化人也大批大批的'到民间去',在荒村小镇苦干"等,但是"实际工作者的经验",证明还有很多问题,诸如"与民众还相隔一层",包括民众的麻木、浅见等"距离"。[1] 他自己也说,"抗战建国的目的正是解除民生的疾苦与夫铲除贪污土劣的势力","民众诚然文化落后,国家民族的意识在文化落后的民众间诚然未见坚强而普遍,但是,从生活痛苦,从贪污土劣的罪恶,从民众切肤的痛苦,本身的问题,联系到抗战建国,这才是问题的焦点,只有这样,才能真正'深入民间'"。[2] 同时,这也使我们关注到一个问题,即茅盾对民间文艺的失望情绪,是否与这种"距离"的现实存在有关?他在抗战初期对民间文学形式所抱的激情确实存在着一个持续问题。

茅盾对民间文学这一立场的转变在抗战胜利后尤为明显。他在《门外汉的感想》中表现出这种转变的端倪,即不再简单地把"民间形式"作为"封建社会所产生的落后的文艺形式",而是热情讴歌"延安的木刻有其特殊的风格",称它们"内容是最现实的,而形式亦朴质刚劲"。他举例说,"如艾青的长诗《吴满有》的插图,秧歌剧《瞎子算命》的插图,《新旧光景》连环画,秧歌剧《货郎担》的插图,生产、识字、卫生一类的故事,乃至窗花、年画等等,都表现了陕北人民的和平劳动的生活,表现了这些和平劳动的人民在民主政权下生活得多么快乐"。[3] 在《民主运动与文艺运动》中,他指出"人类历史上曾经有过三种文艺",即"奴隶的文艺,奴才的文艺,人民的文艺";他说,"从历史上看来,最先出现的文艺,可以说是人民所作,为了人民,而且

---

[1] 茅盾:《谈"深入民间"》,《新云南》"创刊号",1939年1月28日。

[2] 茅盾:《谈"深入民间"》,《新云南》"创刊号",1939年1月28日。

[3] 茅盾:《门外汉的感想》,重庆《新华日报》《新华副刊》,1945年12月31日。

是人民所享有的"。但他也指出,"中国历史上最多的便是歌功颂德的奴才的文艺和低泣哀诉的奴隶文艺,而人民的文艺则不绝如缕而已"。[1] 在《人民的文艺》中,他重复了自己"人民文艺"的概念,他说:

> 从原始的歌谣舞踊,以至民族史诗看来,这样的人民的文艺是有过的。那些民间故事和民歌在老百姓间口中流传,何人创造——张三或李四可不知道,但那些东西是在人民中间产生,为人民所共同创造的。[2]

他解释"人民的文艺"创造产生的具体情形,说,"远古时候,生活和现在不同,未有熟食,未有穿衣,夏天用树叶,冬天用兽皮,打猎钓鱼讨生活","那时工具不好,个人力量单薄,故须集体劳动,特别是去打大野兽,要冒极大危险,打完后便高兴,感觉胜利,便会唱歌跳舞,以发泄其情感","唱者跳者,当然并没意识到这些就是'文艺作品',旁人听到表示赞同而起共鸣,或有不足之处补充修正,十口流传,到后来,内容就复什而引长,描写更多于叙述"。他说,"现在保存下来的民族史诗都是这样产生的","民族史诗的作者都不曾留下名字来,那时也无所谓作家,他们也许是木匠或裁缝","这些民族史诗,从产生到完成,也许经过了一两百年,经过无数人的修改与创造,凡与人民无关系的内容,人民即不感兴趣,就被淘汰,故其内容必然是为人民的"。但是,当阶级社会形成后,文艺就由"为了人民"而变成"为了少数的奴隶主";那么,在今天,对文艺的要求就须回到"为了人民"的理想中,"形式方面要向民族形式的路走",包括作家的"自我改造"。[3] 在这里,我们所能感受到的是与鲁迅所述的"杭育杭育派"在内容上的相同。而且,茅盾从此后便一直沿着这条路走下去,始终不渝地坚守着这一文化立场。如他在

---

[1] 茅盾:《民主运动与文艺运动》,《风下》,1946年4月22日第20期。
[2] 茅盾:《人民的文艺》,《新文艺》"创刊号",1946年6月1日。
[3] 茅盾:《人民的文艺》,《新文艺》"创刊号",1946年6月1日。

《民间艺术形式和民主的诗人》中所述,"人民的嘴巴是封不住的","人民的天才的创造力无论如何是不能摧毁的","在悠长的岁月中,当一切发表言论的工具都被统治者一把抓在手里的时候,人民曾以歌谣这形式作为反抗暴政、要求解放的最有力的'宣传工具'"。他强调道,"歌谣是一切文学体制中最古老的一种","原始公社时代唯一的文学作品(歌谣)就是这样由人民制作,为人民服务,且为人人所共享共有"。"世界上,凡是有过光辉的战斗历史的人民,莫不保有这种光荣的文学遗产——歌谣","各民族的歌谣,其体制虽然不尽相同,可是基本特色则大抵不外乎:质朴、刚健,有音乐性而又容易传唱"。同时,他又提到在当世,"由于物质条件的不同,人民争自由的文艺斗争的武器已不复依赖口头传唱的歌谣为唯一的工具了","然而歌谣这一式样,因其扎根在广大人民群(众)中,为人民所'喜见乐闻',所以现代的争自由的人民诗人,还是爱用这一形式"。他举例说,"抗战以前,我们的优秀的诗人已经摄取了歌谣的特点,使新诗歌放一异彩","抗战以后,由于柯仲平、田间、艾青,这几位诗人的努力,运用民间形式遂蔚然成为风尚","最近,马凡陀的胎息于'吴歌'的新诗,也颇值得称赏",包括一些"青年诗人"的诗作"也和民间歌谣有血脉相通之处"。他又指出,"特别值得注意的"是,"解放区的民间艺人也早已在民间形式(不限于歌谣)中注入了新的血液",并以刘志仁、李卜、韩起祥等民间艺人为例,称"一切对于民间艺术形式的探讨和学习,都应受到鼓励"。[1]

后来,他在《杂谈"方言文学"》(《群众周刊》1948年1月第2卷第3期)、《再谈"方言文学"》(《大众文艺丛刊》1948年3月1日第1辑)和《赞颂〈白毛女〉》(《华商报》副刊《热风》1948年5月29日)等处,继续论述民间文学形式和民间文学精神及其与大众文艺的关系等问题。在这些文章中,我们更深刻地感受到与其当年论述"中心源泉"时截然不同的观念,即

---

[1] 茅盾:《民间艺术形式和民主的诗人》,《文艺丛刊》之一《脚印》,1947年10月。

他再不把"民间形式"看作"断然是落后的东西"和"封建社会中最落后的阶层（农民阶级）的产物",[1] 甚至在某种程度上又回到了他在《关于鼓词》时的立场,而更接近于向林冰的"中心源泉"论。应该说,茅盾民间文学观的这种转变,是他走向社会生活更深处的结果;是火热的民族解放与独立的斗争,让他不仅看到了千百万人民群众的斗争力量,而且让他感受到永远"刚健,清新"的民间文学的艺术力量。茅盾的民间文学观在不同历史阶段所发生的变化,在整体上构成中国现代民间文学理论体系的一个重要部分。

第二节　神话研究及其神话学理论体系的基本形成

茅盾是我国现代神话学的重要奠基者。他对于神话传说的研究,主要集中在20世纪的二三十年代,诸如《神话杂论》（世界书局1929年版）、《中国神话研究ABC》（世界书局1929年版）[2]和《北欧神话ABC》（世界书局1930年版）等著述,其他还包括一些论文,如《楚辞与中国神话》（《文学周报》1928年3月第6卷第8期）、《关于中国神话》（《大江月刊》1928年12月第3期）、《读〈中国的水神〉》（《文学月刊》1934年7月第3卷第1号）、《健美》（《东方杂志》1933年1月第30卷第2号）,以及他选注《庄子》和《淮南子》等古代典籍的《绪言》（商务印书馆1926年版）。它们从不同的方面体现出茅盾的神话学思想。其中,他的《神话杂论》是多篇神话研究论文的汇集,如其中的《中国神话研究》见于《小说月报》1925年第16卷第1号,《自然界的神话》见于《一般杂志》1928年"新年号"第4卷第1号,《人类学派神话起源的解释》见于《文学周报》1928年第6卷。茅盾的神话研究早在五四之前就已开始,1923年他曾在上海大学英国文学系系统讲授过

---

[1] 茅盾:《旧形式、民间形式与民族形式》,《中国文化》,1940年9月25日第2卷第1期。
[2] 茅盾:《中国神话研究ABC》（后来改为《中国神话研究初探》）《前言》,《茅盾评论文集（上）》,人民文学出版社1978年版。

《希腊神话》的课程。[1] 他的神话学思想即其理论系统的构成,具体来讲,包括这样几个方面:一,对国外神话及其神话理论的介绍;二,比较神话学理论的形成;三,关于中国神话的研究;四,神话诗学体系的建立。尤其是第一个方面,这对于整个现代神话学体系的建立都具有相当重要的意义,因而也备受学者们关注;第三个方面代表着20世纪30年代之前我国神话学理论的发展水平;其后三个方面有力促进了中国现代神话学的迅速发展,但其价值至今并没受到应有的重视。

对于国外神话及其神话理论的介绍并不是自茅盾开始,早在1907年,鲁迅和周作人兄弟就曾翻译过《红星佚史》,更不用说章炳麟曾在《訄书》中介绍过西方图腾理论,同时代学者还有黄石、谢六逸等学者的翻译介绍。但是,确实是茅盾在这方面的工作更具体系统和完整也更集中更富有现实性。如其后来在为自己的《中国神话研究初探》(即《中国神话研究ABC》)所写《前言》中讲:

> 我对神话发生兴趣,在一九一八年。最初,阅读了有关希腊、罗马、印度、古埃及乃至十九世纪尚处于半开化状态的民族的神话和传说的外文书籍。其次,又阅读了若干研究神话的书籍,这些书籍大都是十九世纪后期欧洲的"神话学"者的著作。这些著作以"人类学"的观点来探讨各民族神话产生的时代(人类历史发展的某一阶段),及其产生的原因,并比较研究各民族神话之何以异中有同,同中有异,其原因何在?这一派神话学者被称为人类学派的神话学者,在当时颇为流行,而且被公认为神话学的权威。当一九二五年我开始研究中国神话时,使用的观点就是这种观点;直到一九二八年我编写这本《中国神话研究初探》时仍用这个

---

[1] 参见茅盾《商务印书馆编译所生活之二》,《新文学史料》,1979年第2期。

观点。[1]

他和周作人一样,都是为了研究欧洲文学,并主要是为了探索其文学源头,才涉足这一学科的。茅盾和周作人一样,其神话理论都建立在人类学派理论思想上,这也表明我国现代神话学理论体系的建立受到人类学派理论的深刻影响。这种影响一直到今天还存在着。

茅盾对国外神话的介绍,主要集中在希腊罗马神话、北欧神话和埃及、印度神话等内容上,还包括澳洲、美洲、非洲等地区的神话,而且以希腊神话为主。这一方面是他阅读来源所形成的倾向,另一方面也确实是当时中外神话研究中存在的普遍现象,在某些程度上讲,是随着近代化的发展而移入的欧洲中心论的具体影响的结果。

对于希腊神话的介绍,在茅盾神话研究中几乎是一个基点。在《神话的保存》中,他具体介绍了"在古代希腊,曾有四种人尽了保存神话的神圣职务",即"语言者""乐工与行吟诗人""诗人与悲剧家"和"历史家",同时,他把前二种称为"神话的人物"。他从不同的方面介绍了这四种人物对神话保存所做的贡献,特别提到荷马和"归在他名下的两部伟大的史诗","传说的诗人赫希俄国(Hesiod)",以及"希腊的三个悲剧家保留给我们极丰富的神话材料"等内容。[2]事实上,这也是希腊神话存在与流传的基本背景。这里,他同时介绍了罗马神话、埃及神话、印度神话,包括中国神话的"保存",在事实上构成了一种比较。同样,在《各民族的开辟神话》中,茅盾先后介绍了"南澳洲""印度""南非洲""北美洲""希腊"和"北欧",包括中国等世界一些古老民族的"解释天地何自而成,人类及万物何自而生的神话",[3]包括他在《自然界的神话》中所列举的"解释自然界现象的一切

---

[1] 茅盾:《中国神话研究初探·前言》,《茅盾评论文集(上)》,人民文学出版社1978年版。

[2] 茅盾:《神话的保存》,《神话杂论》,世界书局1929年版。

[3] 茅盾:《各民族的开辟神话》,《神话杂论》,世界书局1929年版。

神话";[1]更不用说他的《希腊神话与北欧神话》所述的"天地开辟及神之始源""宙斯和奥定""人的创造""命运三女神和诺儿痕司""四季的神话"等内容,[2]都是在进行比较研究。

茅盾的《北欧神话ABC》,集中介绍了"古代斯坎底纳维亚人"的"原始的信仰及自然观察",包括他们的"英雄传说"。他在《例言》中指出,"北欧神话虽没有希腊神话那样古老灿烂,却也是欧洲文学的泉源之一脉","至少是斯坎底纳维亚文学是和这特殊的神话有血脉的渊源",由于其受到"基督教信仰的摧残",北欧神话"在大体上远不如希腊神话之深宏广大",但是它的"特殊的结构"则表现出"严肃的北方人的性质";也正是由于"基督教信仰调和修正",所以"北欧神话不能正确地反映着原始的北欧人的信仰,习惯和意识形态"。茅盾说,自己介绍这些内容的目的,就是"为供给文学上的关于北欧的一些古典",因此其方法是"记述北欧神话的许多故事",而不是"解释"。[3]

在《绪言》中,茅盾简要介绍了关于保存"北欧神话"内容的《大厄达》(即《韵文厄达》)和《小厄达》(即《散文厄达》)的基本情况。他指出"北欧神话的最重要部分均在《大厄达》中,"北欧神话之见知于世"与希腊神话相比,"至少迟了一千年光景",而且"当他们尚未将古代的原始信仰的故事发展成系统的神的记载的时候,基督教势力即已侵入,阻碍了它(北欧神话)的广大化、精湛化和组织化",因而它"很可以说是中途夭殇的未完熟品";即使是这样,现存的神话内容"躯壳","却已是耸然和斯坎底纳维亚的群山同样的粗朴而巨伟",显示出其"庄重、正真、博大"。他称"北欧的神"是永远和有害于人类的"恶势力"即"恶神恶巨人族"相斗争的,而且最后同样"死灭",形成"悲剧的意味""悲剧的结构"。同时,茅盾还介绍了《大

---

[1] 茅盾:《自然界的神话》,《神话杂论》,世界书局1929年版。

[2] 茅盾:《希腊神话与北欧神话》,《神话杂论》,世界书局1929年版。

[3] 玄珠(茅盾):《北欧神话ABC》,世界书局1930年版。

厄达》和《小厄达》的流传情况,指出"行吟诗人"对神话保存的贡献,以及"古代金石器上雕刻的铭识"对"填补"这些神话材料的"帮助"。[1]

此后,他分别介绍了北欧神话的重要事件的内容。诸如"天地创造的神话"中的"无底洞"和洞边的"冰山",镇守在"冰山"对面的"火焰巨人",以及"无底洞的冰块中间生出来"的"冰巨人"即庞大无比的"伊密尔"(Ymir),其腋下汗水和脚生出巨人,包括"一切恶的霜巨人的始祖"Bergelmir。这里,"神是代表了善的,巨人们是代表了恶的";"精神、意志及神圣"的加入,使"冰巨人"被杀死;"冰巨人"的"肉""形成了大地",其"眉毛"成为"地与太空无垠之间的界墙",其"血和汗"成为"海洋","绕在肉所成的硬土的四周",其"骨头造成了山,齿成为崖石,发成为树木百草";最后"冰巨人"的"颅骨"化为"天体","脑子"造成"云","四个壮健的矮人"即东南西北用肩膀承着天,神们从"火焰巨人"处取来火,造成天上的星星,"最大的火块"造成"太阳和月亮",之后又出现"黎明""昼""光"和"天狼"等,"精神、意志及神圣"在海滩上用"白杨"和"榆木"砍制成"人",并赋给"人"以"灵魂""动作和感觉""血",使其繁衍不息。"精神之神"创造了"生命之树"这棵巨大的白杨树,有着"常青"的叶子,"命运女神"们照料着这生命之树,与"不停止地在啃啮生命树的根"的"可怕的龙"和"无数的虫"相对立的传说故事。《众神之王奥定》中,茅盾介绍了这位"北欧神话中最高的神",称他"象征了宇宙间无所不在的精神",是"空气之格化",是"智慧与胜利之神",是"贵族与英雄的保护者",是"众神之父"。奥定在自己的"宝座"上,"可以一眼看见天上人间的众神,巨人们,黑侏儒,白侏儒,以及人类的一举一动",而且他的"宝座"只有他本人和他的妻子即"众神之后佛利茄"才能使用,他们坐在宝座上时,"总是面对着南方和西方","这两个方向是北欧人民希望之所寄"。"奥定"是一位"灰色的大胡子而顶发

---

[1] 玄珠(茅盾):《北欧神话ABC》,世界书局1930年版。

微禿"的"五十岁左右""身材高大"的"神",手中有一只神圣的无敌的矛;肩头"停着两只大鸦"作为他的"秘密侦探","每天到人间世去刺探新闻",脚边蹲着他的爱兽,即能给人带来好运的"两条狼";他是"全知全能最高的神",是北欧武士们"最爱的一位神"。他和他的妻子分别代表着天和地,因为"地有三个阶段",所以他有三个妻子,即"原始的地""开化后的地"和"不毛的冻的地",而她们分别为他生下儿子"雷神""光明神"和"向荣"即繁荣之神;此外,奥定还有"历史女神"的妻子,给他"唱古代历史的歌";他的妻子们在神话中都有"相当重要的地位"。在传说中,奥定曾征服俄罗斯、丹麦、挪威等地,每征服一处,都留下自己的一个儿子守护;在他感觉将死时,召集群臣,用他手中的矛"自刺其腹九下",于是就"死"了。还有传说称他和佛利茄有七个孩子,是盎格鲁·撒克逊(Anglo-Saxon)人的祖先。

接着,茅盾又详细介绍了《众神之后佛利茄》,称"佛利茄在北欧神话中是婚姻的主宰女神","她有许多的侍女"代表着她"复杂的性格";同时,茅盾还介绍了日耳曼、撒克逊等民族所信奉的与佛利茄相似的女神。在《雷神蒐耳》中,他指出"雷神是北欧的农民和贫民的恩神",并介绍了他有一只神奇的锤的传说,和在"瑞典的民间故事"中"雷神蒐耳"的故事,以及他"曾两次结婚"及其妻子和儿女的故事,称他是"北欧最古且最被爱的神","他的庙祀遍于各地",烧橡树的"大祭"作为对他的纪念,而且融入北欧人的信仰与习俗。茅盾在这里还介绍了"勇敢及战争之神"即拥有"每战必胜"的神刀的独手英雄"体尔";"诗歌及音乐之神勃腊琪"是奥定在情妇根绿特那里生下的儿子,出世后被侏儒们送向"死之国",其手持黄金竖琴,成为"天上的诗人";"春之女神伊童"是勃腊琪的恋人,她的"青春苹果"曾经失而复得,象征着春天一年一度的来临。其他还有"夏与冬之神""光明神及黑暗神""稼穑之神""森林之神""海洋诸神""美及恋爱之神""真理与正义之神""命运之神""火神或恶神""神之使者与守望者""战阵女郎凡尔凯尔们""冥世的神话及死神赫尔""巨人族"等神话人物,茅盾在介绍中或详或略,指出他们不同的神性特征,包括他们在北欧神话中的影响。在《神之劫难》中,茅盾论述了北欧神话的观念、结构等方面的特点,即"有生必有死","神们亦不能例外"这一"牢不可破的观念",而其实质则是"经过了肉体的死亡而后达到精神的永存",以及"成为戏剧的","每一步走向顶点或悲剧的结果"的"全结构"。茅盾对"神之劫难"解释说,"在太古时代,地球上各处经过冰川、洪水,以及地心火大喷发等等事件,所以各民族的神话都有世界毁灭及再造的故事","在北欧,洪水的印象大概没有地下火喷发那么深,所以北欧没有洪水的神话而有这火灾的 Ragnarok 的神话",包括其中的"北欧的原始信仰和基督教信仰互相妥协"。在《喜古尔特传说》中,茅盾详细讲述了一个带有复仇色彩的家族传说故事,称这个传说有"历史"和"自然现象"的两种"解释"。所谓"历史"的"解释"就是其中的人物在历史上确有其人;所谓"自然现象的解释",则是"服尔松格族的英雄"们,"都是轮流地代表着太阳的","他们的兵器都是闪亮的刀,那是太阳光线的象征",其中他们的"火葬",象征着"落日"。茅盾还说,在这两种"解释"之外,还有一种"解释",即"神话和传说","反映着原始时代的生活习惯和道德观念","从佛利茄又是奥定之妹这神话,我们可以想像原始人中间曾行过血族结婚"。[1] 从中我们看到茅盾在介绍中所体现的人类学派神话学理论。

  茅盾对西方神话学理论的介绍,典型地体现在其《人类学派神话起源的解释》中。人类学派以社会进化论为自己的理论基础,强调在"文明"和"野蛮"的文化对比中去理解文化的发生和发展。如一位学者所讲,"准确地说,人类学派并不只是一种神话学派,民间文学是人类学研究的重要内容,神话更是对人类早期的文化的认识具有重大的价值,所以神话成为人类学研究人类社会、文化起源的重要资料,由此而逐渐形成了人类学派神

---

[1] 玄珠(茅盾):《北欧神话ABC》,世界书局1930年版。

话学"。[1]在茅盾写作这篇文章之前,周作人曾经对Andrew Lang等学者的理论进行过介绍,[2]但茅盾和他的着眼点不尽相同。茅盾关注更多的在于从文学的发生来溯源,去考察文学作为历史的发展的一部分所显示的轨迹。而周作人主要是着眼于民俗学,考察社会生活的历史变迁。

这里,茅盾引Ruskin的话为题,述及"历史家""信徒"和"哲学家",包括科学、文字学等不同学科,都能从神话中发掘出各自所需的内容,"加上一件新外套","所以在最近有比较人类学成立起来,当然要把神话解释的旧案翻一翻了"。他指出,比较人类学就是"要从人类的思想制度发展的全景里求得进化的阶段","把这种研究方法用在神话上,结果便证明了各民族的神话只是他们在上古时代的生活和思想的产物",而"解释此说最圆满的",他推Andrew Lang。同时,他考察了这种学说"在前人的著作中流露过"的情况,列举Eusibius、L.Spence、Fontenelle他们在宗教研究和寓言起源研究等方面的内容,称De Brosses是人类学派的神话学的奠基者,其次有Mannhardt、Lobeck、E.B.Tylor等学者的论述。他特别举到Tylor在《原始文化》中所讲的遗存理论,诸如"野蛮人已有无数年(并且现在还是)停留在人类心理的创造神话的时代","神话乃起于最古代全人类的野蛮状态中","现代的野蛮民族,则因他们的生活与思想,实离原始状态不远,故他们的神话亦较少变动,尚保留起本来面目","至如半开化或全文明的民族,一则因神话中含有真理的原理,再则因遗传的爱恋古旧传说的心理,故亦敬谨地保留他们的神话"。他说,"泰勒的发明,当然是极有价值的",但"集大成""确立人类学派的神话学的",只能推Andrew Lang。他举Andrew Lang的《近代神话学》(*Modern Mythology*)、《风俗与神话》(*Custom and Myth*)、《神话:仪式与宗教》(*Myth:Ritual and Religion*)等著作,以及Andrew Lang为

---

[1] 潜明兹:《神话学的历程》,北方文艺出版社1989年4月版,第18页。
[2] 周作人:《我的杂学》,《苦口甘口》,上海太平书局1944年11月版。

《大英百科全书》"神话"（Myth）所撰之文,介绍其基本理论说,关于神话的发生、关于神话中的不合理质素等问题,Andrew Lang认为"原因都在创造神话的原始人的心理与生活状况";而对于如何理解原始人这种"心理与生活状况",茅盾列Andrew Lang的"取今已证古"理论,说,"这就是研究现代野蛮民族的思想和生活,看他们和古代神话里所传述的,是否有几分相吻合"。他举例说,"例如古代神话中一切人兽易形的故事,皆起于万物皆有精灵一观念,而现代野蛮民族正有以为凡物皆有精灵故奉为'图腾'而崇拜之者";同时,他还举到"父母与子女、兄弟与姊妹的血族结婚","现代野蛮民族"的"视为常事,不以为罪"为例,说:

> 我们如到现代澳洲土人,布西曼（Bushmen）族,红印第安人,南美低劣民族的小社会内一看,便见活的神话正在他们中间开演。这些现代的野蛮民族,因了种种的关系,大概是不能进于文明之域的了,我们往往称之为劣等民族,好像他们是天生的劣种;实则我们文明民族的祖先,在数万年前正和他们一样,不过因了种种机缘,乃能逐渐进化,有今日的文明。我们如果承认人类进化的事实,便亦……不能不承认人类学派的解释是合于科学方法。[1]

在这里,我们看到茅盾对Andrew Lang"取今以证古"方法的总结,实际上也是他对神话传说研究中自己所持学术立场的具体描述。接着,他进一步介绍《神话:仪式与宗教》中Andrew Lang关于原始人"心理"的阐释理论,即其总结的六个方面的特点,即"一为相信万物皆有生命、思想、情绪","二为魔术的迷信,以为人可变兽,兽亦可变为人,而风雨雷电晦冥亦可用魔术以招致","三为相信人死后魂离躯壳,仍有知觉,且存在于别一世界,衣

---

[1] 玄珠（茅盾）:《人类学派神话起源的解释》,《文学周报》,1928年7月第6卷。

食作息,与生前无异","四为相信鬼可附于有生的或无生的物类,灵魂亦常能脱离躯壳而变为鸟兽以行其事","五为相信人类本可不死,所以死者乃是受了仇人的暗算","六为好奇心非常强烈,见了自然现象以及生死睡梦等事都觉得奇怪,渴要求其解释"。这六个特点揭示了"原始人本此蒙昧思想","创造种种荒诞的故事以代合理的解释"形成"今日我们所见的神话"的具体起源,实际上是对"取今以证古"方法的充实。同时,茅盾又指出"古代诗人"对神话的"引用",其"修改藻饰",使"最初的原始形式的神话"变得"谲丽多趣",因而也保存了"那些正足代表原始人民之思想与生活之荒诞不合理的部分",即"神话的不合理质素"作为"遗形"的人类学理论。这是Andrew Lang "遗形说"理论的基本内容。从这里出发,茅盾指出"一切神话无非是原始的哲学、科学与历史的遗形",即"从原始的哲学,蜕化为诸神世系及幽冥世界等等粗陋的宇宙观","从科学,成为解释自然现象与禽兽生活的故事","从历史,则创为记述某种宗教仪式,部落典礼,与风俗的故事",而且"此种仪式典礼及风俗的起源是早已被忘却了的"。茅盾对此解释道,"神话中也有一部分未必准是原始人生活与思想的反映",他以希腊神话中的"远征忒洛族"为例,证明其中所包含的真实的历史内容,但这从"大体"上讲并不影响"神话之起源是在原始人的蒙昧思想与野蛮生活之混合的表现"这一理论的合理性。他把这种理论作为"解释神话的钥匙",而且是"人类学派优于其他各派的原因",并把这种理论的内容作为"古代神话的真正的价值。"[1]

在《神话的意义与类别》中,茅盾从另外一种角度介绍了人类学派关于神话的论述。如其解释"何谓神话"时,他指出"凡荒诞无稽,没有作者主名的流行故事,不尽是神话","凡叙述原始人类迷信鬼神的故事,也不一定是神话",那么,什么才是神话呢?他的定义是:

---

[1] 玄珠(茅盾):《人类学派神话起源的解释》,《文学周报》,1928年7月第6卷。

> 一种流行于上古民间的故事,所叙述者,是超乎人类能力以上的神们的行事,虽然荒唐无稽,但是古代人民互相传述,却信以为真。[1]

他的定义无疑是基于人类学派的神话学理论而制的,确切地讲,这不是普通神话的概念的说明,而是专指原始神话的总结。

茅盾在这里要"疏解"的是"神话与传说和寓言之区别"。他说,"神话自神话,传说自传说,二者绝非一物","神话所叙述者,是神或半神的超人所行之事","传说所叙述者,则为一民族的古代英雄(往往即为此一民族的祖先或最古的帝王)所行的事"。在他看来,神话的产生就是"原始人对于自然现象如风雷昼暝之类,又惊异,又畏惧,以为冥冥之中必有人(神)为之主宰,于是就造作一段故事(神话)以为解释",而传说中的"民族英雄"虽然也有类似的内容,但只是"原始人的眼中"的"祖宗","或开国帝皇",而不是"主宰自然现象的神",因而"神话"的性质"颇像宗教记载","传说"的性质"颇像史传"。在论及"神话和寓言的区别"时,他指出,神话是"没有作者主名",原始人"创造并传述这些故事"并认为"真有其事",而寓言正"相反",它"有作者的名字",并且"明言其中的人物和事情都是假托的","以劝诫教训为主要目的"等。但是,应该说明的是,茅盾所指出的这种寓言只是作家文学中的创作,并不是民间故事中的寓言;民间故事中的寓言同样具有匿名性,是集体的口头创作与传播的故事,只是在内容上更具现实性,而缺少神话中所表现的浓郁的信仰与图腾等内容。

在神话的"类别"上,茅盾依据于"神话所以成立的原因"把神话分为"解释的神话"与"唯美的神话",包括"合理的神话"和"不合理的神话"。所谓"解释的神话",即"原始人对于自然现象之惊异","创造出一个故事来解释宇宙间的神秘和万物的历史",诸如"关于日、月、云种种自然现象的

---

[1] 茅盾:《神话的意义与类别》,《神话杂论》,世界书局1929年版。

神话","关于火的来源、人类的来源等等神话",如后来学者们所讲的自然神话,都属于这种概念。所谓"唯美的神话",茅盾以为其起源于"人人皆有的求娱乐的心理",是"为挽救实际生活的单调枯燥而作的",它所叙述的故事"多半不能真有",却都是"奇诡有趣",这些内容与日常现实生活中的"经验"相距很远,却都是"入情入理","万分动情",而且情感"普遍,真挚,丰富",令人"很愉快","很感动",形成一个"给予愉快"的"幻境"。这里,茅盾又依据"唯美的神话"的"题材",将其划分为"历史的"与"传奇的",并分别以《伊利亚特》和《奥德赛》为例加以阐释,指出其中"历史的"与"悲剧"相近,"传奇的"与"喜剧"相近。所谓"合理"和"不合理",在茅盾看来,"各民族的神话里"都有这两种内容的"混合并存",即神话中"既有了美妙伟大的思想","又有那些没意思的野蛮的思想"。有人以为后者是"各民族神话的本来面目",前者是"后人加进去的",茅盾说,这种意见"表面上虽似可通","实则不能成立",他以为神话"自始就包含着合理和不合理的质素。"[1] 显然,他仍然坚持着 Andrew Lang 的理论。在《神话的保存》中,他论及神话的保存方式时,同样表现出人类学派的这种观点,即"野蛮人"的"蒙昧思想"和"野蛮生活"中产生了"神话",与宗教信仰和仪式具有密切的关系。他对此详细描述道:

> 神话的保存,实经过二时期:第一为最初不留名的巫祝瞽师与乐工,第二为各民族古代的文学家。后者虽皆留名至今,然亦有仅传其名,而身世不可靠者——故或疑实无其人;至于前者,虽大多数名不传于后世,然而间或亦有数名见于古代文学家(即第二期的神话保存者)的著作中,以为乃是最初保存神话的巫祝或瞽师,不过核实而言,恐怕这些上古的巫祝

---

[1] 茅盾:《神话的意义与类别》,《神话杂论》,世界书局1929年版。

瞽师亦是子虚乌有而已。[1]

这种理论在他的《各民族的开辟神话》中表现更为具体而突出。如他论及"开辟神话"时,将其归为"解释的神话"中,称"不论是已经进于文明的民族或尚在野蛮时代的民族,都一样有他们的开辟神话",其"出发点"是"(相)同的",即"同为原始信仰",只不过"创造的故事"在内容上的"不能尽同"。他借此总结道,"神话学者研究各民族的开辟神话,依着他们文化程度的高低,得了一条定律,即凡落后民族的开辟神话大概是极简陋的,渐高则渐复杂,至于文明民族,则开辟神话大都是极复杂,含有解释自然的用意,富有文学气味,并且自成系统"。他在详细介绍了不同民族的开辟神话的内容后,说,"落后民族与先进民族之想象力的差数","颇可窥见"。[2]他在介绍"南澳洲的部落及其他"时,称"Boonoorong 是南澳洲滨海的一个部落,文化程度极低",在他们的神话传说中,"开辟天地创造万物的,是一个半人半神的生物",这个"半人半神的生物"是"最早的一群'超人'的酋长",他们和人类有"亲族关系";他说,这"半人半神"的"鹜鹰",就是这个"超人"部落中几族的"图腾"。[3]这种理论在茅盾其他著述中都有不同程度的表现。如他在《自然界的神话》中,称"解释自然现象的神话"在范围上尤其广,诸如"从解释天体、昼、夜、日、月、群星、风、雷、雨、雪、云、霞等等故事起,到解释及画眉的胸脯何以红,鹦鹉的身体何以绿,鹌鹑的脾气,驴子的长耳朵,一切野兽毛皮上的斑点和条纹,山石的生成,树叶的来源,草木的形状等等",他说"这一大群的故事,可以说是原始人或野蛮民族的科学","也可以说是他们的神圣的历史,又可以说是他们的小说和传奇故事"。他对这些内容的理解,以"太阳"为例,借用 Tylor 在《原始文化》中所说的"世界

---

[1] 茅盾:《神话的保存》,《神话杂论》,世界书局1929年版。
[2] 沈雁冰:《各民族的开辟神话》,《神话杂论》,世界书局1929年版。
[3] 沈雁冰:《各民族的开辟神话》,《神话杂论》,世界书局1929年版。

初期的哲学,都把太阳和月亮当作活的东西,并且有人类一样的性质",来考察"所有的太阳神话",发现"现代的野蛮民族和几万年前的原始人(现代文明民族的祖先),有一条共通的思想,有一双共同的眼睛,去解释他们所觉得是奇怪的天空现象"。这里,他重复了他在《人类学派神话起源的解释》中所举的"原始人心理"的"六个特点",称"所有的神话都是从这些心理状况出发"。[1]

茅盾用人类学派神话学理论去透视神话的内核,研究神话从野蛮民族到文明民族的文化转变与承接及其所包含的价值意义,同时,也是以此作为理论基础进行其比较研究的。

比较研究的方法与国外文学包括民间文学的翻译有着紧密的联系。早在20世纪初,黄遵宪就曾在《与丘菽园书》中提到"譬之西半球新国"与"诗虽小道,然欧洲诗人,出其鼓吹文明之笔,竟有左右世界之力"。[2]茅盾本人也曾于1921年做过《惠特曼在法国》等比较文学研究。在歌谣研究中,还有胡适当年在《努力周报》发表的《歌谣的比较的研究法的一个例》所运用的比较研究法。[3]但是,比较神话学绝对不是简单的将中外神话做对比的研究,如早期神话学的研究中,Max Müller运用比较语言学的理论方法建立起比较神话学的理论体系,他以此发现了"亚里安各民族"中的语言"同源"及其与神话的关系等问题。[4]当然,他的"言语疾病说"存在着许多不足,但是他的《比较神话学》却在理论构架方式上给了我们深刻的启发。应该说,比较神话学的建立对现代神话学的发展的促进作用更加突出,因而它在现代神话学体系建立中的意义也更加重要。茅盾的比较神话学理论的形成,在我国现代民间文学史上标志着我国现代神话学的成熟。

---

[1] 茅盾:《自然界的神话》,《一般杂志》,1928年1月号。

[2] 黄遵宪:《与丘菽园书》,《小说月报》,1917年第8卷第1号。

[3] 胡适:《歌谣的比较的研究法的一个例》,《努力周报》,1922年12月3日第31期。

[4] 黄石:《神话研究(上)》,开明书店1927年12月版,第43—48页。

第四章 神话学的文学研究：茅盾

当然，比较神话学的关键还是在于"比较"的研究方法。在"比较"的方法上，有学者将之分为"影响研究""平行研究"和"阐发研究"，其中"影响研究"又分为"译介研究""渊源学研究"和"流传学研究"。[1]总之，既有文本内部和外部的研究，又有文本之外各相关内容的研究。比较神话学从 Max Müller 的语言学体系，到 Levi Strauss 的结构理论，其间发生了深刻的变化。这在我国神话学体系的建立中最有力的回应，早期人物我以为就是茅盾。在他的著作中，我们可以看到其比较神话学虽然还很稚嫩，但已经显示出相当难得的体系内容。这主要体现在《神话杂论》中的《神话的保存》《各民族的开辟神话》《自然界的神话》《希腊神话与北欧神话》等章节，包括《神话杂论》中的《中国神话研究》，以及《中国神话 ABC》和《北欧神话 ABC》等作品，都不同程度不同角度显示出比较神话学的体系内容与特征。

比如在《神话的保存》中，茅盾在不同的地区和民族对神话的保存方式的比较中，努力去寻找经过"保存"即文化处理之后神话内容中"野蛮"和"文明"之间的文化关系。他把希腊神话的保存者划分为"预言者""乐工与行吟诗人""诗人与悲剧家""历史家"这四类，在罗马神话传说中他主要看到诗人多取材希腊神话所具有的"参证"意义。对于北欧神话的保存，他划分为"三个方面"，即"古代金石器上雕刻的鲁纳文的铭识""古代北欧行吟诗人的诗歌"和"北欧史诗《埃达》与《萨加》"。对于埃及和印度神话的保存，他以为"埃及神话借三项材料而保存于今日"，此三项材料就是"《金字塔文》""《芦纸抄本之颂歌》"和"《死人之书》"；印度神话的保存在"《吠陀经》"和"印度的史诗"即《摩诃波罗多》和《罗摩衍那》。至于中国神话的保存，他以为，"就现有各种古籍的零碎记载而观，中国民族确曾产生过伟大美丽的神话"，"但是中国古代的南方民族，到底替我们保留了若干中国神话"，而其保存者"几乎全是南方人的作品"，这些"零碎材料"由三

---

[1] 参见徐扬尚：《中国比较文学源流》，中州古籍出版社 1998 年 12 月版。

类人具体保存,即"哲学家""文学家""历史家";其保存的典籍,他例举了《庄子》《淮南子》《楚辞》《三五历记》《风俗通义》和《山海经》等,分别代表着"哲学""文学""历史"的内容。

  茅盾不是在简单的罗列,而是具体论及保存的意义。如他论述"希腊罗马神话的保存"时,对不同人物在保存内容与保存效果上所做的具体分析。如荷马,他说"这个人恐怕也是未必真有,和他的著作里的英雄一样","归在他名下的两部伟大的史诗,亦非出于任何一人之手及成于一定的时代",同时,他还详细论述了荷马史诗由"古代希腊的诗人们(实在只是一种沿街卖唱的走江湖者)将相传诵的神话编为歌曲,被之管弦"形成的三个时期。在希腊三大悲剧作家所保留的"极丰富的神话材料"中,他分别看到了"阿加门农一家的故事""远征底比斯的故事""普罗米修斯为人类谋福利而受酷刑的故事";"底比斯的肿足王和他的子女的故事""关于特洛亚战争和阿加门农一家最后的故事";"阿加门农的女儿的故事"和"美狄亚冒险的故事"等。而这些故事出自悲剧诗人之手,与传说中的荷马及其口头流传的史诗在内容上有着具体的差别。再如他所举罗马诗人维吉尔及其长诗《伊尼德》对荷马史诗的摹拟,却没有"荷马诗中所有的朴野神怪的气味"。又如他在论述"埃及印度神话的保存"时,列举"最丰富的印度神话"见于印度史诗《摩诃波罗多》与《罗摩衍那》,其中的《罗摩衍那》是传说中的古诗人瓦尔米基的作品,其内容为"皇子罗摩的美丽的妻子赛泰为恶魔莱瓦那劫去,而罗摩则得猴王之助,用猴子军渡海,将莱瓦那杀死,救了赛泰回来"。茅盾说,"这个故事,有点和希腊的《伊利亚特》相象",故有人怀疑"印度的史诗出于希腊",而从"两种著作的年代"比较来看,则应该是"希腊出于印度"。茅盾这里如此判断,无意之中沿袭了西方民间故事研究中的"印度起源说"。茅盾又强调了一点,即"除了结构上的相似而外",《罗摩衍那》与《伊利亚特》是"绝不相同"的。最后他在论述"中国神话的保存"时,他各自论述了不同典籍中对神话内容的具体保存,诸如他所指出"恐怕《淮南子》《列子》等书内的神话材料有些是原自《楚辞》","《九歌》大概是古代南方民族祭神时的颂歌,也是可宝贵的神话材料,并且使我们知道中国神话里也有像希腊神话的 Nymph 一类的水泉女神"等内容,[1] 事实上都包含着比较研究的意义。

《各民族的开辟神话》中所言,在总体上来看,是一种典型的比较研究。如其对南非洲的"Bushmen""Ovaherero""Namaquas",北美洲的"Hurons""Berosus"等部落神话在同一区域内,或同一文化程度内进行的比较,包括同一民族在不同历史时期的神话内容的比较。诸如他所说的,"南非洲的 Bushmen"的"其实在各种方面都要比 Hottentots 落后些",南非洲的"Ovaherero""比 Bushmen 高明得不多","和 Ovaherero 文化程度相若的,又有 Namaquas 族"等,在文化程度的异同中体现出不同神话的特征。在这些神话的比较中,我们可以看到"希腊神话"出现的频率相当高。如他在论述"南非洲的 Bushmen"这样一个"文化程度极低的民族",称"他们现在所住的地方,恐怕是上古时代文化光降过的地方","因为他们那里有石桥,并且他们那里山洞石壁上所刻的人或野兽的图画实在很不错,很比得上希腊古代承柱上的绘画";他在论述"Zulus"这个"文化程度较高的民族"时,称他们的神话传说中"创造宇宙"的"Unkulunkulu 把石头一掷就化成了人","这一说便有点像希腊神话所说洪水后再造人类的故事了","还有一说,很如新墨西哥的 Navajoes 族的神话。说人类是从地底下来的";在论述"中国"概念时,他引用了《三五历记》《述异记》《淮南子》《列子》和《风俗通义》中关于盘古和女娲的神话材料。他说:"可见中国的开辟神话也极有系统,并且面目与希腊、北欧相仿。"至于为什么总是爱运用"希腊神话"作参照点,他只在论及"希腊"一节时提到"希腊的开辟神话算是最有系统的,和北欧仿佛",应该说这还与西方神话学更为关注古希腊神话有着直接联系。

---

[1] 茅盾:《神话的保存》,《神话杂论》,世界书局1929年版。

茅盾通过这样细致的比较研究,说"低等民族与高等民族之想象力的差数,也颇可窥见了",而同时他又提出一个问题,即"照人类学者的说法",是"人类""各民族""大概都经过同一的心理发展与社会进化的阶段","现今的文明民族在最初也曾像现代尚存在的低等民族一样的蒙昧无知与生活低劣","神话的发生既在原人时代,亦即在蒙昧无知与生活低劣时代","现代文明民族的神话"理应"与现存低等民族的神话相差不多"此"方为合理",为什么"却见文明民族的开辟神话竟比低等民族的高明了许多呢"?他说,要解答这个问题,"我们可以考察各民族神话的来处"。他以"希腊、印度、北欧、中国的神话"为例,列出一个从"古籍"源于"当时流行的口头传说"的流变图式,断定神话从发生到被书写"至少须有四五百年",其间"一定有许多增减润色",由此也可见"我们所看见的神话并非原人时代的原样,而是经过文明渐启时代的文人们修饰过的";而"现代的低等民族的神话"多得"口述"搜集,因为"该民族自己并无文字,完全在原始状态",所以"他们口头的神话"就"保持最原始的形式",成为"神话演进的痕迹"及其"起源"的"解释"的论据。[1]

在《自然界的神话》中,茅盾运用比较研究法的内容更为典型。如他对"太阳神话"的比较,"从散处在地上的各种现存的野蛮民族的神话里,找出他们对于太阳的说法"。他在这里选取的比较材料,有"澳洲的土人的神话"中的诅咒太阳、"新西兰"的英雄毛乌即毛利人的"普罗米修士(斯)"用网捉太阳、"北美土人的神话"中"用藤蔓做的绳索"捉住与人"通奸"的太阳、"墨西哥神话"中的"太阳跳在火里,为的是要向神们请罪"、南非Bushman神话中的太阳腋下放光等,看"解释太阳的由来"和"昼夜可以循环"。随后,他又比较了"现存的野蛮民族"对"太阳和月亮的关系"的神话描述与阐释,以及星辰、鸟兽鱼鳞和花草树木包括石头等神话传说,从

---

[1] 茅盾:《各民族的开辟神话》,《神话杂论》,世界书局1929年版。

比较中具体管窥"蛮性的遗留"、"挽着不少的图腾"和各种"崇拜",借以印证 Andrew Lang 所总结的原始人心理的"六个特点"。《中国神话研究》旨在梳理和辨析中国古典神话,茅盾所运用的比较研究方法随处可见。他在文章的开篇引用了 Andrew Lang 和 D.A.Mackenzie 的神话理论,尤其是 Mackenzie 所运用的"有些民族,是在农业生活的基础上得进于文明的,于是他们的信仰遂受了农业上经验的影响,而他们的神话亦呈现农业的特色",显示出"印度""巴比伦"和"埃及"他们"或有旱季,或有潦季,所以就发生了上述的神话",而"那些风调雨顺的地方,就没有这些神话"。他在比较后,总结道,"各民族在原始期的思想信仰大致相同,所以他们的神话都有相同处(例如关于天地开辟的神话,日月以及变形的神话等等),但又以民族环境不同而各自有其不同的生活经验,所以他们的神话又复同中有异"。他也正是"根据了这一点基本观念,然后来讨论中国神话","有了一个范围,立了一个标准",避免"沉没在古籍的大海里"。从此理论出发,他说"我们现在虽有许多古书讲到神仙故事的,但是这些故事大半不能视作中华民族的原始信仰与生活状况的反映",这便是"兰氏(Andrew Lang)对于神话的见解"中所阐释的"分别我们所有的神仙故事何者为我们民族的原始信仰与生活状况的反映,何者为后代方士迎合当时求神仙的君主的意志而造的谰言"。这里,他列举了"自汉以来,中国与西域交通频繁,西方的艺术渐渐流入中华,料想那边的神话也有许多带过来而为好奇的文人所引用"为例,称"佛教流入中国而且极发达后,一方面自然也带来了一点印度神话(幽冥世界的神话等等),可是一方面中国固有的神话大概也受了佛教思想的影响而稍改其本来面目,犹之基督教化了北欧的神一样";于是,他以此研究中国神话,"把那些冒牌的中国神话都开除了",以"求得未改变时的原样",总结出"可以视作表现中华民族的原始信仰与生活状况的神话",归为六类。其中,他在述及第三类"万物来源的神话"时,称"中国神话里这一类颇少,惟有中华民族的特惠物的蚕,还传下一段完全的神话","其余的即有亦多零碎,万不能与希腊神话里关于蛙、蜘蛛、桂、回声,或者北欧神话里关于亚麻、盐等物来源的故事相比拟的"。不论他这一论断即"这一类颇少"是否正确,但他将之与希腊、北欧神话相比较的意识则是非常明确的。他在论及"记载神仙的古书"诸如《列仙传》《神仙传》和《海内十洲记》等典籍中的神话时,将它们视为"大都是方士的谰言",其理由就是"从它们的性质上断定的",他说,"我们看各民族的神话,见他们的神都是自然力之人格化,宙斯(希腊的)拟天,拟一切自然力之总发生处,奥定(北欧的)亦然,阿博洛(希腊的)拟日,敖耳(北欧的)拟雷,音达拉(印度的)亦拟雷,关于他们的神话亦都是某种自然现象之解释"。在论及"中国神话与古史的关系"时,他说,"我们相传的关于太古的故事,至少有大半就是中国的神话","神话的历史化,在各民族中是常见的";他指出"古代的神话学者中就有所谓历史派者",并举例道,"纪元前三一六年顷,希腊有武赫默洛司(Euhemerus)其人,就是以历史解释神话者的始祖",即"他以为民族的神话就是该民族最古代的历史的影写"。茅盾阐述这种"历史的解释"时,以《伊利亚特》"实在就是一幅影写的希腊民族立国史"作为"印证"其"还不算是荒谬绝伦",但也有像将普罗米修斯称为"古代善塑泥人的陶工",将亚特拉斯称为"古代的天文学家",便是"荒唐得莫名其妙了"。他还举例说,"不但希腊神话曾如此受过历史的解释,北欧神话亦然",以此说明"古代的历史家把神话当作历史的影子"是"屡见",而且从"历史总是人群文明渐进后的产物"的道理上讲,"历史家"因为"那时风俗习惯及人类的思想方式已大不同于发生神话的时代"而"常加修改",这"似乎并不是不合理的"。接着他指出,"和我们的盘古氏故事相类似的开辟神话,世界各民族的神话里尽有",他举了许多例证,如"最著名的'天地如鸡子'的故事乃出于芬兰,他们以为从这鸡子里就生出一切的物","印度也有相似的说法"等;他在举希腊神话中"希腊也有天地初如鸡子之说,并且更完全更美丽"时说,"我们如果将这段希腊神话和中国所传'天地混沌如鸡子,盘古在其中'相比较,我们可说盘古就相当于爱洛斯"。他又说,"盘古身体化为宇宙间万物的说法","这就更多了",诸如"北美的伊罗瓜族""却尔第亚人"中都有类似化生神话;"在印度有两种说法",其中的第二种说法"已经和中国的盘古氏相近了","北欧神话的开辟说尤其和中国的相似"。在描述"四极神话"时,茅盾感慨道,"原始人民总以为天是一个硬壳,像一方大青石板,日月星辰就嵌在上面,高高的罩着地面的,所以原始人民常常想像地的四极——四角,一定有什么东西是在那里支撑着大青石板似的天,使不下坠","根据了这种信念,原始人就创造一节神话",即"北欧民族说是四个矮人,在中国是'女娲氏断鳌之足,以立四极'等一番话头"。他因此总结道,"原始人民的信念大概相同,各民族的神话常多相同处"。并且,他将《三五历记》和《述异记》等史籍中的神话内容作为"中国的天地开辟神话的断片",进行"连串起来",说"中国的开辟神话与希腊、北欧相似,不愧为后来有伟大文化的民族的神话",若非散佚,其"原样或者要曲折美丽得多","譬如历来相传女娲氏炼石补天之说,理应是中国的开辟神话的后半段,不知后来怎样割裂了的,从此也可以想见中国的开辟神话其内容丰富美丽,不亚于希腊神话"。[1] 从这些具体的比较中,我们可以看到,茅盾通过比较更清晰地把握了中国神话的文化属性及其价值等内容,同时也展现出强烈的民族自豪感。这两方面的内容是茅盾运用比较研究方法的初衷,也是他对我国现代神话学建立和发展的重要贡献。

茅盾的比较神话学理论体系的建立,具体体现在其《希腊神话与北欧神话》中。在某种意义上讲,这篇文章是一篇纯粹的比较神话学的力作。应该说,这是中国现代学术体系,尤其是神话学理论体系建立中关于比较神话学的奠基之作。

他首先指出"南欧和北欧,民情、风土,都有若干的不同",神话上也就

---

[1] 玄珠(茅盾):《中国神话研究》,《小说月报》,1925年第16卷第1期。

自然"有多少相异"。这里,他又重复列举了在《中国神话研究》等处所引用的"各民族的神话"中那些相似的神话材料,称"像此类的相似的故事,在各民族神话中,简直是极多";对于"希腊神话与北欧神话",他说,"可以从各方面找出它们相同之点","几乎可以说这两大系神话在全体结构上是同型的"。他借此介绍曾流行欧洲的"比较神话学"理论,说:

> 从比较言语学出发的比较神话学派,以为南欧和北欧的民族,有一个共同的祖先,大概在北印度高原;从这中心点,发生了条顿、拉丁、希腊、斯拉夫、克勒特(Celt),以及东方的印度与波斯等民族;他们从老家到了各人的新家,不但带去同根的语言,并且也带去同根的最初文学(神话)与宗教信仰,所以古代的居住于现在挪威地方的斯干的那维亚人(即北人),虽然和大陆上的条顿系的兄弟们已经语言不同有一千多年之久,但是两面都保存着相同的神话。[1]

茅盾所列举的这一理论,又称"阿利安种子说",是当年该莱所总结的几种神话起源理论之一。他指出这种理论的局限,说"各民族神话之多相似,原不仅希腊神话与北欧神话为然",在"已进于文明或尚在野蛮时代"的民族中,"几乎都有相似的几则故事在他们的神话里";于是,作为"不能说一切地上民族皆属于阿利安系"的神话学解释新说,只好另加寻觅了,这就是茅盾钟情的 Andrew Lang 的"心理派"。

茅盾指出,这种"新的解释",作为"坚固的理论",其"始倡于格林(Crimm)",即格林兄弟的神话学派。雅格布·格林和威廉·格林,是德国神话学的重要奠基者,他们以为民间文学来源于神话的理论对欧洲民俗学和民间文学理论的发展产生了重大影响。Andrew Lang 的"心理派"正

---

[1] 茅盾:《希腊神话与北欧神话》,《神话杂论》,世界书局 1929 年版。

是在他们的理论基础上发展起来的。但是,我们也应该看到,若没有 Max Müller 的比较神话学理论,也就没有 Andrew Lang 的"心理派"理论的建立。茅盾介绍"心理派"理论说,"此派从近代人类学上得到启示,用现代野蛮民族的心理状况,来说明古代神话的不合理(表示蛮性的)质素",即"这些野蛮民族的心理状况活动的结果,成为野蛮民族的神话","而以此等野蛮民族的心理状况去解释古代神话的不合理质素,又无不可通"。茅盾说,正如此理论昭示"各民族神话之所以多相似,完全因为神话时代的人们的心理状况原来是相同的","而所以又相异,则因为依同一心理状况而创造的神话,当然是随地取材,各依其俗","印度有旱魃的神话而巴比伦与埃及有水怪的神话"正是这种道理。他说,这种学说"可以解释一切民族的神话之所以交互的同中有异而异中又复有同的原因",那么,"希腊神话与北欧神话之相异与相同"也就很明显了,即两地的神话时代"差不多在同一文化的水平线上",所以二者的"根原观念"就"大体相同",又因为"南北欧的地形气候又是相差如此之远",所以又有"同中之异"。这里,他也表示了对比较神话学关于"同出一源"理论的赞同。事实上,这从另一方面证明了 Max Müller 比较神话学理论的只求同而未解释不同的理论缺憾,也就是说,茅盾在具体运用"心理派"人类学理论的同时,不自觉地形成了属于他自己的比较神话学的理论。

在这篇文章中,茅盾依次进行了"天地开辟及神之始源""自然界的现象""宙斯和奥定""人的创造""运命三女神和诺儿痕司""四季的神话""佛利茄与赫拉""音乐和文艺的神话""菽耳和希腊诸神""星月和猎神""佛赖和阿波罗""佛利夏和维纳斯""林达和丹内依""发尔坎和浮龙特""海和冥土的神话"和"洪水的故事及其他"等神话内容的具体比较。我以为,在比较的理论依据上,更能体现出他的神话学思想。一方面,茅盾坚持了丹纳他们所提出的"种族、时代和环境"理论,另一方面则是如前面举过的原始人心理特点论与遗留理论,包括他有意无意地运用了隐喻学派的神话理论。如"自然界的现象"中,最能体现"种族、时代和环境"理论,"气候不同"影响了"北欧人民必须于艰苦地战胜自然之后方乃仅得生存"和"希腊民族眼中的"那种"慈祥温和";如"佛利茄与赫拉"中,神话人物中的兄妹婚,茅盾称此"无非因为血族结婚在原始人中间原是极平常的事";而在"林达和丹内伊"与"四季的神话"中,象征的意义的揭示确实体现出隐喻学派的理论色彩。在最后,茅盾总结了两种神话中的异同,指出其"大的轮廓上,这两个民族的幻想几乎是一模一样的,希腊的各色各样的神,在北欧有相当者,并且甚至他们的性格和行动也有极显然的相似","这足够证明他们的神话时代的心理状况正复相同";至于"所有的一些相异的地方",则是"很明白的是受了地形气候的影响"。[1] 显然,这些见解的基本依据还是在于 Andrew Lang 的人类学派神话学理论。

茅盾关于中国神话的研究主要体现在《中国神话研究》和《中国神话研究 ABC》中;其他如《神话杂论》中,在论及"神话的保存"时涉及了中国神话,包括《各民族的开辟神话》等文章的一些章节也不同程度地涉及与中国神话相关的内容,但都远不及前者集中。另外,在《关于中国神话》和《楚辞与中国神话》等散见于一些报刊的论文中,也都具体体现出茅盾的神话学思想,尤其是后来他的理论思想所发生的重要变化。

茅盾关于中国神话的研究,在时间上基本上可以划分为三个阶段,即 1925 年之前为第一阶段,以《中国神话研究》(写于 1924 年)为代表;1928 年之前为第二个阶段,以《中国神话研究 ABC》(写于 1928 年)为代表;此后则为第三个阶段,以《读〈中国的水神〉》(写于 1934 年)为代表。在这三个阶段中,第一个阶段是其神话学思想的发端,即初步形成阶段,第二个阶段则是其神话学思想的具体形成阶段,第三个阶段是其神话学思想更进一步发展,这三个阶段构成一个整体。其不同阶段的学术思想具有不同的意

---

[1] 茅盾:《希腊神话与北欧神话》,《神话杂论》,世界书局 1929 年版。

义,也代表着不同时期我国神话研究的特色。

在第一个阶段中,茅盾主要受到 Tylore 和 Andrew Lang 为代表的西方早期民俗学家理论的影响,其视野还不太宽阔,更多是在坚守着人类学派的"遗留物"理论。他这一时期的论文,包括《中国神话研究》都被收进《神话杂论》一书。除此之外,茅盾还曾经做过《庄子》(商务印书馆 1926 年 10 月版)、《淮南子》(商务印书馆 1926 年 3 月版)等古代典籍的选注,并在《绪言》和《注释》中涉及与神话研究相关的内容。[1]

《中国神话研究》中,茅盾将"可以视作表现中华民族的原始信仰与生活状况的神话"分作"六类",即:一、"天地开辟的神话",他以"盘古氏开辟天地"和"女娲氏炼石补天"等为例;二、"日月风雨及其他自然现象的神话",他以"羲和驭日"和"羿妻奔月"为例;三、"万物来源的神话",他以为"中国神话里这一类颇少";四、"记述神或民族英雄的武功的神话",他以"黄帝征蚩尤"和"颛顼伐共工"为例;五、"幽冥世界的神话",他说此类神话"较古的书籍里很少见",而"后代的书里却很多",存在着"道教化""佛教化"的现象;六、"人物变形的神话",他称"此类独多",而且"后代亦时有新作增加"。除了这六类神话,诸如"神仙"和"神仙居处"的内容,茅盾将它们排除在神话之外。事实上,茅盾的神话观还是以原始神话为主,他的判断标准中的重要内容便是"原始人设想神们是聚族而居的","因为原始人自己是聚族而居的","原始人即以自己所住的地方为世界的全体,并不设想此外还有更大的世界","原始人大概只设想他们所居的地方的四极边"即"东南西北四方""是怎样一个形状","可是他们亦决不会说成是很好的"。神话的分类研究,因为不同的知识背景包括不同的神话概念判断依据,自然会出现不同的类别。茅盾的神话分类,便主要依据其人类学派"万物有灵""心理说"和"遗留物说"等理论,他在此基础上努力在"中国现所存可靠的材料里"去

---

[1] 前者作于 1925 年 5 月 14 日,后者作于 1925 年 3 月 17 日。

找出"神的系统",其主要途径便是对"中国神话与古史的关系"的考察。这里,他通过比较的方式,以"盘古氏的故事"为例,"以证明中国古代的历史家确曾充其力量使神话历史化",同时,他还以"女娲氏的故事"为例,做同样的证明。其中,他在论及"炼石补天"的神话时,称此说"想来也是民间传述极盛的故事",它"所含的意义"引起他"兴味"的在于两方面,即一是"开辟神话的尾声",一是"中华民族原始的宇宙观"。他说,"中华民族的环境是东南滨海,长江大河皆流入海,西北却是山陵",这种环境"在原始人看来是极诧异的",所以便有了女娲神话中的"地不满东南,故百川水潦归焉"的内容;至于"天何以忽然有破隙,劳女娲氏炼五色石来补",茅盾称此为"中国的古书上都没有说起",他所做的猜想便是"中国本来应有一段神话讲天何以破裂","但是现在竟失传了"。他以洪水神话等"人类既生以后,复经毁灭"以及"由神收拾残局,更造人类"在世界各地的流传为例,引"有人解释是原始人所身受的最后一次因冰川熔解而发的大水的经验的记录",以证明"凡居温热带地段的民族几乎全有这段神话"为论据,说"准此可知,中国民族的神话里本来也有洪水的故事,后来不知什么缘故,竟至失传,却只剩了破坏后建设——即女娲氏炼石补天——的故事了"。这里,茅盾还用"往古之时"即《淮南子》所描述女娲"断鳌之足以立四极"的神话背景为例做"推测"的材料,称这里的"鳌""也许便是神话中大水的主动者",但他最后还是"可惜于书无征"。[1] 应该说,这是学科建设中存在的普遍问题。在茅盾写作此文时,是"1924年12月11日",其发表时是1925年,即此年度第16卷第1期的《小说月报》首次发表此文。而当时,在神话研究上,田野作业还没有真正进行。所以,就文献而谈,谁无论如何也找不到这种证据,这其实也正是古史辨学派最突出的缺陷,它告诉我们,离开了科学考察即田野作业,现代神话学便步履维艰了。解决这一问题的途径,主要在于田野作业。后来,芮逸

---

[1] 玄珠(茅盾):《中国神话研究》,《小说月报》,1925年第16卷第1期。

夫和闻一多等学者走出书斋,走进田野所做的研究,才真正使此类问题有所突破;而从根本上解决这一问题的,是20世纪80年代中期的"中原神话研究",[1]洪水故事在中原地区的大量存在证明文献的巨大缺失。难怪钟敬文先生称中原神话的发现为"文化史上的奇迹。"[2]

在对待古籍中保存的神话材料上,茅盾虽然运用了人类学派的理论,但他却没有使用更为珍贵的注重口头的活的形态这一研究方法,因而必然表现出囿于旧说的局限。在《中国神话研究》中,茅盾以此为基础,即以旧学的考据方式,结合人类学派神话理论,重新审视中国古代文献中存在的一些问题,如"女娲氏虽不是盘古以后第一个神,至少也是极早极早的神",却在"古书中"被"历史家"们"确视为人王的伏羲之下"。他说,这是"神话上是把女娲当作伏羲之后或什么的"而形成的"附会","《易·系辞》言之极确实的'庖牺氏'恐亦是神话中人物,实在并无其人"。他因此而提出"盘古与女娲的故事,明明都是中国神话关于天地开辟的一部分,然而中国文人则视作历史,女娲氏竟常被视为伏羲之后的皇帝"的史学传统。他说,"凡开辟神话中之神,只是自然力之象征",这在所谓"高等文化民族之神话"中是这样,与"关于日月风雨以至事物起源等神话"中的神为"渐进于人物"有着相当大的区别,即使是这样的情况,"中国古代史家尚以为乃古代帝皇",所以也就"无怪他们把其余的神话都视为帝皇之行事了"。然后,他以"羲和"在神话中的"日御"变化为"史"中的"主四时之官",即"尧时诸官,多半是神话中的神"为"类推"的例子,概括神话的历史化规律道:

尧舜之治乃我国史家所认为确是历史的,但我们尚可以怀疑它是历史

---

[1] 参见《河南民间故事》(增订本),河南师范大学中文系1982年编印。另见张振犁、程健君编:《中原神话专题资料》,河南大学中文系、河南民间文艺研究会1988年版。张振犁:《中原古典神话流变论考》,上海文艺出版社1991年版。

[2] 钟敬文:《中原神话流变论考·序》,上海文艺出版社1991年版。

化的神话,然则尧舜以前,太史公所谓为"其事不雅驯"的三五之事,当然更有理由可说是神话的历史化了。一民族最古的史家大都认神话乃本国最古的历史,希腊的希洛道托司(Herodotus 482—485.B.C.)就是一例;不过最古的史家——历史之父——如果直录古代神话,不加修改,则后人尚可从中分别何者为神话,何者为真历史,而神话亦赖以保存。如果那史家对于神话修改得很多,那就不但淆乱了真历史,并且消灭了神话。[1]

他以为中国的古史家"最喜欢改动旧说",所以"我们的神话亦只存片断,毫无系统可言"。但是,即使如此,也可以"假定一个系统",其立足点就是"中国古史"。他说,"中国最古代的无名史家,没有希洛道托司那样的雅量,将民间口头流传的神话一字不改收入书里,却凭着自己主观的好恶,笔则笔,削则削,所以我们现在的古史——由神话变成的古史,只有淡淡的一道神话痕了","但是我们也要晓得古代的无名史家虽然勇于改神话,而所改的,度亦不过关于神之行事等,而非神的世系——即所改者多为神话的内容而非神话的骨骼"。他举例说,诸如神话中"反映原始时代的杂婚制、血族结婚制"之类的神话,"当然是古代史家所最嫌恶的",所以要"除恶务尽","一笔抹销",而作为"神话的骨骼"的"说某神为至尊""某神乃某神之子""某某神职守何事"之类的内容,则"在古代史家看来,并不十分讨厌",也就只"轻轻的"改为"某帝"或"某某官"。他接着以"春之神"即伏羲为例,说,"据《易·系辞》看来,是中国历史上第一位君主","关于他的传说,乃太史公所目为不雅驯的,荐绅先生难言之,所以遗留到后世的极少"。他分析《拾遗记》中的"春皇"事迹,继续证明自己的意见。但我们不能不说的是,茅盾这种论述仍是受时代的限制,缺乏新的活形态的神话材料,囿于文献,只能作此错误判断了。今天的伏羲庙会在全国的分布之广不用说,若

---

[1] 玄珠(茅盾):《中国神话研究》,《小说月报》,1925年第16卷第1期。

回头来看鲁迅曾热心搜集的南阳汉画像石中的伏羲神话，就可以证明茅盾的关于"遗留到后世的极少"的不足了。

茅盾的《中国神话研究》是其早期神话研究的代表，如其所讲，他这篇文章的写作是受"几本英文的讲中国神话的书"启发而"引起来的"。他说，"英文的讲中国民间传说的书有好几种"，而"经得起批评的"，则只有两种，即 N.B.Dennys 的《中国民俗学》(*The Folklore of China*)、E.T.Chalmers Werner 的《中国神话与传说》(*Myths and Legends of China*)。他着重介绍了后者，举其目录，称"很动人"，但"看了一遍以后"，便"不免失望"，他指出其"最大的毛病"就在于"材料庞杂得很"，即大半取材于《历代神仙通鉴》《神仙列传》《封神演义》和《搜神记》这四部书，具有明显的偏颇。应该指出的是，多次宣称中国人没有创造神话的智慧的，就是这个 Werner，其材料来源的缺陷构成他不可避免的偏见。茅盾指出他的具体缺陷，即该书《论中国神话》一章所论"中国神话不及希腊与北欧那样丰富的原因"。Werner 说有"两条"，一是"因中国人民的知识进步在较早的时代即呈停滞状态"，一是"由于中国史家取材极严，守正不阿"。茅盾说，这就是"作者谓此乃中国民族没有伟大丰富的神话的心的原因"，同时还列举了这个 Werner 所称"外界的助力"使中国产生了些神话的论点，即"殷朝亡，周朝代兴时的战乱""三国时的战争""佛教传入中国后"，包括"原始的神话或创作或从西方传来""纪元前八世纪，天文学性质的神话始惹人注意""老子时代又新生了许多神话"等。茅盾讽刺他说，若作者看见《说唐》等小说，"恐怕又要将唐代亦算是中国神话产生极多的时期了"。他指出 Werner 是"把中国凡言神怪的书都算作神话，并且依照那些书里说的是那一时代的事情就断定这些'神话'是那一时代发生的"，这"实在不能叫我们满意"，即"材料太芜杂，议论太隔膜"。[1]Werner 的理论是浅薄的，事实上还存在着严重的偏见，

---

[1] 玄珠（茅盾）:《中国神话研究》,《小说月报》,1925 年第 16 卷第 1 期。

即殖民主义的野心。茅盾在这里对其指斥是完全合理的。

在这一事情上,鲁迅曾在《关于神话的通信——致傅筑夫、梁绳祎》中指出茅盾"评一外人之作","谓不当杂入现今杂说",称"此实一问题,不能遽加论定",其理由便是"中国至今未脱原始思想,的确尚有新神话发生",并以自己家乡绍兴"皆谓太阳之生日为三月十九日"的材料为例,论"实亦神话","起源则必甚迟"。[1] 应该说,鲁迅绝不是在为 Werner 辩护,而是针对茅盾固守原始神话的文献依据提出了"民间神话"这一新问题。茅盾的态度在当时是相当普遍的,是人类学派神话学理论具体影响的产物,这种观念即使现在也相当普遍流行。鲁迅更多的是凭感觉,以"原始思想"为判断标准提出了神话学上的一个新问题,即我们通常把合乎古典文献材料的活在民间的神话称作为"古典神话",而有一些确实体现原始信仰但并未具体见诸文献的神话,到底该如何处理呢?这就是民间神话问题,即神话的多元构成问题。这与 Werner 的偏见完全是两回事;而茅盾在当时也只能这样解释。

茅盾关于中国神话的研究,在第二个阶段主要体现在《中国神话研究 ABC》中。他在这本书的《序》中说,是"企图在中国神话领域内作一次大胆的探险"。他感慨于"同类性质的书,中国文的还没有过",外文的除了法国学者的对于《山海经》的翻译,即使有一本英国学者 Werner 的《中国神话及传说》,也是"荒谬得很",所以他称自己是在"开荒"。这篇文章是在"1928 年 10 月 20 日"于"东京"完成的,距《中国神话研究》的写作已经相隔四年之久,许多方面已经发生了变化。更重要的是这部著作的完成和出版,不仅是他个人神话学思想成熟的标志,而且也标志着中国现代神话学体系的成熟发展。尽管他自己谦虚地在《序》中称自己是"草创",只是"绪论性质","并不是把中国神话来巨细无遗地作系统的叙述",而其实际上已经

---

[1] 鲁迅:《关于神话的通信——致傅筑夫、梁绳祎》,《鲁迅书信集(上)》,人民文学出版社 1959 年版。

形成了"系统的叙述",其理论建构的学术品格与学术方法都得到相对成熟而充足的发展。

亦如其在《序》中所说,他"并不忘记在此编的著作时,处处用人类学的神话解释法以权衡中国古籍里的神话材料";但是,这种解释已经有了与以往明显的不同。这里,他举例说"有许多意见是作者新创的",诸如"帝俊,羿,禹""解释蚩尤为巨人族之一,黄帝与蚩尤的战争就是巨人族与神之战争"等内容,他说,"凡此一切创见,作者只凭推论"而并不曾多依文献做"考据";针对《山海经》的"神话价值很高",所以论述及引用颇用力;尤其是对"后世方士道教神仙之说兴起后的奇诞之谈",他说,虽然它们"离原始神话的面目太远",但也引用,诸如"西王母神话""月的神话",都在于"表示一神话到了后来如何的被方士道教化","并不以此作为该神话的最终点"。这些内容表明茅盾在这一时期思路更为开阔,方法也更为灵活,而且其系统性的自觉意识也更强更具体更明确。

在其《第一章 几个根本问题》中,茅盾首先是在郑重地理清"神话"的概念,他说,"神话"的概念"中国向来是没有的",但是"神话的材料"虽然零散,却"散见于古籍甚多",而成为"中国古代文学中的色彩鲜艳的部分"。他以"包含神话材料最多的《山海经》一书"为例,称自两汉以来的学者们"始终没有正确的解答",而指出"大胆怀疑《山海经》不是地理书的,似乎明代的胡应麟可算是第一人",即胡应麟在《少室山房笔丛》中所述的"《山海经》:古今语怪之祖","古今说《天问》者,皆本《山海经》、《淮南子》";为朱熹之"先得",他称之为"灼见"。他又结合此后清代学者所代表的"对于旧籍中的神话材料的看法",说"他们不知道这特种的东西所谓'神话'者,原来是初民的知识的积累,其中有初民的宇宙观,宗教思想,道德标准,民族历史最初期的传说,并对于自然界的认识等等"。

然后,他依此具体阐释"神话的产生"及其流传。他说,"据最近的神话研究的结论,各民族的神话是各民族在上古时代(或原始时代)的生活和思想的产物","神话所述者,是'神们的行事',但是这些'神们'不是凭空跳出来的,而是原始人民的生活状况和心理状况之必然的产物"。解释这结论的依据,还是 Andrew Lang 在《神话:仪式和宗教》中所总结的所谓"原始人民的心理"的"六大特点"。他说,"原始人本此蒙昧思想,加以强烈的好奇心,务要探索宇宙间万物的秘奥,结果则为创造种种荒诞的故事以代合理的解释,同时并深信其真确",这就是"今日我们所见的神话"。将这些解释与《中国神话研究》中的"神话"概念相对比,我们可以看到往日他所做的"一个简单的定义",即"神话是一种流行于上古时代的民间故事,所叙述的是超乎人类能力以上的神们的行事","古代人民互相传述","确信以为是真的",在这里虽然大意并没有改变,而其论述则分明更完整,更具体系性的内涵。

对于神话的保存与分布问题,鲁迅和胡适在各自的文学史著作中都曾做过详细的论述,茅盾就此问题也提出了自己的意见。他说,若是"只就《三百篇》以论定中国古代(北方)民族之没有神话",这样"证据未免薄弱了些";他以"北欧民族"为例,用 Mackenzie 的"神话是信仰的产物,而信仰又是经验的产物。人类的经验不能到处一律,而他们所见的地形与气候,也不能到处一律","因经验不同,故而有了极不同的神话",说明"地形和气候只能影响到神话的色彩,却不能掩没一民族在神话时代的创造冲动"。他以为,"中国北部神话之早就消歇"的原因主要有两种,即一是"神话的历史化",二是"当时社会上没有激动全民族心灵的大事件以诱引'神代诗人'的产生"。他进一步解释说,"神话的历史化太早,便容易使得神话僵死",同样,"自武王以至平王东迁,中国北方人民过的是'散文'的生活,不是'史诗'的生活,民间流传的原始时代的神话得不到新刺激以为光大之资,结果自然是渐就僵死"。

茅盾从神话的"断片"中证实女娲、愚公、蚩尤和黄帝都"产生于北方","中部民族的楚确有它自己的神话","南方民族"也在"大中国的神话系统内"加进一些"材料"(他以徐整所记盘古神话为例),称其"当时就流行在南方","到三国时始传播到东南的吴";又以《述异记》《路史·注》《元丰九域志》中的盘古神话"遗留物"证明可以想象盘古神话"本产生于南方而后渐渐北行的"。也就是说,茅盾通过这些神话材料,把中国神话分成"北中南"三部分"各自成为独立的系统"的神话分布格局,而且指出,"南方的保存得最少","北方的次之",而"中部的最多"。对于"南方的保存得最少的原因",茅盾做了一些猜想,即"已经创造了盘古开辟天地之神话的岭南民族一定还有其他许多神话","这些神话,因为没有文人采用,便自然而然的枯死",又由于"交通"等原因,特别是"中国本来的(汉族的)文化已经到了相当的高度,鄙视邻近的小民族","南方的神话当然亦不为重视",其"虽然民间也许流传,但随即混入土著的原始信仰中",所以它"渐渐改变了外形,终于化成莫明其妙的迷信的习俗,完全失却了神话的意义了"。[1]

神话的保存、修改与演变等问题,是神话学上相当棘手的问题。茅盾在《中国神话研究 ABC》中做了多次论述,他以古代典籍为例,具体说明"哲学家"和"文学家",包括"历史家"对神话的处理即保存与修改的效果。其中,他论述到《山海经》,称它"是一部包含神话最多的书","但形式上又极像地理书",众说纷纭,于是他就从其"著作时代及内容"这两点进一步论述上面所提到的几个问题。他以为,这部《山海经》"不是禹、益所撰",其成书时代,各篇章不一样,即"《五藏山经》在东周时","《海外内经》在春秋战国之交","《荒经》及《海内经》更后(但亦不会在秦统一以后)",基本上分为"三个时期"。茅盾说,"此三个时期的无名作者,大概都是依据了当时的九鼎图象及庙堂绘画而作说明,采用了当时民间流行的神话",才完成这部"包含神话最多的书",至于"托名禹、益","摹仿《禹贡》",和汉时"陆续有人增益"成为"现在的形式",固然"保存了若干神话材料",而另一方面"也

---

[1] 玄珠(茅盾):《中国神话研究 ABC》,世界书局 1929 年 1 月版。

修改了神话的本来面目"。对于神话诸如王母之类内容的"演化",茅盾解释其原因说,"因为'文雅'的后代人不能满意于祖先的原始思想而又热爱此等流传于民间的故事","因而依着他们当时的流行信仰,剥落了原始的犷野的面目,给披上了绮丽的衣裳";同时他又指出,这是"好奇"者所为,其目的在于"为那大部分的流传于民众口头的太古传说找一条他们好奇者所视为合理的出路",但也有一些人力图"守正","从另一方面消极的修改神话",使之"合理",也就成为一种"解释",包括朱熹等学者的"字诂",与西方神话学的"语言疾病说"一样,形成神话的"演进"即嬗变的多种形态。在"演进"的考察中,茅盾从比较研究的角度论述了中国神话中的"宇宙观""巨人族及幽冥世界"和"自然界的神话",包括"帝俊及羿、禹"等问题。如其论述盘古神话时,他说它"本发生于南方,经过了中部文人的采用修改而成为中华民族的神话",其中许多内容与印度神话、北美洲伊罗瓜族神话和北欧神话相似,体现了原始人民复杂的宇宙观,即"盘古神话流传到中部以后由民间所增的枝叶"所形成的一系列现象,是"中国开辟神话之戴了南方的帽子而穿了北部的衣裳"。又如其论述"夸父与日逐走,大概是巨人族与神争权的象征","蚩尤也许又是巨人族的一支"即"蚩尤的传说是中国古时一大史诗的材料,其性质确可比拟于其他民族神话中巨人族和神的战争"等,都体现出自己的卓见。特别是在论及"帝俊及羿、禹"神话时,茅盾提出了"神话中的一个最重要的线索,即诸神世系"问题。他说,中国神话过早被"历史化",形成"古代史的帝皇,至少禹以前的,都是神话中人物",即"神及半神的英雄",他本着建立"诸神世系"的假想,分别考察了"伏羲""黄帝"和"帝俊"三位"古史中的帝皇"。首先他放弃了"伏羲",其次是欲选"黄帝",以为其"很有资格来充当我们的'假定'",但是,"考之《山海经》,则黄帝的记载不多,显不出他的特别重要的身份",真正在《山海经》中有此"主神"资格的,"反是别处不见的帝俊"。茅盾在《山海经》中看到"帝俊"神话的异常丰富,即"我们所可说的,只是中国神话'主神',大概就是所谓帝俊";

但是,他不得不承认的是"要从帝俊身上寻绎'诸神世系'也还是办不到"。然后,他考察了"受过历史化的系统不明的神话人物羿"和"古代神话中的为民除害的半神英雄禹",论述了"人性的羿"和"神性的羿"之间的复杂联系,指出王逸和洪兴祖在注释《天问》中"帝降夷羿,革孽夏民;胡射夫河伯而妻彼雒嫔"句的"错误";他论述了"禹在中国神话中所处的地位",以为可以假定"史所记禹以前的帝皇都是神话之神,而禹为民族英雄之第一人",包括"启","大概也只是神话中的民族英雄,不能认为真正的历史人物"。[1]

关于中国神话的研究,茅盾在《中国神话研究ABC》的《结论》中提出三个"留待将来的问题"。第一个问题是"神的系统",即"诸神世系"的整理问题。茅盾在"伏羲""黄帝"和"帝俊"神话中都没有找到,一个关键就是神话的历史化,使"禹以前的,实在都是神话";这颇似于古史辨学派的认识,但细究时,他们又有明显的不同。茅盾超越古史辨学派的是他提出了一个"还原"工程,即"如果欲系统地再建起中国神话,必须先使古代史还原",但是,真正要还原历史,困难其实不少。他说,"古代史虽然即是神话的化身,可是已经被屡次修改得完全不像神话","并且古代史自身的系统亦不明了,也已经不是全部神话而只是一小部分神话被历史化了而保存为现在的形式",那么,若一定要建立这个系统,就只能依靠"推想和假定","用了极缜密的考证和推论",或许能够"创造一个不至于十分荒谬武断的中国神话的系统"。[2] 这个问题,其实在徐旭生先生那里已得到基本解决。自从"古史辨派"形成一个庞大的理论群体时,它几乎笼罩了20世纪三四十年代的中国史学讲坛,其缺陷不但得不到必要的修正,反而愈演愈烈,形成一种与传统考据方式相结合的具有主流色彩的学术方式。[3] 徐旭生在《中国古史的传说时代》中提出了许多重要的见解,在其第一章《我们怎么来治传说时

---

[1] 玄珠(茅盾):《中国神话研究ABC》,世界书局1929年1月版。
[2] 玄珠(茅盾):《中国神话研究ABC》,世界书局1929年1月版。
[3] 参见王学典、孙延杰:《顾颉刚和他的弟子们》,山东画报出版社2000年7月版。

代的历史》中,首先讲清什么叫"传说时代",强调"最初的历史总是用'口耳相传'的方法流传下来的",即"只有到殷墟时代",因为有文字的发现,"才能算作进入狭义的历史时代",此前"文献中还保存一些传说",但"年代不很可靠",所以称为"传说时代"。可是,正如徐先生所言,"历史时代的史料也有很多不足靠的地方",古人在记录和整理"简策"时,包括文字本身都"可能有错误"。即使这样,史的"固定化"其受时间的变化还是比"口耳相传"要小得多。所以,徐先生说"口耳相传的史实"容易失真,但"很古时代的传说总有它历史方面的质素,核心,并不是向壁虚造的",同时他也指出,"掺杂神话的传说"和"纯粹的神话"总是有"分别的","不能混为一谈"。他指出顾颉刚他们的《古史辨》"最大的功绩就是把在古史中最高的权威,《尚书》中的《尧典》《皋陶谟》《禹贡》三篇的写定归还在春秋和战国时候",但是"他们所用的治理方法却很有问题",即主要是"太无限度地使用默证","因某书或今存某时代之书无某史事之称述,遂断定某时代无此观念",再者就是"看见了不合他们意见的论证,并不能常常地审慎处理,有不少次悍然决然宣布反对论证的伪造",其理由是"脆弱的","不能成立的",其他诸如他们"夸张"一些"歧异"和"矛盾",尤其是他们对于"掺杂神话的传说和纯粹神话的界限"的"不能分辨"或者"不愿意去分辨","漫无别择"。当然,徐先生指责他们"染沾了帝国主义御用学者的毒素",即其"对于夏启以前的历史一笔勾销",则太言重了。[1] 这在今天仍值得我们思索。

茅盾所提的第二个问题在当时尤其有价值,这就是"中国民族在发展的过程中,不断的有新分子参加进来",他以《蜀王本纪》《华阳国志》和《吴越春秋》为例,称"这些新分子也有它自己的神话和传说","此种地方的传说,当然也可以算为中国神话的一部分"。他提出对这些材料做"特别的搜

---

[1] 参见徐旭生:《中国古史的传说时代》,中国文化服务社1943年版,其增订后于1960年由科学出版社出版。

辑和研究"。而最重要的是他所表现的对"西南的苗、瑶、僮各族,还有神话活在他们口头的,也在搜采之列",并以为"这个工作就更繁重了"。这在事实上标志着茅盾一直在努力寻求对神话研究的突破。对少数民族神话的关注,在我国神话学的发展中具有非常特殊的意义;如芮逸夫的《苗族的洪水故事与伏羲女娲的传说》(国立中央研究院历史语言研究所《人类学集刊》1938年第1卷第1期),吴泽霖、陈国钧等人的《苗族中祖先来历的传说》(《贵州苗夷社会研究》,贵州文通书局1942年版)和马长寿的《苗族之起源神话》(《民族学研究集刊》1940年第2期)等,都是对现代神话学的重要开拓。而在他们之前,茅盾身在异国,就已经注意到这些内容对现代神话学的重要价值和意义,这是茅盾的远见,更是他对自己往日的神话研究的超越,也是对时代的超越。

在他所提的第三个问题中,即他举的"古来关于灾异的迷信,如谓虹霓乃天地之淫气之类,都有原始信仰为其背景",和"后世的变形记,及新生的鬼神,也都因原始信仰尚存在而发生",他说,"凡此诸端,一方面固然和神话混淆不清,一方面也是变质的神话(指其尚有原始信仰而言)","也须得很谨慎的特别处理"。[1]这一方面表明他坚持用人类学派神话理论来把握中国神话,始终把"原始信仰"作为神话的基本标志,另一方面也表明他对自己神话概念的不断修正。这种开拓性的意见在后来的文章中得到具体体现。

茅盾自己也意识到,这三个问题的解决在神话学的现代学术体系建立中具有十分重要的意义。他说,"建立系统的中国神话的先决条件"便是解决"第一个问题",而要使"原始形式的神话"得到"分离而独立",将"地方传说"从其"混入"的神话中分辨出来,则必须解决后两个问题。[2]这在总体上是一种积极的突破。包括同时期的《楚辞与中国神话》[3]和《关于中国

---

[1] 玄珠(茅盾):《中国神话研究ABC》,世界书局1929年1月版。
[2] 玄珠(茅盾):《中国神话研究ABC》,世界书局1929年1月版。
[3] 玄珠(茅盾):《楚辞与中国神话》,《文学周报》,1928年3月第6卷第8期。

神话》[1]等文章,都属于这种突破。特别是在《关于中国神话》中,他就"日神""月神""方位的神"与钟敬文"讨论",称"太阳神话在中国有北方民族的一支",以"羲和""羿射日"为例,而"中部民族"即"楚"地的太阳神话则是《九歌》中的《东君》。至于"嫦娥奔月"即"现代野蛮民族中有活人跑到天上做日月的神话",钟敬文在《楚辞中的神话和传说》中称"属于原始思想",以及钟敬文所提出的蓐收与颛顼为"水神",茅盾都提出异议;他最后又重提"中国神话原非一支的问题",即"现在的中国神话至少是由北方、中部、南部三支混合而成","中国神话上神的系统一问题"及他怀疑"帝俊是中国神话中的主神,有如希腊神话中的宙斯",而又"不敢断定"帝俊究竟是谁等。[2]这里他特别提到自己《中国神话研究》,称"有许多意见","现在已经抛弃了"。这都表现出茅盾神话学思想在这一时期所发生的深刻变化。在当时,茅盾的神话研究确实代表着最高水平;当然,我们也应看到黄石、谢六逸、江绍原、林惠祥他们在这前后翻译西方神话理论的重要贡献,以及他们对茅盾的具体影响。应该说,这一时期,是茅盾把神话研究推向高于以往不能比的一个浪尖。

第三个阶段的《读〈中国的水神〉》,是茅盾对他人著述的一篇评论,代表着他神话学思想具体形成之后的更进一步发展。

茅盾的三部神话学研究著作《神话杂论》《中国神话研究ABC》《北欧神话ABC》集中出版于20世纪20年代的最后两年;之后,其学术兴趣有所转移,神话研究的文章零星见于报端,而他对神话研究的思索还在继续。他仍然关注着神话研究的发展动态。黄芝岗《中国的水神》1934年2月由上海生活书店出版,这本书集中探讨了"杨四将军""二郎神""李冰""龙公龙母""巫支祁"等水神的生成、演变,以及各地水神崇拜等民间信仰活动

---

[1] 茅盾:《关于中国神话》,《大江月刊》,1928年12月第3期。
[2] 茅盾:《关于中国神话》,《大江月刊》,1928年12月第12期。

的神话学、民俗学意义。后来,黄芝岗还做过关于"山魈""大禹与李冰"等方面的研究。茅盾看到黄芝岗的《中国的水神》这部著作后,非常高兴,他称赞这部书有"许多可宝贵的创见",其"研究方法是值得钦佩的",甚至称它的出版"在中国神话传说研究上将划一新纪元","尤其重要的"是它"指给了我们一种最可靠的研究方法"。[1]

茅盾在具体评价这部著作的学术价值与意义之前,述及英国学者E.T.C.Werner的《中国神话及传说》(*Myths and Legends of China*),称它表面看起来"洋洋大观",其实是"这些漂亮的题目所代表的材料却非常之糟",毫不留情地揭开其肤浅、粗俗的实质。他感慨这位貌似神秘的学者竟然连《山海经》也"不知道",甚至把关云长作为"中国神话的'战神'"之无知。他提出"研究中国神话"的两条道路,即其一是"从秦汉以上的旧籍中搜剔中国神话的'原形',重要材料就不能不是《山海经》、《楚辞》、《淮南子》等等",其二是"从秦汉以后的书籍乃至现在的民间文学中考究中国神话的演变",即"各地的传说如何增修了中国原始神话,又如何因此增修而使中国原始神话不但失其原形而且日益凋落","各地的传说如何互相影响,产生了庞杂而类似的许多'传说的集团'"。他将这两条道路分为"'神话'的范畴"和"'传说'的范围",以为两者"不是平行的",而是有着交叉点的两个步骤。从这里出发,在第一步,即"我们将要搜剔出中国民族原始的宇宙观、宗教思想、伦理观念、民族历史最初期的遗形,对于自然界之认识",茅盾说这里的"中国民族原始的宇宙观"就是"指中国神话的'原形'","没有后世的方士们的思想掺杂在内,也没有混淆了更后的变形的佛教思想"。他以"幽冥世界"的传说为例,称"现在民间流行的,是佛教的话头加上了少些的中国本来有的'多神'思想",其"中国最初的'幽冥世界'的神话"是《楚辞》中的"断片"。同时,茅盾提出,"方士思想所形成的'次'神话既已成为广泛而深

---

[1] 味茗(茅盾):《读〈中国的水神〉》,《文学》,1934年7月第3卷第1号。

入的民间传说",这些作为"中国'传说'(Legend)的主要原料"也不能"摒弃"。但是使用这些材料"必须罗列诸相类似的关于一事的传说为一'传说的集团',从而比较其异同,探究其根源"。对于第二步即关于"中国神话的演变",茅盾说,"不但道士们的书(如《神仙列传》等)是重要材料,余如前人的笔记,各地的方志,乃至各地的民间的口头传说,都要参考,而且要用科学方法去整理它","庞杂的民间的'传说集团'亦非不可据,要在作者能够用归纳方法来寻求其根源,阐明其如何移植增饰而演化",至于《神仙列传》一类书,也应以不偏信其"史料的价值"为前提,而"处处用科学手腕去解剖它"。茅盾说,"这样伟大的工作","我们本国人的著作能够依此方向走而且有了不可轻视的成绩的",就是"黄芝岗先生的近作《中国的水神》。"

茅盾高度评价黄芝岗"写成这本小书所化的搜讨工夫",说"中国的水神传说,见于载籍者,已经很多,而流传于民间口头的,尤其多"。他以此总结黄芝岗的考察方式,对其从"家乡(湖南长沙)的口头传说杨四将军的故事",到"四川灌县'灌口二郎神'的'神话'"的比较与溯源做具体分析,总结出黄芝岗在研究中所表现出的"三个原则",即:"一,水神传说的分歧庞杂是'不同的神的力量所起的争持。不相同的力量是因为不相同的时代地点,有它们相同的水灾和治水的人物'";"二,'不但四川神话移来江西,江西神话也有时移来四川',所以长江一带的水神传说有相当的沟通痕迹";"三,杨将军(或二郎神)的威灵和神话的产生是因为有夔巫峡江的滩险"。他说,这"是神话学上最大最有力的原则",Andrew Lang "毕生精力所在的许多著作也无非证明了这三个原则"。

他指出黄芝岗"并不先把神话学上的原则加在面前,然后找几件中国水神的传说作为例证去说明它",而是"先一步一步比较归纳,然后达到那结论——原则",称"黄先生的研究方法是值得钦佩的","这是凡治中国神话的人们应当取法的",同时也指出其"美中不足",即"关于黄河的水神传说的研究太少了一点"。这里他又一次介绍了自己"假定中国神话最初大概是北部,中部,南部"的神话分布理论,"推想"关于"古代黄河神话之失传"的原因为:一是"古代北方文人最喜把神话历史化,合于历史化的一部分神话即经'化'了,余者也就不见记录",二是"古代南方的文人虽然也记录了北方的水神神话,但后来长江的水神神话兴盛了,自然取而代之";他还特别指出可能因为"黄先生是南方人"而形成"对于黄河水神研究比较的忽略"。在文章的最后,他指出黄芝岗关于"浮山""海眼""铁柱"的研究是"很有价值的",是"近人研究中国神话者所未尝注目"。尤其是"铁柱"研究所呈现的"很重要的原始信仰"的意义,茅盾格外重视,他说,"'五行'之说,支配了几千年的中国人的宇宙观和人生观,《山海经》全书,就有'五行'的五根线贯穿着","中国神话和传说几乎处处跟'五行'发生关系","有许多神话非用了'五行'这把钥匙,就难以索解"。[1] 这都表明他神话学思想新的变化。

综观茅盾关于中国神话研究的三个阶段,可以看到他学术思想的形成、发展与变化的轨迹,也可以看到整个中国现代神话学体系的建构与具体形成和发展变化的轨迹。此后,代之而起的是苏雪林、冯承钧、钟敬文、郑德坤、林惠祥、卫聚贤和陈梦家等学者的崛起,直到芮逸夫、楚图南、陈国钧、岑家梧和闻一多他们,在神话研究上达到20世纪前半叶的巅峰。茅盾在现代神话学上的贡献是奠基者,也是开拓者,是集大成者。也就是说,没有茅盾对中国神话的研究,中国现代神话学的理论体系至少会更晚一个时期才能具体形成。

最后是茅盾的神话研究对于神话诗学体系的贡献,这同样是其神话学思想的一个重要部分。在这一方面,其文章不像其他几个方面那样集中,而理论价值同样不可忽视。在中国现代学术体系的建立和发展中,茅盾对神话诗学的研究,既促进了现代神话学的发展,也促进了现代文艺学的发展。

---

[1] 味茗(茅盾):《读〈中国的水神〉》,《文学》,1934年7月第3卷第1号。

应该说,茅盾是我国现代神话诗学体系的奠基者,此理论与他关于文学研究和文学批评的学术思想形成双璧。

茅盾的神话诗学体系的建立并不十分的明朗,但它毕竟形成了基本格局和框架。这主要体现在他对神话与文学发展的关系的具体论述上。即一是源头的关系,一是影响的关系。

所谓"诗学",即希腊文中的 Poietike,起始于亚里士多德一部系统论述文学规律的著作《诗学》之名,此后在欧洲形成一种传统,即把文学理论统称为"诗学"。神话诗学强调的是,"最古老的神话,作为某种浑融的统一体,不仅孕育着宗教和最古老的哲学观念的胚胎(诚然,诸如此类的观念又形成于神话基原被克服的过程中),而且孕育着艺术的,首先是口头艺术的胚胎";尤其是"独树一帜的仪典——神话论学派在文艺学领域的兴起",他们以为"任何诗学均为神话的诗学"。[1] 当然,这种学说的兴起与意大利学者詹·维科所提出的"神话的哲学"的启发有着密切联系,尤其是维科关于诗歌语言发展于神话即"神仙和英雄人物"的理论的影响。如弗·威·谢林在其《艺术的哲学》中所强调,"神话是任何艺术所不可或缺的条件和原初资料"。[2] 包括后来诺·弗莱将文学融入神话所创立的文学人类学理论,如其原型理论和神话与自然生活相对应的"四个阶段"论,另外如俄罗斯的亚·尼·维谢洛夫斯基在《历史诗学》中所提出的"原始浑融体"理论,都成为神话诗学的重要依据。那么,茅盾的神话诗学体系在理论构架上虽没有这样具体而明确,但他确实形成了自己相对完整的体系。这首先就是他在《神话的意义与类别》中对于"唯美的神话"的划分和解释,他有一个基本观点,"唯美的神话"起源于"人人皆有的求娱乐的心理",即"为挽救实

---

[1] [苏]叶·莫·梅列金斯基:《神话的诗学》,魏庆征译,商务印书馆1990年版,第1—2页。
[2] [苏]弗·威·谢林:《艺术的哲学》俄文版,第468页。转引自魏庆征译《神话的诗学》商务印书馆1990年版,第13页。

际生活的单调枯燥而作的"。[1]在《神话的保存》中,他论述道,"神话最初的传布,必全恃口诵","祭神的巫祝,鬻歌为业的瞽师","私家的乐工",便成为"最初的神话保存者","他们'取当时流行的口头传说(神话),编为歌曲",从而使神话"流传了千余年",后来文字兴起,出现"诗人与戏曲家复取这些传袭的实用歌曲内的材料,改作纯文艺的诗歌戏曲",即,"今日各文明民族神话之宝库"。同样的道理,茅盾在这篇文章中"希腊罗马神话的保存"中,论述"乐工与行吟诗人""诗人与悲剧家"时又重复其内容;在"北欧神话的保存"中,论及"行吟诗人的诗歌""《埃达》与《萨加》"中,也是如此。在"中国神话的保存"中,茅盾举例说,"文学家"他们"把唯美的和解释的神话都应用在作品内,使作品美丽而有梦幻的色彩"。[2]这种神话的诗学观念,在其《中国神话研究》中得到更集中的体现。如他在这里所提出的"各文明民族的神话都已经过修改",即"各民族自己后代的文学家"对"古代神话"的引用;诸如"在原始民族中,春之神是他们最崇拜敬爱的神","神话中有些故事"是不能"附会为史事",其保存的责位就"落在文学家的肩膀上了"。他说,"中国古代的文学家,除了《诗经》里的无名诗人,大都是政论家、哲学家",政论家以为神话为历史,哲学家则引为"寓言";"秦汉以前的文学家只有屈原、宋玉一般人还喜欢引用神话,并且没有多大改动"。[3]这种论点在茅盾《希腊神话与北欧神话》中得到另一种意义的表现,如其对"音乐和文艺的神话""佛利夏和维纳斯"等神话的比较,论及"阿波罗在希腊是文艺之神,奥定在北欧也有主宰文艺的光荣"和"爱与美的女神"等神话内容。[4]在《中国神话研究 ABC》中,茅盾将这一论点具体阐发为:

---

[1] 玄珠(茅盾):《神话的意义与类别》,《神话杂论》,世界书局1929年版。
[2] 玄珠(茅盾):《神话的保存》,《神话杂论》,世界书局1929年版。
[3] 玄珠(茅盾):《中国神话研究》,《小说月报》,1925年第16卷第1期。
[4] 玄珠(茅盾):《希腊神话与北欧神话》,《神话杂论》,世界书局1929年版。

现代的文明民族和野蛮民族一样的有它们各自的神话。野蛮民族的神话尚为原始的形式,文明民族的神话则已颇美丽,成为文学的泉源。这并不是文明民族的神话自始即如此美丽,乃是该民族渐进文明后经过无数诗人的修改藻饰,乃始有今日的形式。[1]

这种"修改藻饰",作为"弦歌诗人转述神话时,往往喜欢加些新意思上去","使得朴野的神话美丽奇诡起来",与"后来的悲剧家更喜欢修改神话的内容,合意者增饰之,不合者删去"使"怪诞不合理的神话又合理起来"一样,[2]在客观上给人一种印象,即文学的发展中,神话是被作家运用的重要题材,更是文学的源头。

神话作为文学的源头与形式来源的意义,在茅盾的《楚辞与中国神话》中体现得最为详细。他首先点明,"就文学的立点而言,神话实在即是原始人民的文学","迨及渐进于文明,一民族的神话即成为一民族的文学的源泉:此在世界各文明民族,大抵皆然,并没有例外"。在他看来,中国古代的纯文学的性质显示出,"《诗经》可说是中国北部的民间诗歌的总集","《楚辞》则为中国南方文学的总集",《楚辞》的"来源"不是"北方文学"的《诗经》,而是"中国的神话"。这里他也提出一个问题,即"何以中国神话独成为中国南方文学的源泉",他自己所做的解释是,一为"北中国并没产生伟大美丽的神话",二为"北方人太过'崇实',对于神话不感浓厚的兴味,故一入历史时期,原始信仰失坠以后,神话亦即销歇,而性质迥异的南方人,则保存古来的神话,直至战国而成为文学的源泉"。他接着解释说,"《楚辞》是南方的'文人的纯文学作品'","北方的《诗经》大部是民众的纯文学作品",《楚辞》"应用民间流传的神话传说,以抒情咏怀","直诉于民众的情

---

[1] 玄珠(茅盾):《中国神话研究 ABC》,世界书局 1929 年版。
[2] 玄珠(茅盾):《中国神话研究 ABC》,世界书局 1929 年版。

绪,激起深切的共鸣",以"美丽、缠绵、梦幻"形成其"特色",成为"当时"的"一种新的文艺作品"并为后人所"摹拟"。他对于其中的《九歌》解释说,乃"沅湘民间流行的颂歌,是神话材料的一部分",并不是他人所说的"托之以讽谏",而"不过屈原或曾修改其词句,并始为写定罢了";他因此同意于胡适关于"《九歌》是最古的南方民族文学,是当时湘江民族宗教舞歌"的意见,称"不妨断定《九歌》是古代南中国的宗教舞歌,每歌颂一神,含有丰富的神话材料,经屈原写定而成今形","其中函义,皆属神话,无关于君臣讽谏或自诉冤结",而且其中"对于神话传说中不合理质素之感想,和他的身世穷愁无关"。他把《楚辞》看作"最早的文人文学","在中国文学史上划了一个新纪元",正因为它"包含中国神话材料之多",所以形成它对后世"发生重大影响"。他对此总结道:

> 一民族的文学发展,大都经过两个阶段:最初是流传于口头的民间文学——神话传说以及中国的《诗经》,此时的作者都不是操觚之士;其次乃为著于竹帛的文士文学,此时的作者大都为文人,《楚辞》即为中国最早的文人文学。可是初期的文士文学,亦必须以民间文学的神话与传说为源泉,然后这些文士文学有民众的基础,为民众所了解。[1]

在他看来,《楚辞》"恰亦适合这个条件",即作家们不但从这里"知道了许多现已衰歇的神话传说",并且从中"学会了应用民间神话传说的方法",使作家文学得以"渐渐建设起来"。在这种意义上,茅盾称《楚辞》是"中国的《伊利亚特》和《奥特赛》"。[2] 应当说,这是茅盾神话诗学体系的核心内容。他揭示了神话在文学发展中特殊的地位和价值,与维谢洛夫斯基

---

[1] 玄珠(茅盾):《楚辞与中国神话》,《文学周报》,1928 年 3 月第 6 卷第 8 期。
[2] 玄珠(茅盾):《楚辞与中国神话》,《文学周报》,1928 年 3 月第 6 卷第 8 期。

在《历史诗学》中所提的"原始浑融体"理论在实质上是一致的。

在《健美》中,茅盾列举了希腊神话中"关于欧罗巴命名由来"的故事,他称"这个故事在神话上不过是解释'事物由来'的小小故事",其中的"欧罗巴与牛的恋爱也不过是神话中许多'人兽性交'的残遗","在东方神话中,这一类'人兽性交'的故事屡屡有之",但是,德国"盛行过一时的表现派的剧作家凯撒(Kaiser)却将这段故事加了新的解释","将神话中的'劫夺'改变为欧罗巴的'选择',宙斯化身的'牛'是代表了刚健的肉体",即凯撒意在"讽刺"那些"唯美主义",同时也是"表现派的'性道德'观念的宣示"。茅盾在这里所看到的仍然是神话在文学中的运用效果,但他更看到了"在'健美'的幕后"那些"布尔乔亚所疯狂地追逐着的肉感的刺激,荒淫,颓废"。[1] 这种借神话之题发挥新意,还表现在他的《新年展望》(《申报》副刊《自由谈》1934 年 1 月 1 日)和《幻想与现实》(《时事新报》副刊《文林》1944 年 6 月 27 日)等处,这些内容同样是他神话诗学的重要内容。这些内容还表现出这样一种特点,即茅盾看到历史的神话诗学存在,而且更直接地运用于现实。这是茅盾建构神话学理论体系中,纵观古今中外的常用方式,也是他神话诗学品格的体现。

茅盾的民间文学观建立在他广博深厚的学养基础之上,同时又表现出他对社会、历史、人生的理解,从而形成独特的理性把握和审美感受的多重研究视角。这和鲁迅他们一样,常常在学术关照中体现出鲜明的爱憎和强烈的批判精神。他十分注重民间文学的价值,而其思索的重点集中在神话研究上,但他并没有停留在这种原始文学的研究即纯粹的神话学中,他的视野通过神话走向更广阔的世界,从而获得更深刻更独特的一系列见解。由此我们联想到他描写民族精神与命运的《子夜》,他事实上是在解读一个经济神话。这个经济神话就是民族经济在现代社会的城市和乡村间所发生的

---

[1] 茅盾:《健美》,《东方杂志》,1933 年 1 月 16 日第 30 卷第 2 号。

旷古未闻的变化,即传统的农耕经济及其伴随着的文明已经走向末路,而资本主义文明伴随着相应的工业经济正要从根本上改变中国社会。同时,中国传统文化影响下的民族资本体系,正在走向穷途末路。社会风俗生活以现代经济生活形式表现出非常复杂的文化形态。茅盾要真实地表现出在历史与现实相交的子夜中我们民族的苦痛,从这里我们可以感受到他对民间文化的具体态度。其中一个重要的设置便是城市与乡村的对比,诸如吴老太爷走进大上海对城市现代文明的感受,这种心态正体现出农耕文明条件下的乡村文化即民间文化面对现代文明时所表现出的尴尬,形成矛盾冲突凸现出的民间文化世界的个性特色。这种审美效果应该归于茅盾对民间文学的深入研究,更不用说在他的小说所充注的故事原型运用所具有的神话修正改造的意义。

茅盾与鲁迅、郭沫若他们一样,在文学创作上做出巨大的历史贡献,在民间文学理论研究上同样具有重要贡献;这体现出他对国民精神的把握与理解、表现。民间文学是国民精神的晴雨表,集中体现了中华民族昂扬奋发的精神面貌,也充分表现出民族性情中的沉疾顽疴。文学作品中的社会风俗生活表现问题是文学研究的重要课题,其中所显示的绝不止是社会思想和文化内容,更重要的是它对以民间文学和民间信仰等内容为核心的国民精神的透视与表达。

第五章
通俗性与民间文艺学问题：老舍

老舍是一位相当特殊的作家，他的创作体现出浓郁的北京地方特色，以《骆驼祥子》为典型，几乎是《帝京景物略》和《燕京岁时记》等北京民俗典籍的翻版。他的民间文学观从另一个方面显现出他的审美追求和他对社会、人生、历史的理解。总的来看，他的民间文学观主要集中在三个方面，一是对文学起源和发展中的民间文学的价值与意义的理解，二是对文学创作中民间文学与作家文学之间复杂联系的思索，三是对通俗文学与民间文学关系的认识。尤其是第三个方面的研究内容，是老舍对我国现代民间文学理论体系最突出的贡献。他不但在理论上探索民间文学与通俗文学之间的差别与沟通方式，而且自觉地模仿民间文艺进行文学创作，其中最典型的就是他在美国所写成的《鼓书艺人》，体现出他独特的审美追求。

老舍的民间文学观的构成，主要是通过文学理论表述体现出来的。但是，老舍作品中所体现的对国民性格的透视和挖掘，作为其民间文学观的内容，在某种程度上讲更有价值。这同样成为他对民间文化，包括民间文学理解的一种方式。在整个现代民间文学理论体系的构建中，这是十分独特的一部分内容。纵观中国现代文学的作家群体构成，我们可以看到有这样一个层次：一些学养深厚，在作品中表现出强烈的文化精神，被称为巨匠的一部分作家，诸如胡适、鲁迅、郭沫若、茅盾等，包括老舍，他们都热切地关注着民族性格与民族精神的发展，因而，都表现出对下层民众的关心与同情，对民间文学这一来自底层民众的艺术也就产生必然的热情。另外还有一些新文学作家,诸如赵树理、沈从文、徐玉诺、蹇先艾、师陀等,他们的文学风格与刘呐鸥、穆时英、施蛰存等作家的现代性张扬形成鲜明对比,因而被一些学者称为乡土作家,他们的作品同样表现出对民族性格与民族精神的关注。但是,不能不承认,由于知识经验的构成与文化理想的追求不同,相比较而言,他们较少在理论研究上有很深的造诣,尤其是在文化透视的方面,显现出不足。当然,我们也不能过于强求这些作家一定要对民间文学有具体的论述。在这种背景下,既对民间文学有深入系统的研究,又能在作品中塑造出光彩照人的艺术典型的作家,在整个20世纪的作家中,恐怕只能首推老舍了。

老舍笔下的人物群体,主要由几代市民构成。他在具体塑造他们的形象,表现他们的性格时,体现出浓郁的民间文化气息和深刻的思想性,以及强烈的批判精神。诚如有学者所讲,老舍作品所组成的"北京风俗画卷",其所充溢着的"北京味儿","具有很高的民俗学价值"。[1] 老舍作品中的祥子、虎妞、拳师、剃头匠、妓女和各种艺人,作为下层人民的典型,既是鲜明的市民文化风景,又是整个中国社会底层的病相写照。老舍在表现他们时,常常通过文化心理结构的解析与组合,紧紧抓住其中的一个点,诸如民俗生活中的一个具体细节(如礼俗),使人物栩栩如生。这与周作人曾经提到的研究中国民俗须从礼俗开始是一致的。在市民阶层中,"礼"是城市文明的外部组合形式,也是城市文明的内部构成底蕴。其中最典型的是《四世同堂》中的祁老人,其"自幼长在北京,耳习目染的向旗籍人学习了许多规矩礼路",这与其说是在写祁老人,不如说其实是在写他自己。在他的作品中,礼俗的形式多种多样,有丧礼,有婚礼,有诞生礼,有祝寿礼,有普通的节庆礼,在每一种礼俗生活的表现上都具体显现出对民间文化的透视。而我们都明

---

[1] 钱理群、温儒敏、吴福辉:《中国现代文学三十年》,北京大学出版社1998年7月版,第252页。

白,民俗生活是民间文学的存在背景,只有真正理解了民俗生活的实质性内容,才能真正理解民间文学的价值和意义。这也正是我们理解老舍的民间文学观的一个重要前提。也就是说,在老舍的民间文学理论构成中,其理论著述固然是重要的,但其作品中所表现的内容同样是不可忽视的,其民俗学价值更重要更有价值。

第一节　关于民间文学在文学起源和发展中的价值与意义

文学的起源和发展问题,是文学研究的基本问题。在对这一问题的理解上,形成了不同的文学观;同样的道理,不同的民间文学观也是在这一背景上具体展开的。老舍在对这一问题的理解上以抗战为分界线,前后两个时期表现出两种态度,即此前是朦胧的民间文学价值观,更看重文学发展中性情、想象、审美等内容的作用;抗战爆发后,老舍对民间文学有了更明确也更为系统的理解。

老舍早年就读于北京师范学校,毕业后做过小学校长,又曾在南开中学教国文,后赴英国游学,任教于伦敦大学。他有着丰富的阅历,对民间文学的理解应当是更深刻的。他具体的民间文学观形成,是在他自英国回来后在齐鲁大学等校工作时,而其前一阶段民间文学观的基本内容,也正是在这一背景下表现出来的——他的《文学概论讲义》。

《文学概论讲义》标志着老舍文学理论思想的具体形成,也标志着他民间文学观的发端。一个人的文学观的系统构成,在事实上都与其创作有着直接联系,在文学史上,许多作家以此形成自己的宣言。老舍也是这样。这部《文学概论讲义》是他在齐鲁大学任教时的讲义,曾由齐鲁大学铅印发行,1984年由北京出版社出版。在《引言》中,他阐述"文学"的概念时,指出"中国人论文的毛病",即"以单字释辞""摘取古语作证""求实效"等"中国文人评论文学所爱犯的毛病"。他说,应该先知道所"避免"的内容,

"足以使我们讨论文学的时候不再误入歧途"。[1]

在论及"先秦文论"时,他强调"文字之先"即口头文学作为文学源头的存在史实。他说,"文学,不论中外,发达最早的是诗歌","象《诗序》里的'言之不足,故嗟叹之;嗟叹之不足,故咏歌之;咏歌之不足,不知手之舞之,足之蹈之也'那样心有所感,发为歌咏,是在有文字之先,已有的事实"。他引述朱熹对《诗经》的论述说,《诗经》中的《国风》本是"出于里巷歌谣之作,男女相与咏歌,各言其情也",其文学价值"也就在这里",而孔子却只是把《诗经》作为"可以兴,可以观,可以群,可以怨"和"多识于鸟兽草木之名"的"工具"和"教科书",这是因为"孔子不是个创作家,不是个文学批评家,所以没有美的欣赏";包括"诸子",他们都不是专门的文学家,所以形成两种倾向,即"他们的功劳是保存了古礼古乐古诗,且加以研究";"他们的坏处是把礼乐与文学全作了政治思想的牺牲品",以至于使文学成为"正得失,动天地,感鬼神","经夫妇,成孝敬,厚人伦,美教化,移风俗"的工具。而正是这些内容,在事实上构成了强大的文化传统,影响到后世文学的具体发展。在文论史上他所欣赏的是"曹家父子"和陆机他们的文学追求,强调"文学是以美好的文字为心灵的表现"。[2]他分别考察了中古时期的文论中范晔、沈约、萧统、刘勰、钟嵘等人的理论,包括唐宋之后文论发展史上白居易、韩愈、柳宗元、欧阳修、王安石、严羽、李梦阳、王士祯、沈德潜、袁枚和章学诚等人的理论,最后联系到五四时期的"白话文学运动",总结文学发展规律,说,"文艺作品的成功与否,在乎它有艺术的价值没有,它内容上的含蕴是次要的"。[3]以此出发,他论述"文学的特质"时说,"使人欣赏是艺术的目的";他举例道:"为何男女相爱的事自最初的民歌直至近代的诗文总是最时兴的题目?因为这个题目足以感动心灵。"同时,他具体总结这种"感

---

[1] 老舍:《文学概论讲义》第一讲《引言》,北京出版社1984年6月版。
[2] 老舍:《文学概论讲义》第二讲《中国历代文说(上)》,北京出版社1984年6月版。
[3] 老舍:《文学概论讲义》第三讲《中国历代文说(下)》,北京出版社1984年6月版。

动心灵"的效果中"想象"所起的作用并将其分为"三步",即"想象的结构,想象的处置,与想象的表现"。他说,"完成这三步才能成为伟大的文艺作品"。[1] 这里他所举的"民歌",正是这"伟大的文艺作品"的一种典型。这些都表明他对民间文学已有朦胧的认识。

对于"文学的起源"问题,老舍指出有三种人喜欢讨论,即"研究院的学者""历史家"和"艺术论的作者",虽然他们"讨论的范围"不同,但他们的态度"是一样的",即"都想用科学的态度去研究文学"。老舍说,这是"他们的好处",也正是"他们的错误",因为"文学根本是一种有生命的东西,是随时生长的",而"把文学看成科学便是不科学的","只捉住一些由科学方法所得来的文学起源的事实而去说文学,往往发生许多的错误"。他强调说:

> 需要是艺术的要素,这足以证实艺术的普遍性。是的,我们承认这比柏拉图、托尔斯泰都更切实得多了。为什么需要是艺术的要素呢?因为原始的艺术都是有实用的。这在近代的人(类)学民俗学中可以得到多少多少证据。野蛮人的跳舞是打猎的练习,歌唱是为媚神,短诗是为死者祈祷,雕刻刀柄木棍是为慴服敌人,彩画门外的标杆是为恐吓禽兽……[2]

值得我们注意的是,老舍如此叙述,并不是完全赞同这种观点,如其所述,"拿这个原始人类的实用艺术解说今日的艺术"确实有点"跳得太远",尽管"重新捉住'实用'"对于"太颓败"的"今日的艺术",能够"使一切艺术恢复了它们的本色"。他指出"这种以艺术的起源说明艺术的错误",进一步说明道:"初民的装饰,跳舞,音乐,确是有实用的目的,人(类)学等所

---

[1] 老舍:《文学概论讲义》第四讲《文学的特质》,北京出版社1984年版。
[2] 老舍:《文学概论讲义》第六讲《文学的起源》,北京出版社1984年版。

搜集的事实是难以推翻的,但是,初民的装饰,跳舞,音乐,是否也有美与感情在其中呢?"他所强调的是时代的因素。他说,"古代的史诗是要由歌者唱诵的,抒情诗是要合着音乐歌唱的,这在古代社会组织之下是必要的",但是,"社会组织之下是必要的",艺术就会发生相应的变化,"真理,美,想象,情感,由这几种所来的需要必是最有力的条件"。在他看来,"艺术的起源出于实际的需要只能说明原始社会物质上的所需,不能圆满的解说后代的在精神上非有艺术不可","我们可以找出许多证据证明出农村间的演剧,跳舞,是古代的遗风。但是这些历史的证明只足以满足理智上的追求,不足以说明为什么农民们一定要守着这些古代遗风","他们去演剧与跳舞的时候或者不先读一本民俗学,以便明白其中的历史,而是要演剧,要跳舞,因为这些给他们一些享受"。老舍反复强调的,其实就是一句话,即"文学根本是一种有生命的东西,是随时生长的"。当然,他也指出"艺术的各枝,是诗歌衍变出来的",即民间文学作为口头创作是整个文学的源头,如其所讲:"诗歌是最初的文学,在有文字以前便有了诗歌。最初的诗歌,与故事一样,是民众共同的作品,没有私人著作权。"[1] 在论述"文学的风格"时,老舍举到姜白石《诗说》中的"通乎俚俗曰谣,委曲尽情曰曲",称"中国的古诗多四言五言,也是因为中国言语,在平常说话中即可看出,本来是简短的","七言长句是较后的发展,因为这是文士的创造,已失去古代民间歌谣的意味"。[2]

在这里,我们可以感受到老舍对文学的新的理解,即他受西方文学理论的具体影响所形成的文学起源观。他的创作中,民俗生活的表现,与鲁迅、沈从文、赵树理他们有许多相近的地方,但他们的知识背景又有很大的差异。在受西方文学理论影响方面,老舍与鲁迅有着颇相似的经历,都曾走出国门,不像沈从文和赵树理他们那样,更多地凭着对乡村生活的感受而表

---

[1] 老舍:《文学概论讲义》第六讲《文学的起源》,北京出版社1984年版。
[2] 老舍:《文学概论讲义》第七讲《文学的风格》,北京出版社1984年版。

现自己对社会与人生的理解,也就是说,受过西方文化影响的鲁迅和老舍体现出更浓的哲思和理性。但是,老舍与鲁迅又有所不同,即老舍更直接地受到英、美等西方国家学者的影响,而鲁迅则较多地受日本和俄罗斯学者的影响。鲁迅关注更多的是那些被压迫的异域民族,以希冀中国民族得到文化启迪。关于这一点,周作人在《我的杂学》中曾经详细谈论过。[1] 老舍更看重西方现代文明,常常自觉或不自觉地进行以这种理论为背景的中西文学比较的研究。如在论述"文学的形式"时,他特意绘制了美国学者 Richard Green Moulton 的"表解",即其所显示的"文学的起源是歌舞,其余的文艺品都是由此分化出来的",包括"史诗"作为"叙述"的艺术对"言语"的偏重,"抒情诗"作为"思省"的艺术对"音乐"的偏重,和"戏剧"作为"表现"的艺术对"动作"的偏重,以及相应的"历史""哲学"和"雄辩",借以说明"文艺都是一母所生的儿女,互有关联,不能纯一"。[2] 在论述"文学的倾向"时,他把中国文学的"变迁"与"倾向"分作"三个大潮",并借以考察欧洲文明,诸如古典主义、浪漫主义、写实主义、新浪漫主义、象征主义、唯美主义、理想主义等文学思潮,在比较中看到"伟大的史诗在中国是没有的"。[3] 又如他在论述"戏剧"时说,"拿古代希腊和中国的戏剧与现代的比较",可以看出其"表现真实的程度不一样";他看到的,是"古代希腊的戏剧是由民间的歌唱,进而为有音乐的表现,而后又加入故事","中国戏剧是显然由歌唱故事而来",所以其"组成分子是诗与音乐多于行动的",诸如"昆曲与皮黄戏","以唱舞为重要分子,而不能充分的表现"。[4] 从这里可以看出,老舍对中国民间文学的理解主要是从文学发展的角度展开的,而且更多的是以西方现

---

[1] 见周作人:《苦口甘口》,上海太平书局 1944 年 11 月版。
[2] 老舍:《文学概论讲义》第九讲《文学的形式》,北京出版社 1984 年版。
[3] 老舍:《文学概论讲义》第十三讲《诗》,北京出版社 1984 年版。
[4] 老舍:《文学概论讲义》第十四讲《戏剧》,北京出版社 1984 年版。

代学术体系中的"文学"概念为参照。[1]他远不如鲁迅在《门外文谈》中给中国民间戏剧那样高的评价。从另一个方面我们也可以看到,老舍出生在北京这个古老的都市中,他所看到的民俗多是都市中的民俗,不像鲁迅那样涉及更广泛的乡村民俗;相对来讲,鲁迅所看到更多的是民众的智慧与力量,而老舍关注更多的则是中国文学在现代文明发展中滞后于西方的事实。着眼点不同,表述的内容自然就不同。

第二节　关于民间文学与作家文学的关系

民间文学与作家文学的关系问题,是中国现代学术体系建立和发展中的一个热点。如鲁迅曾在《门外文谈》中强调"不识字的作家"及其创作的"刚健,清新",[2]胡适在《白话文学史》中强调"一切新文学的来源都在民间"。[3]老舍虽然没有明确提出和他们相同的意见,但他提出"诗歌是最初的文学",是"民众共同的作品",在意义上是与他们相同的。老舍曾提到"好听故事是人类天性之一"。[4]他在《景物的描写》中提到,"在民间故事里,往往拿'有那么一回'起首,没有特定的景物。这类故事多数是纯朴可爱的,但显然是古代流传下来的,把故事中的人名地点与时间已全磨了去",而"近代小说就不同了";他所表达的意思是近代小说与传统民间故事的不同,即"特有的色彩"包括"背景"的"特定","使故事更鲜明确定一点",使故事"有骨有肉"。言外之意就在于要突破传统,"增高美的分量","增高故

---

[1] 老舍在《我的创作经验》中曾提到"二十七岁到英国去教学,这是我的思想变化一大关键"。见《刁斗》,1934年12月15日。
[2] 鲁迅:《门外文谈》,上海天马书店1935年9月版。
[3] 胡适:《白话文学史》第三章《汉朝的民歌》,新月书店1928年版。
[4] 老舍:《文学概论讲义》第十五讲《小说》,北京出版社1984年版。

事中的美的效力"。[1] 在《小说里的景物》中,他重复了这些话语。[2]

《唐代的爱情小说》是老舍的一篇讲演。这里,在阐释"小说"这一概念时,他引班固的话,说"最早开始写小说的,可能是古代的小官吏","他们把各地流传的故事搜集起来,多一半是街谈巷议之事","地位高的人不屑于写这种东西,但有人要写,他们也不加干涉,因为这些东西往往反映了下层人民的看法,有时也值得一看"。他又引纪昀的话说,"自唐以来,涌现了许多小说作者","许多人写的是搜奇志怪,荒诞不经的神怪故事,使人读了有扑朔迷离之感"。在论及"中国小说的历史发展"时,老舍说,"概括起来,唐以前,小说主要是搜神志怪;唐以后,题材趋于广泛,采用了口语","唐人小说居于承前启后的地位,内容涉及面很广,爱情故事更居于首位","在题材的广泛方面,唐人小说超过了以往,其浪漫的主题也对后世颇具影响",而这些,就是"唐人小说在中国小说史上的重要地位"。唐代爱情小说与民间文学有着密切的联系,老舍考察这一问题时,尤其重视这一内容,特地"从伦理、宗教、游侠和民间故事等几个角度分别加以阐述"。在这篇讲演中,他着重考察了白行简《李娃传》对长安歌妓故事的运用,元稹《会真记》对张生与他的远房表妹莺莺的私情故事的运用,李复言《续玄怪录》中的《定婚店》对"月下老人的故事"的运用,包括一些神仙故事在唐传奇中的表现意义。他对这些内容即故事模式总结道,"情人们遇到无法解决的困难时,就会出现有超人本领的英雄,救了他们。而他们自己则无须进行斗争。乍一看,这仿佛是胆小无能,其实不过是顺应传统";他从这些故事中所发现的是,"中国的教育思想是要训练青年成为人上人,温良恭俭让","勇敢的将军不过象条狗,它的主人才是温文儒雅、有帝王之相、哲人风度的淳淳君子";所以,"在英雄故事里,多数英雄都是忠顺的奴才或头脑简单之辈,出身

---

[1] 老舍:《景物的描写》,《老牛破车》,人间书屋1937年4月版。
[2] 老舍:《小说里的景物》,《齐鲁大学月刊》,1931年10月10日第2卷第1期。

也比较卑微","中国爱情故事里的英雄往往不是恋人们自己,而是助情人们摆脱困境的局外人"。最后,他考察了唐传奇中的"妒妇河"故事,称"这类故事最值得注意的地方是它吸收了神话和民间传说的内容"。[1] 老舍不是专门的古典文学研究家,但他对唐代爱情小说的研究,包括对其中的神话传说的见解,却是很有见地的。他没有像鲁迅那样做出对唐宋传奇的钩沉,也没有《中国小说史略》那样的史著;同样,没有胡适对古典文学的考证和《白话文学史》那样的力作;但他从另一方面,主要是从文艺学的立场出发,表现出自己对民间文学的见解。这都应该为我们注意。

老舍自己在创作中表现出对民间文化气息的自觉追求,也积极鼓励他人"深入民间"。如,抗战时期的赵清阁是一位勇敢而优秀的女作家,曾创作出《开封到武汉》《凤》等作品。老舍在为她的《凤》做序时写道:"在她这几篇文章里,还可以见到另一件事,就是她曾经到民间去作宣传工作,到今天她还渴望着去作那样的工作","为了国家,我们应当到军队与民间去;为了文艺,我们必须去","在今天,闭户读书的文人既无益于别人,也成就不了自己","新的文艺是要从抗战里建设出来的","因此,我希望清阁女士能找到机会,再到前方或民间去"。[2] 在《文章下乡,文章入伍》中,他高喊"革命的文艺须是活跃在民间的文艺,那不能被民众接受的新颖的东西是担不起革命任务的啊";"积极的,全面的抗战必须动员全体民众","这样的文学自然要向民间与军队中取得故事与字汇,以民众的语言道出民众抗敌与建设的牺牲与壮举",包括"利用民间固有的文艺形式而加以改造的小说、鼓词等等"。他举例说,"有的人虽然承认了文艺——为了抗战的宣传,为了深入民间——应当俗浅明朗","但是不必一定要通过民间旧有的形式","因为旧形式的限制足以限制住一切新的内容与教训的自由运用";"有的

---

[1] 老舍:《唐代的爱情小说》,《齐鲁大学报》,1932年2—3月载。转引自《老舍全集》第16卷,人民文学出版社1999年版。

[2] 老舍:《〈凤〉序》,赵清阁《凤》,华中图书公司1941年版。

人以为民间还有许多许多不识字的,他们须用耳朵代替眼睛去接受文艺,所以文艺应当采用民间听惯了的歌调与语言,使他们也能从器官得到新的消息与启发";在老舍看来,前者是"注意在文艺的发展",后者是"注意在文艺立竿见影的效果",都是因为"搀夹了教育问题的原因","在这伟大艰苦的过程中,有人专为文盲去作一些可以听得懂的东西也是要紧的。抗战文艺是个大潮,我们不怕它浑浊如黄河,只怕它不猛烈不旺盛"。[1] 在《略谈抗战文艺》中,老舍说当世的文艺还没有产生相应的"伟大的作品",作为文艺家应该"理解他的时代与社会",并"决定应取何种文字形式来传达他所领悟到的(内容)",包括其中的"对民间文艺,古代文艺,西洋文艺,是否有深刻的认识,以便决定何取何弃"。在论及新文学运动时,老舍说,它"使中国文字有了新的血脉",但是到了"抗战"这一特殊时期,"为了向军民宣传,为了建立起中国本色的文艺",人们都"深感到前此的欧化文字确是新文艺未能深入民间的一个原因",而因为在"战时"与军民"接触","晓得了一些民间固有的文艺",于是有"昔日对欧洲语文的倾向","一变而为对民间语言与文艺的爱慕",包括"诗歌小说"也都"对民间文艺形式也想拿来运用"。[2] 这与他《文学概论讲义》中的观点相比发生了明显的变化,应该说,抗战改变了老舍的文化立场,包括使他的民间文学观重新确立;同样,抗战改变了整个中国文化的发展,使中国现代民间文学理论体系的构建充注了更丰富的时代内容。

抗战烽火映照的新文学事业,使许多作家对民间文学有了浓郁而明确的兴趣。老舍他在许多文章和讲演中,都强调民间文学的特殊作用。如他在文华图书馆专科学校演讲的《谈诗》中,大力赞叹"诗在古代有许多作用",诸如"传达民间古远的历史,像希腊、罗马、印度的史诗","当作一种实

---

[1] 老舍:《文章下乡,文章入伍》,《中苏文化月刊》"抗战四周年纪念特刊",1941年7月第9卷第1期。
[2] 老舍:《略谈抗战文艺》,《抗战四年》,1941年8月13日。转引自《老舍全集》第16卷,人民文学出版社1999年版。

用的工具,如记载法律,作匠人的记录,作农事节气的歌诀";在联系到"现在的诗歌朗诵运动"时,老舍说,"这运动应当推广到大众,不能仅仅关在这几个诗人的圈子里","应当加倍注意言语的问题,研究民间文艺的音节来补救新诗的缺陷","一般民间文艺对于音节运用,都达到了非常圆满的地方","它们都各有自己底特殊的言语,特殊的长处"。[1]1942 年,罗常培出版了《北平俗曲百种摘韵》,老舍在这本书的《序》中说,"文艺通俗文化不是个简单的问题",他列举"抗战以来"的文艺家"颇注意于固有的民间文艺作品,而加以研究","在作品上,有的以旧瓶新酒的方法,改造旧有的民间戏剧诗歌",称他们"方法虽殊",而"求作品之通俗,期使新文艺深入民间",则是一样的。对于罗常培这部著述,他看到的是两点,一是"这里的材料都是从北方民间'俗曲'百种中摘提出来的",一是"可以直接应用到通俗文艺的写作上去"。同样,他借题发挥,结合这部著作所谈的也正是基于此题的民间文学与文学创作的关系。如对罗常培谈及的"十三辙"问题,他说,"民间的活文艺,不用诗人或诗匠所遵守的死韵脚,是件行之已久的事实","以辙代韵,由来已久,且日见普遍,广被民间",而此十三辙就是一个典型的"明证"。他接着说,"十三辙发展的轨迹,更使我们相信活言语自有活韵脚,不管守旧的诗人如何要遵古用韵,可是民间自有自己的胆量与自由,有无可阻止者";由罗常培"所提出的例子"来看,"辙口的运用在民间文艺中还是千变万化的",包括"民间文艺中的辙口用字,随地方的读音而增加了字汇"。他由此得出的结论是,"活文艺绝不是语言音韵的奴隶,而是它们的主人"。[2]他的《抗战以来文艺发展的情形》总共"四个部分",是 1942 年 7 月老舍在西南联大的四次讲演。在其中的"第二讲"中,他论述"民族形式问题"时,说:

---

[1] 老舍:《谈诗》,《读书通讯》,1942 年 1 月第 33 期。
[2] 老舍:《〈北平俗曲百种摘韵〉序一》,罗常培《北平俗曲百种摘韵》,重庆国民图书出版社 1942 年 1 月版。

抗战以来，我们感到文艺的最大的缺点是未能深入民间，抗战前很少有人到民间去。抗战后写家们深入到军民中，才知道民间根本不知道新作家的作品。这使大家知道必须研究如何才可使民众知道，于是他们发现这不知道的原因主要的是文法，叙述的方法，西洋的结构与中国的平铺直叙不相合，此外还有语言问题。文人遇到了这些事，便提起了如何大众化的问题，如何通俗化的问题；以习惯的五四以来的白话去接受民间文化，仍有大隔阂，因为民间仍有他们的通俗读物。我们若是全盘用民间固有的东西，那就投降了他们，文艺本来是领导他们的，决不应当投降他们。他们当中有活语言，但也有已死的，所以有时我们利用它时就感到困难，如此"打倒日本帝国主义"就很难加入民间的鼓词中去。[1]

依他的意见，他说他赞成"仍沿用我们五四以来的文艺道路走去"，"主要的问题在深入大众中去了解他们的生活，更深的同情他们，这比只知道一点民间文艺的技巧，更为确实可靠"，所以，他切实地"敬告那些在动手写大鼓书，金钱板的青年们"，"不应由此开始"。[2] 这种见解猛的看来似乎是抹杀了民间文学的伟大之处，但它实际上却强调了民间文学与作家创作二者的各自独立性。应该说，这比我们单纯地强调向民间文学学习更富有现实性。在"第三讲"论及"诗歌"时，老舍指出，"民间诗多简练，明白，这些使诗人知道在一种言语之节奏中是固定的"，而"民间诗确能使人口、心、耳舒服感动，这是五四以来诗人疏忽的一点"。当时正是"民族形式"讨论的热潮，老舍指出这个口号的传入背景，即"民族的形式"自苏联传入的事实。他说，这在苏联"本是容易解释的"，"因为苏联民族复杂，各民族发展自己的东西，只要内容为革命的就成了"，但是在中国这个问题就很容易"因而

---

[1] 老舍：《抗战以来文艺发展的情形》，《国文月刊》，1942 年 7 月第 14 期。
[2] 老舍：《抗战以来文艺发展的情形》，《国文月刊》，1942 年 7 月第 14 期。

转成民间形式问题",其结果就是"'民族'几乎变成'民间'了"。[1] 在这一问题的认识上,老舍与其他作家相比,表现出更为明显的理性,他从新文艺建设出发,更多地强调了改造与利用民间文学。如他在"第四讲"论及"旧剧的改良与利用"时,注意到"民间的剧本,是由多少年修改成的,能博得民众的欢心,因为民间的剧人知道民众需要什么",所以他提出"我们亦应注意民间的心理,要洞悉民间生活,才能成功"。[2] 在《关于文艺诸问题》中,他对于"民间形式问题"表达自己的意见,说"其实这问题根本就不成其为问题","所谓民间形式的东西,我们实在还没有发现过";他说,"真正好的民间文艺都是口传的,那纯粹是通过了人民心理,以民间的语言表现出来的","如像鼓词,所有唱本都是经过了文人的润色和修饰的,已经不是原来的真面目了","所以真正好的民间文艺,还是存在于那些卖唱者的口中,要我们去采集"。他以他曾听过的《济公传》的"表演"为例,说"那些辞句的俏皮好听,在我们的新文学里真是还没有见到过"。[3]

老舍的《中国现代小说》是一篇用英文写成的论文,发表在1946年7月美国纽约《国家建设》第一期。[4] 这里,他论述民间文学中的"三国故事"时,首先提到"早在七世纪。就流传着一些脍炙人口的故事",他说:

> 它们取材于史书或形成文字的小说,由"说话人"广为传播,在内容与形式上都异于原著。比如,在宋朝,常有"说话人"在城市的大街小巷或乡村打开场子说书,听众围着他,聚精会神地静听他们讲说古代人物的事迹和风流韵事。这些人物或是实有其人,或纯属传说。"说话人"特别津津乐道的是《三国志》里的故事。……"说话人"用这种通俗易懂的

---

[1] 老舍:《抗战以来文艺发展的情形(续)》,《国文月刊》,1942年9月第15期。
[2] 老舍:《抗战以来文艺发展的情形(续)》,《国文月刊》,1942年9月第15期。
[3] 老舍:《关于文艺诸问题》,重庆《突兀文艺》,1945年3月第3期。
[4] 老舍:《中国现代小说》,马小弥翻译。转引自《老舍全集》第17卷,人民文学出版社1999年版。

白话来讲述五十余年乱世英雄三分天下的故事。中国现在到处都还有这些说书人,听众很不少。

他指出,"说书艺人听说的三国故事虽说是取材于《三国志》,可是每个说书人在讲述的时候都要凭自己的想象加进一些虚构的情节",因此,"几百年下来,故事就添枝生叶了",形成"家喻户晓"的流传效果;也正是在这样的基础上,出现了罗贯中的《三国演义》。在这里,老舍还列举了《水浒传》的成书背景,即民间传说"以史实为背景",水浒英雄的"英勇事迹广为传诵","有关他们的故事世代留传"。他说,"这两部著名的备受欢迎的小说,还不能真正说成是哪个人的作品,因为这两部书都是在多年的流传中形成的传说故事汇总成书的,这很像荷马的作品,是搜集起来最后才形成的一部连续的叙事诗"。这种见解和胡适考证《三国演义》和《水浒传》时的意见是完全一致的。其实,这也是老舍结合这两部名著对作家创作与民间文学关系的具体论述。同时,老舍在论及"小说与第二次世界大战"时又提到作家们"一反世纪初以来运用欧化文法结构写文章的作法,而改用普通人民的口语来进行写作","他们对民歌、进行曲和民间传说等等作了大量研究工作","这样做,大大丰富了作家的语言,使他们有可能更加亲切地表达普通人民群众的内心活动,激情、抱负、希望和疑律",也使更多的人明白,"必须学会使用来自全国各地的群众的生动语言",从而他呼吁"回到人民的语言"。[1] 但是,如同民间文学与作家创作之间的关系相当复杂一样,老舍自己也承认,学习民间文学并非一蹴而就能获得生动感人的效果的。建国后的第二年,他在北京市大众文艺创作研究会成立大会上的讲话中又提到自己"学习民间文艺",称自己自抗战以来,"直到今天还没有写成一篇像样的","足见不大老容易",并表示,其中"最困难的"是"我们不了解老

---

[1] 老舍:《中国现代小说》,马小弥翻译。转引自《老舍全集》第17卷,人民文学出版社1999年版。

百姓的生活。"[1]

第三节　关于通俗文学与民间文学问题

通俗文学与民间文学有着天然的联系。与民间文学和作家文学相比，通俗文学与民间文学的联系更为密切，有时二者甚至很难严格区分。一般学者通常把文学分为三大部类，即民间文学、作家文学和通俗文学。也有学者认为，"文学的母体应分为'纯'、'俗'两大子系"，将"俗"文学这一子系"排斥在文学的大门之外"，只能是"抱残守缺"，是"历史的误解"。[2] 贾植芳在述说新文学作家"迎头痛击"通俗文学作家的历史时，曾有一番颇耐人寻味的话，他说，"新文学作家由于其出身教养和生活世界的局限性，他们的作品的取材面也显得比较狭窄和单薄，从所反映的生活场合与人物类型看来，最成功的往往是知识分子与农民这两大类形象"，"而通俗作家却是另一类人，他们出身教养和求职谋生手段的复杂性和多样性，正像他们所涉足的社会领域的复杂性和多样性一样，为他们的作品取材开拓了广阔的领域"，所以，有许多方面是"新文学作家所望尘莫及"。[3] 贾植芳又在《〈鸳鸯蝴蝶派散文大系〉再版感言》中说，"这派作家虽然在思想意识上有较为深重的封建性的历史负担，但是作为职业作家，他们摆脱了在封闭性的农业经济社会里知识分子对官府由人身依附到人格依附的附庸地位，成为具有独立人格的自食其力的社会个体，这是历史的进步"，"他们以普通人的心态，用普通人的语言，写普通人的生活，着重文学的欣赏娱乐作用，从市民文化的角度对传统文学中占统治地位的'文以载道'的正统文艺观加以否定，在使文学

---

[1] 老舍:《老百姓的创造力是惊人的》,《民间文艺集刊》,1950 年 10 月第 1 册。
[2] 范伯群:《绪论》,《中国近现代通俗文学史》,江苏教育出版社 1999 年版。
[3] 贾植芳:《反思的历史　历史的反思》,《中国近现代通俗文学史》,江苏教育出版社 1999 年版。

由庙堂走向民间,从知识分子精英走向普通大众方面也具有积极意义"。[1]这使人想起朱自清当年曾提出鸳鸯蝴蝶派"倒是中国小说的正宗"说。当然,朱自清所指斥的是"文以载道",即他所推崇的新文学所争的"文学就是文学","是艺术,不是技艺","有独立存在的理由"等主张。[2]但我们必须看到,无论如何,通俗文学以"俗"见长而在下层民众中广泛流行,其关键内容在于同民众的密切联系,那么,文学要达到广泛影响民众的目的,就不得不就俗。所以,在抗战中,几乎所有作家都趋向于"俗",把目光投向民间文化生活世界。也正是在这样的背景下,老舍义无反顾地走进了通俗文学。但是,不可否认的是,通俗文学的发展,不论是历史上还是在现实生活中,都缺乏必要的理论指导,这限制了通俗文学的迅速发展,而老舍十分清楚这一点,他具体提出了许多具有独到见解的理论主张,以此为基础形成了他的民间文学观。

通俗文学在我国有着悠久的历史,应该说,唐代小说就出现了成熟的通俗文学;在我们所发现的敦煌文献中,俗文学就更多了。若再往上溯源,甚至可以把《搜神记》和《世说新语》看作通俗文学,因为通俗文学最重要的特征就在于对"经典"即"正统"的对抗,以世俗为表现内容,而且以民间传说和民间故事为其精神资源。诸如《三国演义》《西游记》《水浒传》等当今视为古典小说的优秀作品,其实在当时都是通俗文学。正如胡适等学者所考证出的结果,它们的成书都有漫长的民间口头流传背景。当然,通俗文学并不仅仅限于小说,它还包括弹词、大鼓书等曲艺形式,可以说它包括以"载道"为名之外的所有流行于民间社会的文艺形式。新文学的发展曾经想摆脱这种文言文化传统,试图选择欧化的文学语言结合白话文来重辟一方天地,但抗战改变了这种趋向,更多的作家选择了"大众文艺""民族形

---

[1] 贾植芳:《反思的历史　历史的反思》,《中国近现代通俗文学史》,江苏教育出版社1999年版。
[2] 朱自清:《论严肃》,《中国作家》"创刊号",1947年10月1日。

式",并因此兴起讨论。老舍在《释"通俗"》中针对"通俗"的概念具体论述道,"文人画家一向忽略了民间的艺术,以至艺术与民众无缘。这无论如何,也是个缺陷",欲使老百姓懂得"宣传","故不能不求通俗"。[1]在《谈通俗文艺》中,老舍说,"通俗文艺很难写"。他举例说,"俗有新旧之分。历史使文渐渐变俗,试到茶馆听评书,说者满口四六句儿,而听者多数赤足大汉,何以津津有味,天天来听?盖'赤胆忠心','杏眼蛾眉','生而何欢,死而何惧','君子之德风,小人之德草',等等,俱有长久的历史由文而俗,有一定的反应","反之,若说'眼光投了个弧形,引起些微茫的伤感',则俗而新,弧形与伤感尚未普遍化,当然没有作用","通俗文艺难写,即在此处"。他又举例说,"大鼓书词里不是讲赵子龙救主,便是二姑娘逛庙",新文艺有"学理的明澈""公式的齐整",却不能产生"本固枝荣的在民众血脉中开花结果的文艺",所以,"通俗文艺须是用民间的语言,说民间自己的事情",若"以民间的生活,原有的情感,写成故事,而略加引导,使之于新",则"较易成功"。他又强调说,"一般的通俗文艺既不必都俗到极点",对于"不识字的人",则另有"口头的文艺",即"读的是读的,口诵的是口诵的";前者被他"呼之为通俗文艺",后者被他"呼之为大众文艺"。[2]具体到通俗文学的艺术表现特点,老舍在《通俗文艺散谈》中说,"京音大鼓段落甚短,话白表过,即一气呵成,以宜于茶馆中杂耍",而"坠子唱演于乡间,故须支持数小时,有头有尾说一回事,以免听众随时走散",即"通俗文艺宜有轻松之处,增多生趣,活泼心思"。[3]

《论通俗文艺》是老舍论述民间文学与通俗文学关系的典型之作。这里,他对"通俗文艺"所做的界定是"一向被高等文人所忽略,而生长在民间的文艺"。重要的是"高等"二字,老舍解释为,"生长自民间的文艺,除了一些简

---

[1] 老舍:《释〈通俗〉》,《抗战画刊》,1938年9月第17期。

[2] 老舍:《谈通俗文艺》,《自由中国》,1938年5月10日第2号。

[3] 老舍:《通俗文艺散谈》,《抗战文艺》,1938年5月第1卷第3期。

短的歌谣与笑话,并不是老百姓自己创造出来的"。言外之意,就是"下层文人"或"下等文人"所创作的。他详细阐述道,"这种作品大概有两个来源,一个是职业的歌者,说书者,与伶人;歌者自编歌曲,说书者自编故事,伶人自编剧本",另一个来源是"在都市或乡间,有些读过书而又好唱好说的人,闲着没事,便按着他所嗜爱的玩艺的规矩,写写评词或戏本"。显然,这两个来源都是"下层文人"所形成的文本为民间普遍接受而渐渐演习成通俗文学。一般来讲,民间文学作为口头创作并由口头传播的文学形式,它的实质是口头性与集体性,而其形成背景,又确实同通俗文学密不可分。那么,民间文学与通俗文学的区分又在哪里呢?这里,老舍所说的"除了一些简短的歌谣与笑话"的内容,即"并不是老百姓自己创造出来的"这一部分,就应当是"生长自民间的文艺作品"即"通俗文学"了。这就是"生长自民间的"并不都是"民间文学"的道理;当然,民间文学一定生长自"民间"。老舍在这里的界说是准确的。值得注意的是,老舍在对比中描述了"民间"的"师徒们口授心习"与"高等的文人"之间的差别。他举前者"口授心习"为例,说,"这种歌者、伶人等,自然是略通文墨,又深知歌唱的诀窍,与听众的心理,所以本子编出来,便能不很费事的演出","而后随时随地几经修正,就成了定本,被徒弟们视为秘传",而且这种作品"有许多是没有印出来的",相当于我们今天所说的手抄本,其原因是"因为师徒们口授心习,不肯广为流传","重在演奏,技巧胜于文字",出现市面上流行的"民间唱本"与演出的双重效应。民间艺人在这里的位置,实际上就是联结民间文学与通俗文学的文化纽带,也正是民间文化生活中民间文学与通俗文学并存而且相互影响的事实存在。说到底,通俗文学毕竟是文字创作,而民间文学是口头流传,两者以"俗"相联系,以"文"相区别。老舍没有明确描述到这些,却在论述中表现出相似的理解。他由此得出一个结论,就是"通俗文艺里面不能太重视文艺性",而且"不管是谁写的",其成功与否都要由"听众的接受或拒绝"来检验。他的意思是要尊重通俗文艺的发展规律,诸如"通俗文艺是活的,于文字而外,还有它在舞台歌场上的生命",应该"先明白它的技巧",即"大鼓书有大鼓书的形式,只有按着大鼓书的形式编词,这个词才能成为大鼓书",使之"成为民间口中的活文艺";"在北方乡间唱秧歌,一段歌要唱九次,大家并听不腻","四郎探母在戏台上,留声机中,有声电影里,永远翻来覆去的唱着,而且似乎越听越有味";"在民间的文艺中,也并非没有很激烈的思想。但这种激烈思想是就着实际的生活提了出来的","因为民间生活困苦,它所要表现在文艺中的理想的富足,与理想的自由,便也从极简陋的话语与故事中表现出","一个凭功劳而作了附马爷的,可以一怒而打公主几个嘴巴,连皇上也无可如何","一个绿林好汉,只要他能劫富济贫,法律便可以管不着他,而且时常把官吏戏弄得不成样子"。他对这些内容总结道,"写通俗文艺的必须先知道民间的思想","须利用民间习知的故事"。"创制新故事"要"完全以民间生活为背景"。[1]事实上,这是融入民间的问题。

但是,真正在创作实践中体现这些内容,又是十分艰难的。老舍在《制作通俗文艺的苦痛》中总结自己的创作时说,自己"一共写了六出旧戏,十段大鼓词,一篇旧型的小说,和几只小曲",但都不满意。他一再慨叹通俗文艺"不容易写"。事实上,这里面关键的内容就是作家如何在就"俗"时还能继续保持"雅"。他比较"三国故事"在民间的流传和《三国志演义》,称"拿街头上卖的唱本儿和'三国'比一比,'三国'实在不俗","戏班里,书馆里,都有多少多少以'三国'为根源的戏剧,歌词,与评书","'三国'根本是由许多传说凑成的,再由不同的形式宣传出去","即在今日,民间还有许多传说,也是关于刘关张与赵子龙等人的,虽不见于'三国',而民间总以为必在'三国'中有根据",其"更合乎民间的逻辑与脾味"。以此为例,老舍提出来通俗文学的创作必须注意到这样几个方面:

第一,"要忘了自己是文人,忘了莎士比亚与杜甫","而变为一个乡间

---

[1] 老舍:《论通俗文艺》,《中国社会》,1938年10月15日第5卷第1期。

唱坠子的,或说书的"。

第二,"要把社会经济政治等等专门名词忘掉","把'摩登女性'改为'女红装'或'小娇娘'"。

第三,在人物描写上要"黑白分明","简单有力","形容得过火一点,比形容得恰到好处更有力","作品须能放在街头上去"。

第四,"不管讲什么故事,必须把故事放在个老套子中间"。

第五,"当因尊重民众而不自居高明","先要去掉自私"。

第六,"到乡间去听一听人家唱的是什么",即虚心向民间艺人学习,"下些工夫,把他们的真心与真话掏出来"。

第七,"顶好是用土语写作","言语便须越普遍越好"。

这是他亲身感受通俗文学的创作实践而进行的切实的总结。同时,他也指出,通俗文艺对于抗战来说只是一条路,而不是唯一的路,"有愿意走通俗这条路的,得有决心,得忍受苦痛,这并不是容易的事"。[1]

此外,老舍在《抗战中的通俗文艺》(《中苏文化》1938年11月"苏联十月革命二十一周年纪念特刊")、《答客问》(《抗战文艺》1938年12月第3卷第1期)、《我们对于抗战诗歌的意见》(《抗战文艺》1938年12月第3卷第3期)和《抗战以来的中国文艺》(《文化动员》1939年2月第1卷第3期)和《通俗文艺五讲》(中华文艺界抗敌协会上海杂志公司1939年10月出版)等处,都不同程度地论及通俗文学与民间文学的关系问题。在这些文章中,他总是对民间文学抱着景仰的态度,强调向民间文学学习。这同他在抗战前的主张相比,态度明朗了许多,显然他对民间文学的意义有了更深的强调,但我觉得,老舍和当时的许多作家一样,都在有意或无意地把文人传统和民间传统二者拉拢在一起。他们都在极力追求以俗化雅的文化转型。这在社会现实中固然有其存在的道理,但是从现代民间文学理论体系的构建上看,确

---

[1] 老舍:《制作通俗文艺的苦痛》,《抗战文艺》,1938年10月15日第2卷第6期。

实使得雅俗文化二元对立的命题趋向人为的绝对化了。在这一方面,我以为英国学者多米尼克·斯特里纳蒂(Dominic Strinati)所说的甚有道理,他说,"大众文化批评家们所划分的大众文化和高雅文化之间的差异,实际上并没有他们声称的那么鲜明,那么固定不变。有趣的是,在通俗文化与艺术之间,或者在大众文化、高雅文化与民间文化之间所划分的各种分界线,一直模糊不清,一直在受到挑战,并一再重新划分"。[1]老舍他们所强调的是"文章入伍,文章下乡",事实上是在对文学的表达方式提出转型的要求。也就是说,口头创作并非民间文学的绝对表现形式,但民间文学确实存在着口头创作即口头传播,口头传播即口头创作这二者"互为"的特征。老舍他们希望自己的作品能融入民间文化,这种愿望是美好的,他们也确实做出了艰辛的努力,尤其是老舍,一再声称民间文学、通俗文学的创作是如何痛苦,这都表明"入伍""下乡"即就"俗"上的文化隔阂;这是历史造就的文化现实。结合当时所举行的大众文化讨论,我们可以看到老舍他们对文化形式的理解对他们民间文学观的具体影响。但是,无论如何讲,与传统士大夫蔑视民间文化的态度相比,老舍他们确实是在进行着一场文学的语言革命。

由老舍的理论表述,我们可以看到他在小说创作,包括戏剧创作中的"京味"表现。如人所述,"老舍作品中最引人注目的是'京味'。'京味'作为一种风格现象,包括作家对北京特有风韵、特具的人文景观的展示及展示中所注入的文化趣味。因此'京味'首先表现为取材特色","老舍聚集其北京的生活经验写大小杂院、四合院和胡同,写市民风俗生活所呈现的场景风致,写已经斑驳破败仍不失雍容气度的文化情趣,还有那构成古城景观的各种职业活动和寻常世相,为读者提供了丰富多彩的北京风俗画卷"。[2]老

---

[1] [英]多米尼克·斯特里纳蒂(Dominic Strinati):《通俗文化理论导论》,阎嘉译,商务印书馆2001年版,第54页。
[2] 钱理群、温儒敏、吴福辉:《中国现代文学三十年》(修订本),北京大学出版社1998年7月版,第251—252页。

舍的创作经历颇耐人寻味，1924年的夏天，他远赴英伦，在伦敦大学亚非学院教书，至1929年的夏天回国；在英伦的日子里，他创作了《老张的哲学》《赵子曰》《二马》等小说。1946年春天，老舍赴美讲学，到1949年回国；在美国的日子里，他出版《四世同堂》的第二部《偷生》，出版了《我这一辈子》《微神集》《月牙集》和《老舍戏剧集》，同时，在美国完成了《鼓书艺人》。远在异国他乡，老舍在创作中表现出对故土社会风俗生活的挚爱，应该说，这给人更深的印象，也给人更多的思索。一直到1957年7月，他发表《茶馆》，他的作品中始终充注着对民间文化的理解。他深深地思索着民间文化和民族性情与民族精神等问题，用小说和戏剧的笔端表达着同鲁迅、周作人、胡适他们一样的思绪，尽管他没有像他们那样系统接受民俗学理论，但是在某种程度上，他同他们一样达到了相当的高度和深度。

老舍的民间文学思想在20世纪40年代末期表现为又一种景象，如其1950年3月在中国民间文艺研究会成立大会上的讲话，此可以看作他思想发展的总结。他发表《老百姓的创造力是惊人的》讲话，说：

> 自从对日抗战以来，我就用心学习民间文艺，可是直到今天还没有写成一篇像样的，足见不大老容易。在学习写作民间文艺的过程中，我觉得最困难的是我们不了解老百姓的生活，于是也就把握不到他们的感情，不明白他们如何想象。因此，说评书的就有那么些人围着听，而我们的作品不能深入民间。说评书的了解老百姓的感情、心理与想象；我们不懂。我有很多的文艺界友人，可是没见过一位曾写出一个足以使识字的与不识字的人听了都发笑的笑话。笑话的创造几乎是被老百姓包办的。许多热心旧戏曲改革的朋友也因此而气闷，他们因为不了解老百姓，所以就不明白老百姓为何接受这个，而拒绝那个。哼，民间的玩意儿很够我们学习多少年的呢！自然，民间的东西不会都是好的。
>
> 那么，我们若不下工夫去检选，而随便地用这种靡靡之音去作宣传，

岂不是劳而无功么？我以为收集民间文艺中的戏曲与歌谣,应注重录音。街头上买的小唱本有很多不是真本,而且错字很多。我们应当花些钱去录音,把艺人或老百姓口中的活东西记录下来。歌词是与音乐分不开的；一经录音,我们才能找到言语与音乐密切结合的关系。[1]

老舍曾亲赴欧美,深切感受到西方现代文明包括西方现代文学的发展。他的民间文学观也就自然体现在他对中西文学的比较和研究的具体内容中。相比较而言,他将更多的精力投放到对文艺学理论体系之中,不像周作人和茅盾他们那样更熟悉现代民俗学包括民间文艺学的理论,因而他的民间文学观形成另一番景象。如五四歌谣学运动、20世纪二三十年代的对西方民俗学和神话学作品翻译的热潮,在他的论著中似乎找不到反响的痕迹。甚至可以说,他没有融入现代民间文学理论队伍之间,颇有游曳于外的感受。但他的民间文学观确实是现代民间文学理论体系建立和发展中的重要内容；尤其是建国后,他成为中国民间文艺研究会的重要领导者,发表了《民间文艺的语言》(《中国语文》1952年7月号)、《北京的"曲剧"》(《说说唱唱》1952年9月号)、《学习民间文艺》(《北京日报》1952年10月7日)和《民间曲艺问题》(1950年5月4日在大学纪念"五四"文艺晚会上的讲话)等专门论述民间文学的文章；他本人努力学习民间文学,深入群众生活,创作出《龙须沟》《茶馆》等优秀作品,被授予"人民艺术家"的光荣称号。老舍是一位特殊的作家,他的民间文学观尤值得我们去珍视,去深入研究。特别是他的《鼓书艺人》和《茶馆》这两部作品,我以为当作民俗学著作来读也不为过。他的民间文学观除系统的理论论述外,还表现在他的作品中。当然,从其作品中研究他的民间文学观,会更加困难,因为老舍的文化思想尤其博大精深。理解老舍的民间文学观,我们具体结合着他的

---

[1] 老舍:《老百姓的创造力是惊人的》,《民间文艺集刊》第1册,新华书店1950年版。

作品中的审美追求与文化理想可以看到其隐现的内容,只能意会,而它又确实是存在的并且具体影响着老舍的创作发展。在这一方面,老舍代表着相当多的作家对自己文化理念的表达方式。应该说,在整个20世纪的中国文学发展中,几乎每一个作家都与民间文学发生了文化生活上的必然联系;但是,因人而异,有的作家,诸如胡适、鲁迅他们受到相关民俗学和民间文学理论的影响,有自己系统的理论阐述,而更多的作家只是在意会而未有具体的言传。老舍倾向于前者。在中国现代文学的发展中,这些文化巨人都表现出对民间文学的热切关注;而且可以证明于文学史的是,谁鄙夷、蔑视民间文学,谁就因此陷入必然的文化堕落。在中国文学史上是这样,在世界文学史上也是同样,诸如歌德在《浮士德》中对民间传说的运用,托尔斯泰对民间故事的搜集整理,他们都无一例外地对民间文学表现出热情。老舍也是如此,在他的每一部作品中,我们都可以找到民间传说故事的原型及其运用的方式;与他创作资历相似的巴金、曹禺也是这样。巴金与曹禺的作品都具有社会风俗生活的内容,从其叙事形态与叙事内容中,我们都可以找到民间故事类型的影子,如巴金《家》中所包含的梁山伯祝英台故事原型,曹禺《原野》中所包含的夺妻故事、偷情故事与复仇故事等原型的合体,都有浓郁的"民间"痕迹。老舍是我国现代文学史上"京派"作家的代表,他对民间文学的关注与见解代表着与他同代的作家的文化追求。中国现代文学的叙事模式中存在着普遍的传说故事类型,这个问题值得我们认真研究。

第六章
歌谣学的诗学研究：朱自清

朱自清对中国现代民间文学理论体系的贡献，主要体现在歌谣研究上。他的散文如《背影》《荷塘月色》和《桨声灯影里的秦淮河》等名篇，或朴素，或淡雅，充满着他的真挚；尤其是他作品的语言，自然，生动，全是运用口语即白话，包括他的小说和新诗。如钟敬文所评，其"在同时人的作品中，虽没有周作人先生的隽永，俞平伯先生的绵密，徐志摩先生的艳丽，冰心女士的飘逸，但却于这些而外另有种真挚清幽的神态"。[1] 究其理，应该说这与他对歌谣的研究及其对民间文学语言的自觉运用有着密切的联系。更为重要的是，他的歌谣研究，既是对五四歌谣学运动的总结，又深刻影响着后来歌谣学的发展。在现代歌谣学的发展中，朱自清的理论思想是一座重要的里程碑。

纵观朱自清民间文学观的发展，总体上基本可划分为三个方面的内容，即：第一，为民众的立场；第二，歌谣与诗歌；第三，现代歌谣学理论体系的建立。在这三个方面中，第三个方面的内容有更为突出的价值和意义。

---

[1] 钟敬文：《〈背影〉》，《一般》，1929年2月第7卷第2期。

第一节　为民众的立场

所谓民众的立场,即当下我们所讲的价值尺度以民间大众为参照。朱自清这种文化立场的确立有两种重要的文化背景,一是扬州的民间文化,一是来自域外的新文化。特别是前者,影响更深入。扬州的民间文化,诸如各种民间说唱、昆曲等民间艺术,其细腻、幽雅的唱腔,构成这一地域突出的文化风格。在清代中外,扬州曾经是全国戏曲中心;徽班进京,苏昆艺术因为高朗亭等民间艺人"三庆班"震动京师,也有力地促进了扬州戏曲艺术的发展。扬州的民间戏曲歌舞诸如"香火戏""花鼓戏"和"维扬戏",[1]与源远流长的古典文化一同构成了近代扬州的文化背景。朱自清的青少年时代,就是在这种文化氛围中度过的。

他曾经深情地忆及儿时在扬州的生活,说:

> "青灯有味是儿时",其实不止青灯,儿时的一切都是有味的。这样看,在那儿度过童年,就算那儿是故乡,大概差不多罢?这样看,就只有扬州可以算是我的故乡了。何况我的家又是"生于斯,死于斯,歌哭于斯"呢?所以扬州好也罢,歹也罢,我总该算是扬州人的。[2]

由此使我们联想起鲁迅和周作人对家乡的那种记忆。鲁迅的《祝福》《社戏》,和周作人的《绍兴儿歌述略》一样,是可以作为民俗志来看的。朱自清也是一样,我们从他的《我是扬州人》中,可以感受到他受扬州文化的深刻影响。儿时的记忆,包括儿时的歌谣和民间故事,都自然融进一个人的

---

[1] 参见王鸿:《老扬州:烟花明月》,江苏美术出版社2001年4月版。
[2] 朱自清:《我是扬州人》,《人物杂志》,1946年10月1日第1卷第10期。

内心,甚至伴随着一个人的一生。在某种程度上讲,生在扬州,亲身感受江南水乡的民间艺术,是朱自清走进民间文学研究并卓有建树的机缘,即文化遭遇。朱自清受过民间文化的熏染,受过古典文化的严格训练,在其中学时代常喜读《聊斋志异》和林纾翻译的小说,如其在《关于写作答问》中所描述,喜爱"《聊斋志异》式的山大王的故事"。[1]

1916年的秋天,朱自清考入北京大学,接受西方文明教育,成为其一生的文化转折。他是五四新文学的见证人和参加者,曾走在五四运动的游行者前列,还曾翻译挪威作家毕恩生的小说《父亲》。[2]1919年是具有几千年发展历史的中国文学转折的关头——蔡元培这位新文化运动的重要领袖支持一群青年学生成立"平民教育讲演团",这个团体的宗旨是"增进平民知识,唤起平民自觉心"。应该说,这与五四歌谣学运动是一个文化整体,既促进了新文化运动的发展,又构成后来如火如荼的乡村教育运动的先声。朱自清与同学江绍原他们一起加入了这个团体,走向街头,走进京郊乡村,而且成为讲演团的领导者之一,如其在《煤》中所讴歌:

> 黑裸裸的身材里,
> 一阵阵透出赤和热;
> 呵!全是赤和热了,
> 美丽而光明![3]

这是他对此时自身精神状态的真实写照。此时的北京大学,正掀起歌谣学运动的滔天巨浪,也自然激发起朱自清满身心的豪情。

1921年的10月10日,朱自清以"柏香"为笔名,在《时事新报》副刊

---

[1] 朱自清:《关于写作答问》,《朱自清全集》第2卷,江苏教育出版社1996年8月版。
[2] 佩弦(朱自清)译:《父亲》,《晨报》,1919年10月4日。
[3] 朱自清:《煤》,北京大学《学生周刊》,1920年3月14日。

《文学旬刊》发表《民众文学谈》。这是他民间文学观的形成标志。在这里，他提出"民众文学"应该包含两层意义的内容，即一层是"民众化的文学"，是以"民众的生活理想"为中心的"通俗化"的文学，"民众化外，便无文学"；另一层是"为民众的文学"，"为民众喜闻乐见"的文学，"旨在提高改善民众知识和精神"的文学。在他看来，现实生活中所能够实现的只有后者即"民众的文学"。[1]在此前，胡愈之曾详细介绍了西方民俗学的发展概况，论及"到了近世，欧美学者知道民间文学有重要的价值，便起首用科学方法研究民间文学"，并且提出"民间文学是民情学（民俗学）的一部分，而且是最重要的部分"；还提出《诗经》是"一部最古最大的民歌集"，其中的"列国歌谣"是"最自然最纯朴的初民的文学"。[2]应该说，朱自清自觉融入了五四歌谣学运动，而且就胡愈之等学者的理论主张提出了实践性问题，即"为民众"和"提高改善"的学术命题。这就使现代民间文学理论体系在建立伊始就获得了科学品格。朱自清这篇文章发表后，引起了俞平伯的不同意见。朱自清于此时发表《民众文学的讨论》，与俞平伯展开争鸣，紧接着又有叶圣陶、郑振铎等人加入争鸣的行列。[3]朱自清在争论中坚守"为民众"的立场，赢得了世人的尊重；如此时他在致俞平伯的信中所述，"弟虽潦倒，但现在态度却颇积极"，"丢去玄言，专崇实际，这便是我所企图的生活"。[4]他"为民众"的学术立场奠定了他民间文学观形成和发展的重要基础。20多年后，朱自清发表了《论吃饭》，他探讨民众吃饭权利的历史沿革，并与西方政治文明相比较，赞扬"着眼在平民，在全民"的口号，赞扬现代民众把吃饭作为自己"天赋人权"的时代精神。[5]他在《〈论雅俗共赏〉序》中说得更

---

[1] 柏香（朱自清）：《民众文学谈》，《时事新报》增刊《文学旬刊》，1921年10月10日。
[2] 胡俞之：《论民间文学》，《妇女杂志》，1921年1月第7卷第1号。
[3] 朱自清：《民众文学的讨论》，《时事新报》，1922年1月21日—2月1日连载。
[4] 朱自清：《信三通》，《我们的七月》，上海亚东图书馆1924年7月版。
[5] 见朱自清：《标准与尺度》，重庆文光书店1948年4月版。

明白:

> 所谓现代的立场,按我的了解,可以说就是"雅俗共赏"的立场,也可以说是偏重俗人或常人的立场,也可以说是近于人民的立场。[1]

雅俗之间的文化关系是我国文化史上一个常谈常新的话题。朱自清从此立场出发提出一个即使在今天仍值得我们思索的论点,即文学发展应该没有"雅俗",只有"共赏"。文化存在着多元格局,但它从来都是并存的整体。作为学者的朱自清不但自己恪守"人民的立场""民众的立场",而且热情赞扬他人面向现实、面向人民的立场。郭沫若是一位伟大的新诗人,也是一位卓越的历史学家,他的《十批判书》出版后,朱自清给予高度评价。朱自清高度评价郭沫若重新阐释历史的立场和方法,称"只求认清文化的面目,而不去估量它的社会作用,只以解释为满足,而不去批判它对人民的价值,这还只是知识阶级的立场,不是人民的立场","郭先生的学力,给他的批判提供了充实的根据,他的革命生活、亡命生活和抗战生活,使他亲切的把握住人民的立场"。[2] 民间文学的理论研究,首先应该具备的就是"民众的立场"即"人民的立场",没有这种立场,就会失去对民间文学应有的重视。

正是基于这种文化立场,朱自清从雅士与俗民在历史的文化联系中深入论述了"共赏"的意义。他在《论雅俗共赏》中,分析了"雅俗共赏"的生成背景,揭示了"赏奇析疑"作为雅事和"俗人的小市民和农家子弟是没有份儿的"实质。他说,"安史之乱"是这种文化变迁的"分水岭",关键的内容在于"门第迅速的垮了台",使得"社会的等级"发生了变化,"士"和"民"二者的分界不再如往日那样"严格和清楚了",即"彼此的分子在流通

---

[1] 朱自清:《论雅俗共赏》,观察社1948年5月版。
[2] 朱自清:《现代人眼中的古代——介绍郭沫若著〈十批判书〉》,《大公报》《图书周刊》,1947年1月4日第1期。

着,上下着","王侯将相早就没有种了";到了宋朝,印刷术的发达和学校教育的繁盛,士人作为"多数是来自民间的新的分子",他们"多少保留着民间的生活方式和生活态度",因而形成雅俗共容的文化格局。朱自清认真考察了用口语"求真与化俗"和"传奇""笔记"与民间口头创作的历史联系,即其"起于民间",文士们"仿作"而"文字里多口语化",深刻影响到后人"以俗为雅,以故为新"的文化风尚。他在这里说:

> 词变为曲,不是在文人手里变,是在民间变的;曲又变得比词俗,虽然也经过雅化或文人化,可是还雅不到词的地位,它只是"词馀(余)"。一方面从晚唐和尚的俗讲演变出来的宋朝的"说话"就是说书,乃至后来的平话以及章回小说,还有宋朝的杂剧和诸宫调等等转变成功的元朝的杂剧和戏文,乃至后来的传奇,以及皮簧戏,更多半是些"不登大雅"的"俗文学"。[1]

同时,他又指出历史上的文化变迁中,"雅俗共赏"是以雅为主的,即"以俗为雅","俗不伤雅",其中"音乐性"占据了非常重要的地位,形成"雅化越深,'共赏'的人越少,越浅也就越多"的文化发展规律。对于"《西厢记》无视了传统的礼数,《水浒传》无视了传统的忠德",及其被雅人列为"诲淫""诲盗",朱自清指出,这"只是代表统治者的利益的说话"。那么,在新的时代,新文化的发展中形成的知识阶级,与传统的士人形成巨大的差别,"包括了更多的从民间来的分子,他们渐渐跟统治者拆伙而走向民间","于是乎有了白话正宗的新文学,词曲和小说戏剧都有了正经的地位"。但是,这还未真正形成"共赏";"共赏"的途径是抗战以来所提倡的"大众语"

---

[1] 朱自清:《论雅俗共赏》,《观察》,1947 年 11 月 8 日第 3 卷第 11 期。

运动、"通俗化"运动,向"大众化"的转变。[1] 何谓俗文化?朱自清总是强调民众需要即尊重民间大众的文化权利,包括他们的话语使用权利。他所推崇的,实际上就是俗语不俗,废话不废。如其在《论废话》中讲,"所有的话到头来都是废话,可是人活着得说些废话,到头来废话还是不可废的","不但诗文,就是儿歌、民谣、故事、笑话,甚至无意义的接字歌、绕口令等等,也都给人安慰,让人活得有意思。所以儿童和民众爱这些废话;不但儿童和民众,文人、读书人也渐渐爱上了这些"。[2]

朱自清异常重视民间文学在文学发展中对作家的影响。如,他在为林庚所著的《中国文学史》写序时,先后比较了林庚与胡适的《白话文学史》、郑振铎的《插图本中国文学史》和刘大杰的《中国文学发展史》的不同,介绍了林庚《中国文学史》的基本内容和学术特色。他借此阐述自己的民间文学观,指出文学发展中的唐代"确是我们文化的一个分水岭",他说,"从此民间文学捎带着南朝以来深入民间的印度影响,抬起了头,一步步深入士大夫的文学里","替代衰歇了的诗的时代的是散文时代、戏剧和小说的时代,故事受了外来的影响在长足的进展着"。[3] 在《论严肃》中,他指出,"中国小说一向以'志怪'、'传奇'为主","明清的小说渊源于宋朝的'说话','说话'出于民间","词曲(包括戏曲)原也出于民间","民间文学是被压迫的人民苦中作乐,忙里偷闲的表现,所以常常扮演丑角,嘲笔自己或夸张自己,因此多带着滑稽和诞妄的气氛"。这就是与"严肃"相对的"不正经"。所谓"严肃",既是宋儒所宣扬的"作文害道",也是这里朱自清所引的鲁迅所抨击的"一面是严肃与工作,一面是荒淫与无耻"。他强调的是,文学固然需要强调"人民性",但更要注意其"艺术性",不能"死板板的长面孔教人

---

[1] 朱自清:《论雅俗共赏》,《观察》,1947年11月8日第3卷第11期。
[2] 朱自清:《论废话》,《生活文艺》,1944年5月28日第2号。
[3] 朱自清:《朱佩弦先生序》,林庚著《中国文学史》,大道印务公司1947年5月版。

亲近不得"。[1] 在《中国散文的发展》中，朱自清指出，"大约韵文发达在先，所以在无韵文里还留着些遗迹"，所以，在《老子》《庄子》里常"夹着一些韵文"，"还有一种'寓言'，借着神话或历史故事来抒论。《庄子》多用神话，《韩非子》多用历史故事"，这种风气"开了后来辞赋的路"。这里，他异常看重佛教融入民间文化对中国文学发展起到的影响，注意到唐代传奇与佛教文化的联系，指出其"记述艳情，也记述神怪"，而且"将神怪人情化"，"开了后来佳人才子和鬼狐仙侠等小说的先路"，其来源一是"俳谐的辞赋"，另一种就是"翻译的佛典故事"。他接着说：

> 到了宋代，又有"话本"，这是白话小说的老祖宗。话本是"说话"的底本；"说话"略同后来的"说书"，也是佛家的影响。唐代佛家向民众宣讲佛典故事，连说连唱，本子夹杂"雅言"和口语，叫作"变文"；"变文"后来也有说唱历史故事及社会故事的。"变文"便是"说话"的源头；"说话"里也还有演说佛典这一派。"说话"是平民的艺术；宋仁宗很爱听，以后便变为专业，大流行起来了。这里面有说历史故事的，有说神怪故事的，有说社会故事的。"说话"渐渐发展，本来由一个或几个同类而不相关联的短故事，引出一个同类而不相关联的长故事的，后来却能将许多关联的故事组织起来，分为"章回"了。这是体制上一个大进步。[2]

他除这些论述外，还运用一些民间传说故事来解释文学发展中的社会现象，把这些故事看作文化的源头。如其《经典常谈》中，其《〈说文解字〉第一》对仓颉造字传说的借用，并指出"仓颉造字的传说，战国末期才有"，而且"不是凭空起来的"，它"暗示着文字起于夏、商之间"；其《〈周易〉第

---

[1] 朱自清：《论严肃》，《中国作家》，1947年10月1日第1卷第1期。
[2] 朱自清：《中国散文的发展（下）》，《中学生》"战时半月刊"，1939年10月20日第11期。

二》借用伏羲创制八卦的传说,并结合"在人家门头上,在小孩的帽饰上,我们常见到八卦那种东西"即"避邪"的习俗,述说"儒家的《周易》是哲学化了的;民众的《周易》倒是巫术的本来面目";包括之后的《〈史记〉、〈汉书〉第九》《辞赋第十一》诸篇,对司马迁和屈原等人的传说故事都给予阐释。[1]从这些论述中,我们感受到朱自清与胡适相近的民间文学观,即"一切新文学的来源都在民间"。[2]此应为英雄所见略同。

如朱自清在《〈诗言志辩〉序》中所述,这种立场和观念并非偶然,而是具体受"西方文化的输入"改变了历史和文学的"意念"。他说,"民间的歌谣和故事也升到了文学里,'变文'和弹词等也跟着升,于是乎有郑振铎先生的《中国俗文学史》"。他还说,"从目录学上看,俗文学或民间文学的歌谣部分虽然因为用作乐歌,早得著录,但别的部分差不多从不登大雅之堂","可以说是没有地位"。[3]他的《中国新文学研究纲要》,其实是一部新文学史。他在这部讲义中特别注意到民间文学的位置。如他在第二章第二节"国语运动及其他"中,专门论述1918年北京大学的"歌谣征集运动"和"民间文学征集运动";此外,他还专题分析"白话运动""大众文艺的讨论""诗是平民的""仿作的歌谣""原始的趣味""最能民众化而且应该民众化的就是戏剧"等内容。[4]在《鲁迅先生的中国语文观》中,朱自清赞同鲁迅对民间文学的态度,"从活的民众口头取来","注入活的民众里面去",即"博取民众的口语而存其比较的大家能懂的字句"。[5]当然,朱自清并不是盲目地一味赞扬民间文学,而是始终保持着清醒的头脑。如其在《论通俗化》中所讲,"民间文学虽然有天真、朴素、健康等长处,却也免不了丑角气

---

[1] 朱自清:《经典常谈》,国民图书出版社1942年8月版。
[2] 胡适:《白话文学史》第三章《汉朝的民歌》,新月书店1928年版。
[3] 朱自清:《〈诗言志辩〉序》,上海开明书店1947年8月版。
[4] 此为整理稿,见《朱自清全集》第8卷,江苏教育出版社1996年8月版。
[5] 原题为《周话》,《新生报》副刊《语言与文学》,1946年11月11日第4期。收入《标准与尺度》时改为现题。

氛,套语烂调,琐屑罗嗦等毛病","这是封建社会麻痹了民众才如此的"。他指出,"原来民众欣赏文艺,一向以音乐性为主,所以对韵文的要求大","他们要故事,但是情节得简单,得有头有尾"。这里,他对赵树理的《李有才板话》给予高度评价,称赞"用新的语言写出书里的那些新的故事",赞扬其"尽量扬弃了民族形式的封建气氛,而采取了改变中的农民的活的口语",把赵树理称为"自己正在觉醒的人民"的"代言人",从而将之称为"的确是在结束通俗化而开始了大众化"。[1]

朱自清对民间文学的价值给予高度重视,还热心向社会推荐和介绍民俗学、民间文学著作,在实际上推动了这个学科的发展。如,江绍原的编译著作《现代英吉利谣俗及谣俗学》出版后,朱自清积极向社会介绍,发表书评,称其"附录"有很高的学术价值,"实在比主文重要得多","最为有用"。[2]清华大学历史系学生罗香林搜集整理的广东客家歌谣集《粤东之风》编定后,朱自清为其作序,并将序文(相当于书评)发表于1928年11月28日第36期的《民俗》上;他高度评价客家歌谣的价值,热情赞扬罗香林的辛勤努力对歌谣学发展的贡献。[3]青年学生刘兆吉在参加旅行团的途中搜集整理西南地区的民间歌谣,编成《西南采风录》,朱自清同样热情作序,赞扬其学术价值和编者的学术态度。[4]朱自清奖掖学术后进,而且亲身参加民俗调查的田野作业,曾参加"妙峰山进香调查团",到北京远郊考察妙峰山庙会,并发表《〈妙峰山圣母灵签〉的分析》。[5]同时,我们在他的日记中可以看到他对民间信仰活动的详细记述,如其1938年2月21日对广西阳朔村民祭龙神的记录;又如同年7月22日对云南蒙自火把节的记录等。[6]这些记述

---

[1] 朱自清:《论通俗化》,《燕京新闻》副刊,1947年4月28日。
[2] 朱自清:《书评〈现代英吉利谣俗及谣俗学〉》,《文学杂志》,1933年5月15日第1卷第2号。
[3] 罗香林:《粤东之风》,北新书局1936年10月版。
[4] 朱自清:《〈西南采风录〉序》,《新生报》副刊《语言与文学》,1948年10月19日第106期。
[5] 佩弦(朱自清):《〈妙峰山圣母灵签〉的分析》,《民俗》,1929年7月第69期。
[6] 见朱自清:《蒙自杂记》,《朱自清全集》第4卷,江苏教育出版社1996年版。

既是优美的散文作品,又是珍贵的民俗志、民族志材料。从中我们可以具体感受到朱自清对民俗学、民间文学的热情,及其中所体现的价值立场,即其始终如一的"为民众的立场""人民的立场"。进而,这也使我们感受到现代民间文学理论体系建立和发展中以朱自清以代表的学者切实的努力。应该说,学术立场条件下的学术品格更为重要。

第二节 歌谣与诗歌

歌谣和诗歌之间的关系,从表面上看来,只是口头和文字的差别。但是,在其发生机制上,却有着相当大的不同。理解这个问题的关键,在于对艺术起源和发展及其嬗变的认识。和胡适、鲁迅他们一样,朱自清也把民间歌谣作为诗歌的起源。《诗经》是我国古代重要的诗歌总集,其中保存着丰富的民间歌谣,千百年来,仁者见仁,智者见智,众说纷纭。朱自清在古典诗歌研究上有着深厚造诣,他在《经典常谈》中解释诗歌艺术的发生和发展时,认真考察"有了文字以后,才有人将那些歌谣记录下来,便是最初的写的诗了"这一文化生活背景。他在其中的《〈诗经〉第四》里描述道:

> 诗的源头是歌谣。上古时候,没有文字,只有唱的歌谣,没有写的诗。一个人高兴的时候或悲哀的时候,常愿意将自己的心情诉说出来,……便用歌唱;一唱三叹的叫别人回肠荡气。唱叹再不够的话,便手也舞起来了,脚也蹈起来了,反正要将劲儿使到了家。碰到节日,大家聚在一起酬神作乐,唱歌的机会更多。或一唱众和,或彼此竞胜。传说葛天氏的乐八章,三个人唱,拿着牛尾,踏着脚,似乎就是描写这种光景的。歌谣越唱越多,虽没有书,却存在人的记忆里。有了现成的歌儿,就可借他人酒杯,浇自己块垒;随时拣一支合式的唱唱,足也可消愁解闷。若没有完全合式的,尽可删一些、改一些,到称意为止。流行的歌谣中往往不同的词句并

行不悖,就是为此。可也有经过众人修饰,成为定本的。歌谣真可说是"一人的智慧,多人的机锋"了。

"歌谣可分为徒歌和乐歌。徒歌是随口唱,乐歌是随着乐器唱。徒歌也有节奏,手舞脚踏便是帮助节奏的;可是乐歌的节奏更规律化些。乐器在中国似乎早就有了,《礼记》里说的土鼓土槌儿、芦管儿,也许是我们乐器的老祖宗。到了《诗经》时代,有了琴瑟钟鼓,已是洋洋大观了。"[1] 接着,他具体描述了"歌谣记录下来"后作为"最初的写的诗"对诗歌发展的影响。这里,他着重指出"乐工"的重要贡献。他说,记录者"大概是些乐工",他们的职责便是"奏乐和唱歌","唱歌得有词儿,一面是口头传授,一面也就有了唱本儿",即"歌谣便是这么写下来的"。在他看来,"春秋时的乐工就和后世阔人家的戏班子一样,老板叫作太师",因为国务需要,他们"不但得搜集本国乐歌,还得搜集别国乐歌","不但搜集乐词,还得搜集乐谱";其中,为"贵族们"所保存的那些"典礼的诗",以及那些"讽谏、颂美等等的献诗"作为"政治的诗",被"太师们保存下这些唱本儿"即"唱词儿共有三百多篇",便成为流传至今的《诗经》。[2]

朱自清对诗歌发生的阐释与鲁迅在《门外文谈》中所述的"杭育杭育说"不同,而是从音乐传播,包括政治需要,诸如祭祀典礼、狩猎、外交宴会等方面的实际,具体解释其从口头到文字的渐变过程。应该说,这种解释接近于胡适在阐释《诗经》中《召南》"野有死麕"时的方法,即民俗学、社会学的研究方法。尤其值得我们注意的是,朱自清解释"诗言志",是从"春秋时通行赋诗"的文艺制度和文化生活角度展开的;而这一方面,正是当代民俗学和民间文学研究所忽略的内容。

---

[1] 朱自清:《〈诗经〉第四》,《经典常谈》,国民图书出版社1942年8月版。

[2] 朱自清:《〈诗经〉第四》,《经典常谈》,国民图书出版社1942年8月版。

在《经典常谈》的《诗第十二》中,朱自清对乐府诗的形成和发展做了详细描述。他指出,"汉武帝立乐府,采集代、赵、秦、楚的歌谣和乐谱",由人负责整理,"以备传习唱奏",但其声调"所采取的是新调子",即"楚声"和"新声",而与在当时被称为"雅乐"的《诗经》不同。这形成"五言诗的源头"。朱自清进一步指出,"汉乐府以叙事为主",其中的"社会故事和风俗最多",包括一些历史传说和游仙故事,此外便是"男女相思和离别之作",曾被人视为"不正经的乐歌"。这些内容一直延续到建安时期,保持着"歌谣本色"[1]。

朱自清和胡适、周作人他们一样,都看到诗歌在发生和发展中与民间歌谣的天然联系。五四歌谣学运动时期,意大利学者 Baron Guido Vitale 关于"在中国民歌中可以寻到一点真的诗"的论述,曾被许多学者引用,借以说明歌谣所传达的最为真实的"人民的真的感情"是诗歌发展所应汲取的重要资源。朱自清对这个话题也展开论述。他在《歌谣与诗》中说,"歌谣是'诗'","诗起源于歌谣"是人们的共识,但"这还是理论",而在事实上,"诗"和"歌谣"并不是相等的。他举例说:

> 《诗经》时代,"诗""歌"二字是同义的,但现在的"诗"与"歌谣"却似乎是不同的型类。简截的说,死了的歌谣可以称"歌谣",也可称"诗";活着的,还在人口里活着的,却只能称为"歌谣",不能称为"诗"。原因大约是,出于平民,艺不精而体不尊。

他在事实上仍然是述说着雅俗之别的文化背景问题。其依据就是"'诗'的新观念是外来的",而在国外"歌谣"与"诗"是有严格区分的,所以将歌谣"提升入'诗'"还有一个被世人"公认"的过程。问题的关键在

---

[1] 朱自清:《诗第十二》,《经典常谈》,国民图书出版社 1942 年 8 月。

于对"真诗"中的"真"的理解。朱自清举胡适的"自然说"、钟嵘的"直寻说",述说自己的意见道,这种"真"应该是"亲切",即"题材熟、比喻熟,尽量用口语";他说,这"真"还有一种意义即"认真"之"真",但世人更多的是在"断章取义",于是,"歌谣在读者在听者,一向也只是玩艺儿,即使歌咏悲情,也还是轻快的俳味","在这种意味里,歌谣便不是真诗了"。其实,"真诗"之"真"的意义并不十分重要,最重要的是对"创作新诗的参考"的理解。朱自清指出,"按我们的文学史说,诗体全出于歌谣中的乐歌","词曲也都出于民间曲调",在这种背景下理解"歌谣可以供创作新诗的参考",自然有一定的道理。朱自清结合刘半农的《瓦釜集》、俞平伯的《吴声恋歌十解》等作品对歌谣的模仿,说"都仿得很像",但是"都只当作歌谣,不当作诗",包括诸多"用旧瓶子装新酒"等现象,"作为通俗读物或歌辞,是合式的,但未必就是文艺作品",即"歌谣的'风格与方法'不足以表现现代人的情思"。他认为,"歌谣的文艺的价值在作为一种诗,供人作文学史的研究",其"供人欣赏,也供人摹仿","却不能发展为新体"。[1] 应该说,朱自清看到了诗歌和歌谣的联系与差别,但是,此时他没有看到民间歌谣的多样性——在延安解放区文学运动中的李季用事实证明了歌谣体新诗的卓越成就。[2]

时过境迁,几年后,朱自清在《诗的语言》中对歌谣与诗的理解有了一些变化。他说,"诗先是口语","最初诗是口头的,初民的歌谣即是诗;口语的歌谣,是远在记录的诗之先的,现在的歌谣还是诗"。[3] 不久,他又发表《真诗》一文,说,"新诗虽然不必取法于歌谣,却也不妨取法于歌谣,山歌长于譬喻,并且巧于复沓,都可学","童谣虽然不必尊为'真诗',但那'自然流利',有些诗也可斟酌的学","新诗虽说认真,却也不妨有不认真的时候。历

---

[1] 朱自清:《歌谣与诗》,《歌谣周刊》,1937 年 4 月 3 日第 3 卷第 1 期。

[2] 高有鹏:《论 20 世纪中国文学发展中的民间文化思潮》,《文学评论》,2001 年第 4 期。

[3] 朱自清:《诗的语言》,《国文月刊》,1942 年 11 月 22 日第 17 期。

来的新诗似乎太严肃了,不免单调些"。[1]当然,新诗毕竟是文人创作,民间歌谣是民间百姓的集体创作,二者是有差别的;但新诗确实能从歌谣中汲取丰富的营养。朱自清十分清醒而全面地看到这些内容,故不乏屡有卓见。这里还值得我们思索的是,朱自清是一位既有新诗创作体验,又有深厚理论造诣的诗人和学者。早在五四歌谣学运动时期,他就曾发表过《唱新诗等等》,就当时的新诗遭遇冷落提出新诗发展的意见,他以为,新诗与戏曲、歌谣都有着密切的联系,古代诗歌的发展与唱诗的文化生活有着异常密切的关系,那么,拯救新诗,就应该重视新诗的"音乐化",重视借鉴古代诗歌中的音乐性,诸如乐歌等内容。[2]朱自清是一位勤奋思索、勇于探索的诗人,在他的诗中,我们可以看到他不但善于运用民间歌谣中的俗语,而且善于营造一种童话般的意境,与民间传说中的景物描述方式相像。在这种意义上,我们可以把他对诗歌与歌谣的论述看作他的诗学理论的一部分。

第三节 现代歌谣学理论体系的建立

事实上,我国歌谣学理论体系在先秦时期就已经形成,但是,具有现代学术意义的歌谣学体系确实是在五四歌谣学运动中具体形成和发展起来的。在朱自清之前,胡适、周作人他们已经做了大量可喜的理论研究工作,而自从朱自清之后,中国现代歌谣学理论才真正得到成熟发展。是朱自清以自己的学术实绩将现代歌谣学推向一个新的峰巅,这个峰巅,直到今日我们还没有完全超越。

朱自清歌谣学思想的重要成果,主要体现在两个方面,一是其《中国歌谣》对我国歌谣的概念、起源、发展及其类型、结构、价值等内容的系统研

---

[1] 朱自清:《真诗》,《新文学》,1944年1月1日第1卷第2期。
[2] 佩弦(朱自清):《唱新诗等等》,《语丝》,1927年10月22日第154期。

究，一是其《中国近世歌谣叙录》对现代歌谣学学术发展的认真梳理，包括其他散见于报端的相关文章。这两方面共同构成了朱自清的歌谣学理论体系，标志着整个20世纪我国歌谣研究的理论水平的一个高度。

《中国歌谣》由朱自清于20世纪20年代末在清华大学时的讲义整理而成。从浦江清所做《跋》中，可以看到朱自清的整体设想，其博采古今中外民间歌谣及诸种学说汇聚成一体，确实是对现代歌谣学运动的总结，更是现代歌谣学发展史的一座基石，一块丰碑，一面旗帜。

这部以讲义形式在高校中传播的学术著作，源自朱自清1929年在清华大学中文系开设的"歌谣"课。清华有自己的学术传统，曾有四大导师作为其学术中坚，影响一代学风；在它的讲坛上开设这样一门课程，并编有名为《歌谣发凡》的讲义和《歌谣》的教学参考资料，初步地勾勒出歌谣的概念、起源、发展、类型、结构（2年后，作者又补充了歌谣的"历史"和"修辞"等内容），又有中外历史上论述歌谣的文献，包括歌谣作品；这在学术形制上达到了空前的全面完整性和深刻的思想性，更重要的是，它标志着这样一门学科在我国高校讲坛上与其他学科并列的学术地位。如浦江清所讲，这在当时"保守的中国文学系学程表上"显得"突出而新鲜"。[1]此时，朱自清还开设着"古今诗选"和"国文"，以及"中国新文学研究"等课程。他真正做到了将古今中外融为一体。这也使人联想到后来杨振声在《纪念朱自清先生》中所讲的一席话，当年在朱自清与他人的共同努力下，他们"决定了一个国文系的新方向"，即"新旧文学的接流"和"中外文学的交流"，"添设比较文学与新文学习作"，国文系与外文系形成"中外文学的交互修习"，既是"给将来一般的国文系改造一个新前途"，也是"新文学的唯一的前途"。[2]

诚然，朱自清不是第一个涉足现代歌谣学的人。早在1914年，周作人

---

[1] 浦江清：《〈中国歌谣〉跋记》，朱自清著《中国歌谣》，作家出版社1957年9月版。
[2] 杨振声：《纪念朱自清先生》，《新路》，1948年8月28日第1卷第16期。

就曾发表《儿歌之研究》的文章和采集歌谣的"个人启事";[1]1925年胡怀琛出版《中国民歌研究》,1927年刘经庵出版《歌谣与妇女》,1928年钟敬文出版《歌谣论集》,等等;《歌谣周刊》和《民俗周刊》等报刊发表众多的歌谣研究文章;其他像徐蔚南的《民间文学》(1927年)、钱南扬的《谜史》(1928年)、姚逸之的《湖南唱本提要》(1929年)、杨荫深的《中国民间文学概论》(1930年)和钱耕莘的《民间文艺漫话》(1931年)等论著,也都涉及民间歌谣。不能不承认的是,朱自清的《中国歌谣》最具系统性和全面性。这是一位知识广博、视野宽阔、学养深厚,而又有歌谣搜集整理感受体验和新诗创作经验的学者对最底层民众口头创作的深入研究和探索之作,他对歌谣所进行的研究自然与他人相异。它以独特的光彩辉耀后世。

第一章《歌谣释名》,其实就是对"歌谣"概念的基本界定。在这里,朱自清不是简单地述说什么是"曲合乐曰歌,徒歌曰谣",而是着力钩沉各种文献,从不同的方面让人去理解歌谣。诸如"歌谣与乐",是在曲、乐、歌、谣等歌唱形制的比较中展示不同历史时期的学者对歌谣的音乐性的理解;"歌谣的字义"中,作者征诸《书》《诗》《尔雅》《广韵》等典籍,具体阐释"歌谣"二字的"本义";"歌谣的异名"则是对"异名"之"异"做出比较研究,有些是"因地异称",有些是因韵、字不同形成不同的概念差别;"歌谣的广义与狭义",是针对"中国所谓歌谣的意义,向来极不确定"即"合乐与徒歌不分""民间歌谣与个人诗歌不分",对歌谣的"狭义"与"广义"做出界定;其他如"'自然民谣'与'假作民谣'""民歌歌词与歌谣"等比较界说的研究,事实是对各种概念的认真对比和辨析。这里应该受到我们重视的是,有许多问题的研究,实际上已超出了歌谣学的范畴,即扩大到了民俗学的更大范围之内。特别是在研究方式上,朱自清既有对古代典籍文献的使用,包括对考据等方法的运用,又有对现代学术资源的使用,如其对《歌谣周刊》

---

[1] 周作人:《儿歌之研究》,《绍兴县教育会月刊》,1914年1月20日第4号。

等书刊的材料运用,而且使用相当多的国外学术文献,如 Frank Kidson 的《英国民歌论》、Louise Pound 的《诗的起源与叙事歌》等。他大胆提出自己的见解,对不同的意见表明自己的观点和态度。

《歌谣的起源与发展》一节,朱自清仍然采用对中外不同学说进行比较的方式表明自己的意见。如,其开篇引用"外国关于歌谣起源的学说",论及"歌谣 — 叙事歌 — 起源问题",他介绍了 R·Adelaide Witham 在《英吉利苏格兰民间叙事歌选粹》中所引的"民众与个人合作说""Grimm 说""散文先起说"和"个人创造说"等理论,比较诸学说的异同。他说,"歌谣起于文字之先,全靠口耳相传,心心相印,一代一代地保存着","它并无定形,可以自由地改变,适应","它是有生命的","它在成长与发展,正和别的有机体一样";而论及"叙事歌本身"时,他说自己"相信 Pound 的话",即歌谣起源的"个人制作说""歌谣不起于群舞""最古的歌谣是抒情的,不是叙述的"等论说。接着,他又列举了"中国关于歌谣起源的学说",从郑玄的《诗谱序》、孔颖达的《毛诗正义序》,到沈约的"歌咏所兴,自生民始",一直到近人郭绍虞的《中国文学史纲要》《中国文学研究》等,逐条解析。在"歌谣起源的传说"中,他列举了历史上的"荧惑说""怨谤说""《子夜歌》传说""河南传说""淮南传说""江南传说""两粤传说"等传说;他说,"在这几种传说里,我们可以看出一种共同的趋势,就是歌谣起于个人的创造"。接着,他又分析了"歌谣里的第一身与歌谣的作者"问题和"歌谣的传布转变与制作"问题,尤其值得重视的是后者。朱自清是一位熟稔民俗学理论及国内外动态的学者,他从 R.D.Jameson 的《比较民俗学方法论》等材料入手,详细介绍了芬兰学派的历史地理研究法,着重介绍了"母题分析",即"同一母题的种种变形,凡世界各地所有,都应尽量搜拢来。搜集之后,应将内容一一加以分析,使其纲目相属","分析既毕,即将所有变形,加以比较"。他说,"比较研究的结果,我们以完缺的程度为标准,常可以在许多变形中找出一个原形来。有了这个原形,我们就可以决定哪些变形是最流行的,哪些是较古的。

第六章 歌谣学的诗学研究:朱自清

有时我们还可以相当的决定种种变形是各自造成的,还是同出一源的"。但是,仅仅有这些还不够,他说,"还得从地理上看",即"我们若将邻近的地域的材料放在一块儿,便可发现许多事实","看出它们详略、增减、复沓、转换的经过"。朱自清把这种方法看作"最新的,科学的,民俗学的方法";他以为,这种方法是民俗学的生路,董作宾的《看见她》就是与这种方法相近的方法,"只是材料太少","偏于地理"。《看见她》是董作宾对现代歌谣学的重要贡献,事实上这作为一种研究方法,不但推动了歌谣学的发展,有益于深入研究歌谣发展及其规律等内容,而且推动了整个现代民俗学、民间文学的理论研究的深入发展。朱自清将这种方法看作"与Jameson所述的芬兰法实极相近",并称"用最新的科学民俗学的方法,来研究歌谣的传布与转变"的"芬兰法","可用来研究故事、神话、传说、谚语、歌戏(Songs, Games)、谜语、礼俗等",这在实际上论述了民俗学的方法论问题,这就使得《中国歌谣》一书不仅是歌谣学的重要基石,而且是现代民俗学发展的重要方向。再者就是在歌谣的发展中受其他因素影响所发生的变异问题,朱自清总结出这样几种规律,即,"诗的歌谣化""佛经的歌谣化""童蒙书的歌谣化""曲的歌谣化""历史的歌谣化""传说的歌谣化"和"戏剧的歌谣化"等现象。这是歌谣嬗变研究中的重要成果,它揭示了歌谣发展中的文化变异及其与其他文化相联系并融入丰富多彩的民俗文化生活的文化规律。朱自清在具体论述这些文化规律时,始终将之列入广阔的文化生活背景之中,不是仅仅在歌谣世界的内部寻求其变化,而是密切注意到更广泛的文化现象,如苏州唱本、敦煌俗曲、四川佛偈、北方小曲、历史传说和民间戏曲等。同时,他也注意到"摹拟的歌谣",即"追记的""依托的""构造的""拟乐府"等文人创作渗透民间文化的内容。朱自清全面地揭示出民间歌谣与民间文学其他部类的联系,包括民间文化与士子文人所谓精英文化的复杂联系。他的研究方法是多种学说理论的综合运用,既有传统的考据,又有国外民俗学、民间文学理论的借用,而更多的是他广泛吸收同时代学者的理论成果,密切关注当代学术发展动态,为我们不断拓展和深化民间文学研究做出可喜的典范。

《歌谣的历史》,也可称为中国歌谣的发展历史。在这一章节中,朱自清把歌谣分为两大部分,即"古代歌谣"和"近世歌谣"。所谓"古代歌谣",朱自清说,在"所谓正经书里的",基本上有两种,即"音乐的"和"占验的"。在保存的真实性程度上,他引顾颉刚的话说,已经"不是歌谣的本相",包括"正史及故书雅记中所载童谣",都"未必不经文人润色";"只有笔记中所收,或者近真的较多",其原因在于笔记在文体中的地位"不甚尊",所以修改较少。以《古谣谚》为例,朱自清说,其"体例极为谨严,原不至有所润色","但书中材料,全系转录故书,非从口传写录者可比",那么,其真实性也就值得怀疑。至于《粤风》,其固然"录自口传",但其动机"在于好奇",并不是"为学术","有无润色,也颇难说",他的判断标准就是"至今或尚有流行"作为"资证",都可称为"古歌谣"。所谓"近世歌谣",他引北京大学歌谣研究会征集全国近世歌谣的简章中所列"当代通行"为界限,强调尽量"精确","自然不能靠书本或传闻",像常惠所讲的那样"非得亲自到民间去搜集不可"。他还提到"唱本"问题,他说"唱本的曲调,收集与写录,与口传的歌谣方法上无甚分别",但是,在传播中也牵涉"识字的人",所以也"往往有多少的改变",这样,"唱本的搜罗""固然要紧","却仍不能丢开了那些口传的变异不管"。也就是说,朱自清在歌谣的材料使用方面,更强调去获取第一手资料。

在钩沉整理古代歌谣上,朱自清把《诗经》作为"讲歌谣的历史"的"起点"。他把《诗经》看作"最早的唱本",以为"《诗经》以前虽还有好歌谣,都靠不住"。关于《诗经》中的歌谣问题,顾颉刚曾经提出其中"到底有几篇歌谣,这是很难说定的","《诗经》里的歌谣,都是已经成为乐章的歌谣,不是歌谣的本相",其理由是"凡是歌谣,只要唱完就算,无取乎往复重沓",即"有了歌谣的成分未必即为歌谣"。[1] 朱自清说,顾颉刚的主要观点是"以

---

[1] 顾颉刚:《从〈诗经〉中整理出歌谣的意见》,《歌谣周刊》,1923年12月30日第39号。

今例古","这是不很妥当的";他说,"古代成人的抒情的歌有些也和今日的儿歌和对山歌一样,是重章的",其证据便是《诗经》,因为今天这些抒情歌的"进化","所以重章只遗留在儿歌和对山歌里了"。他还说,顾颉刚不把"关于典礼的诗"即应用性的内容作为歌谣也是不妥当的,他举例以证明,称"现在的歌谣里,仪式歌不少",而"古代比现在看重仪式得多",所以"一定说歌谣里不能有仪式歌,怕也不甚妥当"。对陆侃如《诗经研究》中所说"讽刺诗里可以说没有歌谣",朱自清同样提出其"难论定"。这种独立思索的精神极其可贵。接着,朱自清详细考察了"乐府中的歌谣""南北朝乐歌中的歌谣"和"山歌""粤歌""西南民族的歌谣""小唱""徒歌"与"海外的中国民歌"等,屡屡有新见解。他研究歌谣的方法,既有严谨的论证、充实的证据,又有开阔的视野,他尤其重视歌谣在流传中的历史背景和文化生活背景。如在研究《吴声歌曲》和《西曲歌》《北歌》时,他重点剖析了《吴声歌曲》的产生地"建业"作为"大江南北的重心"的历史条件,指出《西曲歌》和"扬州在唐以前的地位,与现在的上海相等"的联系,指出《北歌》中"在文化方面,鲜卑人虽为汉人所征服,而汉人的文化中,也不免要羼入鲜卑人的气息"与"鲜卑是富有文学天才的民族"的联系。在阐释"山歌"即狭义山歌"七言四句"时,他指出,"就这种体制而论,山歌之起源,不能早于唐代","最早的山歌是《竹枝词》"。其他还有"粤歌的创始人,相传是刘三妹"等内容;他在阐释歌谣的地域和民族的特征时,常常从民俗学的角度具体展开,结合一定地域和一定民族的岁时风俗、礼仪、禁忌、图腾和各种民间信仰深入论述。

关于歌谣的分类,《歌谣周刊》在其创办伊始就曾经展开过充分讨论,并收到了可喜的效果。朱自清的《中国歌谣》在《歌谣的分类》一章开篇即提出"分类的标准",在一定意义上讲,这是对《歌谣周刊》中歌谣分类问题的总结。他列举出十五种分类标准,分别做出阐释,如"音乐""形式""母题""语言""韵脚""歌者""地域""职业""民族"等。同时,他还介绍了 Frank Kidson 的民歌分类法和 R.Adelaide Witham 的叙事歌分类法,以及"民歌的其他分类法"。在"民歌的其他分类法"中,他介绍了"情歌""生活歌""滑稽歌""叙事歌""仪式歌"和"儿歌"的分类方法及其基本内涵。[1] 他特别看重儿歌,说,"儿歌的性质与普通的民歌颇有不同",就其"歌的性质"进一步分为"事物歌"和"游戏歌",指出"事物歌包含一切抒情叙事的歌(包括'谜语')","唱歌而伴以动作者则为游戏歌,实即叙事的扮演"。他把"游戏歌"看作"原始的戏曲",说"据现代民俗学的考据,这些游戏的确起源于先民的仪式"。他把儿歌分为四大类,即"母歌""儿戏""练习发音"和"知识"的,其中"母歌"又分为"抚儿使睡之歌""弄儿之歌""体物之歌"和"人事之歌"。"儿戏"则分为"游戏""谜语"和"叙事歌";同时,他引褚东郊《中国儿歌的研究》,将儿歌分为"催眠止哭的""游戏应用的",视之为"戏剧的起源"。在"游戏歌与谜语"中,他引钟敬文等人的方法,将"弄儿之歌"分为"面戏歌""手戏歌""足戏歌""动作歌""抉择歌"和"仿效人事的游戏的歌"等类别;将"谜语"分为"事物谜""字谜""难问"等。应该说,歌谣的分类因一定地区、一定民族和一定时代,其划分方法不尽相同,但是,作为歌谣研究的重要基础,这是现代歌谣学不可缺少的一部分。朱自清的歌谣分类法,总各家之所长,为我们今天的歌谣学中的类型研究奠定了坚实基础。

歌谣结构的研究,也是歌谣学体系建立中的重要内容。重叠,是民间歌谣的重要表现手法;许多歌谣研究者都注意到这种方法在民歌演唱中的重要作用。朱自清在《中国歌谣》的《歌谣的结构》中,介绍了清水、顾颉刚、钟敬文和 Grimm、Pound 等学者在这方面的具体论述,将他们的意见概括为三种学说,即"重叠是个人的创作""是合唱的结果""乐工所编制"。他也就此表明自己的态度,即赞同前两种,"以为都能言之成理",而对第三种学

---

[1] 之后,他又列入了"猥亵歌"和"劝戒歌",并称是"以近代歌谣为准",见本章节。

说表示出异义。在论述"重叠的格式"时,朱自清分别阐释了"无意义的重叠""重章叠句""和声""回文""接麻""叠字"等内容。如,对于"无意义的重叠",他以《乐府》五十四所载《巾舞歌诗》为例,称"最早的及最简单的歌谣,如舞曲及儿童游戏歌,多系此种重叠",其"全以声为用,大约只用极少几个字,反复成篇"。他还以《歌谣周刊》所载一首开封儿童游戏歌谣为例,称"这种歌用以帮助与节制动作,所以全然不重意义"。他把"重章叠句"分为"复沓歌""递进式""问答式""对比式""铺陈式",把"叠字"分为"句头叠字""句中叠字""句末叠字"和"全篇叠字"等,在举例论证时,既使用古代典籍文献,又使用大量"近世歌谣"。在最后论及"其他的表现法"时,他说,"中国歌谣的结构,赋叙(包括无定式的问答而言)实为正宗;但赋叙无确定的形式可言。有形式可言的,重叠是大宗",同时,他还注意到了"倡和""趁韵""嵌字""套句"等"重叠的表现法"。重叠的实质,其实就是民间歌谣的音乐表现方式。朱自清十分重视歌谣的音乐特征,对韵律、套式及其在歌谣中的表现效果,都进行深刻论述,这在事实上避开了仅仅把歌谣作为民族心声的误区,即歌谣的思想内容固然重要,而其艺术性更为重要。重视民间歌谣的审美构成与审美效果,是朱自清歌谣学理论体系中的重要内容。这种理论视角使歌谣研究得到可喜的深化,即一方面使其实现了艺术的回归,另一方面则形成学理的突破。而在当前的歌谣研究中,只有相当少的学者注意到这种构成歌谣审美特质的内容,更多的学者日益重视民间歌谣所包含的社会生活内容及其表现信仰等问题的意义,这同样是一种偏颇。当然,没有深厚的学养,也难以达到朱自清的境界。

《中国歌谣》的最后一章是《歌谣的修辞》,朱自清从"起兴"和"辞格"两方面展开,论述歌谣的审美表现方式。这里,他考察了古今学者对"起兴"的理解,诸如郑玄、郑樵、朱熹、姚际恒、顾颉刚诸家之说。他对他们的见解提出补充的意见,说,"还有两种关系,或可以帮助顾先生的解释",即"一是我们常说到的歌谣是以声为用的,所以为集中人的注意起见,有从韵脚上起下文的现象","二是一般民众,思想境阈很小,即事起兴,从眼前事物指点,引起较远的事物的歌咏"。他说,"这种起兴的办法,可以证明一般民众思想力的薄弱,在艺术上是很幼稚的"。当然,朱自清对民间歌谣的论述,更多的还是以我国古代诗学体系为参照,在许多方面没有注意到民间歌谣自身的存在功能与存在价值。也就是说,古代诗歌起源于民间歌谣,二者有着密切联系,但二者毕竟有不同的表现形式。在"辞格"方面,朱自清同样运用一般学者的理论来套用民间歌谣,如他依照陈望道的《修辞学》,将民间歌谣之"比"分为"譬喻"和"比拟""铺张""颠倒""反话"等数种,其中的"譬喻"又分为"明喻""隐喻""借喻"和"象征",在"比拟"上又分为"拟人""拟物"等。在声音的辞格上,他参照钟敬文、朱湘、徐中舒等人的理论,细分为"谐音""双关"和"影射"。同时,他还注意到谜语作为特殊的歌谣所具有的修辞方式。无论如何,朱自清是在努力探索民间歌谣的美学特征和审美构成与发展的规律,其学术勇气、学术精神、学术方式,都值得我们敬重。

令人遗憾的是,《中国歌谣》是一部未能全部完成的著述。如浦江清所介绍,"他的计划一共要编写十章,后面四章,粗具纲目,收罗了材料,没有完成。"[1] 其后四章还包括更多的方面,诸如"教育的""风俗的""语言的"和"文学的","其下又另立细目"。[2] 朱自清先生的宏伟设想,由于种种原因而未能实现,但我们窥一斑而知全豹,从这里能深切感受到他的一片赤诚,更能感受到他广博的知识、勤奋而严谨的学风。

后来,朱自清还专门写了《歌谣里的重叠》,提出"'歌谣'以重叠为生命,脚韵只是重叠的一种方式",同时,他又以"几首近代的歌谣为例"来进一步阐述重叠的意义,称颂其中的"活泼,新鲜,有趣味"。[3]

---

[1] 浦江清:《〈中国歌谣〉跋记》,作家出版社1957年9月版。
[2] 浦江清:《〈中国歌谣〉跋记》,作家出版社1957年9月版。
[3] 朱自清:《论雅俗共赏》,《观察丛书之七》,观察社1948年5月版。

《中国近世歌谣叙录》是朱自清为"歌谣课所作的参考材料。[1]从其内容上,我们可以把它看作一部现代歌谣学的学术史。在这里,朱自清介绍了"从民国七年北京大学征集全国近世歌谣以来,歌谣的采集与讨论成为一种运动",包括北京大学、中山大学开设"歌谣"的科目,中央研究院设立民间文艺组等情况。同时,他就歌谣的范围和概念问题,提出自己选择的是"广义的"歌谣的立场。他说"歌谣是风诗,是'古诗之一体'"的歌谣观,会"埋没歌谣的本质";他所欣喜的是,"近年来所辑的歌谣,大多数是从民间采集来的,都是还在口传着的活材料"。他称自己这里所使用的材料,"以近年来北京大学、中山大学及各书坊所印的《近世歌谣集》及关于歌谣的刊物为主","一般刊物里关于歌谣的材料,也附在里面"。

他先开列了"歌谣总集",然后介绍了"歌谣论著"和"关于歌谣的期刊"。在"歌谣总集"中,他选录了60种,有详有略。如其介绍李调元辑《粤风》时,仅列名目,点明某人原辑,而在介绍钟敬文重编《粤风》时,就较为详细,不但介绍其格式,而且指出其中"《方言考释》不尽是采取原书,《备考》一则却系转原书释题",包括所附"狼壮情歌"中"译文似新诗而不似谣"。作者非常重视所收歌谣总集的版本与材料来源,如其在介绍"粤讴"时特意注明:

《粤讴》 传清招子庸作,南海谭莹刻本。活字本,广东情歌中文本,（Cantonese Love-Songs: Chinese Text, Oxford, 1904）可名为牛津本。我所见的是牛津本,前有十二篇题词,作者皆署别名。中山大学《民间文艺周刊》二期有汪宗衍氏关于《粤讴》辑者的通信,所说精刻本,不知是谭刻否、牛津本似乎与即精刻本无甚异同。汪氏曾将题词的作者推

---

[1] 知白(朱自清):《中国近世歌谣叙录》,《大公报》《文学副刊》,1929年4月29日第68期、1929年5月6日第69期。

测出十个人。又据题词十二,此书原刻似乎是还附有《琵琶工尺谱》;不知那原刻本是否就是谭刻,还可得否。此本后有英文音释。英国 Cecil Clementi 译此书为英文,名《广东情歌》,牛津印。前有长篇导言,后有详注。此书已由刘万章等改编,中山大学印,尚未出版。

这分明是一篇考据。从中我们可以感受到朱自清受传统考据学的影响,其学风决定了其研究成果的精深,而这正是我们当代学者普遍缺乏的。长期存在于民间文学研究中的知识单薄、轻浮的现象,严重制约了学科的发展。朱自清是一位治学严谨的学者,他非常清楚材料来源的真实性、准确性与学术研究的重要关系,在介绍苗志周编《情歌》时,特别指出其中"说本书材料是由书上抄下,朋友处听来的。但哪些是书上来的,哪些是朋友处来的,似乎应该分别注明"。在介绍谢云声编《台湾情歌集》时,其《自序》中有"这本情歌的内容,是把台湾流行的山歌、采茶歌、博歌等搜辑在内",朱自清特别注明"博歌""疑当作'驳歌'"。在介绍范寅编《越谚》时,他特别注明自己"手头无此书"。在介绍殷凯编《北京俚曲》时,他提到"编者于所录各曲,改动颇多",又指出"这种改动实在是不应该的"。在介绍陈和祥编《童谣大观》时,他特别指出"其他还有些重要的错误"。对于黄诏年在所编的《孩子们的歌声》的《自序》中称"所录是南中国的儿歌",朱自清指出其"却无广东广西"。

在"歌谣论著"的介绍中,朱自清分别列出"歌谣专书""民间文艺专书""文学与艺术批评著作"和"儿童文学著作",包括期刊中所发表的论著等内容。他在介绍这些论著的同时,对许多著述给予评论。如其介绍胡怀琛编《中国民歌研究》时,称"此书所谓民歌(即歌谣),范围似乎太广,如大鼓书乃是职业的,不应列入。又此书偶然也将个人作品与民间流行的歌谣相混,如说《长帽歌》'不能说一定是民歌'(七十页),其实这一定不是民歌"。在介绍"关于歌谣的期刊"时,他注明"这种期刊里,关于歌谣的材料很多。列举未免太繁,现在只记下刊名",即使如此,他也不忘对刊物的特色做介绍。如其介绍《歌谣周刊》时,他提到"发刊词里叙述北京大学征集近世歌谣的经过,并说他们搜集歌谣的目的有两种:一是学术的,一是文艺的";在介绍《民间文艺周刊》时,他提到"创刊号有董作宾氏《为民间文艺敬告读者》一文;里面说他们的目的有三种:除学术的,文艺的外,还有教育的"。此外,他还指出《北京大学研究所国学门周刊》是"《歌谣周刊》的扩大",《民俗周刊》是"《民间文艺周刊》的扩大"。[1]

朱自清的民间文学观,尤其是他的民间歌谣研究,在中国现代学术体系的建立和发展中具有十分重要的价值和意义。除了他卓越的见解,他的学术态度和学术方法也值得我们重视。他以自己的学术实绩奠定了中国现代歌谣学在现代学术史上的重要地位,推动了整个民俗学、民间文艺学的迅速发展。由此也使人想起他与周作人在学术与人生上的境遇,两人都是学养深厚的学者,也都有过对民主和科学的追求,而且都曾走出国门面对世界,在民间文学研究上不乏共识。但是,在民族危亡的关头,周作人选择了背弃民族的道路,而朱自清则坚守着传统的气节。朱自清在1948年6月18日的日记中写道:

> 在拒绝美援和美国面粉的宣言上签名。这意味着每月的生活费要减少六百万法币。下午认真思索了一阵子,坚信我的签名之举是正确的。因为我们反对美国扶植日本的政策,要采取直接的行动,就不应逃避个人的责任。

朱自清是一位对中国现代民间文学理论体系建立和发展有重要贡献的学者,是一位勇敢的开拓者,他还是一位无私的人,一位见贤思齐的人。他

---

[1] 知白(朱自清):《中国近世歌谣叙录》,《大公报》《文学副刊》,1929年5月6日第69期。

敬重鲁迅先生,表示对鲁迅的作品"百读不厌";[1] 他与闻一多先生是挚友,曾为《闻一多全集》作序《闻一多先生怎样走着中国文学的道路》,称闻一多"是一个斗士","又是一个诗人和学者","为民主运动贡献了他的生命",称其一生是一篇"诗的史"和"史的诗"。[2] 他自己也是如此。在20世纪文化史上,朱自清先生以自己的人品和文品昭示后人,学问固然重要,而一个人的气节和品格更为重要。民间文学研究的发展,不仅要秉承前辈学者严谨的学风、敢于创新的学术精神,而且要学习和发扬他们献身民族大义的崇高品格。

历史,终究是公正的。

---

[1] 朱自清:《鲁迅先生的杂感》,《新生报》副刊《语言与文学》,1947年11月18日第33期。
[2] 朱自清:《〈闻一多全集〉序》,《文学杂志》,1947年10月第2卷第5期。

第七章
神话与诗学：闻一多

闻一多是一位伟大的爱国诗人、民主诗人,他对古文字和古典文学有着深厚的造诣,而且对民俗学、歌谣学和神话学的发展做出了突出的贡献。他的学术思想与人生追求,同他的文学创作以及"他关于中国古代文化史(包括上古神话、古代诗歌及文学、古文字学、民俗学等等)的研究,广为海内外学者所称引","他还是一位杰出的书画艺术家",其"深谙中国古典,却不流为蠹鱼","了解西方艺术,却不屑止于稗贩","借鉴西方的理论与方法,用批判的眼光整理和发掘古代文化遗产,多发前人所未发,为后来者开许多门径";更重要的是,"他始终坚持了五四新文化运动的基本精神,并不断推向前进","当他献身于民主运动的时候,他同时仍是一位向封建主义旧文化冲锋陷阵的猛士"。[1]考其青少年时代所受教育,有文献称闻一多为"文天祥之后裔",[2]及其在清华读书10年,后赴美3年回国,始终以民族文明、富强为己之大任,献身民主事业,应该说,他不愧为此"后裔"。他是"五四"的儿子,更是几千年中国文化优秀传统的儿子,是世界现代文明的儿子。他是20世纪中国新文化继鲁迅之后又一位伟大的民主战士。尤值得我们深

---

[1] 耿云志:《〈闻一多年谱长编〉序二》,闻黎明、侯菊坤编《闻一多年谱长编》,湖北人民出版社1994年7月版。

[2] 见闻大棚:《序》,乾隆四十六年《闻氏宗谱》。转引自《闻一多年谱长编·谱前》,湖北人民出版社1994年7月版。

思的是,他和朱自清是生活和学术上的挚友,堪称中国现代民间文学史上的"双璧",他们共同选择了民族大义,不向邪恶势力低头,中国现代民间文学史因之而获得了崇高的品格并大放异彩。

闻一多民间文学观的基本内容,在整体上可分为三部分,即一,民间歌谣研究;二,民俗学视野中的文化研究;三,神话传说研究。这三部分内容相互关联,表现出闻一多对民族文化深厚而挚烈的情感。其中,我们可以看到他对真理的执着追求,宏伟的文化理想和远大的抱负。

第一节　民间歌谣研究

闻一多对民间文化的情感,早在其青少年时代就形成了。季镇淮在《闻一多先生年谱》中介绍道,"先生爱好美术也是从小就开始的。往往逼着别人剪纸花样给他玩。譬如看见有人坐轿子回来,他就要求大姑母剪两个轿夫抬着轿子的样子;看见轿夫把笠帽放在桌上,他又要求剪出笠帽放在桌上的样子;轿夫们吃饭去了,他又定要剪一张吃饭的样子"[1]。当然,仅仅有此朴素的情感还不能造就闻一多的文化理想与追求;"比较早地接受了新时代潮流的影响","在辛亥革命前夕就能阅读到《东方杂志》和《新民丛报》之类的书刊","辛亥前后就参加过与宋教仁有关系的某个社团",[2]在清华所受的10年的现代文明教育,促成了他对民间文化的挚爱。1921年的12月,清华文学社的一次讨论会上,闻一多"对于一般无韵之新诗及美国新兴之自由诗加以严重之抨击",[3]其报告《诗底音节的研究》,被看作其"最早的一篇关于新诗创作理论的研究框架",其中"证据"部分和"诗歌的节奏"

---

[1] 季镇淮:《闻朱年谱》,清华大学出版社1986年8月版,第5页。
[2] 闻家驷:《忆一多兄》,《闻一多纪念文集》,三联书店1980年8月版,第373页。又见《闻一多年谱长编》,湖北人民出版社1994年7月版,第11—12页。
[3] 见闻一多:《校闻》,《清华周刊》,1921年12月9日第229期。

部分,分别涉及"原始人"和"野蛮人"的内容。[1]这应当被视作闻一多民间文学观的萌芽。

《诗经》是我国古代诗歌最早的总集,其中所保存的民间歌谣历来为学者们所关注。闻一多运用西方文化人类学的方法来研究这些内容,给人以新奇的感觉。

首先是《〈诗经〉的性欲观》,[2]这是一篇透过"性"的文化迷雾重新审视《诗经》中的歌谣的重要文章。他关注到孔子所说的"《关雎》乐而不淫,哀而不伤",清人江永、崔适以为"国风淫得太不成话",说"前辈读《诗》,总还免不掉那传统的习气,曲解的地方定然很多,却已经觉得《诗经》云淫是不可讳言的了",而"现在我们用完全赤裸的眼光来查验《诗经》,结果简直可以说'好色而淫',淫得厉害"。重要的问题是"淫"的意义。闻一多说,要注意到"让我们一般平淡无奇的二十世纪的人(特别是中国人)来读这一部原始的文学,应该处处觉得那些劳人思妇的情绪之粗犷,表现之赤裸","用研究性欲的方法来研究《诗经》,自然最能了解《诗经》的真相"。他把《诗经》表现性欲的方式共分为五种,即"明言性交""隐喻性交""暗示性交""联想性交"和"象征性交",事实上揭示出原始人民生殖崇拜、性崇拜、生命崇拜等信仰主题的民俗生活表现的实质。他举例阐释古人在论述婚觏所引《易》中的"男女觏精,万物化生",以为"真正道地的郑国文学"中,"差不多篇篇是讲恋爱的","讲到性交的诗,也不过《野有蔓草》和《溱洧》两篇"。究其背景,正是《周礼》中所讲的"仲春之月,令会男女之无夫家者"。闻一多说,"这种风俗在原始的生活里,是极自然的。在一个指定的期间时,凡是没有成婚的男女,都可以到一个僻远的旷野集齐,吃着,喝着,唱着歌,跳着舞。各人自由的互相挑

---

[1] 见闻黎明、侯菊坤编:《闻一多年谱长编》,湖北人民出版社1994年7月版,第147—150页。
[2] 《时事新报·学灯》,1927年7月9、11、12、14、16、19、21日连载。

选,双方看中了的,便可以马上交媾起来,从此他们便是名正言顺的夫妇了"。同时,他看到,"齐风之淫,恐怕还在郑卫之上";他进一步阐释道,《东方之日》和《候人》都是表现"性交"的,《蝃蝀》中的"朝隮于西","隮"就是"蝃蝀",就是"虹",而"虹是性交的象征"。他总结道,"《诗经》里常常用水鸟比男性,鱼比女性,鸟入水捕鱼比两性的结合","把'媾'、'朝隮'和水鸟在梁的涵义讲清楚了",一些作品的内容也就"解决了一大半"。这里,他认真考察了古代文献中关于"虹"的阐释意义,发现无论是《尔雅》《说文》,还是《淮南子》等,都将虹与"男女交合"联系在一起,"都逃不脱性交的关系",相关的"云"和"雨",也是这种意义。也就是说,"凡是诗人想到那种令人害羞的事体,想讲出来,而又不敢明讲",就运用"所谓隐喻的表现方法",而"懂得这种方法",他说,《诗经》中有许多作品"便容易了解了"。既而,他考察了文献中"笱"字,以为《诗经》中"屡次讲到捕鱼的笱",其"实在不是指笱的本身,是隐喻女阴的",他结合训诂学,引用古代谚语,并发挥诗人的想象,启发人去思索"可以从笱句的声音,想到'媾''觏'和许多从这些字引申出来的字"。他发现"《诗经》里多数的情诗或淫诗,往往不能离开风和雨","风雨常常一块儿来,雨既含有性的意义,或许风间接的也和性发生关系了","风同性应该有一种单独的,直接的关系",是"性欲的冲动"。他在解释这种含义时说,"由牝牡相诱之风,后来便申引为'风流'、'风骚'之风,也都含有性的意味";至于"疯癫"之"疯",他说,"谅必也是从风字的这一种意义演化出来的","大概古人看着动物起了性欲冲动时,和神经错乱时,没有什么分别",所以其"声音是一样的"。进而联系到文献中"称牝牡相诱曰风"与"男女相诱"的含义,闻一多说,"可见当时的人类,至少在性欲上,是和下等动物差不多一样的没有节制"。他自称这样研究古典文献是"离经畔道",他要告诉人的是"《诗经》时代的生活,还没有脱尽原始的蜕壳","不管十五国风里那大多数的诗,是淫诗,还是刺淫的诗,……也得有淫,然后才可刺",即"认清了

《左传》是一部秽史,《诗经》是一部淫诗,我们才能看到春秋的时代的真面目"。[1] 说到底,"淫"作为原始文学即口头文学非常突出的意义,是民间文学中存在尤为普遍的内容。正像闻一多所说的那样,"从前的人,即便认出一首淫诗来,也不敢那样讲,因为一个学者得顾全他的身份,他的名誉",但新的时代便不同了,他宣称《诗经》是"研究 sadism 和 masochism 的好材料",[2] 可见其无所畏惧的巨人风范。当然,与性相联系的生殖崇拜等民间信仰只是《诗经》中的一部分,也是其中十分重要的一部分,闻一多十分冷静地看到了这些。像后来他所做的《诗新台"鸿"字说》[3] 等文章,对《诗经·邶风·新台》中的"鱼网之设,鸿则离之"的阐释,他就没有继续使用这种视角,而是通过文献考证,包括相关的民间传说,指出他人的误识,表现出自己独到的新解。

在《匡斋尺牍》[4] 中,闻一多指出因为历史上的孔子删《诗》等现象,"我们今天所见到的《三百篇》,尤其是二《南》十三《风》,决不是原来的面目",那么,"现在,就空间方面看,与我血缘最近的民族,在与《诗经》时代文化程度相当时期中的歌谣,是研究《诗经》上好的参考材料"。同时他也指出,"用汉后的民歌解释周初的民歌,民歌与民歌比,诚然有点益处,但周初与汉后之间,你望,一重的时间的雾可密着咧",即这种方法存着要人小心的"危险"。接着,他解释《诗经·周南·芣苢》说:

> 古代有种传说,见于《礼含文嘉》《论衡》《吴越春秋》等书,说是禹

---

[1] 闻一多:《〈诗经〉的性欲观》,《时事新报》副刊《学灯》,1927 年 7 月 9—21 日。
[2] 闻一多:《〈诗经〉的性欲观》,《时事新报》副刊《学灯》,1927 年 7 月 9—21 日。
[3] 闻一多:《诗新台"鸿"字说》,《清华学报》,1935 年 7 月第 10 卷第 3 期。
[4] 闻一多:《匡斋尺牍》,《学文月刊》"创刊号",1934 年 5 月 1 日第 1 卷第 1 期。"匡斋"为闻一多书斋名。其中 1 至 6 段在期刊 1 期,7—10 部分在同年 7 月第 1 卷第 3 期连载;其余第 11 至第 14 段保存在梁实秋《雅舍忆旧——忆故知·谈闻一多》之《附录》中,台湾传记文学出版社 1967 年 1 月版。

母吞薏苡而生禹,所以夏人姓姒。这薏苡即是芣苢。古籍中凡提到芣苢,都说它有"宜子"的功能,那便是因禹母吞芣苢而孕禹的故事产生的一种观念。一点点古声韵学的知识便可以解决这个谜了。

他经过一番考证,得出结论说,"'芣苢'与'胚胎'古音既不分,证以'声同义亦同'的原则,便知道'芣苢'的本意就是'胚胎'","用为植物名变作'芣苢',用在人身上变作'胚胎',乃是文字孳乳分化的结果","'芣苢'既与'胚胎'同音,在《诗》中这两个字便是双关的隐语(英语所谓 Pun),这又可以证明后世歌谣中以莲为怜,以藕为偶,以丝为思一类的字法,乃是中国民歌中极古旧的一个传统"。他"先从生物学的观点看去",发现"芣苢既是生命的仁子,那么采芣苢的习俗,便是性本能的演出,而《芣苢》这首诗便是那种本能的呐喊","结子的欲望,在原始女性,是强烈得非常,强到恐怕不是我们能想象的程度",《芣苢》就是"母性本能的最赤裸最响亮的呼声";他又"借社会学的观点看",发现"宗法社会里是没有'个人'的,一个人的存在是为他的种族而存在的,一个女人是在为种族传递并蕃衍生机的功能上而存在着的","若想像得到一个妇人在做妻以后,做母以前的憧憬与恐怖","便明白这采芣苢的风俗所含的意义是何等严重与神圣"。闻一多有着十分扎实的文字学知识,他以"薏苡与芣苢"的演变联系到"夏民族与《周南》"的关系,即"如果承认了采芣苢的风俗是从禹母的传说来的,那不啻也承认了《周南》的作者,是夏禹的苗裔",并以此假设来解释"为什么许多禹的故事产生于南方"等问题。[1]

《诗经通义》(甲)[2]中,闻一多主要分析了《周南》《召南》和《邶风》三部分中的一些诗篇。在对这些诗篇的具体分析中,闻一多非常重视民间歌

---

[1] 闻一多:《匡斋尺牍》,《学文月刊》,1934年5月1日第1卷第1期、1934年7月第1卷第3期。
[2] 闻一多:《诗经通义》(周南、召南),《清华学报》,1937年1月第12卷第1期。"邶风"部分存《闻一多全集》第3卷。

谣与民间信仰的密切联系。如其对《诗经·周南·关雎》的鸟图腾的分析,他引述《左传·昭十七年》"我高祖少皞之立也,凤鸟适至,故纪于鸟,为鸟师而鸟名"的神话传说,与"鸠"相对比,说:

> 此上世图腾社会之遗迹也。《三百篇》中以鸟起兴者,不可胜计,其基本观点,疑亦导源于图腾。歌谣中称鸟者,在歌者之心理,最初本只自视为鸟,非假鸟以为喻也。假鸟为喻,但为一种修词术;自视为鸟,则图腾意识之残余。历时愈久,图腾意识愈淡,而修词意味愈浓,乃以各种鸟类不同的属性分别代表人类的各种属性,上揭诸诗以鸠为女性之象征,即其一例也。后人于此类及汉魏乐府"乌生八九子","飞来双白鹄","翩翩堂前燕","孔雀东南飞"等,胥以比兴目之,殊未窥其本源。

在对《诗经·周南·汝坟》中的"鱼"进行文化分析时,他说,"《国风》中凡言鱼,皆两性间互称其对方之廋语,无一实指鱼者",即"古俗以鱼喻伉俪","自晋宋乐府,下至近世黔滇民歌,犹存此语"。此处他列举了大量民间歌谣,诸如《华山畿》《子夜歌》等古代民歌,而更多的还是近世歌谣,如以"海丰輋歌""靖江情歌""安南民歌""贵阳民歌""云南民歌"和"淮南民歌"等歌谣为例,考察其中的情感表达方式。他总结此种"象征"寓意道:

> 野蛮民族往往以鱼为性的象征,古代埃及、亚洲西部及希腊等民族亦然。亚洲西部尤多崇拜鱼神之俗,谓鱼与神之生殖功能有密切关系。至今闪族人犹视鱼为男性器官之象,所佩之厌胜物,有波伊欧式(Boeotian)尖底瓶,瓶上饰以神鱼,神鱼者彼之神赫米斯(Hermes)之象征也(详Robert Briffault: Sex in Religion 见V.F.Calverton与S.D.Schmalhausen二氏合编之Sex in Civilization P.42)。疑我国谣俗以鱼为情偶之代语,初亦出于性的象征。

在解释《诗经·召南·摽有梅》时,他从中看到的是"疑初民习俗,于夏日果熟时,有报年之祭,大会族人于果园之中,恣为欢乐,于时士女分曹而坐,女竞以新果投其所悦之士,中焉者或解佩玉相报,即相与为夫妇焉","原始社会之求致食粮,每因两性体质之所宜,分工合作,男任狩猎,女任采集,故蔬果之属,相沿为女子所有","然疑女以果实为求偶之媒介,亦兼取其蕃殖性能之象征意义","掷人果实,即寓贻人嗣胤之意,故女欲事人者,即以果实掷之其人以表诚也"。在解释《诗经·召南·江有氾》时,他结合《诗经·卫风·氓》中的"淇则有岸,隰则有泮",称此为"以河流喻爱情",然后举云南《罗次情歌》《寻甸情歌》和川东《情歌》、广东《梅县情歌》等篇为例,说"近世歌谣设喻亦有类此者"。[1] 这里值得注意的是,闻一多研究《诗经》中的歌谣,除征引大量古代典籍文献材料,借以追溯其文化渊源外,还大胆使用近世歌谣作为参照,说明二者的同源同理同义。这种突破限于文献材料的传统,面向包括民间文化在内的更广大的文化生活实际的多重证据法,不但推动了歌谣研究的深入发展,而且对于整个民俗学,包括闻一多做出了突出贡献的神话传说研究来说都具有异常重要的意义。

这种直接使用活在民间百姓口头上的歌谣作为论述证据的研究方法,在闻一多的《说鱼》[2]中得到更集中的表现。在这里,他首先理清了"隐语"的概念。他是把"鱼"作为一个典型的"隐语"的例子来展开论述的。他说,所谓"隐(讔)"其手段与"喻"一样都是一种修辞手段,即前在于"藏",后在于"晓",隐语的"藏"就是"借另一事物来把本来可以说得明白的说得不明白点","实质上反而让后者的质更凸出了"。"隐语"的作用"不仅是消极的解决困难,而且是积极的增加兴趣,困难愈大,活动愈秘密,兴趣愈浓厚",其应用范围"在古人生活中,几乎是难以想象的广泛"。闻一多说,"在

---

[1] 闻一多:《诗经通义》(甲),《清华学报》,1937年1月第12卷第1期。
[2] 闻一多:《说鱼》,昆明《边疆人文》(乙种),1945年6月第2卷第3、4期合刊。

中国语言中,尤其在民歌中,隐语的例子很多,以'鱼'来代替'匹偶'或'情侣'的隐语,不过是其间之一",其出现的领域"时代至少从东周到今天,地域从黄河流域到珠江流域,民族至少包括汉、苗、徭、僮,作品的种类有筮辞、故事、民间的歌曲和文人的诗词"。他在例证中连续解释"鱼"的寓意,诸如其所讲"贯鱼是一连串的鱼群,宫人是个集体名词,包括后、夫人、嫔妇、御女等整群的女性";"以鱼的游戏喻卫侯的淫纵,则鱼是象征男性情偶的隐语";"(敝笱)旧说以为笱是收鱼的器具,笱坏了,鱼留不住,便摇摇摆摆自由出进,毫无阻碍,好比失去夫权的鲁桓公管不住文姜,听凭她和齐襄公鬼混一样",其另一说为"敝笱象征没有节操的女性,唯唯然自由出进的各色鱼类,象征她所接触的众男子",而且"这一说似乎更好";"'莲'谐'怜'声,这也是隐语的一种,这里是鱼喻男,莲喻女,说鱼与莲戏,实等于说男与女戏";《华山畿》中的"开门枕流水"在他看来"与《安南情歌》'妹家门前有条沟',《黑苗情歌》'姐家门前有条沟',是同类的隐语",同类例子他还列举了"榴江《板徭情游歌》""贺县《盘徭情歌》""镇边《黑衣恋爱歌》""上东《陇徭合情歌》""都安《陇徭对歌》""修仁《板徭苦情歌》""《黑苗情歌》""《仲家情歌》""《寻甸民歌》""《会泽民歌》"等民间歌谣。闻一多依次解释了"打鱼""钓鱼""烹鱼""吃鱼"同"求偶"和"合欢"或"结配"的隐喻关系。当然,其例证仍然是流行于各地的民间歌谣。最后他解释"吃鱼的鸟兽",用《陆良民歌》中的"大河涨水满河身,一对野猫顺水跟,野猫吃鱼不吃刺,小妹偷嘴不偷身"等民间歌谣做注脚,实在是最恰当不过。他追溯"为什么用鱼来象征配偶"时说,"这除了它的蕃殖功能,似乎没有更好的解释",即"在原始人类的观念里,婚姻是人生第一大事,而传种是婚姻的唯一目的,这在我国古代的礼俗中,表现得非常清楚";他以"现在浙东婚俗,新妇出轿门时,以铜钱撒地,谓之'鲤鱼撒子'"为例,称"便是这观念最好的说明"。同时他还以此为例进一步论述了"文化的人"和"生物的人"的区别:

文化发展的结果,是婚姻渐渐失去保存种族的社会意义,因此也就渐渐失去蕃殖种族的生物意义,代之而兴的,是个人享乐主义,于是作为配偶象征的词汇,不是鱼而是鸳鸯,蝴蝶和花之类了。幸亏害这种"文化病"的,只是上层社会,生活态度比较健康的下层社会,则还固执着旧日的生物意识。这是何等鲜明的对照。[1]

他在文章的末尾还特别注明,"本文中所引的近代民歌,除作者自己采辑的一小部分外,大部分出自下列各书刊:陈志良著《广西特种民族歌谣集》,陈国钧著《贵州苗夷歌谣》,《民俗》和北京大学研究所《国学门月刊》,两种"歌谣集"都是承陈志良先生赠送的",[2]以示其谢意。应该说,闻一多《说鱼》的观点是否正确固然重要,而更重要的是他使用材料的方法,这种方法是"着眼在平民,在全民"的方法,是"最新的,科学的,民俗学的方法"。[3]正是这种簇新的学术方法与他扎实的古典文化基础相融合,形成他独具慧眼的研究方式;这种方法还表现在他的神话传说研究上。其广征博引,敢于开拓,深入思索,不拘一格,求真求是的学风,更是中国现代民间文学理论体系的瑰宝。

第二节　民俗学视野中的文化研究

民俗学的视野,即在文化发展中努力寻求民间文化的踪影,及其在文化发展中所起的作用。闻一多对于中国文化的发展有着自己独到的见解。他一生都挚爱着自己的祖国和有几千年传统的优秀的古典文化。当年,郭沫若以一曲《女神》震撼了新世纪的诗坛;闻一多有着巨大的共鸣,曾在《〈女

---

[1] 闻一多:《说鱼》,昆明《边疆人文》,1945年6月第2卷第3、4期合刊。
[2] 闻一多:《说鱼》,昆明《边疆人文》,1945年6月第2卷第3、4期合刊。
[3] 朱自清:《歌谣的起源与发展》,《中国歌谣》,作家出版社1957年9月版。

神〉之时代精神》中称赞郭沫若"用海涛底音调,雷霆底声响替他们全盘唱出来了","不愧为时代底一个肖子"。[1]但闻一多并没有一味地附合,他在《〈女神〉之地方色彩》中,批评了包括郭沫若在内的新诗人"似乎有一种欧化的狂癖,他们的创造中国新诗底鹄的,原来就是要把新诗做成完全的西文诗";他说,新诗之新,"不但新于中国固有的诗,而且新于西方固有的诗","要做中西艺术结婚后产生的宁馨儿",是"时代的经线,同地方的纬线所编织成的一匹锦"。他借此表明自己与郭沫若文化立场的不同之处,说郭沫若"对于中国,只看见他的坏处,看不见他的好处","不是不爱中国,而他确是不爱中国的文化","我爱中国固因他是我的祖国,而尤因他是有他那种可敬爱的文化的国家"。[2]闻一多曾以"文学史家"自居,在他的未刊手稿中曾有一篇《风诗类钞》,其《序例提纲》中谈及"经学的""历史的"和"文学的"三种读法,而且自称是"社会学的",并称自己将"略依社会组织的纲目将《国风》重新编次",使其"可当社会史科文化史料读";他还提到用"考古学""民俗学"和"语言学"等方法"带读者到《诗经》的时代"。[3]事实上,他在1927年发表《〈诗经〉的性欲观》时,就在自觉或不自觉地运用民俗学视角审视文化发展。当然,研究文化发展不能只利用民俗学这一种方法,但民俗学确实是一种十分有益的方法。他更多的是在运用民俗学审视文化发展,同时也使用了社会学、历史学、考古学和语言学等多种方法,避免了单一学科的偏颇。如其在《说鱻》中对"鱻"的考据:

> 盖依字形所示,鱻之中心意义,本指既捕后教习驯扰之事,扩大言之,凡诱致生象之事,及其所用之媒并栏窘之属诸边缘意,亦俱谓之鱻也。考吾国上古北方本尝产象,以卜辞金文为字,及文献中殷人服象,象

---

[1] 闻一多:《〈女神〉之时代精神》,《创造周报》,1923年6月3日第4号。
[2] 闻一多:《〈女神〉之地方色彩》,《创造周报》,1923年6月10日第5号。
[3] 见闻黎明、侯菊坤编:《闻一多年谱长编》,湖北人民出版社1994年7月第1版,第443—445页。

为舜耕诸传说证之,象盖尝一度为吾先民之重要牲畜,故捕象之事,有其专字。

以此为背景,他看到的是,"关于舜益之各种传说,其所反映狩猎时代之文化,固甚彰著","夫森林为象类蕃息之必要条件,原始森林之普遍存在,亦正狩猎时代之生活环境也","观卜辞中贞捕象之辞,才寥寥数见","知殷商时象已渐次南徙,盖其时去舜益已远,山林既启,农事日兴,社会景象已回不侔也",即"神女之以淫行诱人者谓之瑶姬,草有服之媚于人,传为瑶姬所化者谓之䔄草,男女相诱之歌辞谓之谣,并今人呼妓女曰媱子,皆繇义之引申也"。[1] 此时闻一多在复信与他人时曾提到自己的文化研究,称"除略事整理《诗经》、《楚辞》、《乐府》、神话诸旧稿外,又从《易经》中寻出不少的古代社会材料","下午将加开'上古文学史'一课,故对于诗歌、舞蹈、戏剧诸部门之起源及发展,亦正在整理研究中"。[2]

闻一多对上古文学确实情有独钟,他在 1940 年 11 月 11 日致梅贻琦的信中附《中国上古文学史研究报告》,详细描述了自己的"研究旨趣""研究工作""研究结果"及"相关问题论文目录";他提到"文艺作品为文学史之最基本、最直接的材料",而"唯是上古文学,最为难读","文学史为整个文化史中之一环,故研究某时期之文学史,同时必须顾及此期中其他诸文化部门之种种现象",[3] 其中有许多内容都涉及民间文化,表现出他对民俗学方法运用的积极态度。闻一多在手稿《中国上古文学》即其《中国文学史稿》中提出"'文学史'出于'文学'与'史',然非'文学'与'史'之混合,乃化合",而"普通的文学史,无头绪,如烟海",所以,他要将"艺术各部门及中外

---

[1] 闻一多:《说鱼》,《金陵学报》,1940 年 5 月 11 日第 10 卷第 1、2 期合刊。

[2] 闻一多:《致赵俪生信》(1940 年 5 月 26 日),《闻一多书信选集》,人民文学出版社 1986 年 10 月版。

[3] 见闻黎明、侯菊坤编:《闻一多年谱长编》,湖北人民出版社 1994 年 7 月第 1 版,第 593—594 页。

艺术"进行比较,求得"要点","在世界文学中定中国(文学)之地位,和在整个文化中定中国文学之要点",从而得到"文学有新认识,史有新发现,中上古文学与史尤然"。这里他注意到"巫史文学"和"史诗问题"。他称"巫史文学"的时间是"夏少康中兴后至春秋末","约一千四百年",其内容包括"从口唱到书写""巫术变为宗教""巫变为史""礼仪的乐歌变为日常的徒歌"等内容。在"史诗问题"中,他详细论述了"神话不只是一个文化力量"的问题(关于其神话传说研究问题,他处详述);他指出"殷中叶以前的社会形态"是"产生史诗的适当条件"。他指出,"游牧部落产生英雄故事(一入农业国则否)",此时"混合经济,牧畜相当重要",其"与之俱来的"便是"自然崇拜 —— 天象 —— 命运的支配者 —— 神与英雄","战争 —— 草原的抢夺","文明的破晓 —— 有了闲暇而又十分安定,有了收获而又不失为新奇,生之惊异与命运的喜悦产生神秘的故事和神话传说 —— 神与英雄";此时"首领与大众接近 —— 祭祀仪式大众皆参加(在幼稚生产力的水平下,凡开辟草莱、斩伐林木等工作,都需要氏族共同体的集团协力)",其"带有社会娱乐性质",是"产生史诗的良好机会"。他还考察了夏人"其势力逐次沿伊洛向东北下游移殖",商"居黄河入海之三角洲,土壤肥沃,开化似较速",周人"循夏人形势东侵,征服殷人,而渐次移殖于大河下流一带之平原",这种"黄河上下游互相缩结",形成"中国文化之基础"。最后,他分析了阏伯与实沈相争即商参星辰"天文故事"和寒浞轼羿娶妻嫦娥"一个史诗式的故事",指出"故事流传之媒介"的基本方式,即"图画的""舞蹈的"和"语言的",其中"不带动作的歌诗"就是史诗,史诗的形式即"四言为主的韵语","古本《五子之歌》或即史诗的残骸"。[1]

《周易》是记述中国上古文化的一部重要典籍,闻一多非常重视这部

---

[1] 闻一多:《中国上古文学》,孔党伯、袁謇正主编《闻一多全集》第10卷,湖北人民出版社1994年7月版。

典籍的民俗文化生活内容,他曾著有《周易义证类纂》《周易新论》《周易杂记》《易林琼枝》《周易字谱》和《周易分韵引得》等著述,钩沉、考据和梳理其中的民俗现象,并给予合理的阐释。如,他在《周易义证类纂》中题首即提到"以钩稽古代社会史料之目的解《周易》","依社会史料性质,分类录出";其分类为"有关经济事类""有关社会事类"和"有关心灵事类"等。其中的"有关经济事类",又分别包含"器用""服饰""车驾""田猎""牧畜""农业(雨量附)"和"行旅";"有关社会事类"包含"婚姻""家庭""宗族""聘问""封建""争讼""刑法""征伐(方国附)"和"迁邑";"有关心灵事类"包含"妖祥""占候""祭祀""乐舞""道德观念"等。[1] 其基本分类方法,大致相当于我们今天在进行的民俗学分类中的"物质生产民俗""社会生活民俗"和"精神民俗",这种方法的全面性和准确性显现出闻一多先生对民俗学理论的深刻理解。其《周易新论》,[2] 副标题列为"《周易》的历史与历史的《周易》"。在第一章"传说中的《周易》作者"中,他考察了"传说之初期记载"的内容,即"伏羲画卦""文王作《易》""伏羲重卦""神农重卦""夏禹重卦""文王作卦辞,周公作爻辞"等内容。在"伏羲与八卦"中,他"以神话传说民俗为证",考察了"太极太一与伏羲""二神与伏羲女娲""元苞与庖牺"和"龙身造《易》者即伏羲"等内容;又"以《周易》本书为证",考察了"乾卦与伏羲"和"《周易》哲学与生殖神伏羲"等内容。其中,他在"以神话传说民俗为证"中提及"苗语'伏羲',此云'祖一'",即"第一个祖先";他在"以《周易》本书为证"中,提到"八卦之首即寓伏羲传说"与"八卦始伏羲(八卦以伏羲为首),误为八卦始于伏羲(伏羲始作八卦)"的联系,他说,"八卦既以伏羲为首,很可能即奉伏羲为宗神的

---

[1] 闻一多:《周易编》,孔党伯、袁謇正主编《闻一多全集》第10卷,湖北人民出版社1994年7月版,第189—252页。
[2] 闻一多:《周易编》,孔党伯、袁謇正主编《闻一多全集》第10卷,湖北人民出版社1994年7月版,第255—292页。

民族"即"伏羲氏的产物"。在论及"《周易》哲学与生殖神伏羲"时,他引述了冯友兰、钱玄同、郭沫若等人的论点,让人看到更广泛的意见。在解释"何谓《周易》"时,他注意到"《周易》筮辞体例与卜辞虽有不少共同之点,内中并有殷人故事,但不能因此就说筮是卜的后身"。在"《周易》的成长"中,他分别考察了"卦爻的演化符号""符号及其运用方法的演化""文辞的累积""卦爻辞的累积"等内容,注意到"谣、谚、谜、故事"与"繇辞的复杂成素"的关系,及"殷周间故事"和"有同于西周的礼俗"等内容。[1] 在某种程度上讲,《周易》是一部上古时代的百科全书,它与民俗文化生活包括民间歌谣、谚语和传说故事,尤其是民间信仰,有着相当密切的联系。闻一多充分注意到其中的这种联系内容,不仅丰富了古代文化的研究方法,而且有力地推动了现代民俗学的稳步发展。

闻一多用民俗学的目光去透视文化发展的轨迹,也以此去透视文化的价值。他扎实的文字学知识和他作为新诗人的激情与想象力,使他的学术研究如虎添翼。他透过甲骨文、金文,透过《尔雅》,看到了文化中的民俗,看到了民俗中的文化,自然也看到了存在其中的民间传说和歌谣。诸如《卜辞研究》《契文疏证》《金文杂识》《尔雅新义》等,体现出他特有的严谨,充分展现他的卓识与发现。同时,他更关注深刻影响着现实生活的民俗事项,诸如他对民间常见的数字"七十二"的考证,发现"'七十二'是一年三百六十日的五等分数,而这个数字乃是由五行思想演化出来的一种术语",发现"后稷是农业之祖"使用祭仪与"黄帝是五帝中的中心人物"等神话传说与此数字崇拜的联系。[2] 又如他对"端午"这一民间节日的考证和阐释。就这一问题,闻一多曾经写过《端节的历史教育》和《端午考》。在《端节的历史教育》中,他意在解答"端午那天孩子们问起粽子的起源"。他引

---

[1] 闻一多:《周易编》,孔党伯、袁謇正主编《闻一多全集》第 10 卷,湖北人民出版社 1994 年版,第 255—292 页。

[2] 闻一多等:《"七十二"》,《国文月刊》,1943 年 7 月第 22 期。

《续齐谐记》中的屈原传说,诸如"屈原五月五日投汨罗而死,楚人哀之,每至此日,以竹筒贮米投水祭之",祭祀所遗"苦为蛟龙所窃","世人作粽,并带五彩丝及楝叶"等"汨罗之遗风",具体解读"端午节中心的意义"与"龙的故事"的联系,即"竞渡和吃粽子"的传说意义的阐释。同时,他围绕"古代吴越人'断发文身'"与龙崇拜"这习俗的意义",用"十足的图腾主义式的心理"来结合史实述说"端午本是吴越民族举行图腾祭的节日",其"起源远在屈原以前"。他说:

> 凡属于某一图腾族的分子,必在自己身体上和日常用具上,刻画着该图腾的形状,以图强化自己和图腾间的联系,而便于获得图腾的保护。古代吴越民族是以龙为图腾的,为表示他们"龙子"的身份,藉以巩固本身的被保护权,所以有那断发文身的风俗。一年一度,就在今天,他们要举行一次盛大的图腾祭,将各种食物,装在竹筒,或裹在树叶里,一面往水里扔,献给图腾神吃,一面也自己吃。完了,还在急鼓声中(那时许没有锣)划着那刻画成龙形的独木舟,在水上作竞渡的游戏,给图腾神,也给自己取乐。这一切,表面上虽很热闹,骨子里却只是在一副战栗的心情下,吁求着生命的保障……这便是最古端午节的意义。[1]

在《端午考》中,闻一多引述众多的典籍来阐释端午这一"龙的节日"及其相关的"风俗与传说"。在《续齐谐记》《荆楚岁时记》《襄阳风俗记》等典籍中,都曾经提及屈原传说与龙的联系,闻一多将之与北方端午的传说及其"所暗示与龙的关系"相比较,分析其中的介子推的故事、伍子胥的故事、越王勾践的故事、孝女曹娥的故事等,他说,"书传中关于端午的记载,最早没有超过东汉,而事实上吴、越一带的开辟也是从这时开始的",从而推

---

[1] 闻一多:《端节的历史教育》,昆明《生活导报》,1943年7月3日第32期。

测"端午可能最初只是长江下游吴、越民族的风俗,自从东汉以来,吴、越地域渐被开辟,在吴、越文化与中原文化的对流中,端午这节日才渐渐传播到长江上游以及北方各地"。同时,闻一多还认真考察了"端午与五行""彩丝系臂""守宫""龙舟"等民俗现象。他说,"五行中最基本的观念是五方,而五方是一种社会政治组织形态的符号,兼宗教信仰的象征";"由图腾崇拜演化为祖宗崇拜,于是五色龙也就是五色帝。宗教信仰到了祖宗崇拜的阶段,社会组织也由图腾变为国家,所以五帝是天神,又是人王。图腾时期,四支族的四龙各治一方,而以团族的一龙为中央共主,所以有五龙分治五方之说",由此便产生"黄帝立四面的传说";"龙的数一开始就是五",在此基础上,即图腾社会背景下,"五"这个神圣的数字发展成"支配后来数千年文化的五行思想",与"作为四龙之长的中央共主是第五条龙",便有了五月五日即"端五""重五""端午"。他还说,"彩丝系臂,想来当初也是以象龙形的","龙舟竞渡应该是史前图腾社会的遗俗"。[1] 应该说,这是迄今为止运用民俗学理论阐释端午这一民间节日嬗变及其价值意义最令人满意的文章。其《楚辞》研究系列著述,也是同样。

道教是中国土生土长的宗教,在文化发展中尤具有典型性,既体现出古老的原始信仰,又吸收了老庄的文化思想,更重要的是它弥散在最广大的民间百姓之中,化生成至今仍生生不息的自然崇拜、灵魂崇拜等民间信仰。闻一多十分重视宗教生活与民间文化的密切联系,他在《道教的精神》和《道家的精神》等著述中认真探讨这一文化现象。他在《道教的精神》中说,"自东汉以来,中国历史上一直流行着一种实质是巫术的宗教,但它却有极卓越的、精深的老庄一派的思想做它理论的根据,并奉老子为其祖师,所以能自称为道教";在论及有人将道教与道家相割裂或以为道教是堕落了的道家时,他说,"这种人可说是缺少了点历史眼光"。那么历史的目光应该盯住

---

[1] 闻一多:《端午考》,《文学杂志》,1947年8月第2卷第3期。

什么呢？在他看来，"道家思想必有一个前身，而这个前身很可能是某种富有神秘思想的原始宗教，或更具体点讲，一种巫教"，它和道教在基本性质上"无大差别"，即"古道教"；在这种背景下，东汉以来的新道教，与其说是"堕落了的道家"，"不如说它是古道教的复活"，"从古道教到新道教是一个系统的发展"，而"道家"便与"道教"有了割不开的联系。他以《庄子》的《内篇·逍遥游》中的"藐姑射之山有神人居焉"、《齐物论》中的"至人神矣"这些带有神话色彩的故事，借以证明自己所说的"灵魂不死的信念，是宗教的一个最基本的出发点"，即"人格化了的灵魂"。他又以《国语·鲁语》中所载的"防风神话"为例，去证明"古代东方民族所谓山川之神乃是从前死去了的管领那山川的人，而并非山川本身"，即"道家的全部思想是从灵魂不死的观念推衍出来的"。最后，他热情赞扬"古道教"的"超卓"、"伟大"和"美丽"。[1]这其实是对生命哲学的深刻思索。同时，闻一多还著有《道家的精神》，在内容上与《道教的精神》有相通之处，又有一些不同。在研究方法上，闻一多注意到对于庄子时代的心理观念应于"《庄子》内七篇思想所寄托的外壳"即"神话、传说、成语、术语"来寻求，同时，他还注意到"原始思想及其发展"，诸如"灵魂观念"的产生与行为化、祈求永生的祭祀手段，以及"一般的原始色彩""原始思想的遗痕"和"原始思想的来源"等与民俗生活有密切联系的内容。[2]

用民俗学的目光审视文化发展及其内容，这种方法在中国现代民间文学史上并不是闻一多首创。在他之前，周作人、胡适都曾运用过这种方法；但是，在对民间文化的考据与阐释上，尤其是对古文字的研究，成功地使用民俗学的方法并与历史学、语言学、社会学等多种学科理论相结合，确实数闻一多的成就最为突出。细数闻一多早年参加中华戏剧改进社，后来参加

---

[1] 闻一多：《道教的精神》，昆明《中央日报》副刊《人文科学》，1941年1月13日第2期、1941年1月20日第3期。

[2] 见闻黎明、侯菊坤编：《闻一多年谱长编》，湖北人民出版社1994年7月第1版，第600—603页。

西南文化研究会,热心为《西南采风录》写序,包括他运用民俗学的方法研究古典文学等活动,都可见他对中国文化建设的科学态度与热诚。

第三节 神话传说研究

闻一多的神话传说研究不仅仅是一项纯粹的学术事业,也倾注着他对民族的爱,当然这常常迸发出激情的爱并不影响他对民族文化的准确把握。尤其是在神话研究的方法上,他大胆吸收人类学、民族学等学科的理论成果,实现了对现代神话学理论的重要突破。我国历史文化典籍中是有过"神话"这一概念的,见于明代汤显祖编撰的传奇小说;回眸现代神话学体系的建立,世纪之初的蒋观云首次使用了现代神话学中的"神话"概念,[1]经过周作人他们的努力,初步形成中国现代神话学这一理论框架,后来又有黄石、谢六逸和茅盾他们对西方神话学的系统翻译,以茅盾的神话研究为标志,中国现代神话学达到第一个高峰。但是,真正在神话研究中占据主导地位的,无可讳言,相当长一个时期里还是以顾颉刚为代表的"古史辨学派"。"古史辨学派"在我国现代学术史上的贡献是异常重要而突出的,但是,他们更多的停留在"辨伪"的工作中,唯文献是用,排斥了口头传说这极其珍贵的材料。虽然他们对现代神话学的建立起到不可缺少的奠基作用,但他们在事实上也阻碍了中国现代神话学的迅速发展。那么,在理论上如何实现对"古史辨学派"的超越,就有了更为特殊的意义。在民俗学,包括神话传说的研究上,顾颉刚并不是一味排斥口头传说材料的;例如,他曾经参与和主持过对北京妙峰山的香火会进行的科学考察,在孟姜女传说研究和吴歌研究上广泛采用口头资料。但是,顾颉刚是把神话当作历史来研究的,如其在《与钱玄同先生论古史书》中所说,他"蓄意要辩论中国的古史,比崔

---

[1] 见观云:《神话·历史养成之人物》,《新民丛报》《谈丛》,1903年第36号。

述更进一步",他"很想做一篇《层累地造成的中国古史》,把传说中的古史的经历详细一说",即"时代愈后,传说的古史期愈长","时代愈后,传说中的中心人物愈放愈大",要"知道某一件事在传说中的最早的状况"。[1] 在这一点上,鲁迅早就提出批评,提倡注意当代流传的诸如其家乡的太阳神话一类活在民间口头的传说材料,更重要的是要正视文字与口头传说的先后关系问题。[2] 顾颉刚不但不重视这些口头传说应有的价值,甚至把"自从汉代交通了苗族,把苗祖的始祖传了过来,于是盘古成了开天辟地的人,更在天皇之前"看作是"胡乱伪造的史"。[3] 闻一多十分清醒地认识到神话的史学价值及其作为文化思想的意义,曾提出"历史上有过三个大的思想体系:神话的,宗教的,科学的","其间第一个体系也许是最有统一性最能包罗万象,最能解释宇宙的整体","人类并非为纯粹的求知欲而创造这个思想体系。其主要的动机乃是出于支配宇宙的实际需要"即"人必需对人、动物及一切物体及其精灵有控制权"。[4]

闻一多的神话观在《中国上古文学》中表现得异常鲜明:

> 神话不只是一个文化力量,它显然也是一个记述。是记述,便有它文学(的)一方面。它往往包含以后成为史诗、传奇、悲剧等等的根苗,而在文明社会的自觉的艺术以内,被各民族的创作天才利用到这种方面去。有的神话只是干燥的陈述,几乎没有任何起转与戏情,另外一些则显然是戏剧性的故事。例如社会的优先权,法律的证书,系统与当地权利的保障,都不会在感情领域进行多远的,所以没有文学价值的要素。信仰,在另一方面,不管是巫术信仰或宗教信仰,则与人类深切的欲求,恐惧与希

---

[1] 顾颉刚:《与钱玄同先生论古史书》,《读书杂志》《努力》增刊,1923 年 5 月第 19 期。
[2] 参见鲁迅:《门外文谈》,上海天马书店 1935 年 9 月版。
[3] 顾颉刚:《与钱玄同先生论古史书》,《读书杂志》《努力》增刊,1923 年 5 月第 19 期。
[4] 见刘烜:《闻一多评传》,北京大学出版社 1983 年版,第 274—275 页。

望,热情与情操等等关系密切。爱与死的神话,失掉了"黄金时代"一类故事,以及乱伦与黑巫术的神话,则与悲剧、抒情诗、言情小说等艺术形式所需要的质素相合。[1]

同时,他还提出"神话传说的社会功能",以为"文化愈浅演愈不能没有神话传说"。[2]这就明显避免了单纯将神话作为历史阶段的不足,也纠正了无视神话与社会生活发展的联系而仅仅把它作为一种精神现象的偏颇。

1942年5月,正值抗日战争的最后阶段,闻一多应邀为云南省地方行政干部训练团讲演"神话及中国文化",有细心的研究者整理出与此讲演相关的《神话与古代文化》。[3]这是一份讲演提纲,从中可见闻一多是从"历史教育与民族意识"的大背景来谈论神话与古代文化的关系的;他提出"过去历史教育的缺点",即"过去无历史教育""以读经法读史""非事实的认识""非整个民族的认识""非文化全面的认识""非文艺式的讲述",进而他提出"今后的危机";在论及"近代史学的新发展"时,他提到"历史观念的革新",即以"整个民族"和"全面文化"为对象,以"文艺式的讲述"为手段,以"民族情绪的激发"为目的,求得"事实的认识";他提出"考古学"和"民俗学"的"新旧材料融合研究",注意到"神话与古代民俗"的联系。这里,他重点讲述了禹、鲧、共工"三个治水人物及其方法"的神话,分析"传说的演变及其背景"即"倾地"作为纯神话的意义,"堙塞"与"逃避自然"、"壅防"与"抵抗自然"、"疏导"与"利用自然"的含义;他把"倾地传说"作为"一个被遗忘的洪水故事",注意到"开辟后洪水"中的"世界各民族的故

---

[1] 闻一多:《中国上古文学》,孔党伯、袁謇正主编《闻一多全集》第10卷,湖北人民出版社1994年7月版,第43页。

[2] 闻一多:《中国上古文学》,孔党伯、袁謇正主编《闻一多全集》第10卷,湖北人民出版社1994年7月版,第43页。

[3] 闻一多:《神话与古代文化》,闻黎明、侯菊坤编《闻一多年谱长编》,湖北人民出版社1994年7月版,第634—637页。

事都从洪水说起"和它们"皆不如我国倾地传说的巧妙与伟大"的内容,并从"宇宙的结构"为背景分析"八山为柱""八极""旋转的盖天""天中与地中不对值"和"洪水故事""争帝说"等与神话相关的内容。在进行"传说的评价"时,他注意到"天文、地理、历史三个问题"、"文学与科学的萌芽"等。[1] 显然,他将神话研究纳入了认识中国文化、建设和发展中国文化的更广大的视野,这自然胜过一般困守书斋而无视文化发展的学者的见解。类似的未刊文献还有许多,如 1942 年 12 月 17 日闻一多在中法大学讲演"神话与诗",此讲演手稿中可见他对"巫术的分类与举例""神话——巫术的保状与证书"等问题的关注,[2] 从另一种方面可以看到他的神话学思想。浦江清记述了这次讲演,描述其内容"大意为神话告终而诗出","神话与魔术时代,人觉无所不能,理想之境界皆可达到","诗人时代则感觉人生之能力有限,而多悲观之思想"。[3] 关于闻一多研究神话的学术方法,后来王瑶在《念闻一多先生》中回忆说,"在'中国古代神话研究'班上,他要求学生各选定一个古代神话故事的题目,从类书中先把有关材料摘录出来,再复查原书,将材料按时代先后排序,分析其繁简情况及有无矛盾现象,然后再考察它的来源和流变过程,写出一个报告"。[4] 闻一多如此要求他人,他自己也是这样严格要求自己从严治学,并构成其学术特点。

闻一多异常注意将神话研究置于文化大背景中,尤其注意神话传说与其他文化现象,包括文学发展的具体联系。诸如其《高唐神女传说之分析》《伏羲考》《姜嫄履大人迹考》《神仙考》《龙凤》和《两种图腾舞的遗留》等,特别是结合《楚辞》所进行的神话与诗歌文化关系的研究,成为中

---

[1] 闻一多:《神话与古代文化》,闻黎明、侯菊坤编《闻一多年谱长编》,湖北人民出版社 1994 年 7 月第 1 版,第 634—637 页。
[2] 见闻黎明、侯菊坤编:《闻一多年谱长编》,湖北人民出版社 1994 年 7 月第 1 版,第 653—654 页。
[3] 浦江清:《清华园日记　西行日记》,三联书店 1987 年 6 月第 1 版,第 204 页。
[4] 王瑶:《念闻一多先生》,李镇淮编《闻一多研究四十年》,清华大学出版社 1988 年 8 月版,第 135—136 页。

国现代神话学发展中的一个夺目的亮点。诸如《司命考》《九歌释名》《九歌杂记》《东皇太一考》《天问疏证》等,几乎可看作是闻一多的"楚辞神话学"。[1] 当然,其成就最突出的还是《伏羲考》。

《高唐神女传说之分析》是闻一多在神话传说研究方面发表较早的一篇具有完整系统性特点的文章。在这里,闻一多集中分析了高唐神女的传说构成及其神话学意义。他首先从《诗经·曹风》中的《候人》谈起,以求索"高唐神女"的"底蕴"。他围绕着诗中的"维鹈在梁,不濡其咮。彼其之子,不遂其媾"展开论述,对"鱼"和"饥"与生殖崇拜、性崇拜的联系进行多层透视,发现其内容同禹与涂山氏的神话相近,即与"候人兮猗"歌声所表达的情感相近。接着,他对《候人》与《高唐赋》进行具体比较,发现"朝隮"与"朝云"有着共同的神话来源,并对"隮""虹与美人"等内容详细考释,称"虽然神话存在的证件有不同的方式,可是揣想起来,神话仍当是很久远的存在过,亘千有余年的而未曾间断的存在过";他说,"朝云的神话在《诗经》时代已经产生了","楚高唐神女所在的巫山是在云梦中,而曹亦有地名梦"是因为"曹、卫曾经一度是楚民族的老家","所以二国的民歌中还保留楚民族神话的余痕";他赞同郭沫若关于"祖、社稷、桑林和云梦即诸国的高禖"的见解,但他对其"高唐是高禖之音变"的说法表示异议,他以为神话中的高唐变为高阳与"女人变为男人",是和"高禖变为高密","高密又由涂山变为禹"是"完全一致",即"楚民族的高唐(阳)以先妣而兼神禖,与夏民族的涂山氏同类"。最后,他结合历史地理、文化地理的理论方法,"按神话传说的分合无常的诡变性",将高唐神女与涂山氏视为"一人","同是人类的第一位母亲,同是主管婚姻与胤嗣的神道",并进一步证明"高禖的祀典"其"确乎是十足的代表着那以生殖机能为宗教的原始时代的一种礼俗","文明的进步把羞耻心培植出来了,虔诚一变而为淫欲,惊畏一变而为

---

[1] 关于闻一多"楚辞神话学"问题,我将在他处详述,此略。

玩狎,于是那以先妣而兼高禖的高唐,在宋玉的赋中,便不能不堕落成一个奔女了"。[1]闻一多凭借着其对文献材料的熟稔,不断拓展自己的学术视野,特别重视民间信仰的意义,形成自己的特点,也形成自己独特的优势。如其《姜嫄履大人迹考》中对"伏羲履迹而生,后稷亦履迹而生"与"秦因犬戎之俗祭伏羲于畤,亦周祭后稷于畤之比"的论述;[2]其《龙凤》和《两种图腾舞的遗留》等文章,也都是从此出发。

　　《伏羲考》是体现闻一多神话学思想最为典型的著述。这部著述的完成,从其写作背景上我们可以看到闻一多经过相当长时期的准备。如其未刊手稿中所保存的一份与此相关的提纲,[3]从另一个方面表现出他的基本立场与基本方法。这份提纲中,闻一多首先提到"科学与神话"在我国"二者皆不发达"的状况,而"由历史的立场国人已知注意古代科学的萌芽";同时,他提及"抗战中西南原始民族神话之发现""顾颉刚累层式的古史说及古史作伪说"与"神话亦渐被注意"等内容;他特别开列出几个神话词组,诸如"夏、尧舜、黄帝、伏羲、盘古""西南神话中的伏羲女娲与太一(元始天尊、太上老君、玉皇大帝)"和"从邻族借来的古史盘古(东南)伏羲(西南)";最后他又提及"虚构古史有其历史的必然性"等内容。由此可见他对这些问题的思索。在其未刊手稿中,还有诸如"图腾"等名目的开列。手稿显示的内容表明闻一多深思熟虑的过程。整个《伏羲考》原来也是散存的,其《引论》和《从人首蛇身像谈到龙与图腾》部分完成于1942年11月,后者发表于同年12月第1卷第2期的《人文科学学报》。另外数篇在闻一多生前未能发表,朱自清在编《闻一多全集》时,将此系列论文整理,合编成这篇《伏羲考》。

---

[1] 闻一多:《高唐神女传说之分析》,《清华学报》,1935年10月第10卷第4期。
[2] 闻一多:《姜嫄履大人迹考》,昆明《中央日报·史学》,1940年3月5日第72期。
[3] 该提纲应是《伏羲考》的准备,见闻黎明、侯菊坤编《闻一多年谱长编》,湖北人民出版社1994年7月版,第651—652页。

《伏羲考》由《引论》《从人首蛇身像谈到龙与图腾》《战争与洪水》《汉苗的种族关系》《伏羲与葫芦》及附表（一、二、三）组成。[1] 其《引论》部分，开篇就提到"伏羲与女娲的名字，都是战国时才开始出现于记载中的"，"关于二人的亲属关系，有种种说法"，其中"最无理由，然而截至最近以前最为学者们乐于拥护的一说，便是兄弟说"，他说，这种说法"出于学者们的有意歪曲事实"，与之相对"较早而又确能代表传说真相的一说"就是"兄妹说"，"次之是夫妇说"。他在这里说：

> 夫妇说见于记载最晚，因此在学者心目中也最可怀疑。直至近世，一些画象（像）被发现与研究后，这说才稍得确定。这些图像均作人首蛇身的男女二人两尾相交之状，据清代及近代中外诸考古学者的考证，确即伏羲、女娲，两尾相交正是夫妇的象征。但是，依文明社会的伦理观念，既是夫妇，就不能是兄妹，而且文献中关于二人的记载，说他们是夫妇的，也从未同时说是兄妹，所以二人究竟是兄妹，或是夫妇，在旧式学者的观念里，还是一个可以争辩的问题。直至最近，人类学报告了一个惊人的消息，说在许多边疆和邻近民族的传说中，伏羲、女娲原是以兄妹为夫妇的一对人类的始祖，于是上面所谓可以争辩的问题，才因根本失却争辩价值而告解决了。总之，"兄妹配偶"是伏羲、女娲传说的最基本的轮廓，而这轮廓在文献中早被拆毁，它的复原是靠新兴的考古学，尤其是人类学的努力才得完成的。

这段论述其实就是闻一多自己理论研究方法的介绍。也就是说，伏羲、女娲的兄妹婚神话关系的发现，依赖于两者，一是图像作为基础的考古学

---

[1] 闻一多：《伏羲考》，孔党伯、袁謇正主编《闻一多全集》第3卷，湖北人民出版社1994年7月版，第58—131页。

"复原",一是"人类学"的研究,而更重要的还在于后者,极大地超越了唯文献的书斋式方法。他说,"考古家对本题的贡献,是由确定图中另一人为伏羲的配偶女娲,因而证实了二人的夫妇关系","人类学可供给我们的材料,似乎是无限度的";他举芮逸夫的《苗族的洪水故事与伏羲女娲的传说》,[1]和常任侠的《沙坪坝出土之石棺画像研究》[2]两篇文章为例,称前者立场是"人类学"的,后者是"考古学"的,并总结其所载口头传说的中心母题为"洪水来时,只兄妹(或姊弟)二人得救,后结为夫妇,遂为人类的始祖",称他们的研究"新奇""有趣"。闻一多强调道,"人类学对这问题的贡献,不仅是因那些故事的发现,而使文献中有关二人的传说得了印证,最要紧的还是以前七零八落的传说或传说的痕迹,现在可以连贯成一个完整的有机体了",即"从前是兄妹,是夫妇,是人类的创造,是洪水等等隔离的,有时还是矛盾的个别事件,现在则是一个整个兄妹配偶兼洪水遗民型的人类推源故事"。他格外赞赏芮文"论列的尤其精细,创见亦较多",但他又表明自己"于神话有癖好","对于广义的语言学(Philology)与历史兴味也浓",所以"其立场显与二家不同"。他承认自己在材料使用上"多数根据于二文",把芮、常二人作为自己的"先导",可见他受二人的重要影响。

在《从人首蛇身像谈到龙与图腾》中,他结合文献考察了伏羲女娲"蛇身"的记述,着重探讨了"人首蛇身式的超自然的形体,究竟代表着一种什么意义"和"它的起源与流变又如何"这些"似乎从未被探讨过的问题"。他具体论述道,"总观上揭所有的人首蛇身神的图象与文字记载,考其年代,大致上起战国末叶,下至魏晋之间",此时正是"古帝王的伏羲、女娲传说在史乘中最活跃的时期","大概从西汉末到东汉末是伏羲、女娲在史乘上最煊赫的时期",而到三国时因徐整《三五历记》中盘古传说的"出现","伏羲的地位

---

[1] 芮逸夫:《苗族的洪水故事与伏羲女娲的传说》,国立中央研究院历史语言研究所《人类学集刊》,1938年第1卷第1期。

[2] 常任侠:《沙坪坝出土之石棺画像研究》,《说文月刊》,1940年第1卷第10、11期合刊。

便开始低落了",那么,"史乘上伏羲、女娲传说最活跃的时期,也就是人首蛇身的画象与记载出现的时期,这现象也暗示着人首蛇身神即伏羲、女娲的极大可能性"。在他看来,"不但人首蛇身象的流传很早,连兄妹配偶型的洪水故事,在汉族中恐怕也早就有了"。接着,他论述了"二龙传说""图腾的演变"和"龙图腾的优势地位"等问题。他揣想"在半人半兽型的人首蛇身神以前,必有一个全兽型的蛇神的阶段",他考察的结果则是那些"见于文字记载和造型艺术的二龙,在应用的实际意义上,诚然多半已与原始的二龙神话失去连系,但其应用范围之普遍与夫时间之长久,则适足以反应那神话在我们文化中所占势力之雄厚","这神话不但是褒之二龙以及散见于古籍中的交龙、螣蛇、两头蛇等传说的共同来源,同时它也是那人首蛇身的二皇——伏羲、女娲,和他们的化身——延维或委蛇的来源",而神话本身则是"荒古时代的图腾主义(Totemism)的遗迹"。在考察龙蛇之间的文化联系时,他说:

> 然则龙究竟是个什么东西呢?我们的答案是:它是一种图腾(Totem),并且是只存在于图腾中而不存在于生物界中的一种虚拟的生物,因为它是由许多不同的图腾糅合成的一种综合体。因部落的兼并而产生的混合的图腾,古埃及是一个最显著的例。在我们历史上,五方兽中的北方玄武本是龟蛇二兽,也是一个好例。不同的是,这些是几个图腾单位并存着,各单位的个别形态依然未变,而龙则是许多单位经过融化作用,形成了一个新的大单位,其各小单位已经是不复个别的存在罢了。前者可称为混合式的图腾,后者化合式的图腾。部落既总是强的兼并弱的,大的兼并小的,所以在混合式的图腾中总有一种主要的生物或无生物,作为它的基本的中心单位,同样的在化合式的图腾中,也必然是以一种生物或无生物的形态为其主干,而以其他若干生物或无生物的形态为附加部分。龙图腾,不拘它局部的像马也好,像狗也好,或像鱼,像鸟,像鹿都好,它的主干部分和基本形态却是蛇。

这是闻一多对中国神话发展演变及其实质内容的准确把握与全面概括，也是他对中国文化的历史构成的一个重要发现。按照他的图腾演变理论，在众多图腾并存的时代，蛇图腾的力量最为强大，从而产生了其兼并和同化其他图腾的结果。所谓"龙的基调还是蛇"，正表明"图腾未合并以前，所谓龙者只是一种大蛇"，其兼并吸收"许多别的形形色色的图腾团族"，也就接受了"兽类的四脚，马的头，鬣的尾，鹿的角，狗的爪，鱼的鳞和须"，"于是便成为我们现在所知道的龙了"。与之相伴的，就是龙族的诸夏文化成为我们"真正的本位文化"，龙也就成为"我们立国的象征"。

　　对于龙的文化透视，包括其中的图腾分析与文献疏证，闻一多打开了研究中国文化的一道神秘的大门。在《战争与洪水》《汉苗的种族关系》和《伏羲与葫芦》等部分，闻一多仍然采用文化透视的方法。他详细梳理和挖掘了"洪水遗民故事"中"洪水不过是一种战略，或战祸的顶点"，以及洪水故事所包含的社会历史发展的诸多内容；他透过图腾，看到伏羲氏与夏后氏"最初同属于一个龙图腾的团族"等内容；尤其是在《伏羲与葫芦》中，他看到"在中国西南部（包括湘西、贵州、广西、云南、西康）诸少数民族中，乃至在域外，东及台湾，西及越南与印度中部，都流传着一种兄妹配偶型的洪水遗民再造人类的故事"，其母题中包含着"原始智慧的宝藏，原始生活经验的结晶"，即"原始人类从不为故事而讲故事，在他们任何行为都是具有一种实用的目的"，他从中发现"伏羲、女娲果然就是葫芦"。还值得我们重视的是其附表，在统计设计上，他分别列出"流传地域与讲述人""童男""童女""家长""仇家""赠遗""洪水""避水""占婚""造人"和"采集者等栏目，给人以精确的数据。[1]

　　我们也不得不承认，由于时代的局限，特别是材料上的限制，闻一多的

---

[1] 闻一多：《伏羲考》，孔党伯、袁謇正主编《闻一多全集》第3卷，湖北人民出版社1994年7月版，第58—131页。

《伏羲考》主要使用芮逸夫他们在当时搜集到的资料,闻一多没有,也不可能注意到更广大地区,特别是民族文化的重要集结地中原地区的口头传说,所以就难免在论述中出现一些偏颇。况且,文化人类学的方法本身也存在一些问题。但无论如何,他对伏羲神话及其文化背景与文化价值、功能的论述,在总体上是正确的。特别是他对龙图腾的研究,对于推动中国现代神话学的发展具有非常重要的作用。闻一多对现代民间文学理论体系的巨大贡献,不仅表现在研究方法和理论建树上,更重要的是其研究目的与文化立场。朱自清曾饱含深情地评价闻一多的神话传说研究,说,"闻先生研究伏羲的故事或神话,是将这神话跟人们的生活打成一片","关于伏羲的故事,他曾将许多神话综合起来,头头是道,创见最多,关系极大","他研究《楚辞》里的神话,也是一样的态度",在闻一多的研究中,"神话不是空想,不是娱乐,而是人民的生命欲和生活力的表现。这是死活存亡的消息,是人与自然斗争的纪录,非同小可","他的研究神话,实在给我们学术界开辟了条新的大路"。[1]在闻一多研究神话,著述甚丰的岁月,即抗日战争的最后一段时期,应可称为中国现代神话学发展中的"闻一多时代",它不但光耀当代,而且泽被后世。直到今天,我们还在沐浴着闻一多先生的辉泽。

而更重要的是,闻一多保持着一个知识分子的爱国心、责任心,在大是大非面前,其一直秉持"向人民学习"的理念。在这一方面,闻一多是时代的光荣。有人指责闻一多太亲近政治,影响了其学术的纯洁性,其实是一叶障目。

---

[1] 朱自清:《中国学术的大损失——悼闻一多先生》,《文艺复兴》1946年8月第2卷第1期。另见《闻一多先生与中国文学》,《国文月刊》,1946年8月20日第46期。

第八章
民间文艺学与俗文学问题:郑振铎

郑振铎是中国现代文化史上的一位巨人。他不仅是一位杰出的作家,卓越的编辑出版家,而且是一位优秀的理论家和翻译家,一位为了中华民族独立、民主、自由和富强而忘我奋斗的社会活动家。他还是中国民间文学研究的重要领导者,1958年7月被选为中国民间文艺研究会副主席。他的民间文学观所具有的意义并不囿于文学发展,而是融入了他光彩夺目的一生。他对民间文学历史的研究尤其引人注目,他的《中国俗文学史》是继胡适《白话文学史》之后我国民间文学史的又一座高峰。俗文学,按照一般学者的理解,是指民间文学和通俗文学两种基本内容的融合;郑振铎从这一视角出发,深入探索,他是现代学术史上第一位全面理清这一内容的学者。不用说,郑振铎是一位成就斐然的民俗学家、神话学家,一位站立在中外文化发展峰巅审视民间文学、通俗文学、作家文学如何相互影响、共同发展的文学史家。应该说,他是我国现代民间文学史上一位难得的学养深厚的集大成者;这样一位百科全书式的学者以他独特的视角和卓越的见解,将现代民间文学理论体系的建立、发展与完善推向一个新阶段。他的学术思想是我们异常珍贵的财富。

纵观郑振铎的民间文学观结构,可以看到其内容基本上可以划分为这样几个方面,即:一、儿童文学与民间文学;二、俗文学视野中的民间文学;三、文学发展中的民间文学;四、对域外民间文学的翻译和介绍及其神话研究中的民俗学方法。尤其重要的是第二个方面,他的《中国俗文学史》成为我国现代民间文学理论发展中的一部经典性著作,代表着同时代的理论水平。郑振铎不但是一位具有真知灼见的理论家,而且是民族文化包括民间文学遗产抢救与保护的先驱,如其自编自印《中国版画史图录》,被称为"创举"。他曾经搜集整理大量民间文学典籍进行细致钩沉,而且深入民间社会进行民俗学的考察。如1934年7月7日至8月23日,郑振铎与冰心、吴文藻、顾颉刚、雷洁琼等一批作家、社会学家、历史学家、民俗学家组成"平绥沿线旅行团",对绥远、大同和包头等地进行综合考察,调查这些地区的历史文化遗迹和民俗文化生活特点。这是我国现代民俗学史上一次十分有意义的科学考察,其意义是不低于北京妙峰山香火会考察的。郑振铎在《西行书简》中记述了这些内容,成为我们今天民俗学研究的珍宝。

第一节　儿童文学与民间文学

郑振铎在青年时代就怀抱着拯救民族于水火的理想抱负,是五四爱国运动的积极参加者,"福建学生抗日联合会"的领导者,与人一起组织"救国演讲周刊社",创办《救国演讲周刊》《新社会》《人道》《文学旬刊》和《儿童世界》等刊物,更不用说他和沈雁冰等人所发起成立的我国最早的新文学团体"文学研究会",对整个新文学事业的发展产生了深刻的影响。他尤其重视儿童文学,在他的创作生涯中,其第一首诗便是《我是少年》。1921年他热情澎湃地写作《〈儿童世界〉宣言》,批评旧的儿童教育"刻板庄严",读物"实在极少",宣称出版《儿童世界》的宗旨"就在于弥补这个缺憾"。他把刊物的内容分为"十类",其中有"诗歌童谣",着重提出"采集各地的歌谣",同时还提出"因为儿童心理与初民心理相类,所以我们在这个杂志里更特别多用各民族的神话与传说"。[1] 在当时,儿童教育确实都是"注入式"

---

[1]　郑振铎:《〈儿童世界〉宣言》,《时事新报》副刊《学灯》,1921年12月28日。

的,儿童刊物有商务印书馆的《少年杂志》和中华书局的《中华童子界》,但都"老气横秋"。在商务印书馆编译所高梦旦的支持下,郑振铎创办了我国现代报刊史上最早的儿童文学专栏《时事新报》的副刊《学灯》"儿童文学"专栏及我国最早的儿童文学专刊《儿童世界》周刊,并与人组织成立我国第一个儿童文学研究会。在《儿童世界》最初的几期,我们可以看到除"许地山作曲"或"叶绍钧作歌"的歌曲外,大部分都是郑振铎一人的作品,诸如童话、故事、寓言、儿歌和谚语等形式,贯穿着他在"宣言"中提出的主张。《儿童世界》以民间文学作品为主要内容,有力地推动了现代儿童教育和儿童文学的发展。如在他的影响下,叶绍钧(叶圣陶)、赵景深、顾颉刚、胡愈之、胡怀琛、胡绳、周建人、耿济之、谢六逸等人,都积极参与《儿童世界》,或发表翻译、搜集整理的民间文学作品,或模仿民间文学创作形式进行儿童文学创作。叶绍钧是我国现代文学史上重要的儿童文学作家,他的《稻草人》是一部童话故事集,其中的许多作品都曾经在郑振铎主编的《儿童世界》上发表过。《儿童世界》保存了相当丰富的民间文学作品,与《歌谣周刊》《民俗周刊》等期刊一样,是我国现代民间文学的重要阵地。郑振铎在《儿童世界》上发表了许多自己创作的童话和儿歌作品,如其长篇故事《巢人》的连载,在当时影响不小,他还整理、翻译介绍了许多域外民间故事作品,开阔了儿童教育和儿童文学的视野。应该说,这是我国现代文化史上将儿童教育、儿童文学与民间文学相结合的一个成功范例。

  儿童文学的根本任务在于表现儿童生活,服务和提高儿童审美与道德及其接受和掌握多种文化知识的能力。郑振铎非常重视其中的启蒙作用。他在《中国儿童读物的分析》中,深入考察了"从《三字经》到《千字文》到《历代蒙求》"的历史发展,指出"在旧式的科举制度不曾改革以前,中国的儿童教育简直是谈不上的",即使有,也不过是"注入式的教育、顺民或忠臣孝子的教育而已",是"以养成顺民或忠臣孝子为目的,而以注入式的教育方法为一成不变的方法","要将儿童变成了'小大人'","他们根本蔑视有所谓儿童时代,有所谓适合于儿童时代的特殊教育"。他说,"中国旧式的儿童教育,简直是一种罪孽深重的玩意儿,除了维持传统的权威和伦理观念(或可以说是传统的社会组织)以外,别无其他的目的和利用","他们是很早的便在训练'顺民',一个小小的'顺民',足为一姓的家奴或一个野蛮民族的最好的被征服的奴隶或'顺民'的",而"只有一小部分的智慧的故事,儿童们也许还会感觉到些趣味","可是,在其中,也是参透着成人们的道德和修改的笔法的",那么,在这样的教育条件下,便只有"家奴不至反抗,而外贼却不时的乘虚而入,以更巧妙的方法来统治中国"。在他所看来,"聪明的故事,似最为儿童们所喜",这些故事"大都是可以启发儿童智慧的聪明的小故事;像称象,向日,司马光破瓮救小儿,以及灌水浮球一类的事;大都是儿童自身的故事,所带的成人的成分并不浓厚,也不怎样趋重于教训。故相当的还近于儿童的兴趣"。他说,"神童诗是要不得的","积极的建设国防的儿童教育,尽量的写作着适合于时代与国防的儿童读物是必须立刻着手去做的","如何创造出合适于'儿童时代'的需要,顺应着儿童生活的发展,而给他们以最适宜的滋养料,那是新时代教育家们所最应注意之的"。[1] 其中"最适宜的滋养料",自然是应该包含民间文学这类为儿童喜爱的内容。我以为,郑振铎的民间文学观在儿童文学中所体现的用一句话来概括,那就是尊重儿童,适应儿童,使儿童得到文明而健康的发展。

郑振铎尊重儿童的文化理念,其立足点在事实上与鲁迅一样,都是尊重民间。但是,这种尊重不是无原则的,而是以民主、科学为先导的新文化为前提。如郑振铎在给人的复信中曾表示,"儿童看的书,与成人看的不同。所以对于儿童文学的介绍,我向来不采用直译的方法;《儿童世界》上的文字,也想极力避免欧化的倾向。即偶然有些稍为欧化的文字,也都是儿童读来绝不费力的","儿歌和童谣都是以音节为重,而思想情绪次之的,所以有

---

[1] 郑振铎:《中国儿童读物的分析》,《文学》,1936年7月11日第7卷第1号。

许多歌谣,读来全无意义而却甚为儿童所欢迎。至于神秘一层,更不必故意避免。儿童是充满了幻想的。儿童文学中决不能——也不必——完全除掉一切神秘的原始的气味。"[1] 在《第三卷的本志》中,郑振铎"声明"《儿童世界》所抱的宗旨"一方面固是力求适应我们的儿童的一切需要,在别一方面却决不迎合现在社会的——儿童的与儿童父母的——心理。我们深觉得我们的工作,决不应该'迎合'儿童的劣等嗜好,与一般家庭的旧习惯,而应当本着我们的理想,种下新的影像,新的儿童生活的种子,在儿童乃至儿童的父母的心里","因此纯粹的中国故事,我们是十分谨慎的采用的","有许多流行于中国各地的故事是'非儿童的',是'不健全的'。我们虽然反对教训主义,对于那种养成儿童劣等嗜好及残忍的性情的东西却要极力的排斥"。"在别一方面,一切世界各国里的儿童文学的材料,如果是适合于中国儿童的,我们却是要尽量的采用的"。他以为,盲目排斥外国儿童读物,诸如格林童话、安徒生童话,这种做法"完全是蒙昧无知的",是"很可笑的,很有害的举动"。[2] 这在今天是很自然的,而在当时,旧文化泛滥肆虐儿童教育,几千年的奴才教育如铁箍一般束缚着儿童,由此可见郑振铎巨大的勇气。应该说,这与鲁迅"救救孩子"的呼声,与其所指出中国传统礼教的实质在于"吃人"在文化立场上是高度一致的。

郑振铎提出要尊重儿童文学和儿童教育的发展规律,要注意"精神上的粮食"的选择。他在《儿童读物问题》中指出,一定要注意到适应"儿童的年龄与身体的发展的程序",包括"情绪的发展的程序",不能盲目兜售。他强调神话传说故事的幻想性与儿童教育的相似,但又强调要有分别,不能简单将之融入儿童文学与儿童教育之中。他说:

---

[1] 郑振铎:《复周得寿函》,《儿童世界》,1922 年 9 月 23 日第 3 卷第 12 期。

[2] 郑振铎:《第三卷的本志》,《儿童世界》,1922 年 7 月 1 日第 2 卷第 13 期。

神话、传说、神仙故事等等，并不是为儿童而写的。他们是人类的童年时代的产物。固然人类的"童年时代"和今日的儿童，其间智慧和情绪有几分的相同处，却也并不能把野蛮时代的"成人"的出产物，全都搬给了近代的儿童去读。我们在其中必须有很谨慎的选择。

由此，我们想起周作人曾提出的民间歌谣所具有的"文学的""学术的"和"教育的"理论。郑振铎提倡用民间文学作品，但要"谨慎"运用于儿童文学，这种理论更全面。他在这里还举例说，诸如《伊索寓言》和中国周秦诸子书中的寓言"都是寓着极深刻的哲理与教训的"，"儿童未必懂"，所以这些"也不是恰当的儿童读物"，即使是童话，也不是"专为儿童而写的"，"最有名的童话作家安徒生之所作，便有一部分不适合于儿童的"。他引当年伦敦"儿童读物展览会"所讨论的儿童读物意见，说，"凡是儿童读物，必须以儿童为本位"，"要顺应了儿童的智慧和情绪的发展的程序而给他以最适当的读物"，对于"以神话、传说、民间故事、古人小说来充数的《儿童丛书》"，他说，"我们必须对他们致忠恳的警告"，"至少他们得看看别人流行于儿童间的是些什么读物"。[1] 这里的"别人"，应该指的主要是西方现代文明国家。毋庸赘述，在西方现代文明国家的发展中，儿童教育问题具有特殊的意义。当然，郑振铎还关注着世界上一些弱小民族的童话，借以启迪民智。如，1925年，他翻译的《天鹅童话集》《印度寓言》和《莱森寓言》皆由上海商务印书馆出版。郑振铎和鲁迅等人也翻译国外童话作品，从中看到西方民族在文化觉醒与独立发展中童话所起到的启蒙作用，自觉或不自觉地引入世界各民族的聪明智慧，使我国现代儿童文学事业迅速发展。在一些翻译作品的序或介绍文章中，郑振铎表现出自己的儿童文学理论及其民间文学观。如，他在《印度寓言》的《序》中对"童话"和"故事"所进行阐

---

[1] 郑振铎：《儿童读物问题》，《大公报》，1934年5月20日。

释,对二者的表现方式做出认真的比较,同时,他还借以对不同民族的寓言进行比较研究,深入探索寓言的起源、发展变化及其传播途径与传播规律。他在这里详细论述道:

> 寓言的历史,可追述到极古。它虽不是最初的文学方式,却是远古期传播最广的文学方式。寓言的起源,在人类有了表白他们的思想在具体的印象上的普遍冲动之时,与语言中之用比喻正是同时。当这时,世界还在童年,野蛮人的思想,以为万物都是与人类一样,是具有灵魂的、会说话、会思想、会做如人类所做的行动的。于是动物乃至植物的故事,乃为这种童心的民族所创造、所传说。[1]

他说,寓言正是由此而"兴起",这时的寓言作为"初民传说","多少带些解释自然现象的意思,但却绝未带有道德的观念"。正是这些传说,影响了今天具有"在短短的一段小故事中"传达出"最深切的教训,最精炼的人间真理"的寓言文学。郑振铎说,"真正的寓言的发源地是东方",即"印度";他还指出,"中国在印度文化未输入时,也即已有了很好的寓言。不过后来却绝迹了","同时,印度寓言又传入了波斯、阿剌伯、希腊、腊丁","被称为欧洲寓言作家之祖父的伊索,即是感受印度的影响而去写作的","当佛教输入中国时,印度的寓言也输入了中国"。他以《百喻经》为例,再一次说明印度是寓言的"发祥地"。他说,他很喜爱印度寓言,称"有许多是极机警可爱的,有许多是含意极深的讽刺","虽然写作于远古",对今人仍是有益的;其翻译的基本目的还是"使儿童们十分欢迎"[2]。在《〈列那狐的历史〉译序》中,郑振铎称之为"中世纪的欧洲"的"一部伟大的禽兽史诗"。对于其"作

---

[1] 郑振铎:《〈印度寓言〉序》,《印度寓言》,上海商务印书馆 1925 年 8 月版。
[2] 郑振铎:《〈印度寓言〉序》,《印度寓言》,上海商务印书馆 1925 年 8 月版。

者"和"产生地"问题,他说,"这部《列那狐的历史》原有一个民间传说的来源,这来源是在法国",后来经过"僧侣诗人"和"宫廷诗人"的加工而发生变化,丧失了"原来的朴质可爱的风趣",而即使是这样,它仍然具有"最可爱最特异"的地方,即"善于描写禽兽的行动及性格,使之如真的一般"。同样,其目的仍然是"为取便于中国的儿童"。[1] 在介绍《安徒生童话》时,他曾多次发表文章介绍安徒生的生平、作品,以及其作品的传播、研究和在中国被翻译的情况。他在《小说月报》的"安徒生号(上)"的《卷头语》中说,"安徒生是世界最伟大的童话作家。他的伟大就在于以他的童心与诗才开辟一个童话的天地,给文学一个新的式样与新的珠宝","他所用的文字是新的简易的如谈话似的文字","当他动手写童话之前,先把这童话告诉给小孩子听,然后才写在纸上,所以能创出一种特异的真朴而可爱的文体"。[2] 我们从中可以感受到郑振铎对儿童文学的一片热忱和他对中外民间文学的深刻见解,尽管有些见解是偏颇的。采用民间文学作品作为儿童教材,在中外历史上是相当普遍的现象,尤其是在民间文化生活中,民间文学的教育功能尤其突出,而像郑振铎这样旗帜鲜明地提出扬舍,把儿童文学与民间文学融入新文化运动,论述如此深刻、完整而系统者确实不多见。

第二节　俗文学视野中的民间文学

对于俗文学的概念,我们很自然想起胡适在《白话文学史》中所运用的"民间"。胡适曾多次强调"一切新文学的来源都在民间",而这种"民间"似乎与今天民俗学理论所讲的民众之间并不完全合拍。也就是说,胡适更多的是在寻求"活"的文学,把目光投向一向受鄙夷和歧视的下层民众。郑振

---

[1] 郑振铎:《〈列那狐的历史〉译序》,《小说月报》"安徒生号(上)",1925 年 8 月第 16 卷第 8 号。
[2] 郑振铎:《卷头语》,《小说月报》"安徒生号(上)",1925 年 8 月第 16 卷第 8 号。

铎也是这样,他首先选择了"正统"来作为文化参照,将其范围扩展为"差不多除诗与散文之外,凡重要的文体,像小说、戏曲、变文、弹词之类,都要归到'俗文学'的范围里去",即"凡不登大雅之堂,凡为学士大夫所鄙夷,所不屑注意的文体都是'俗文学'"。如此,在郑振铎看来,俗文学"不仅成了中国文学史主要的成分,且也成了中国文学史的中心"。[1]

郑振铎的《中国俗文学史》是其民间文学理论的集中体现。这是继胡适《白话文学史》之后,现代民间文学史上对民间文学历史进行系统梳理的又一部经典著述。首先是郑振铎提出"俗文学"的概念,启发我们去深入思索。他说:

> 何谓"俗文学"?"俗文学"就是通俗的文学,就是民间的文学,也就是大众的文学。换一句话,所谓俗文学就是不登大雅之堂,不为学士大夫所重视,而流行于民间,成为大众所嗜好,所喜悦的东西。[2]

这种概念阐释,在后世引起过一些误识。如作家出版社 1954 年在重印《中国俗文学史》时,就曾在"出版说明"中说"这是一部关于中国民间文学史的资料性的重要著作"。更不用说后来还有许多学者以此为据,将俗文学与民间文学混为一谈,迄今为止,这种现象依然存在着。应该说,这不是郑振铎的错误,而是后人没有看到郑振铎是以俗文学的角度来审视民间文学的。他将俗文学如此定义,至今还是可以为我们所接受的。况且,郑振铎并没有将俗文学与民间口头创作完全混为一谈,其中的"民间的文学"并不意味着就是民间文学,而是包含着民间社会的口头创作与大量以抄本等形式出现的通俗文学。当代中国俗文学学会(北京大学)等学术团体,《中国俗

---

[1] 郑振铎:《中国俗文学史》第一章《何谓"俗文学"》,长沙商务印书馆 1938 年版。
[2] 郑振铎:《中国俗文学史》第一章《何谓"俗文学"》,长沙商务印书馆 1938 年版。

文化研究》(四川大学)等学术刊物,也是以此为学术背景的。

郑振铎强调的是"通俗""民间""大众"与"大雅""学士大夫"在文化立场上的显著差别,并把俗文学视作"中国文学史主要的成分""中国文学史的中心",若从拨乱反正意义上强调文学的整体格局,这也是有一定道理的。我们的文学史学科在发展中长期忽视通俗文学和口头创作的民间文学,是固守精英文化的学术立场的表现,这在今天同样是极其普遍的现象。特别是在当代文学的研究中,虽然有一些学者强调"民间"的意义,[1] 而整体上并没有改变这种格局。那么,郑振铎的这种界说就更显弥足珍贵了。他如此强调俗文学的重要地位,按照他自己的理由,就是"正统的文学的范围很狭小",仅仅限于诗歌和散文。与西方现代文明国家相比,他看到"过去的中国文学史的讲述却大部分为散文作家们的生平和其作品所占据",言外之意就是"不登大雅之堂"的观念过于陈旧。其另一个理由就是"正统文学的发展,和'俗文学'的发展是息息相关的","许多的正统文学的文体原都是由'俗文学'升格而来的"。他举例说,诸如《诗经》"其中的大部分原来就是民歌","五言诗原来就是从民间发生的",包括一些乐府诗(民歌)、词、曲、诸宫调,作为新文体,都是"从民间发生出来的"。而同时相对的则是,"当民间发生了一种新的文体时,学士大夫们其(起)初是完全忽视的,是鄙夷不屑一读的","但渐渐的,有勇气的文人学士们采取这种新鲜的新文体作为自己的创作的型式了,渐渐的这种的新文体得了大多数的文人学士们的支持了",也就形成了"升格",但也"渐渐的远离了民间"。如其所说,"当民间的歌声渐渐的消歇了时候,而这种民间的歌曲却成了文人学士们之所有了"。[2] 这和鲁迅所说的"士大夫是常要夺取民间的东西的"[3] 是一样的道理。郑振铎所讲的"升格",正是对这种文化转变过程的揭示和概括。

---

[1] 见陈思和:《中国当代文学史教程》,复旦大学出版社1999年版。
[2] 郑振铎:《中国俗文学史》第一章《何谓"俗文学"》,长沙商务印书馆1938年版。
[3] 鲁迅:《略论梅兰芳及其他(上)》,《中华日报》复刊《动向》,1934年11月5日。

俗文学之为"俗",关键的内容在于其文化个性,即"特质"。这里涉及一个文学话语形式及其内容是"死"还是"活"的问题。郑振铎概括俗文学的"特质"的存在与消失时说,由于俗向雅即正统的转变,"原是活泼泼的东西,但终于衰老了,僵硬了,而成为躯壳徒存的活尸"。在他看来,俗文学的特质在于六个方面:一是"大众的";一是"无名的集体的创作";一是"口传的";一是"新鲜的,但是粗鄙的";一是"其想象力往往是很奔放的","其作者的气魄往往是很伟大的","许多民间的习惯与传统的观念,往往是极顽强的黏附于其中";一是"勇于引进新的东西"。应该说,这里是包含着对民间文学的基本特征的论述的,如他所强调的"大众的""无名的集体的创作"和"口传的",就相当于今天我们所讲的"集体性"和"口头性"。而至于其中的"新鲜的"和"粗鄙的","相象力"和"气魄"的非凡,以及"勇于引进新的东西",这些倒更适于通俗文学。尤其是他对"大众的"和"集体的创作"的阐述,强调其"出生于民间,为民众所写作,且为民众而生存","投合了最大多数的民众之口味",即表现民间百姓情感,相当于我们强调的"最直接的人民性";他所说的"不知道其作家是什么人",在传播的过程中发生变异,事实上是揭示了传承性和变异性及作品同作家文学的联系。如其所述:

> 他们是从这一个人传到那一个人;从这一个地方传到那一个地方。有的人加进了一点,有的人润改了一点。我们永远不会知道其真正的创作者与其正确的产生的年月的。也许是流传得很久了;也许是已经经过了无数人的传述与修改了。到了学士大夫们注意到她的时候,大约已经必是流布得很久,很广的了。像小说,便是在庙宇,在瓦子里流传了许久之后,方才被罗贯中、郭勋、吴承恩他们采用了来作为创作的尝试的。[1]

---

[1] 郑振铎:《中国俗文学史》第一章《何谓"俗文学"》,长沙商务印书馆1938年版。

显然,郑振铎所关注的俗文学并不仅仅是一般民间文学概念中的歌谣、故事、史诗等内容,而是包括小说、戏曲在内的下层文人创作的文学形式。所以,他也就没有必要将口头性、集体性作为民间文学的实质特征和进行系统阐述。他在论述"口传的"特质时,事实上是在论述从口头到文本的流变过程,即民间口头创作一旦被用文字记述下来,作为"定形"的文本,其被"拟仿",[1]这正是通俗文学的产生背景。模拟即郑振铎所说的"拟仿",一般有两种形式,一种是通俗文学吸收和运用民间文学的题材与表现形式,一种是文人利用这些所进行的再创作,无论它们之间的关系如何密切,只能相互影响,绝不能相互代替。郑振铎注意到影响的内容,但他自觉或不自觉地忽视了后者。如他对"新鲜的,但是粗鄙的"的论述,以《目连救母变文》《舜子至孝变文》和《伍子胥变文》为例来说明这个问题,未免偏颇;因为"新鲜"和"粗鄙"在通俗文学和民间文学中的存在并非绝对具有普遍意义,一些上层文人也不乏污秽之作,只不过是语言表述方式及表现的程度不同罢了。

值得我们重视的是郑振铎对俗文学的分类。他把俗文学在整体上划分为诗歌、小说、戏曲、讲唱文学和游戏文章这五大类。当然,这种分类的依据,还是基于他对俗文学的认识。如,他所列的"诗歌",包括"民歌、民谣、初期的词曲","从《诗经》中的一部分民歌直到清代的《粤风》《粤讴》《白雪遗音》",都在此列;他所列的"小说",也同样非一般意义上的"小说"文体,而是"专指'话本',即以白话写成的小说",诸如"传奇"和"笔记小说"就不在此中;他所列的"戏曲",具体分为"戏文""杂剧"和"地方戏";他所列的"讲唱文学",自称是"杜撰"概念,即"以说白(散文)来讲述故事,而同时又以唱词(韵文)来歌唱","讲与唱互相间杂"的文体,分为"变文""诸宫调""宝卷""弹词"和"鼓词";最后一类是"可归属在民歌的一类"和

---

[1] 郑振铎:《中国俗文学史》第一章《何谓"俗文学"》,长沙商务印书馆1938年版。

"游戏文章",他称之为"'俗文学'的附庸"。在这几类俗文学类型中,与民间文学联系最为密切,包含民间文学最为丰富的当数"讲唱文学"。郑振铎指出,这种体裁"原来是从印度输入的",其"最初流行于庙宇里,为僧侣们说法、传道的工具。后来乃渐渐的出了庙宇而入于'瓦子'(游艺场)里";这种"真正的被妇孺老少所深爱看的作品",和"戏曲""叙事诗""史诗"都有相近的地方,而又有着自己独特的风格与形式。他以"变文"为例,称之为"讲唱文学的祖祢",在其初始是"讲唱佛教的故事",而且"讲唱只是限于在庙宇里的",后来"渐渐的采取中国的历史上的故事和传说中的人物来讲唱了","甚至有采用'时事'来讲唱的";他把"诸宫调"看作"变文"的变体,他说,"当'变文'的讲唱者离开了庙宇而出现于'瓦子'里的时候,其讲唱宗教的故事者成为'宝卷',而讲唱非宗教的故事的,便成了'诸宫调'",其调子"采取了当代流行的曲调来组成其歌唱部分"而比变文复杂;他把"宝卷"看作"'变文'的嫡系子孙",与变文不同的只是"加入了些当代流行的曲调",而到后来也出现了诸如《梁山伯宝卷》《孟姜女宝卷》之类的"讲唱非宗教的故事";他称"弹词"是"讲唱文学里在今日最有势力的一支",是与流行在北方的"鼓词"相对,而流行于南方的体裁,在不同的地方有着不同的称呼,诸如广东的"木鱼书"或"南词"、福建的"评话";他说,鼓词"是今日在北方诸省最占势力的讲唱文学",诸如《大明兴隆传》《水浒传》和《蝴蝶杯》,大型者有上百册,小型的有"子弟书"则"除去道白,专用唱词","以唱咏最精彩的故事中的一二段为主",又分为慷慨激昂的"东调",靡靡之音的"西调"。

  这里,郑振铎考察了此五类俗文学"消长或演变的情势",表现出许多独到见解。如,他称"《诗经》里的民歌,其范围是很广的。从少年男女的恋歌之外,还有牧歌、祭祀歌之类的东西","《楚辞》里的《大招》《招魂》和《九歌》乃是民间实际应用的歌曲";他尤为看重敦煌的文物发现对俗文学研究的重要意义,说"郭煌文库的被打开,使我们有机会得以读到许多从来不知道的许多唐代的俗文学的重要作品";其他如他对宋代变文消失后讲唱文学的崛起,"印度的戏曲"被民间吸引而形成宋代的"永嘉杂剧"戏文,以及他对"鼓词第一次在明代出现",宝卷盛行,文人积极"搜辑民歌,拟作民歌",和在清代这样一个"反动的时代"里俗文学在暗地里"大为活跃"等俗文学历史发展的论述,常充满新颖的见解。他还指出,"'五四'运动以来,搜辑各地民歌及其他俗文学之风大盛。他(它)们不再被歧视了。我们得到了无数的新的研究的材料"。他尤为赞成胡适关于"应该向那旁行斜出的'不肖'文学里去寻"的论述,以为只有充分注意到包括民间文学在内的"俗文学","才能看出真正的中国人民的发展、生活和情绪"。[1]

郑振铎以俗文学的目光看待民间文学,把民间文学看作俗文学的重要组成部分。他更为看重的是其作为俗文学一部分在社会生活中所起的作用。如其在论述"古代的歌谣"时,对于《诗经》中的"里巷之歌",他说,"近来的一般人只知道注意到'桑间濮上'的恋歌;这一部分的民间恋歌自然不失其为最晶莹的珠玉。但尤其重要的还是民间的一些农歌,一些社饮、祷神、收获的歌。古代的整个农业社会的生活状态在那里都活泼泼的被表现出来"。[2] 在论述"六朝的民歌"时,他看到"这些民歌大多数都是长江流域的产品","中原的人,迁到了江南,初时还有些故乡的思念,故有新亭之泣,有起舞、击楫之志。但到了后来,便安之乐之了"。[3] 同时,郑振铎还非常重视在联系和发展中运用比较的方式来研究不同时期的民间文学。如他论述"古代的歌谣",将《诗经·陈风》中的"月出皎兮"与《五更转》相比较,断定"后来民歌里的《五更转》便是由此种形式蜕化出来的",称"在《周南》、《召南》里,有几篇民间的结婚乐曲,和后代的'撒帐词'等有些相同"。[4] 在

---

[1] 郑振铎:《中国俗文学史》第一章《何谓"俗文学"》,长沙商务印书馆 1938 年版。
[2] 郑振铎:《中国俗文学史》第二章《古代的歌谣》,长沙商务印书馆 1938 年版。
[3] 郑振铎:《中国俗文学史》第四章《六朝的民歌》,长沙商务印书馆 1938 年版。
[4] 郑振铎:《中国俗文学史》第二章《古代的歌谣》,长沙商务印书馆 1938 年版。

论述六朝民歌《子夜歌》时,他说,"这些民歌都是很可信的出于民间的","所可惊奇的是,他们的想象有的地方,较之近代的《挂枝儿》《山歌》以及《马头调》,更为宛曲而奔放,其措辞造语,较之《诗经》里的情诗,尤为温柔敦厚","和后来的许多民歌不同,她们是绮靡而不淫荡的"。[1] 在论述《唐代的民间歌赋》时,他对敦煌文库中发现的长篇叙事歌曲《董永行孝》与《罗汉格林》相比较,说"这故事本来是'鹅女郎型'的故事之一,和《罗汉格林》(Lolgengren)故事,也是同一型的。不过罗汉格林是男的天使帮助了一个女郎,而董永的事,则是天女帮助了一个孝子而已。到了《董永行孝》,则其故事又变了,加入了一个董永的儿子董仲。董仲觅母事,尤近于'鹅女郎'的故事"。[2] 在论及《韩朋赋》和《晏子赋》时,他详细论述道:

> 复仇的一段,乃是"故事"所没有的。"故事"里只说墓上生二树,树上栖有双鸳鸯。这里却说,墓中拾得二石,石弃于道傍,生了二树,树被斫去,乃生双鸳鸯,双鸳鸯飞去,落下一羽毛,为他们复了仇。这样的变异,正合一般民间故事的方式;辛特里拉型(Cindellela)的故事便是这样的。还有两篇《燕子赋》,也是绝妙的好辞。我们如果喜欢伊索的寓言,喜欢《列那狐的故事》,我们便会同样的喜欢这两篇《燕子赋》。这两篇性质是相同的,故事也相同,描写的方法,却完全两样了;一篇写得很机警,写得神采奕奕,另一篇却是颇为驽下之作。但我们读着他们,一边却不禁的会浮现出《列那狐的故事》的若干幕的图画来。《燕子赋》产生的背景,和《列那狐》有些相同,其讽刺的意味当然也相同。对于黑暗的中世纪的社会,在这里,我们可以略略得到些消息。人民们不敢公然的对帝王、对卿相、对地方官吏、对土豪劣绅,报仇或指责,便只好隐隐约约地在寓言里咒

---

[1] 郑振铎:《中国俗文学史》第四章《六朝的民歌》,长沙商务印书馆1938年版。
[2] 郑振铎:《中国俗文学史》第五章《唐代的民间歌赋》,长沙商务印书馆1938年版。

骂着了。[1]

在联系和发展中比较民间文学的内容与特点,表现出郑振铎对俗文学发展历史理性而全面的把握。同时,我们也可以看到他鲜明的文化史观,包括其民间文学价值观。

最后还应该提到的是,郑振铎格外重视对包括民间文学在内的俗文学第一手资料的搜集整理。他在研究中,展示出大量可贵的珍品。其搜罗之详备,令人羡慕,也曾令人嫉恨,甚至有人无视其抢救保护民族文化遗产的辛苦,肆意挖苦、诋毁他在堆砌材料。令人可敬的是,郑振铎不仅自己重视第一手资料,而且热心助人,如其与鲁迅之间因相互寄赠刻本结下深厚友情的故事即成为佳话。1935年1月。平津木刻研究会主办全国木刻联合会展览,郑振铎与鲁迅都给予热情帮助和支持。尤其是在抗日烽火连天的日子,他为了防止民族文化遗产流失,曾多次抢救购置珍贵的典籍,如其抢救的《脉望馆抄校本古今杂剧》,既有抄本,又有刻本,其中所存元明杂剧有许多是散佚久远而复得的。在《中国俗文学史》中论及"变文"时,他高度评价"敦煌所发现的许多重要的中国文书"及其中的"变文"所具有的非凡价值,称其"替近代文学史解决了许多难以解决的问题",对罗振玉、刘半农等人为此所做的努力给予赞扬。在论及"鼓词与子弟书"时,他还特意提到自己所见《大明兴隆传》"为抄本","坊间均未见有刻本"。[2] 在《西谛所藏弹词目录》中,我们看到他在自述中提到的"数年来,我曾在上海、苏州、杭州、南京、扬州各处,陆续的搜罗了百余种的弹词",从中可见其辛勤。这种精神使其俗文学研究具有更特殊的价值与意义,为我们所景仰。抗日胜利后的1946年,他曾在一篇文章中回忆自己搜集整理民间文学资料说:

---

[1] 郑振铎:《中国俗文学史》第五章《唐代的民间歌赋》,长沙商务印书馆1938年版。
[2] 见郑振铎:《中国俗文学史》第六章、第十三章,长沙商务印书馆1938年版。

民间文艺的形式是多样的,差不多每一个地方都有其不同的歌调与形式。我从前曾收集到各地方的歌曲唱本一万数千种,自北方到广州都有。……这些唱本可惜在"八·一三"的时候全部损失了,否则,倒可以作为研究的一个基础的。[1]

毛泽东曾经提出没有深切的感受便没有深刻的理解。事实正是这样,作为田野作业的科学考察,是民间文学研究不可缺少的一个基础。令人遗憾的是今天相当多的学者没有重视这项基础工作,甚至有人反对田野作业,实在可惜。

第三节　文学发展中的民间文学

研究文学固然离不开对民间文学的关注,而对民间文学的研究,同样离不开对文学的整体关注。郑振铎非常重视对民间文学自身属性的深入探讨,更重视在文学发展中研究民间文学与其他文学形式的具体联系。在相当长的时期内,我们的民间文学研究忽视了其民间文化的背景,将之类同于一般文学现象,这当然是一种明显的偏颇;但我们过于强调其作为民俗的一部分,强调用社会学、人类学等人文学科的理论去研究,自觉或不自觉地忽视其作为文学存在的内在属性,这同样是一种偏颇。当然,我们应该清醒地看到,郑振铎所论及的民间文学,有一些并不是严格学术意义的民间口头创作。也就是说,民间文学与民间的文学是两个概念,二者不能混淆。郑振铎对民间文学在文学发展中的作用即意义的理解,基于其对民间文学自身属性的认识。他首先看到的便是,在各民族文学发展中,民间文学是整个文学的源头。这种见解在其《文学大纲》《插图本中国文学史》和一些散论中都

---

[1] 郑振铎:《民间文艺的再认识问题》,《联合日报》,1946年5月16日。

有具体表现;尤其是《文学大纲》,典型地体现出这种理论。

《文学大纲》是郑振铎从宏观角度研究中外文学发展的一部巨著。《文学大纲》始载于《小说月报》1924年1月第15卷第1期,一直到《小说月报》1927年1月第18卷第1期连载发表完;1927年4月由上海商务印书馆出版,皇皇四册,包含着一位年仅20多岁的天才学者对中外文学发展的真知灼见,和他沸腾的青春热情。在《文学大纲》的《叙言》中,郑振铎以异常超然的态度说,"文学是没有国界的","所以我们研究文学,我们欣赏文学,不应该有古今中外之观念"。他诚恳地承认,他写作此书受到 Johm Drinkwater 的 *The Outline of Literature* 的影响和启发,而更重要的是他对中外文学发展规律的思索。在其第一章《世界的古籍》所列的《参考书目》中,涉及大量的民间文学典籍,如 Bulfinch 的《寓言时代》(*The Age of Fable*)、Sir G.L.Gomme 的《民间文学:一种历史的科学》(*Folklore as an Historical Science*)、Hartland 的《神仙故事学》(*The Science of Fairy Tales*)、W.Y.Evans Wentz 的《克尔底族诸国的神仙信仰》(*The Fairy Faith in Celtic Countries*)、Dr.H.Steuding 的《希腊及罗马的神话》(*Greek and Roman Mytholgy*)、D.F.Kaufmann 的《北欧的神话》(*Northen Mythology*)、H.A.Gnerber 的《中世纪的神话与传说》(*Myths and Legends of the Middle Age*)、M.I.Ebbutt 的《不列颠族的英雄神话与传说》(*Hero-Myths and Legends of the British Race*)、Sister Nevedita 等人的《印度人与佛教徒的神话》(*Myths of the Hindus and Buddhists*)等,还包括 Frazer 的《金枝:魔术与宗教的研究》(*The Golden Bough: A Study in Magic and Religion*)。其半数以上都是民间文学的著述。此后,他分别论述了"荷马史诗""圣经的故事""希腊的神话""东方的圣经""印度的史诗"和《诗经》与《楚辞》等内容。在他论及"中世纪的欧洲文学"时,格外重视这一特殊历史时期的民间文学,他充满深情地描述道:

在这黑暗的时代里,各国的文学却渐渐的露出他们的曙光。正如黑夜孕育着黎明,黑暗时代也孕育着欧洲各国的文学的第一次光明。各国的民间史诗都在这个黑暗时代完成。[1]

他以《尼伯龙根之歌》(*Nibelungen Lied*)等史诗为例,称其为"德国的《伊里亚特》",说"一个十二世纪时的德国诗人,他的名字我们已不能知道,搜集了北方人民的许多原始的英雄故事,正如好几个世纪以前荷马之搜集古代希腊人的神话与传说一样","这些北方人民的英雄故事,差不多在他们不知道写作文字之时已在火光之旁歌唱着了"。[2] 同时,他介绍了古英文史诗《皮奥伏尔夫》(*Beowulf*)、西班牙史诗《西特》(*The Cid*)、冰岛史诗《伊达》(*Edda*)和法兰西民间叙事诗《罗兰之歌》(*The Song of Roland*),以及所谓的"禽兽史诗"《列那狐的历史》(*Reynard the Fox*)等民间文学作品及其在文学发展中的影响与作用。

古希腊神话是欧洲文学重要的思想文化资源。郑振铎在《文学大纲》中对其给予高度评价,称它"已成为欧洲艺术的最重要的原料之一","无论是在古代或是在近代,没有一个人不为它的美丽与有趣味的故事所感动的。且不惟成人感觉得它的好处,即全世界的所有儿童,也常取它当中的许多故事,以为童话的绝好材料"。他详细介绍了希腊神话的系统构成及其主要内容,在最后说:

以前的许多诗人及艺术家,已屡屡的把它的血液,注入他们的作品的最内部了,以后的许多诗人及艺术家必仍将屡屡的回顾到这些故事,而把它们作为最好的题材。[3]

---

[1] 郑振铎:《文学大纲》第十二章《中世纪的欧洲文学》,上海商务印书馆1927年4月版。
[2] 郑振铎:《文学大纲》第十二章《中世纪的欧洲文学》,上海商务印书馆1927年4月版。
[3] 郑振铎:《文学大纲》第四章《希腊的神话》,上海商务印书馆1927年4月版。

郑振铎对《荷马史诗》作为民族文化经典的价值给予极高的评价,称荷马是"一个最伟大的史诗作者",称《伊里亚特》《奥德赛》"在世界文学上都能占一个极重要的地位","如果荷马的这些诗歌丧失了,世界上也许便永不会有如魏琪尔(Virgil)但丁(Dante)米尔顿(Milton)诸人所作的创作的史诗了"。他概括《荷马史诗》"显著的特质"说,"就是他们把一个原始民族的,一个世界的儿童时代的新鲜与朴质,与完美的表白的技术,(思想对于媒介物的完全制御)联结在一起","喜用直譬(Similes)",而这些特点深刻地影响着世界文学的发展。[1] 他对《圣经》(Bible)也给予很高的评价,称其为"有无比的价值与重要的一部书","它的势力遍及于全个世界,尤其是欧洲","它对于人类之道德的与宗教的发展之影响比之任何一种文学都甚些","它记载千余年的人类文明的最显著的进步",是"一部极伟大的书"。他说,《圣经》中的《旧约》是"希伯莱(Hebrew)民族在千年间所产生的最好的文学";他还介绍说,"耶稣是伟大的希伯莱的预言家的直系子孙","是一个犹太人","基督教在实际上是从犹太教(Judaism)里自然的变化出来的"。[2] 他把《圣经》和《荷马史诗》同样看作欧洲文学的重要源头。当然,对于东方文学,他有着更为亲切的感情,他把印度民间文学的重要典籍《吠陀》(Vedas)称作"东方圣经",称印度史诗《摩诃婆罗多》(*Mahabharata*)和《罗摩衍那》(*Ramayana*)是两篇"世界最古的文学作品","是印度的人民的文学圣书,是他们的一切人,自儿童以至成年,自家中的忙碌的主妇以至旅游的行人,都崇敬的喜悦的不息的颂读着的书","平常的人都能举出他们当中的英雄的姓名,都能背诵他们的诗句,讲述他们的故事,惊骇于他们的英雄的冒险,悲欢于他们的妇人与壮者之厄运,喜悦于他们的主人翁之得最后的成功与胜利,不知有许多男女的儿童在印度

---

[1] 郑振铎:《文学大纲》第二章《荷马》,上海商务印书馆1927年版。
[2] 郑振铎:《文学大纲》第三章《〈圣经〉的故事》,上海商务印书馆1927年版。

是喜欢着拉马（Rama）和赛泰（Sita），而以他们为将来的模范的"，与古希腊荷马史诗一样"都是世界文学中最伟大的作品"。[1] 对波斯与阿拉伯文学，尤其是其中的民间文学，郑振铎同样给予热切的关注。他对古代波斯诗人尼达米（Nidhami）及其利用民间传说创和的"五部传奇"高度赞赏，称之为"诗才伟大而性格又高尚纯洁"。[2] 阿拉伯文学，特别是阿拉伯故事在世界文学史上有着广泛影响。郑振铎说，《一千零一夜》是一部"绝大绝有趣味的故事书，在世界上的名望，比之《可兰经》为尤伟大"，称它"已成为世界文化的一部分而非阿剌伯之所独有的了"。他还提到《一千零一夜》的故事来源"不完全为阿剌伯的"，其中"至少有许多故事是波斯的"；波斯的《一千个故事》"乃是《天方夜谭》之核子"，《天方夜谭》"吸收了无数的东方民间故事"等。[3]

在《文学大纲》中，郑振铎将中国文学置于世界文学的整体之中，对中国民间文学也是同样。他讲道，在叙述中国文学的时候，开章明义第一篇，我们总是缺乏与希腊神话、印度史诗相媲美的民间文学，他说，这原因在于"中国的大学者如孔丘、墨翟之流，仅知汲汲于救治当时的政治上社会上道德上的弊端，而完全忽略了国民的文学资料的保存的重要"，"因此，我们的在古代的许多民间传说，乃终于渐渐的为时代所扫除所泯灭而一无痕迹可寻了"。[4] 当然，郑振铎如此气愤，并不是仅仅责怪某个人，而是面对这数千年"万般皆下品，唯有读书高"文化传统所发的感慨。对于《诗经》《楚辞》和小说、戏曲，郑振铎一方面把它们放进世界文学发展中与世界各民族的文学进行比较，另一方面则深入探究这些民族瑰宝中所蕴藏的民间文学及其所产生的影响与作用，自然包括这些民间文学的内在属性。

---

[1] 郑振铎：《文学大纲》第六章《印度的史诗》，上海商务印书馆1927年版。
[2] 郑振铎：《文学大纲》第十五章《中世纪的波斯诗人》，上海商务印书馆1927年版。
[3] 郑振铎：《文学大纲》第十六章《中世纪的印度与阿剌伯》，上海商务印书馆1927年版。
[4] 郑振铎：《文学大纲》第七章《诗经与楚辞》，上海商务印书馆1927年版。

除《文学大纲》外,郑振铎在《插图本中国文学史》中也有多处论及民间文学在文学发展中所具有的价值与意义,其基本论点同他的《中国俗文学史》表述的大致相同。其《插图本中国文学史》强调了民间文学在中国文学史上的重要价值与地位,并以大量的民间文学事实证明自己的论点。同时,他还有一些关于民间文学研究的著述散见于报刊中,如其《民间故事的巧合与转变》《螺壳中之女郎》《中山狼故事之变异》《韩湘子》等文章中对民间传说故事嬗变形态的分析,又如其在《佛曲叙录》中对《孟姜女宝卷》《梁山伯宝卷》《白蛇宝卷》等民间传说故事与佛曲这种"流行于南方的最古的民间叙事诗"的密切关系的论述,都是可贵的见解。[1]郑振铎非常重视民间文学与古典文学的联系,如其《〈西游记〉的演化》,就是在文学发展中寻求故事原型及其嬗变轨迹。[2]值得我们关注的是郑振铎的《大众文学与为大众的文学》,他在这里所说的"大众文学",其实就是民间文学,他说,"所谓'大众文学',常是'未入流'的平民文学,或草野文学的别名","然而大众文学在中国文学上的影响是很大的","她本是大多数劳苦的民众的所有物,却终于常成了文人学士们的新文体的来源";"大众天然的有需求文学的必要,正象他们之需求空气与水与食物",但是,它们也常受文人学士们的"扭曲",以及"种种打击",而"久已被封锁于古旧的封建堡垒里",其表现的内容便"每每是很浓厚的封建的农村社会里所必然产生的题材、故事或内容","充满了运命的迷信,因果报应的幻觉"等因素,包括"今日所搜集的许许多多的各省,各县,各镇的歌谣、小唱本、鼓词、宝卷、弹词",其中"只有多数的情歌是比较可取的",都有不少这类"贻害无穷"的内容。他还说,"老式的过去的一般的大众文学之作品,不仅其思想、题材,大多数要不得,即其被视为比较沾染古典文学之毒汁最少的技巧方面,也仍是摆脱不了

---

[1] 见郑振铎:《中国文学研究》,花山文艺出版社1998年11月版。
[2] 郑振铎:《〈西游记〉的演化》,《文学》,1933年第1卷第4期。同类研究还有他对《三国志演义》《水浒传》《说岳》演化与民间文学关系的探索,集中发表在《小说月报》1929年第20卷第9、10、11号。

古典文学的影响的"。继而,他考察了"改良主义的'为大众的文学'",对于"旧形式旧文体果然装载得了新题材吗""借用了旧文体便能深入民间么",包括"启蒙运动""'为大众的文学'与'大众文学'"等问题,都提出自己鲜明的论点。他借此提出"真正的大众文学,便是大众自己所创作的文学","属于大众自己的",即在新的时代对其加以改造,并预言新的大众文学"将以万丈的光芒,照临于我们的文坛上"。[1] 在《民间文艺的再认识问题》中,郑振铎对往日这些论点,特别是对"旧瓶不宜装新酒","没有注意到最大多数的农村里的人民们的情绪",提出"对于各地方的民间文艺的形式我们有再认识的必要",而且认识到"原来所谓民间文艺,其形式绝对不是一成不变的","其本身常常在变易、改革之中","我们现在要深入人民大众之中,便决不能坚守新文艺的壁垒。应该对于旧有的一切民间文艺都有一番新的认识"。在这里最值得我们所注意的是,郑振铎提出了"不能强迫人民大众们都来接受新文艺的形式",而且提到在"加以改革"的同时,"旧形式可以保留的,应该无条件的保留下来"。他提出了与之相适应的"三步"工作,即第一步"把各地方的唱本、小剧本,以及其他凡有文字写下来,印出来的东西,全部收集起来,成立一个民间文艺的图书馆,作为一个应用的和研究的基础";第二步"应该有若干人在人民大众的口头上搜集若干流行的歌曲而把他们写了下来",并分成若干组,"分散在各地搜集,写定",将之"归藏到各图书馆里去,作为资料",其"更为有用";第三步"把搜集到的材料,加以研究,加以拟作,把新的精神和内容放了进去"。他强调说,"文艺如何与广大的人民们打成一片,是今日谈民主文艺的人所必须注意到的问题","应该从写字台上站起来,看看中国,看看人民大众的需要而写作着",即不但要研究和学习民间文学,而且要发展健康向上的民间文学,"为人民大众而服

---

[1] 郑振铎:《大众文学与为大众的文学》,《文学季刊》,1934年1月第1卷第1期。

务"。[1] 由此我们可以看到,郑振铎研究文学发展中的民间文学时,不但在研究方法上有了明显的改变和完善,更重要的是他在文化价值立场上有了相当大的改变。这种现象在现代文学史上普遍存在,诸如老舍,都曾发生过这样的变化,其中,抗战作为一个民族的大事件,它不但改变了作家们的立场与态度,而且锻炼了他们的信念、品格、意志,使他们更深地体会到民间文学与文学的联系;尤其是文学作为民族精神和民族情感最直接的表达,优秀的作家们无一例外地都关注着民间文学,自觉地承担起民族的使命与责任。这种现象告诉我们,文学研究的方法固然重要,而其立场更重要,一个人应该有自觉的责任感与使命感。

在文学的发展中认识民间文学,是郑振铎作为一位杰出作家身体力行、感受和体会的科学风度,更是其自觉的追求。如他在《研究中国文学的新途径》中提出要注意"鉴赏"和"研究"之间的差别,研究者"要先经过严密的考察与研究,才能下一个定论,才能有一个意见","要以冷静的考察去寻求真理"。他提出有三个"新开辟的研究的途径",第一个是中国文学的"外来影响考",他看到印度对中国文学的影响,说"我们重要的民间文学,如弹词、佛曲与鼓词,也都是受印度影响而发生的"。第二个途径是"新材料的发现",他论述了变文、弹词、鼓词,"还有各地的小唱本,小剧本,还有各地的民间故事,还有滩簧一流的叙事诗,还有各地的民歌,如粤讴,如吴歌之类",说这些"都有待于中国文学研究者自己努力去掘发,去搜寻","任取一种研究之,都可以开辟出一个新天地来,为文学史增添了不少的记载材料,为中国文库增添了不少的珠玑珍宝"。第三个途径是"中国文学的整理"即"界说"和"分类",其中自然也包括民间文学,如他提到"诗歌"时说"民歌亦可列入于此类";提到"戏曲"时,说"各地流行之民间剧本、梆子调剧本"应在其内;提到"小说"时说"童话及民间故事集",诸如《中国童话》《世界童

---

[1] 郑振铎:《民间文艺的再认识问题》,《联合日报》,1946年5月16日。

话》《徐文长故事》《鸟的故事》等,"都应归入此类";更不用说"佛曲弹词及鼓词",他把它们比作印度和希腊的"诸大史诗"。[1] 此类意见在《中国文学研究者向哪里去》[2]等处也有表现,表明他对民间文学的热切关注。

第四节 对域外民间文学的翻译和介绍及其神话研究中的文化人类学方法

对域外民间文学的翻译和介绍,郑振铎做出了尤为突出的贡献,主要是对希腊神话的翻译,不仅使当世学者拓展了视野,而且使现代民间文学理论获得了更加有价值的材料。他并不是简单地让人看到域外民间文学一片簇新的天地,而是在翻译和介绍的同时,自觉运用西方现代人文学科诸如民俗学、社会学、文化人类学的理论,重新诠释、梳理文化和文学的发展,其中最突出的便是他在神话研究中对文化人类学的成功运用,使我国现代神话学得到迅速发展。

郑振铎的翻译事业开始于在《小说月报》等报刊所发表的《赤色的诗歌》等译作。[3] 他对域外民间文学的翻译,则当从 1922 年 1 月《儿童世界》创刊号上他所翻译的王尔德作品《安乐王子》算起。自此,便有了他对民间文学译作源源不断的发表与出版。1925 年,他翻译的《印度寓言》《莱森寓言》以及他与高君同合译的《天鹅童话集》由商务印书馆出版。[4]1927 年,由于政治迫害,郑振铎远赴法国、英国、意大利,在那里他得以亲身感受西方现代文明。正是他在伦敦的日子里,接触到弗雷泽(Frazer)译注的《神

---

[1] 郑振铎:《研究中国文学的新途径》。转引自《中国文学杂论》,《郑振铎全集》第 5 卷,花山文艺出版社 1998 年 11 月版,在"第五卷说明"中显示为"写作于三十年代前后"。
[2] 郑振铎:《中国文学研究者向哪里去》,《文学》,1933 年 6 月第 2 卷第 6 号。
[3] 见《小说月报》1921 年 9 月第 12 卷号外《俄国文学研究》,其署名 C.T.。
[4] 1925 年是郑振铎民间文学翻译作品发表尤为集中的一年,在当年的《小说月报》上,他先后发表了《印度寓言》《莱森寓言》《高加索寓言》和《安徒生寓言》等民间寓言故事。

话集》《波赛尼亚斯的希腊纪事》等著作,尤其是 Frazer 的《金枝》,深深地吸引着他,启迪他对民间文学和民俗学产生浓郁的兴趣,特别是他对古希腊神话和荷马史诗的兴趣。此时,对他的学术发展产生重要影响的事件,就是他对西方民俗学理论著作的翻译,一部是 M.R.Cox 的《民俗学浅说》,另一部是他编译的《民俗学概论》,前者由商务印书馆 1934 年 4 月出版,而后者则在 1932 年"一·二八"日本人的轰炸中变成灰烬,至今令人遗憾和愤懑。他用西方现代民俗学理论重新解读文化和文学,形成了他新的文学观、新的民间文学观,并且深刻影响着与他同时代的学者。特别是他在英国最大的不列颠博物馆发现当年被盗走的敦煌变文等重要史料时,视野被迅速拓展开,他所做的《中国俗文学史》与此有直接的联系。还值得一提的是,他在这一时期接触到西方考古学,这与他后来将田野作业方法运用于文化研究有着更为密切的联系。[1] 也就是说,域外的岁月里,郑振铎学会了运用民俗学、考古学、神话学、人类学等西方现代人文学科理论来研究文学,包括民间文学,形成了他中外学术方法相融合的立场与风度。之后他的《恋爱的故事》(上海商务印书馆 1929 年版)、《希腊神话》(上海生活书店 1935 年 2 月版)、《龙与巨怪》(重庆文信书局 1943 年 4 月版)等译著,让世人看到一个新奇的神话世界。

更为重要的是,郑振铎在这些译著的《叙言》《前言》《序》《根据与参考》中,系统地阐述了自己对这些域外民间文学的理解和认识,形成其民间文学观的另一个方面。如他在《希腊神话》的《序》中,提到自己对古希腊神话和荷马史诗翻译的经过与后来相关的遭遇,他说,"希腊神话和新旧约圣经乃是欧洲文化史上的两个最宏伟的成就,也便是欧洲文艺作品所最常取材的渊薮","她是永远汲取不尽的清泉,人类将永在其傍憩息着、喝饮

---

[1] 参见郑振铎:《近百年古城古墓发掘史》,商务印书馆 1931 年版。另见《恋爱的故事·叙言》,上海商务印书馆 1929 年版。

着","而希腊神话在中国却成了很冷僻的东西",虽有一些介绍,却还是使人"索然","这便是吃了希腊神话不熟悉的苦,因而失去了多少欣赏、了解最好的文艺的机缘"。[1] 在《恋爱的故事》的《根据与参考》中,郑振铎对不同的章节内容所引的参考书做了详细说明,表达自己的见解。如其对"爱神的爱"所做的"说明"中,提到"丘比特与蒲赛克的故事,在希腊罗马神话中可算是最后的一则,但又是最美丽的一则",他考证这个故事"第一次见于罗马作家亚朴里斯(Apuleius)的《金驴》(Golden Ass)中",其"英译本"和"重印本"都与前者相关。他说,"蒲赛克的故事不仅为诗人画家所喜用的题材,即(使)神话研究者,民间故事研究者,也皆取为极重要的研究材料",他举例道,"罗德(Rohde)的有名著作《蒲赛克》即以此故事为题材者,朗(A.Lang)在他的《习俗与神话》里,也引用到它"。他接着说,"这故事虽第一次为亚朴里斯所述,然可信其来源必甚古远,或是当年民间流传的一种传说,其中印下了不少古远的初民时代的痕迹",其"最重要的有四点",即"神秘的丈夫""禁止的特权""不可能的工作"和"助人的禽兽"。然后,他对比四点即四个方面再分别展开论述,分析其所蕴含的价值与意义。如其对第二点"禁止的特权"所做的分析中指出:

> 在许多禁止的特权的典型故事里,新娘大都是被禁止不许见她丈夫的面或问他的姓名;有时,当新娘属于一个比新郎高贵的种族时(譬如一个仙女),丈夫便有一个时期不能见到她;或不能见她在未披衣服时,或不能在她面前说出某一个特殊的字或名,或对她说责骂的话。本文灯油沾身的一节变故,在"日之东与月之西"几乎完全复述出;在那里,丈夫在白日是一头白熊,到晚间才复原形。这种"禁止",似乎是包括一部分道德的教训与忠心的试验。这种"禁止",在我们看来似乎颇可怪,其实它们

---

[1] 郑振铎:《希腊神话·序》,上海生活书店1935年2月版。

乃表现当初流行的一种风俗的。古代斯巴达的新郎,有一个时期,除了偷偷地做着之外,是不许见他的妻的。这种风俗如今仍存在于野蛮民族中。在非洲的几个地方,新郎常不许见他的新娘,或不许在白日见她;同样的禁忌也仍存在于印度、美洲,以及别的地方。[1]

郑振铎是一位视野异常宽阔的学者,在这些具体的"说明"中,可以看到他对域外民间文学在比较中进行的深入探索。从中也体现出他研究神话的理论方法,主要基于民俗学、文化人类学的理论。

郑振铎对域外民间文学的翻译和介绍,并不限于作品,还包括相关的理论。如其在《民间故事的巧合与转变》中,对西方神话学理论的系统介绍。他先是介绍了比较神话学的理论,针对"相同的神话、故事与传说,每在各地流行着",诸如"印度有一则故事,在欧洲也有着","欧洲中世纪的传说,在波斯也流行着","中国的一段神话,在西伯利亚也被人发现",他说,"在十九世纪以前,极少人注意到这件事实",而自从比较神话学出现之后,才具体探讨这个问题。在比较神话学看来,也就是郑振铎在这里所介绍的"故事的阿利安来源说",以为"一切欧洲的神话与传说,其源皆出印度,或出于阿利安民族未分家之前",于是便形成民间故事研究中用这种理论"证明欧洲中世纪的许多传说、寓言、故事,皆系从印度的来源转变而来";这种研究方法在欧洲产生了漫长而广泛的影响,直到人类学派出现,这种局面才有所改变。

郑振铎提到人类学派的代表 Andrew Lang 和比较神话学派的 Max Müller 的激烈争论,推翻了"阿利安来源说";他说:

> 如今,正是人类学派的故事与神话研究者的专断时代。他们说的很

---

[1] 郑振铎:《恋爱的故事》,上海商务印书馆1929年版。

好:自古隔绝不通的地域,却会发生相同的神话与故事者,其原因乃在于人类同一文化阶段之中者,每能发生出同一的神话与传说,正如他们之能产出同一的石斧石刀一般。而文明社会之所以尚有与原始民族相同的故事与神话,却是祖先的原始时代的遗留物,未随时代的逝去而俱逝者。[1]

同时他又提到"转变说"有一定的道理。[2]他并没有简单地完全依附于某一种理论,在他运用这种理论分析相关的民间文学作品时,可以看到他兼收并蓄又独立思索的态度。

郑振铎研究神话传说,大胆使用西方人文学科理论去解析其文化内涵,更多的是在坚持民俗学和文化人类学,主要是文化人类学的方法,如其《汤祷篇——古史新辨之一》。在此前,郑振铎曾翻译过英国学者 M.R.Cox 的《民俗学浅说》。[3] Cox 的这部著作,在基本方法上也大量运用了文化人类学。郑振铎在《汤祷篇——古史新辨之一》中主要是针对古史辨学者的不足,提出要走一条新路。他肯定了顾颉刚他们"求真"的意义,即"古代的圣人的以及其他的故事,都是累积而成的","愈到后来,那故事附会的成分愈多",他说这种意见值得注意,但他又提出自己的另一种意见。他说,"老在旧书堆里翻筋斗,是绝对跳不出如来佛的手掌心以外的","古书固不可尽信为真实,但也不可单凭直觉的理智,去抹杀古代的事实",即古人"附会"成故事,"也必定有一个可以使他生出这种附会来的根据的"。他提到"《古史辨》的时代是应该告一个结束了","为了使今人明了古代社会的真实的情形,似有另找一条路走的必要",而这另一条路,就是"自从人类学、人种志和民俗学的研究开始以来,我们对于古代的神话和传说,已不复单之为原始人里的'假语村言'了"。其理论根据便是"在文明社会里,往往

---

[1] 郑振铎:《民间故事的巧合与转变》,《矛盾月刊》,1932 年 5 月第 1 卷第 2 期。
[2] 郑振铎:《民间故事的巧合与转变》,《矛盾月刊》,1932 年 5 月第 1 卷第 2 期。
[3] [英]M.R.Cox:《民俗学浅说》,郑振铎译,上海商务印书馆 1934 年版。

是会看出许多的'蛮性的遗留'的痕迹来的","原始生活的古老的'精灵'常会不意的侵入现代人的生活之中"。他将商汤祷雨于桑林的故事置于文化人类学的视野,考察了其历史文献中的起源与嬗变状况,说"在古代的社会里,也和今日的野蛮人的社会相同,常是要发生着许多不可理解的古怪事的",这样便不难理解"这神话的本质,是那末粗野,那末富有野蛮性"了。他批评"在我们的学术界里,很早的时候,便已持着神话的排斥论,惯好以当代的文明人的眼光去评衡古代传说",并将商汤祷雨故事同《金枝》中的祭师故事相比较,看到"我们的古老的社会,却还是保存了最古老的风尚,一个国王,往往同时还是一位'祭师',且要替天下担负一切罪过和不洁"。[1]

文化人类学理论在对神话的阐释与解析上具有十分重要的作用,但是,这和《古史辨》的史学理论一样,它们都有显著的缺陷。郑振铎力图在民间文学研究中克服单纯使用某种理论的局限性,将我国传统学术方式中的考据等与西方民间文学研究理论有机结合在一起,旁征博引,洞悉发微,给我们做出了学术示范。举目当代民俗学、民间文学的理论发展,可以看到像郑振铎那样辛勤搜索尽可能充分的材料,注重田野作业对新问题的探索的学风正越来越淡。回首现代民间文学理论体系的建立和发展历程,我们会更深地感触到触类旁通的意义及其必要性和紧迫性。我们应该学习郑振铎他们,不断拓展新的学术空间,勤于思索,勇于探索,而更重要的还是学习和发扬他们献身民族文化振兴大业的精神。

同时,郑振铎的道路也告诉我们,刻苦勤奋是一个学者最为宝贵的文化品格,进行民间文学研究必须具备更宽阔的历史文化知识和广阔的学术视野。尤其是关于历史文化遗产的理解,无论是典籍文献,还是出土文物,都应该对其有所了解与掌握。民间文学的思想文化内容博大精深,没有这些

---

[1] 郑振铎:《汤祷篇——古史新辨之一》,《东方杂志》,1933年1月第30期第1号。

知识,面对许多问题,研究者将束手无策。

郑振铎是为中国现代民间文学做出巨大历史贡献的文化巨人。因为我们许多人没有读完他的皇皇巨著,或者并不了解中国民间文学的家底,所以没有真正认识到他的民间文学思想理论的重要价值。

第九章
戏曲研究与民间文艺学理论:赵景深

在中国现代民间文学史上,赵景深是一个重要的开拓者。他是一个作家,曾出版诗集《荷花》(开明书店 1928 年)和短篇小说集《栀子花球》(北新书局 1928 年 11 月版),更是卓有建树的民间文学理论家,是我国现代民间故事学的重要开创者。

赵景深,曾名旭初,笔名邹啸,1902 年 4 月 25 日生,浙江丽水人。其少年时代在安徽芜湖和天津等处读书,早在 1919 年南开中学读书时,就开始翻译、发表安徒生童话等与民间文学相关的文学作品,较早把安徒生童话翻译到中国,在《少年杂志》发表童话。[1] 其 1920 年考入天津棉业专门学校,1922 年毕业后任天津《新民意报》副刊编辑,曾与人一起组织绿波社,编辑《微波》《蚊纹》《绿波周报》《潇湘绿波》等刊物。1923 年参加文学研究会,曾经在湖南岳云中学、湖南第一师范学校等处教书。1925 年来到上海,开始一边当中学教员,一边主编《文学周报》。1927 年任开明书店编辑,参与策划、编辑北新书局的民间文学出版活动,并主编《文学周报》《通俗文学周刊》等文学刊物。

---

[1] 1961 年,赵景深曾经发表《郑振铎与童话》,记述自己"在五四运动后几个月,到了天津,在南开中学读书。当时我开始译安徒生的童话,投给《少年杂志》,接连刊登了《皇帝的新衣》《火绒匣》和《白鹄》(即《野天鹅》)。一九二〇年至一九二二年我在棉业专门学校纺织科求学,功课余暇,就继续翻译安徒生的童话,投给《妇女杂志》"等活动。

他热心民间歌谣与民间故事的搜集整理与理论研究,是民间故事编者"林兰女士"的成员之一,其1930年开始任北新书局总编辑,直至1949年,见证"林兰女士"编《民间故事》的过程。其学术贡献主要在于其系统而有特色的"童话"理论,如《童话评论》(新文化书社1924年3月版)、《童话论集》(上海开明书店1927年9月版)、《童话概要》(上海北新书局1927年版)、《民间故事研究》(上海复旦书店1928年版)、《童话学ABC》(上海书店出版社1929年2月版)、《民间故事丛话》(国立中山大学语言历史研究所1930年版)等;他创作或翻译了大量包含民间故事内容的童话,诸如最早发表在《少年杂志》上的《国王与蜘蛛》《蜗牛》等,在《妇女杂志》发表的《皇帝的新衣》等翻译作品,其出版的《安徒生童话新集》(亚细亚印书局1928年9月版)、《小朋友童话》(北新书局1933年版)、《能言树》(上海开明书店1932年版)、《格林童话全集》(北新书局1932年版;主要有前5本即《金雨》《银斧》《铜鼓》《铁箱》《海兔》)等。其民间文学思想理论还体现在他对中国民间戏曲的整理与研究上,如其出版的《大鼓研究》《弹词选》《宋元戏文本事》《元人杂剧辑逸》《读曲随笔》《小说戏曲新考》《元人杂剧钩沉》《明清曲谈》《元明南戏考略》《读曲小记》《戏曲笔谈》《曲论初探》《中国戏曲初考》等著述,在许多方面涉及民间文学的重要内容。

他曾系统论述过自己的民间文学思想理论,在论述"民间文艺的意义与性质"时说:"民间文艺这一名称,有人以为有'士大夫'与'雅'的自高的含义在内,是不好的。其实'民间'也可以解释做'在人民中间',并无轻视之意。说实话,知识分子在现在还是一个阶层,到将来社会主义时期,人人都受到平等的教育,都有知识,也就无所谓特殊的'民间文艺'了。最近在报纸杂志上,也常有'民间艺人'这样的名词出现。又有人以为要改称作'民俗文艺',他解释这'俗'字是指风俗,不是'雅俗'的'俗'。但我以为这名词太生硬,不通用,并且在意义和用途上,民间文艺已经扩大为通俗文艺,注重这形式来改造人民的思想,已经不是民俗学(folklore)所能范围的了。"[1] 这种见解与钟敬文他们有明显不同。此可以看作赵景深民间文学思想理论的特色。或曰,赵景深不唯谈民间故事的概念,一直坚持童话的概念,把民间故事中的幻想故事称作"童话",是有特殊背景的。而且,他受到郑振铎的俗文学理论影响,走上民间文学研究道路,在学理经验上与钟敬文他们明显不同。我们应该肯定这一点,或曰,如果在中国现代民间文学史上只有一个钟敬文在研究民间故事,那么,这种状况的危险性也就可想而知了。

第一节　童话理论

如赵景深所述,他"对于民间文学的探索","是从童话开始着手的",其"系统地探讨民间文学","是在 1927 年以后","那时,在许多零星文字之外,我先后发表了几本专著,如《童话概要》、《童话学 ABC》、《童话论集》和《民间故事研究》等。那时,国际上民间文学的研究,人类学派及其比较研究故事的方法正在流行,我国的研究也深得这一学派的影响","在那一时期(二十年代后半期到三十年代),我国主要从事民间文学研究的,除我之外,还有顾颉刚、钟敬文、董作宾和黄石等人。顾颉刚、钟敬文、董作宾等虽然也研究民间故事,却偏重于民间文学中的韵文部分即歌谣的研究。著作有《吴歌甲集》、《疍歌》、《看见他》等等;而我及黄石则主要从事散文部分,即民间故事、童话神话传说等等的探索,很少涉足民间歌谣的园囿。"[2]

其故事研究从 1924 年出版《童话评论》开始,他把民间故事视作儿童文学的一种重要形式,自然是有其道理的。民间文学与儿童文学有着天然的联系,后来,有一些学者一定要撇开这种联系,将民间故事中的虚构性内

---

[1] 赵景深:《民间文艺概论》,北新书局 1950 年 9 月版,第 1 页。
[2] 赵景深:《民间文学丛谈·后记》,湖南人民出版社 1982 年 7 月版。

容规定为"幻想性故事",其实还真不如童话的概念更准确。他对民间故事中的类型的研究,既有学理分析,又有比较研究,主要集中在《中西民间故事的进化——序刘万章的〈广州民间故事〉》等著述中,如其论述"原来在广州蛇郎不但把'天鹅处女'(此式故事详见拙编《童话学ABC》第八章)拉在一起,还与《灰娘》(此式故事详见拙编《童话学ABC》第四章及《童话概要》第五章P51—56)结了姻缘。也就是说,这两篇故事的任何一篇都是三篇故事的结合体",其中"灰娘后来嫁了王子,但是中国女人的虚荣心却要低一点,只想攀秀才;所以王子到了中国,便变成秀才。从秀才推想,我又疑心这是由于五口通商后(早一点在鸦片之战前后),洋鬼子把他们的童话也搬了来,因此《蛇郎》像海绵似的,又把《灰娘》吸收了去,因为我总不相信《灰娘》是我国本来就有的童话";他将这个类型的民间故事与格林童话做比较,说,"说中国故事比德国故事进化者,自然并不是说要与德国争个短长,学一学浅薄的爱国主义者的口吻说:'你们外国的东西,在我们中国已是'古已有之'的,并且还比你们外国货好!'我的意思也不过是说德国的发生较早,而中国的发生较迟罢了"。[1]

其早期的民间故事理论主要集中体现在关于徐文长故事的研究中。1924年,北新书局征集徐文长故事,结集出版;1925年,赵景深与钟敬文等学者在《京报副刊》上展开对徐文长故事的讨论。如,《答钟敬文先生——关于徐文长故事的讨论》(《京报副刊》1925年12月9日第352期)。他的故事研究应该与古史辨神话学派所提"层累构成"的理论有联系,如其所一再论述的"传播地域愈远大,转变愈分歧"和"传播时间愈长久,真实也愈减损"。[2]《徐文长故事》有"一九二九年十月付印"与"一九三五年四月五版"字样,其"一九三三年版"有赵景深撰写的《新序》,记其整理与出版过

---

[1] 赵景深:《中西民间故事的进化——序刘万章的〈广州民间故事〉》,《民间故事丛话》,国立中山大学语言历史研究所1930年2月版,第15页。

[2] 赵景深:《徐文长故事与西洋传说》,林兰编《徐文长故事》,北新书局1933年版11月版。

程曰:"六年前(一九二五)小本《徐文长故事初集》出版的时候,我曾写过一篇《徐文长故事与西洋传说》在《潇湘绿波》(我和田汉叶鼎洛等在长沙办的)上发表,小本《徐文长故事二集》出版,拙文即被采用,作为附录。现在林兰又改出大本,凡正集一大册,外集三大册,材料比以前增加了好几倍,实可供嗜此道者的研究。林兰要我为此书另写一新序,当然是我所愿意做的事情。因拉杂的略记我读后的所得。"其意在于述说"一般的故事记录者常有某故事应属某人的争执,其实这是错误的","根本我们就不应说某故事应属于某人,也不必打这个麻烦","故事之加在名人身上,犹之蒲公英种子一样,撒到何处,便在何处生根,它本来是有流动性的"。其举例称,"例如罚送石磨自然是徐文长有名的故事,(见《正集》第七三面)但它也是乐亭县王二先生的故事(见《外集》中第三四面),又是朱达悟的故事(见《外集》中第一四六面),又是翁源杨师石的故事(第一则,见《外集》下),又是梅县李文古的故事(第五则,见《外集》下)";"《悖时鬼》,并见王二十第一则(中一四九)。至于《姚极》第二则(中九四)所记,称农夫为大哥,逗新娘发笑,只是这故事的一半罢了","《口袋取钱》并见《张麻子》第二则(中三一)和《陈梦吉》第六则。所不同的,《徐文长》的女主人公称为'女子',《张麻子》的称为'成人的姑娘',《陈梦吉》的称为'老妪'"。他对此现象做解释,称"前二者女子或姑娘都肯解男主顾裤带上的钱,惟独后一者老妪宁肯不要卖豆腐脑的钱,不肯解带。这是由于记录者或口述者忠实与否的缘故。前二者都是直接寄给林兰的,而陈梦吉是广东新会的木刻本,由吕篷尊送给我,复由我加上标点,转送给林兰的。大约潘侠魂或讲故事给潘侠魂听的口述者颇有卫道的思想,所以把这故事改得古道可风,而徐文长型的人也只得倒霉一次,计不得售了"。

与同时代民间故事研究相比,赵景深最早注意到类型研究的重要性。如其在《新序》中举例所说:"《智捏少妇脚》并见《宋十孬》第五则(中一一一)","《设法接吻》并见《陈二郎》第三则(中一三九)",称"徐文长所失的东西是借口于糕饼或香橼,陈二郎所失的东西是借口于橘子"。其举例"《同她睡一夜》并见《郑堂》其二第三则(中七三)和补充(中八二)",他说:"《谁吃了粪》并见《程次美》第一则(上四一),《胡百万》第二则(中五二)以及《陈二郎》第二则(中一三七)"等,"徐文长是为了卖菜的说他价廉只好买粪,或卖柴的要他吃粪,他才加以报复,胡百万也是为了卖草的说他只好吃粪的缘故;程次美和陈二郎却只为了人家要他请客吃酒,他就要请人吃粪了";"《买鸡蛋》并见了《李调皮》第一则和《鲈鳗舍》第三则(均见《外集》卷下)以及《张麻子》第三则(中三二)。至于《小五哥》第七则(上一一九)却是《徐文长故事》第一则《掉裤》和《买鸡蛋》合组的故事;石上抱蛋的不是蛋贩,却是他自己;蛋贩不是男子,却是女子;他双手抱蛋,不能放手,所以要女蛋贩替他紧那掉了的裤子"。

其他如"《缸几钱一个》并见《郑堂补》(上八三)","《戏弄粪夫》并见《李调皮》第二则(下)","《喝茶上当》并见《罗麻哥》第五则(中六三)和《夏雨来》第一则(下)"等例子,为之辩解说,"徐文长害的是不相干的老太婆和僧人,而罗麻哥害的是岳母,妻子,姨妹等人;徐文长和罗麻哥都得到胜利,夏雨来反受到被害者的报复。自然,夏雨来可说是复合的故事"云云。又如《弄父出屎》并见《杨状元》第五则(上五)、《赵南星》第二则(中三)以及《王二先生》第一则(中三四)",其称"杨状元是捉弄岳父,且与'靴内盛屎'故事结合,王二先生的故事又与罚送石磨结合,不但使仆人送石磨,还叫他吃巴豆,以致途中既负重石,又将出屎,成就了他俩重的毒计。又这个故事在民间趣事新集里也记得有";"《咬耳胜讼》并见《卢贡爷》第二则(上一一二)和《陈梦吉》第十则(下)。前者除批准改嫁,并言及要拿讼师;后者最为详细,并言及寡妇有钱,恐为翁夺去的原因"。诸如"《移尸》并见《颜先生》第一则(中三六)和《曹众》第四则(下)";"《先生跌入毛厕》并见《李文甫第二则》(上四九)。又,这个故事并见《民间趣事新集》";"《憎厌白须》并见《程次美》第二则(上四三)和《安敏士》第二则的前半(上十二)。惟后者修饰过多,稍觉失真"云云。其举例"《石匠受骗》并见《安士敏》第三则(上一九)、《一首诗压倒太守》、《讥讽麻面郎君》";"《考秀才》并见《小五哥》第一则(上一一六)";"《打破油瓶》并见《陈二郎》所附《黄星垣》第二则(中一四一)",其称"不过徐文长害人打破了油瓶,而黄星垣害人打破了一口缸"等,此类论说不胜枚举。

其总结"徐文长类似的故事传布的地域很广",并称"以上都是故事中注明的,凡未注明出处的均不列入。共计十二省,惟东三省,陕西,甘肃,湖北,贵州,江西,广西等省没有故事",同时列出此类故事的地理分布为证:

直隶:王二先生(乐亭)

山东:王延林(长山)王怪物(南境)

山西:姚极(垣曲)

河南:赵南星,鲁耀(开封)

安徽:王二疯子(徽州)

湖南:程次美(华容)黄星垣,陈二郎(以上常德)

云南:许白糖(石屏)赵学(蒙自)

四川:杨状元,安士敏(重庆)张麻子(成都)颜先生(自流井)罗麻哥(嘉陵江)

江苏:杨胜严(崇明)

浙江:茅开智(余姚)曹众(尚房)乐贤(镇海)

福建:郑堂,小五哥(厦门,莆田)胡百万(汀州)鲈鳗舍,谢能舍(漳州)李九五,秦钟震(以上泉州)

广东:叶新连,李文甫,李文古,宋湘(以上梅县),黄宗汉,卢贡爷,龙申根(以上海丰),陈梦吉(新会),杨帅石(翁源),邬弦中(东莞)

这种被赵景深称为徐文长故事"转变表"和"地域分布表"的研究方式

是民间故事研究的重要基础,既有民间故事的分类,又有各地的分布,从总体上把此类型故事的"家底"做了非常必要的扫描。

至此,赵景深还认真考察了故事来源,诸如"徐文长或类似的故事,很有些是取材于《笑林广记》的,足见《笑林广记》在民间之普遍"。其感慨"林兰编辑此书,很废了一番心,例如,在《正集》中她把第一则到第十二则都归在一起,都是戏弄女人的故事;第十三则到第十八则都是戏弄和尚的故事;第三十则到第三十七则都是讼师的故事;第六十三则到第六十六则都是文字游戏的故事",进而总结为"这样看来,传说的本身和吸收是很有关系的,有些人只可以吸收某种故事,有些人可以吸收多种故事——例如曹众只能吸收讼师的故事,又可以吸收顽皮学生戏弄老师的故事,更可以吸收老师骗学生的故事","于是徐文长的故事便蔚然成为大观了"。[1]

在这里,有一个特别值得注意的问题,就是关于民间故事中所谓低级趣味问题。有不少人以此"戏弄和尚的故事""顽皮学生戏弄老师的故事"等现象为借口,完全否定民间文学的价值意义,甚至对民间文学恨之入骨。但问题是民间文学丝毫不掩饰自己的立场与观点,尤其是对性问题,从来不加掩饰,不像许多所谓知识精英欲盖弥彰,表面上冠冕堂皇,骨子里男盗女娼,虚伪之至,厚颜无耻,令人憎恶。其实,许多文人小说,诸如《金瓶梅》《何典》《肉蒲团》之类的作品,在性的表现上赤裸裸的程度,远比民间故事中的"荤腥"要严重得多。在社会生活实际中可以看到,究竟是哪些东西骄奢淫逸、偷鸡摸狗、纳妾成风?身为所谓上流社会者,满嘴黄段子,其实最害怕的是民间社会嘲讽、批判他们,对他们入骨三分的鞭挞。赵景深不是社会学家,他也不是没有看到这些"荤腥"内容作为"俗"在社会风俗生活中的大量存在,他看到的是民间故事中各个情节之间的具体联系,是故事之间的异同,及其在不同地域上的表现形式。

---

[1] 以上所引赵景深论说文字见诸《新序》,林兰编《徐文长故事》,北新书局1933年版,第1—20页。

第二节 民间文学的戏曲研究

民间文学与民间戏曲有着非常密切的联系。民间戏曲是民间文学的特殊形式,以说唱等艺术形态存在,是民众文化生活的重要主体。社会发展中,民众诉求的许多内容都能够在民间戏曲的演唱中找到具体的呈现,各种形式的叙事、抒情、表演、寓意、铺陈,在喜怒哀乐的表达中,逐步成为环环相扣的一系列民间艺术再生元素。也正是在丰富多彩的思想情感的宣泄过程中,民间艺术不断催生新的民间文学表现方式,使民间文学形态不断发生变化。或曰,在农耕文明时代,文化娱乐的方式主要是民间戏曲,所以在俗语中常常用"像听戏一样如何如何""戏文中常讲什么什么道理"之类的语言模式,引发一定的话题,以增强语言的权威意义。这也表明了民间戏曲通过具体的民间故事讲述或叙述所达到的影响效果。总之,在一定历史时期,民间戏曲是民间社会最重要的文化生活,而民间传说故事常常作为文化模式,直接体现于民间戏曲的演唱等表现方式,形成民间文学的不断循环。

赵景深研究民间文学中的神话传说,总是从历史文献中做钩沉、甄别,发现民间文学演变规律。诸如其《八仙传说》,[1]以元、明时代的戏曲、小说为论据,证明"元人杂剧涉及八仙"云云。其通过民间戏曲中的故事研究神话传说,在事实上形成了独具特色的戏曲故事学。如其《弹词考证》,用弹词作品研究白蛇传等民间传说故事的流变,以《白蛇传》《三笑姻缘》《珍珠塔》《倭袍传》《双珠凤》和《玉蜻蜓》的故事为个案,对其中的故事流变做了详细梳理,其研究内容并非只限于民间戏曲中的弹词,他也将小说、戏曲等俗文学作为一个文化整体进行多角度研究。其《大鼓研究》盛赞大鼓书是"素朴而富于生命力的民间文学",其认真梳理了大鼓起源、类别体制

---

[1] 赵景深:《八仙传说》,《东方杂志》,1933年11月第30卷21号。

和演唱内容特色,而且把大鼓艺术的范围扩展到京音大鼓、奉天大鼓、山东大鼓、子弟书、快书、牌子曲和岔曲等更广泛的民间戏曲形式。其中,赵景深的田野作业方法最值得我们注意,他认真统计了1934年3月25日到4月16日这20天内,七位演员在"北平书场"演唱的大鼓书名目,为后人保存了珍贵的民间戏曲史料。应该说,赵景深的民间戏曲研究在中国现代民间文学史上有着极为特殊的意义。从童话到戏曲,赵景深发现了民间文学主体构成的多样性存在,其论述民间戏曲的思想理论有力丰富了民间文学理论体系。诸如1925年上海书店出版其《大鼓研究》,1936年北新书局出版其《读曲随笔》,1938年商务印书馆出版其《弹词考证》,同年商务印书馆还出版了他选注的《中学语文补充读本》,内有《弹词选》(第1集),其中有他论述"弹词亦为南方的叙事诗","北方的叙事诗则为鼓词"等理论主张。赵景深的戏曲研究属于俗文学的范畴,自然也属于民间文学的研究,这种研究方法与郑振铎的俗文学理论是一致的。如当年郑振铎出版《插图本中国文学史》,在序言中批评文学史漠视民间文学的现象,指出"然这二三十年间所刊布的不下数十部的中国文学史,几乎没有几部不是支残废,或患着贫血症的","唐、五代的许多'变文',金、元的几部'诸宫调',宋、明的无数的短篇平话,明、清的许多重要的宝卷、弹词,有那一部《中国文学史》曾经涉笔记载过?不必说是那些新发见的与未被人注意着的文体了,即为元、明文学的主干的戏曲与小说,以及散曲的令套,他们又何尝曾注意及之呢!即偶然叙及之的,也只是以一二章节的篇页,草草了之",赵景深的《中国文学史新编》(北新书局1936年1月版)中,就吸收了郑振铎的意见,将许多民间戏曲的内容作为论述的重点,其论及"唐人小说影响于后世戏剧小说甚钜,犹之欧洲文学中的希腊神话一样",有意彰显民间文学在文学史上的重要地位。在中国现代民间文学史上,关于民间戏曲的研究一直是相对薄弱的环节,赵景深之前,虽然有王国维和吴梅等学者的开创之功,也曾经有姚逸之的《湖南唱本提要》(国立中山大学语言历史研究所1929年3月版),但戏曲的田野作业毕竟没有占据应有的位置,之后有阿英的《弹词小说评考》(中华书局1937年版)等,再后来,民间戏曲的研究更为繁荣。赵景深可谓承前启后,将民间戏曲的民间文学价值进行深入发掘,深刻影响后世。对于民间文学中的民间戏曲研究问题,也有许多学者强调钟敬文在20世纪30年代提出用"民间文艺学"代替以往"民间文学",确实是因为钟敬文他们注意到民间艺术与民间文学不可分割的联系,但是,在学术实践中,也确实是以赵景深为代表的民间文学的俗文学研究者,在民间戏曲与民间故事的研究中,丰富和完善了民间文学的艺术研究。

梳理赵景深的民间文学研究历程,从其早年的《挪威民间故事的研究》(1928年4月)、《波斯民间故事研究》(1928年7月)、《徐文长故事的新研究》(1931年4月)、《〈笑林广记〉的来源》(1933年12月)、《宋元戏文本事·序》(1934年6月)、《南曲中的唐僧出世传说》(1934年11月)、《元人杂剧辑逸·序》(1935年10月)、《弹词考证·序》(1937年)等,可见抗日战争之前,其民间文学文献研究的主体内容相对固定。到抗日战争之后,其民间文学思想理论研究多了民族性的内容,以及对时局的关注,而且研究方向也转向戏曲故事。诸如《因〈醉翁谈录〉的发现重估评话的时代》(1941年2月)、《曲话》(1941年2月)、《九宫正始与明初传奇》(1941年9月)、《〈封神演义〉与〈武王伐纣平话〉》(1941年9月)、《〈通俗文学〉复刊词》(1946年3月)、《金元戏曲方言考·序》(1947年3月)、《元明南戏的新资料》(1947年3月)、《读汤显祖》(1947年4月)、《琵琶行的演变》(1947年5月)、《〈太平钱〉戏文与传奇》(1948年1月)、《转踏与子母调》(1948年10月)等。他一生勤奋耕耘于民间文学、俗文学、戏曲文学等广阔的学术领域,对中国民间文学思想理论体系建设做出许多重要贡献。尤其是其1950年9月所著《民间文艺概论》,基本上是对他自己现代学术思想的总结,是对现代民间文学学科的重要开拓。直到其晚年,他还在与人论述"古代民间文艺发展的历史情况等",称"研究非常薄弱,空白太多","中国文学的研究便远远落后于时代"[1]。

　　赵景深的民间文学思想理论是中国现代民间文学史上非常重要的一页。其童话理论与民间戏曲理论重视历史文化中民间文学存在方式,既与顾颉刚他们的考据、钩沉不同,也与钟敬文他们的文化人类学研究发现历史遗留物等方法不同,其更为注重民间文学的文化本体,这种研究方法同样能够接近真知。尤其是赵景深研究民间传说故事的童话理论,迄今仍然值得我们重视。

---

[1]　参见周斌武:《难忘的回忆——纪念赵景深先生》,《赵景深印象》,学林出版社2002年版,第150页。

第十章
民族学为背景的民间文学理论建设

民族学,显然是以民族问题为主要研究内容的学问。民族学关注民间文学的民族性,重视其中的语言、信仰等标志性内容,所以,民族学与民族主义、文化中心主义等问题具有非常密切的联系。

在现代社会科学的定义阐释中,民族学被解释为对人和文化的科学描述,及其风俗习惯和相互间的差异。同时,又有人指出,文化人类学、社会人类学与社会文化人类学等学科,在研究内容上与民族学相同或相近;民俗学、民族学、人类学、社会学、神话学包括历史学,这些学科内部总是有一个相互关联的文化主体,就是民众生活习惯的传统。在法国,民俗学和民族学甚至成为一个概念,其主要原因就在这里。所以,20世纪10年代,有学者强调指出,民俗学是研究民族背景下的个人与群体及其不同地区内的风俗、礼仪与各种信仰等传统,而且,这些传统是有差别的,并且常常相互对抗。[1]民族主义以民族自身利益和权利为中心,这种文化立场与民族学关注民族文化传统在事实上形成共同或相一致的内容,对于唤醒民族记忆、激发民族热情有着非常重要的作用。也有许多学者注意到,民俗学、民族学、人类学的兴起总是与民间文学的搜集整理有直接的联系,尤其是浪漫主义的民族

---

[1] L.G.高蒙:《民俗学》,《宗教与伦理百科全书》(1913)。转引自孟慧英《西方民俗学史》,中国社会科学出版社2006年版,第3页。

主义,对于民间诗歌的热情成为民族觉醒的文化发生契机,那么,文化中心主义的存在也就属于无可指摘的内容了。

在中国现代民间文学史上,关于民间文学的民族学研究,其价值意义主要体现在民族意识与民族精神的梳理、挖掘与各种形式的分析总结。其中一个更为重要的原因是自1840年以来,中华民族一直处在西方列强的野蛮压迫造成的极大痛苦之中,八国联军的洗劫成为中华民族无法忘却的耻辱;20世纪30年代日本人的侵略,其穷凶极恶的掠夺与各种形式的杀戮,使这一痛苦达到极致;尤其是知识阶层,出于维护民族国家的文化尊严,常常表现出具有极端色彩的民族主义。(在这一点上,有一些学者把义和团这样的爱国运动完全妖魔化,无视帝国主义列强侵略中国的背景而大加指责,声称义和团如何愚昧透顶,似乎有多少不可宽恕的罪行一样,实在不明白这些人是哪一个民族的子孙!)文化中心主义的普遍存在是一个事实,美国人可以用美国精神走向世界,充当所谓世界警察的角色,被许多人赞不绝口,中国提倡和谐共处,反对战争,反对压迫,具有文化中心主义的色彩,这与世界和平与发展的主题是并行不悖的。纯粹的国际主义,追求世界大同,反对不平等,如当年的白求恩等国际主义战士,帮助中国人民抵抗日本人的侵略,他们是伟大的。而无原则的强调所谓西方先进文化的普世价值,在许多时候只是一种理想,甚至不免过于空洞。

在许多国家,民间文学运动总是与民族主义联系在一起。民族主义与民族学有着无法割裂的联系,这是事实。无可否认的是现代民族主义运动在欧洲的兴起是与法国大革命和《人权宣言》密不可分的。法国大革命强调人的自由与平等,不同民族之间的平等,以法的形式取代封建贵族的等级和特权,这是人类历史上的重大事件。平等的理念,就此成为全世界范围内反对民族压迫的共识。中国大地上兴起的新文化运动高举科学与民主的旗帜,其意义也正在于此。而封建专制的传统在中国社会现实中有极其强大的势力,民主与科学的进程非常艰难,外敌的入侵更令此事雪上加霜。在这样的背景下,中国民族主义思想的重要理论源泉,一方面来自中国古代的民本思想,诸如孟子的民贵君轻等思想文化主张,一方面来自西方民族主义运动的影响,把平等的目标视作自己的理想。尤其是西方民族主义运动,以法国大革命推翻君主制与封建制度,将路易十六送上断头台为标志,形成全体法国人的法兰西民族的诞生,同时,它也形成一种民族理念,外国人控制的政府是无益于社会大众的利益与幸福的,第三等级自然成为"包含一切属于民族的东西",[1] 自由和平等的观念就成为民族的观念。而在中国,民族主义影响下的民族学及其背景下的民间文学思想理论在更广泛的意义上,并不是像法国大革命那样重塑一个民族,而是在极力维护民族自身的文化尊严,主要在于激发民族记忆、民族精神与民族力量。在这一点上,中国的民族主义运动与民族学的民间文学研究倒是更像1792年法国面对普奥联军入侵时,法国议会公告中所宣称的"这个法国只要一个愿望,只有一个呼声:抗战。谁要反对抗战,就被看做是对祖国不忠,对祖国的神圣事业不忠的罪人"。[2] 因而,在法国产生了"保卫法兰西"口号下的《马赛曲》,在中国产生了"保卫黄河,保卫全中国"歌声中的《黄河颂》。民族和国家具有伟大价值,以及民族语言、民族疆界等群体意识,被越来越多的人所接受,以维护民族尊严为重要内容的民族学的民间文学研究也就应运而生。此如孟慧英所说,"在这样的政治目标中,许多学者对民间传说、民间歌谣,兴趣突增,积极到民间搜集口头创作,还有的根据民间作品创作题材,进行加工和再创作。在民族主义发展的过程中,民间口头作品的搜集、出版,以及民间风格的文学作品大量涌现,在文坛上开创了浪漫 — 民族主义文学的时代风气,为各民族语言文学的发展和研究奠定了丰厚的基础"[3]。在中国,同样如此。

---

[1] [法]阿尔贝·索布尔:《法国大革命史》,马胜利等译,中国社会科学出版社1989年6月版,第17页。

[2] [法]米涅:《法国革命史》,北京编译社译,商务印书馆1977年9月版,第134页。

[3] 孟慧英:《西方民俗学史》,中国社会科学出版社2006年版,第15页。

当年的欧洲出现了赫尔德的《民歌中各族人民的声音》,出现了利亚斯·伦洛特的《卡列瓦拉》,强调民族语言拯救民族传统及其对民族存在的重要意义,中国学者从东北到西南,搜集整理了许多少数民族的民间文学,诸如《阿细的先基》,堪称中国现代民间文学的瑰宝。民族学的民间文学研究大致分为两个阶段,一个是中央研究院 20 世纪 30 年代的民族民间文学调查,一个是抗战时期民族民间文学的搜集整理与理论研究。其中,少数民族民间文学是民族学研究的重点。

其实,我国现代民间文学理论研究一开始就与民族学、考古学、历史学等学科密不可分,如 1922 年北京大学研究所成立了国学门考古研究室,1923 年又成立古迹古物调查会,自 20 世纪 20 年代初开始了河南仰韶遗址(1921 年)、甘肃洮河流域史前遗址(1923—1924 年)、北京周口店北京猿人遗址(1921 年)、河南安阳殷墟(1929 年)等历史文化遗迹的考察。其中,大量内容涉及民族史意义的民间文学,有力促进了现代民间文学理论方法的多元发展。有学者以为王国维的《匈奴相邦印跋》也可以看作这种方法的开端。其实,古史辨神话学派就具有使用这种方法的痕迹。此如一位学者所论:"民族学知识的萌芽,同样可以上溯到很远的时代。我国《史记》不仅记载了中国广大土地上的各民族状况,还包括东亚许多民族的资料。另外还有《诗经》、《楚辞》、《山海经》、《蛮书》、《百夷传》等以及大量的杂史、地方志。古人也很早就认识到民族共同体间的差别。史书上记载的民族已多达'九夷、八狄、七戎、六蛮'。但古人不能合理地解释这种差异。少数民族的神话传说中,有许多关于民族起源的,如纳西族的长篇叙事诗《创世纪》就描述同一个母亲生下了藏族、纳西族、白族三个民族的祖先","我国近代民族学的兴起时间与考古学大致相同,是本世纪初开始的,也就是受五四新文化运动影响而兴起的","但直到 1926 年,蔡元培先生发表《论民族学》一文提出'民族学'的名称,1927 年中央研究院社会科学研究所下设民族学组","主要活动是广西凌云瑶族调查(1928 年)、台湾高山族调查及研究

（1929年）、东北赫哲族调查（1930年）、湖南西部苗族调查（1933年）、云南彝族调查（1928年，中山大学）"云云。[1]

1928年4月，蔡元培就任中央研究院院长后，设立了历史语言研究所和社会科学研究所。其中，历史语言研究所设立了民间文艺组，专门调查民间文学和民间艺术，社会科学研究所下设置了四个研究组，包括法制学组、经济学组、社会学组、民族学组。民族学组由蔡元培自己兼任主任，他们制定的课题无一例外为民族调查，有六项：（1）广西凌云瑶族的调查及研究；（2）台湾高山族的调查及研究；（3）松花江下游赫哲族的调查及研究；（4）世界各民族结绳记事与原始文字的研究；（5）外国民族名称的汉译；（6）西南少数民族研究资料的收集。[2] 以此为研究格局的分布，形成之后的民族学的民间文学调查研究。

民族学的发展在20世纪30年代之前取得重要的开拓性成就，之后显示出学理意义上的深入拓展。或曰，抗战前后，民族学的民间文学研究是有极大差别的。前一个时期主要是民族志所显示的价值意义，而后一个时期，更多了关于边疆文化的思索，诸如国立中央研究院历史语言研究所的《人类学集刊》与《人类学丛书》、国民政府蒙藏委员会的《边政公论》与《边疆通讯》、中国边疆学会的《中国边疆》、中国边疆文化促进会的《边疆研究》与《抗日与边疆》、大夏大学的《民族学论文集》、边事研究社的《边事研究》、南开大学文学院文科研究所的《边疆人文》、金陵大学边疆社会研究室的《边疆研究通讯》、贵州边胞文化研究会的《边锋旬刊》等，不胜枚举。

---

[1] 周大鸣：《中国民族考古学的形成与考古学的本土化》，《东南文化》，2001年第3期。

[2] 蔡元培：《三十五年来中国之新文化》，《蔡元培学术文化随笔》，中国青年出版社1996年7月版第151页。

第一节 民族志的意义

民间文学与民族志的联系具有非常特殊的意义，主要是围绕历史文化所做的文化修复。

民族学意义上的历史文化修复在现代学术史上有很特殊的背景，主要是历史发展进程中民族构成问题。这种研究方法以"考古证民族史"形式为后来许多学者所重视，如对北方民族史的考证，有孟世杰《戎狄蛮夷考》（《史学年报》1929 年第 1 期）、胡君泊《匈奴源流考》（《西北研究》1933 年第 8 期）等；如关于东南沿海民族的考证，有 1936 年卫聚贤主持的"吴越史地研究会"和《吴越文化论丛》，卫聚贤《吴越释名》《吴越民族》《中国古文化由东南传播于黄河流域》等著述；其他如胡厚宣《楚民族源于东方考》（《史学论丛》第 1 册，北京大学潜社 1934 年版）、杨向奎《夏民族起于东方考》（《禹贡》1937 年第 7 卷第 6、7 期合刊）、罗香林《古代越族考》（《国立中山大学文史学研究所月刊》1933 年第 1 卷第 2 期）等。这些著述从不同视角透视民族历史文化，在不同程度上探讨了民族发展中的民间文学问题。与此同时，《民族学研究集刊》创刊（1936 年），成为我国最早的民族学专门刊物。

在我国古代历史文献中，关于少数民族的记录，包括其民间文学的记录并不少见，在《后汉书》等历史文化典籍中，甚至专章列出"南蛮西南夷列传"之类的少数民族历史文化记述，大量内容涉及少数民族的民间文学。中山大学民俗学会时期，杨成志著有《云南民族调查报告》（《国立中山大学语言历史研究所周刊》1930 年），钟敬文与人一起翻译《粤风》中的少数民族民间歌谣，编印《西南民族研究专号》，1928 年 5 月中山大学生物系教授辛树帜率领石兆荣等人深入到广西瑶族和壮族中去做实地调查，这些都属于典型的少数民族民间文学考察活动。在辛树帜、石兆荣行前，傅斯年曾经请他们帮助调查当地少数民族的民间文学与社会风俗。钟敬文专门论说"图腾(Totem)的思想,是世界上任何民族的初期所必具的,所以这种以犬为始祖的传说,并不足以为奇怪的事",举例称"如元人的初祖,不就是说一匹苍色的狼合一头白色的鹿相匹而起始的吗?人兽通婚的思想,原是初民时代所一例通行的,在现在半开化或比较文明的国家中,其人民的口碑上,尚残留有这类思想的故事传说。中国现在尚流行在民间的蛇郎娶妻的童话,就是一个'人兽通婚系'故事的好例","又如我们两广福建民间传说中,有杨文广征南蛮十八洞与金龙精(称金龙公主)结婚的故事,这也可为一证",他说,"若从中国古来记载异闻怪事的说部中去找,那更不知要有多少呢。只就《聊斋志异》一书中所记的人和狐结合交媾的故事,也就不少了。(让我附带声明一下,《聊斋志异》中所记许多离奇的故事——尤其是关于狐的——未必一定是民间传说忠实的记录,但我们也得相信,这种兽婚系以及其它种种在现在诧为怪异的思想,大部分是本自初民,或暗合于初民的。)我国南方特殊民族中的黎人,关于他们的起源,也有一个很诡异的神话。《琼州府志》云:'安定县,有黎母山,故老相传,雷摄一卵在黎山中,有女破卵而出,食山果为粮,巢居野处。岁久,值交趾蛮人入山采香,女与之媾,遂生子。其后子孙众多,是谓黎人之祖,因称黎母。'对于这个神话,我发觉了两点小意见:(1)这故事,颇可以证明各民族原始时期的是经过母系制度(Maternal)的,(2)与雷州雷神的故事,必有交错传递转变等因缘","虽不是说其民族的起源,是由两头兽类的相匹合而成(如元人),或一个人或一头兽类相匹合而成(如苗瑶),但这位始祖的女性,并不是一个平平常常的人,她是由一颗雷神所摄来的卵所变成的"。[1]这在事实上成为民族学的民间文学研究的重要开端。同时代的许多学者注意到民间文学中的民族

---

[1] 钟敬文:《〈西南民族起源的神话——槃瓠〉书后》,《国立中山大学语言历史学研究所周刊》"西南民族研究专号",1928年7月4日第35、36期合刊。

问题,诸如许地山所说"研究民间故事的分布和类别,在社会人类学中是一门很重要的学问","因为那些故事的内容与体例,不但是受过环境的陶冶,并且带着很浓厚的民族色彩","在各民族中,有些专会说解释的故事,有些专会说训诫或道德的故事,有些专会说神异的故事,彼此一经接触,便很容易互相传说,互相采用,用各族的环境和情形来修改那些外来的故事,使成为己有。民族间的接触不必尽采用彼此的风俗习惯,可是彼此的野乘很容易受同化",[1]又如黄芝冈的《湖南歌谣和广西歌谣的流通——由土语文学到大众文学的实证之一》[2]等,强调民族"土语"的意义,谢六逸强调"那些说明自然现象与社会现象的先民的传说或神话,是宇宙之谜的一管钥匙","也是各种知识的泉源","在这种意义上,我们应该负担研究各民族的神话或传说之义务"[3]云云,他们不约而同地把"民族"这个字眼提到很高的程度。但是,真正属于民族学意义上的民间文学调查与理论研究,还是应当从林惠祥、凌纯声他们的民族学实地考察活动算起。

林惠祥,福建晋江人,曾入福州东瀛学堂和厦门大学读书,在厦门大学系统学习了人类学知识,毕业后留校,撰写《由民族学社会所见文化之意义及其内容》等著述;之后入菲律宾大学研究院人类学专业学习,回国后被聘为中央研究院特约著作员、民族学助理员,他曾于1929年、1935年两次深入台湾高山族地区,调查其原始文化,发表《台湾生番种类概论》等论文,出版《台湾番族之原始文化》(1930年国立中央研究院社会科学研究所专刊印行),论述了包括台湾少数民族高山族民间文学在内的原始文化问题。他接着出版《民俗学》(1932年,商务印书馆)、《世界人种志》(1932年)、《神话论》(1933年,商务印书馆)、《文化人类学》(1934年,商务印书馆)和

---

[1] 许地山:《孟加拉民间故事研究》,《民俗周刊》,1930年4月23日第109期。
[2] 黄芝冈:《湖南歌谣和广西歌谣的流通——由土语文学到大众文学的实证之一》,《太白》,1934年10月5日第1卷第2期。
[3] 谢六逸:《神话学ABC·序》,上海世界书局1928年7月版。

《中国民族史》(1936年)等著作,从不同方面论述民族学与民间文学;这些著作既是民俗学、民族学重要的理论著述,又是民间文学重要的理论著述。尤其是他的《神话论》,主要从民族学的视野出发,详细介绍并论述了大洋洲、非洲、北美洲、南美洲、阿拉伯、波斯、犹太、印度、埃及、巴比伦、希腊、罗马、日耳曼、北欧、中国和日本各地的神话分布状况,具体提出"神话是关于宇宙,神灵英雄等的故事","是野蛮人根据自己的知识水平和在生活中遭遇到的许多问题,而自问自答,自题自答的产物",以及关于神话"传承""叙述""实在性""说明性""人格化"和"野蛮的要素"等存在特征。

林惠祥对台湾高山族民间文学的民族学考察,起自于1929年,他受中央研究院委托,化名林石仁,假托为商人,只身进入日本侵占下的我国台湾高山族聚居区山中,调查搜集高山族风俗习惯的标本。在调查中,林惠祥历尽艰辛,多次冒着生命威胁,包括日本人的监视与干扰,其呕心沥血,用极其翔实的实物材料、文献材料和口头材料完成了以有历史以来第一次记述台湾高山族民间文学等民族志材料为重要内容的《台湾番族之原始文化》。《台湾番族之原始文化》详细论述台湾高山族各族分布、生活状况、社会组织、风俗宗教、语言艺术等内容,其中,从文物与民间文学等方面具体证明"台湾新石器人类应是由大陆东南部迁去的","台湾新石器文化属于祖国大陆东南一带系统"的事实。1935年,林惠祥第二次赴台考察,调查了台北园山贝丘历史文化遗址,采集一百多件珍贵的石器和陶片标本,许多学者称这是大陆学者在台湾史前考古上的第一次田野调查。而且,林惠祥的高山族调查是以国内尤其是福建等地历史文化的深入考察为基础,是以严肃的科学研究为前提,尊重历史文化事实的情况下得出结论的。其又一次证明,经久不息的田野作业是发现历史文化新鲜材料的重要途径,是民间文学思想理论获得生命活力的重要来源。

《台湾番族之原始文化》不仅仅是一部对台湾民间文学的民族学研究有特殊理论价值的著作,而且捍卫与守护了民族文化尊严。这是因为长期以来,关于高山族的来源问题,许多人认为高山族与中国人无关,而是从南洋来的马来种;日本人出于侵略中国、霸占台湾的恶毒用心,极力宣扬这种高山族来源于"马来种"的理论,以此作为他们侵略我国台湾具有所谓"名正言顺"意义的历史文化根据。林惠祥首论《禹贡》中"岛夷卉服"即此"台湾番族",论及"灵魂观念""祖先崇拜""琐物崇拜"与各种民间艺术,诸如"赞颂歌""流行歌""表情歌"等,"迷信极重,禁忌繁多",以原始文化实物与民族民间文学等重要根据,述说高山族文化与我国东南文化的紧密联系,证明了台湾自古以来就是中国的一部分,而且台湾新石器时代人就是由大陆东南沿海渡海过去的。这在事实上彻底粉碎了日本人别有用心的文化阴谋与殖民理论。这是中国现代民间文学史上一件可歌可泣的事。

林惠祥对中国现代民间文学思想理论做出巨大贡献,其理论来自实践,来自深入细致的田野作业与严肃认真的学术思考,一直坚持"现在原始部落尚存在(或不久以前还存在)的许多文化现象,能帮助我们研究原始遗址的居民的生活。民族学也需要依靠考古学,如现今少数民族,或无文字历史记载,或记载不多,我们可以利用考古学的发掘方法,来恢复他们早期的历史"[1],他所主张的"台湾的新石器时代文化虽有一点地方特征,但从大体上看,却是属于祖国大陆东南一带的系统",被许多学者认为"迄今关注闽台关系的历史、考古学者在这方面的许多成果仍没有超出林先生当年的研究范围"[2]。

这一时期,关于民间文学的民族学研究,还有 1928 年商承祖、任国荣他们的广西凌云瑶族调查与《广西凌云瑶人调查报告》《广西瑶山两月观察记》;1930 年凌纯声、商承祖他们的东北松花江赫哲族调查与《松花江下游

---

[1] 林惠祥手稿《考古学通论·绪论》。转引自吴春明《林惠祥与"亚洲东南海洋地带"考古》,《中国东南土著民族历史与文化的考古学观察·附篇》,厦门大学出版社 1999 年版。

[2] 吴春明:《林惠祥与"亚洲东南海洋地带"考古》,《中国东南土著民族历史与文化的考古学观察·附篇》,厦门大学出版社 1999 年版。

的赫哲族》,庞新民、姜哲夫、张忉他们的广东北江瑶人调查与《拜王——广东北江瑶山瑶人风俗之一》《广东北江瑶山杂记》;1931年何联奎的浙东畲民调查与《畲民的图腾崇拜》;1935年费孝通和王同惠他们的广西象县瑶人调查与《广西省象县东南乡花蓝瑶社会组织》,刘咸与中国科学社生物研究所等人的海南黎人调查与《海南黎人刻木为信之研究》《海南黎人文身之研究》等。其中,凌纯声的《松花江下游的赫哲族》分为上、下两册,其记述"赫哲自来无文字,常刻木裂革以记事。他们古代的文化,除在中国文献中,可找到片断的记载外,在他们的故事中,亦可得到许多材料",其记录了19篇赫哲人"伊玛堪"民间文学文本,并将之分为"英雄故事""宗教故事""狐仙故事"和"普通故事"四大类,他们以为"在故事中也可以找到许多他们过去的文化","读一个民族的故事,虽不能信为史实,然总可以得到些关于他们的文物、制度、思想、信仰等各方面的知识;对于他们的文化就能有更进一层的了解",[1]诸如发现"英雄故事是起源于蒙古土耳其"等内容。他们看到,此时的"赫哲文化","已受古亚洲族、满洲族、汉族及其他邻族文化同化之处甚多","有很多地方已失去其本来面目",[2]"我们研究赫哲故事的主要目的,是要搜求他们过去的文化以为研究现代文化的参证。所以在前面叙述赫哲文化的几章里,常常引用故事里叙述的事物来参证或比较。至于故事本身有没有文学的和历史的价值,我们是无暇顾及的。因为研究民族学的人在研究一民族时,对于所见所闻,都要很忠实的一一记录,既不能如文学家的作小说,可以凭空悬想;也不能如史学家的修史,必须考证事迹。我们只本了有闻必录的精神,不论其为荒唐的神话,或可信的史料,一概记录。要知道我们视为荒唐的神话,在初民的信仰上比可信的事实影响他们行为的力量更大。因此我们记录故事的目的,只在探求他们过去的生

---

[1] 凌纯声:《松花江下游的赫哲族》下册《附录 赫哲故事》,国立中央研究院历史语言研究所1934年版,第281页。

[2] 凌纯声:《松花江下游的赫哲族》上册《序言》,国立中央研究院历史语言研究所1934年版。

活各方面的情形,而不计及文学的和历史的价值。"[1]此与林惠祥调查台湾高山族民间文学,借以证明台湾高山族文化与中国历史文化相符合的修复性意义不同,其宣称主要在于"搜求他们过去的文化以为研究现代文化的参证",其"记录故事的目的,只在探求他们过去的生活各方面的情形"之"过去",既是人类学意义上的发现历史遗留物,又是一种形式的文化修复。可见,民俗学与民族学共同面对民间文学时,它们更多的是发现"过去"与"现在"的联系。从其调查内容上看,调查区包括松花江下游自依兰以至抚远地区的依兰、蒙古力、苏苏屯、桦川、富克锦、同江、齐齐咪、莫红阔、街津口等赫哲族聚居区,这是可以与林惠祥台湾调查媲美的力作。凌纯声是当时为数不多的受过民族学系统训练的学者,除了东北松花江地区的民族调查,1933年5至8月间,他还与芮逸夫按照中央研究院历史语言研究所民族学组的调查计划,到湘西的凤凰、乾城、永绥三县苗族地区进行实地调查,完成了《湘西苗族调查报告》。其中,调查方式很特殊,诸如实地摄影、图画素描、各种文物的搜集,梳理历史上苗族名称的递变,论述"古代的三苗非今日之苗""古代的九黎为今日之黎""古代之蛮为今瑶人与畬民""今日之苗为古代之髦"等具体演变内容,详细描述地理上的云贵川、湖南、广西,包括越南、缅甸等地域的苗族分布,以及苗族民众传统生产方式与生活方式;在民间文学的意义上,其最重要的是其中的"故事"与"歌谣",还有"家庭及婚丧习俗""巫术与宗教""鼓舞与游技"和"语言"等部分。其论说"这些故事除一部分是我们在湘西亲听苗人讲述随时记录的以外,有一部分是帮忙我们的几位苗族士子,如乾城石启贵、凤凰吴文祥、吴良佐诸君转请苗中耆老或能讲故事的苗人讲述,经他们记录下来之后,再由我们就记录的原文在文字上略加修正而成的",即坚守着"绝未改动原来意义"的"忠实

---

[1] 凌纯声:《松花江下游的赫哲族》下册《附录 赫哲故事》,国立中央研究院历史语言研究所1934年版,第282页。

记录"。其称"还有一部分是由他们以苗语讲述,用汉字辅以注音符号记音(当然说不到正确)再按语一一注明意义,复由作者翻译出来的"云云,其进一步述说道,"所以这些故事的来源,完全是由苗人口述的,我们在每篇故事之后,均附记讲述人的姓名籍贯。但那些故事并不一定都是纯粹的苗族故事,也许有好些是苗人讲述的汉族故事。因为在湘西一带,汉苗杂处,由来已久。且苗族的优秀分子,在近百年来,颇多受汉化的教育,习闻汉族的故事。所以他们讲述的故事,一定不免杂有汉族的成分,或且难免有起源于汉族的",其标明自己的态度说:"我们对于这些故事有两种看法:一种是看做汉化的苗族故事,一种是看作苗化的汉族故事。但在这里,我们却不能一一分辨。第二,在这些故事中,有好些是大同小异的。我们知道,大同的地方是它们的'母题(motif)',小异的地方是随时随地添上去的枝节细叶。往往有一个母题,经过许多人辗转的传述,传播到各地,因为随时随地的改变,变到末了,几乎句句变了。但是无论如何改变,只要我们能把这些大同小异的故事比较着看,仍旧可以看出它们原来是不是出于一个母题。所以研究故事,首先要剥去枝叶细节,再拿来互相比较,而后可以看出它们的母题是什么";其称"在这些故事中,有好些情节很像数学中的公式似的。在任何故事中的相当情节上,都可像代数方程式一般的用 xy 来代进去。例如'骑马觅夫'在《灶神故事》中有这一段情节,在《贫女富命》故事中也有同样的一段情节。这正像平剧的唱词一般,有好些是在任何一出戏剧中的相当脚色口中,都可唱同样的词儿。例如'听谯楼,打罢了,初更时分。'在《黄金台》剧中的田单是这样唱的,在《八大锤》剧中的王佐也是这样唱。我们决不能凭这种相同的唱词,来断定它们的母题也相同。要知道这种相同处乃是枝节的枝节,细叶的细叶,与原来的母题是毫不相涉的。"[1]

---

[1] 凌纯声、芮逸夫:《湘西苗族调查报告》,国立中央研究院历史语言研究所 1947 年版,第 240—241 页。

其大量记述了苗族民众中流传的神话传说故事,他们不同意当年日本人鸟居龙藏所说苗族"已失去其固有之宗教",而是通过调查认为苗族"保存了固有的宗教"云云,有关苗族民间文学的记录与发现,在中国现代民间文学史上有着重要影响。诸如《苗族的洪水故事与伏羲女娲的传说》,堪称中国现代神话学的经典,是其民间文学思想的集中体现,论者将他们搜集整理的苗族神话划分为"洪水神话""自然神话""事物起源神话""神仙神话""龙王神话""鬼怪神话""阴阳界神话"等类,其称"神话的文化作用,即表现在仪式、风俗、社会组织等的,有时直接引证神话,以为是神话故事所产生的结果。同时,神话也是产生道德规律、社会组织、仪式或风俗的真正原因。它形成了文化中一件有机的成分,并支配着许多文化的特点。原始文化中的武断的信仰,即由神话的存在与影响而成。在我们搜集得来的苗族神话中,有上述的文化作用和功能的,最显明的例就是洪水神话。它至今仍活在现在苗族社会生活中,并且影响着苗人的生活、命运和活动的",[1] 在这些神话传说中,有"人类的始祖设计擒住雷公,旋被脱逃","雷公为要报仇,就发洪水来淹人类的始祖","世人尽被淹死,只留兄妹二人","兄妹结为夫妇,生下怪胎,剖割抛弃,变化为人"等内容,"这四个洪水故事的中心'母题',只是以为'现代人类是由洪水遗民兄妹二人配偶遗传下来的子孙'"。[2] 最后,论者做出"推测",详细论说道:"兄妹配偶型的洪水故事或即起源于中国的西南,由此而传播到四方。因而中国的汉族会有类似的洪水故事;海南岛的黎族,台湾岛的阿眉族,婆罗洲的配甘族,印度支那半岛的巴那族,以及印度中部的比尔族与卡马尔族也都会有类似的洪水故事。中国西南的民族,除苗族外,虽尚有瑶人、仲家、摆夷、倮儸、么些以及其他许多因地殊号

---

[1] 凌纯声、芮逸夫:《湘西苗族调查报告》《第十 故事》,国立中央研究院历史语言研究所1947年版,第243页。

[2] 芮逸夫:《苗族的洪水故事与伏羲女娲的传说》,国立中央研究院历史语言研究所《人类学集刊》,1938年第1卷第1期。

的名称;但据现有的材料,如上文所考,大概兄妹配偶型的洪水故事,是起于苗族的可能性较多。在尚未发现更多材料可资证明起源于他族之前,则上文所云伏羲女娲乃苗人之说,或者可以说是较近似的推测"。[1] 这种推论在后来遭到学者质疑;但无论如何,这是在有力的论证基础上所做的推测,给人许多启发。令人遗憾的是,《湘西苗族调查报告》起自于20世纪30年代初,完成于1939年之前,直到1947年才得以出版。

第二节 边疆建设的文化选择与民间文学问题

抗日战争爆发后,关于民族命运的思考成为时代的重要主题。由于上海、南京、武汉的相继沦陷,中央政府迁至西南地区。中国西南是我国非常集中的少数民族聚居区,生活着三十四个少数民族。所以,民族问题与少数民族问题、边疆问题,都成为文化发展中特别响亮的字眼。特别是边疆建设中的文化选择,与民间文学的联系日益密切。

对于我国西南地区的历史文化,尤其是少数民族文化的关注,西方人从来就没有停歇过。诸如19世纪60年代,西方人考察西南地区,出版《扬子江五月考察记》和《中国的苗蛮》等著述;19世纪80年代,出版有《云南罗罗文字研究》和《华西三年》等著述;20世纪初,西方人出版《么些研究》《中国南方的瑶子》《中国非汉民族的历史记载》和《云南:联结印度和扬子江的链环》等著述。

民族学的主要内容是民族问题,而少数民族问题是民族问题中最重要的内容。因为历史的原因,许多少数民族长期没有文字,在客观上形成了他们的以民间文学代替历史文化典籍进行文化保存的方式。所以,关于少数

---

[1] 芮逸夫:《苗族的洪水故事与伏羲女娲的传说》,国立中央研究院历史语言研究所《人类学集刊》,1938年第1卷第1期。

民族社会风俗生活调查就有了非常重要的民间文学研究意义。

西部是我国重要的少数民族聚居区，自然也是民族文化特别是少数民族民间文学等社会风俗生活的重要分布区域；这里有着悠久的学术传统，集中了一批学者，包括他们组织的学会、创办的刊物和他们主持的各种社会风俗生活调查。抗日战争爆发之后，西部地区的民族调查取得更重要的成就。从事这些学术研究活动的，主要是各种研究机构与各个大学的青年学者。战争改变了中国现代学术体制与研究方式，大批高等学校及学子自流亡中来到大西南，学者们有更多的机会接触到少数民族地区流传的民间文学，从而以边疆文化建设为契机，掀开了中国现代民间文学史新的篇章。

年轻的学者们对少数民族地区民间文学和社会风俗生活研究充满极大的学术热情，明确提出"边疆文化建设"的理论主张，高喊出走进田野的口号。如杨成志在《广东北江瑶人调查报告》的《导言》中说："要望民族学逐渐在中国发展起来，尚待一般同志们更加努力宣扬，尤其是抛开了书本能够实行到山国去或边疆去！"（《民俗周刊》第1卷第3期，中山大学民俗学会）他在著述中称，"在高山峻岭之区，或穷乡僻壤之处，与罗罗同享衣、食、住、行的野蛮的或半野蛮的或汉化的生活。"[1] 梁瓯第在《我怎样通过大小凉山》中说："凉山欢迎的是刻苦自励，有作为，肯牺牲的青年，不是一些企图做团圆富家翁的人物。"（《教育新时代》第2卷第1期，贵阳文通书局1944年版）这些激情澎湃的理论宣言贯穿他们的探索与奋斗，使得中国现代民间文学思想理论体系的建立和发展有了更灿烂的一页。

早在1922年，四川华西大学研究西部边疆问题时，就成立了边疆研究学会，该会发起者为华西大学的外国学者，他们于1923年创办《华西边疆研究学会杂志》，以西南少数民族研究为主要内容。四川大学法学院成立西南社会研究部，由胡鉴民具体负责。1930年10月，一些学者成立亚细亚

---

[1] 杨成志：《罗罗说略》，《岭南学报》，1930年6月第1卷第3期。

学会,创办《新亚细亚》月刊,研究边疆文化与少数民族历史文化等问题。1934年2月,中央研究院的蔡元培、凌纯声与金陵大学徐益棠等人成立中国民族学会,出版《民族学研究集刊》;此后,凌纯声《亚洲西南瑶族之民族学的研究》在国际上引起重要反响。1934年3月,重庆北碚的中国西部科学院雷马峨屏组成学术考察团,深入大凉山地区进行少数民族社会风俗生活的考察,发表《四川省雷马峨屏调查记》,是研究凉山彝族问题的重要文献。丁文江考察云南社会风俗生活,编著《爨文丛刻》(国立中央研究院历史语言研究所专刊,商务印书馆,1936年),保存彝族传说故事及毕摩经典文献。1938年10月,凌纯声、方国瑜、徐益棠等创办《西南边疆》月刊。1940年4月,成都华西大学闻宥等人成立中国文化研究所,创办《华西协合大学中国文化研究所集刊》。1941年8月,中国边政学会创办《边政公论》等。有学者统计,20世纪三四十年代,我国少数民族研究有三十多种刊物,出版的少数民族问题著作有百余种之多。至此,西部地区,主要是西南地区,以少数民族民间文学与社会风俗生活为主要内容的民族学调查形成一个学术热潮。

在抗日战争时期,这些少数民族地区的社会风俗生活调查具有非常重要的学术价值与非常特殊的时代价值。在关于少数民族地区社会风俗生活的学术考察队伍中,以流亡西南地区的大学为主要研究力量,涌现出一批成就斐然的民族学家,如马学良、徐益棠等人,他们深入少数民族中间,甚至冒着生命危险,进行辛苦之至的田野作业,有大量内容涉及民间文学。这是中国现代民间文学史上非常壮烈的一页。如马学良20世纪30年代开始在西南地区进行少数民族社会风俗生活调查,发表大量著述,涉及民间文学的田野考察与理论研究,如其《黑夷做斋礼俗及其与祖筒之关系》(《边疆人文》1943年7月第1卷第5、6期)、《黑夷风俗之一——除祸祟》(《边政公论》1944年9月第3卷第9期)、《倮族的巫师"呗耄"和"天书"》(《边政公论》1947年3月第6卷第1期)、《从倮㑩氏族名称中所见的图腾制度》

(《边政公论》1947年12月第6卷第4期)、《倮族的招魂和放蛊》(《边政公论》1948年6月第7卷第2期)、《罗民的祭礼研究》(《学原》1948年第2卷第2期)等。1935年7至10月间，徐益棠赴广西象平调查瑶族社会风俗生活，发表了《广西象平瑶民之生死习俗》(《金陵学报》第8卷第1、2期合刊)、《广西象平间瑶民之宗教及其宗教的文献》(《边疆研究论丛》，成都金陵大学中国文化研究所1941年版)、《雷波小凉山罗族调查》(《西南边疆》1941年第13期)、《广西象平间瑶民之占卜，符咒与禁忌》(金陵大学《中国文化研究集刊》1941年第2卷)、《广西象平间瑶民之法律》(《边政公论》1941年8月第1卷第1期)、《广西象平间瑶民之婚姻》(《边疆研究论丛》，成都金陵大学中国文化研究所1945年版)、《广西象平间瑶民之饮食》(《边疆研究论丛》，成都金陵大学中国文化研究所1945年版)等。其中《广西象平间瑶民之宗教及其宗教的文献》，记述瑶族宗教神话、民间庙宇文化与民间信仰中敬神、请神唱词等内容。如其所言，"鄙弃名利，断绝仕途，奔走于荒徼僻壤，努力于田野工作"，[1]可见其辛苦备至。1937年，马长寿等人在凉山彝区进行社会风俗生活调查，总结为《凉山罗夷系谱》之数十万言的调查报告，马长寿发表《凉山罗夷的族谱》(《边疆研究论丛》，金陵大学中国文化研究所1945年版)。1938年11月至1939年7月，庄学本调查越巂、冕宁、昭觉、盐源、盐边各县十二个彝族村落的社会风俗生活，发表《西康夷族调查报告》。1939年6月，陶云逵考察云南的彝族社会风俗生活，发表《大寨黑彝之宗族与图腾制》(《边疆人文》1943年9月第1卷第1期)与《西南部族之鸡骨卜》(《边疆人文》1943年11月第1卷第2期)。1939年8月，中央研究院历史语言研究所组织贵州民族调查团、中央庚款董事会组织川康科学考察团，分别进行西南少数民族地区的社会风俗生活考察，发表许多研究著述。20世纪40年代初，大夏大学学者吴泽霖等人深入贵州少数民

---

[1] 马学良：《十年来中国边疆民族研究之回顾与前瞻》，《边政公论》，1942年1月第1卷第5、6期。

族地区进行社会风俗生活调查,编撰出《炉山黑苗的生活》十卷、《安顺苗的生活》一卷、《定番县苗民调查报告》十卷、《铲山县苗民调查报告》十卷等著述;他们主持《贵州日报》副刊《社会研究》,发表许多对地方民间文学的搜集整理与理论研究,如吴泽霖《么些人之社会组织与宗教信仰》(《边政公论》1945年6月第4卷第4、5、6期合刊;1945年8月第7、8期合刊)等著述,他们出版《民族学论文集》,保存了多篇苗族神话传说。其中,岑家梧以研究图腾理论著称,其调查贵州少数民族民间文学与民间宗教信仰等问题,发表理论研究著述如《贵州仲家作桥的道场与经典》(《边政公论》1945年3月第4卷第2、3期)、《水家、仲家风俗志》(《西南民族文化论丛》,岭南大学西南社会经济研究所1949年12月版)。此时,四川大学胡鉴民等学者着眼于岷江上游羌族社会风俗生活的调查,发表《羌族之信仰与习为》(《边疆研究论丛》,金陵大学中国文化研究所1941年版)。1939年4月,雷金流对云南澄江松子园彝区社会风俗生活的调查,发表《云南澄江罗罗的祖先崇拜》(《边政公论》1944年9月第3卷第9期)。1939年,芮逸夫和庞勋琴进行对苗族社会风俗生活的调查。1940年,吴定良对贵州苗民社会风俗生活进行调查并发表《水西苗调查纪要》。1940年7月,四川省教育厅组织"边区施教团",赴雷波、马边、峨边、屏山等彝族地区进行社会风俗生活考察,出版《雷马峨屏纪略》(四川省教育厅1941年7月版)。1940年6月起,李霖灿在云南丽江、中甸、维西、宁蒗等县考察地方少数民族社会风俗生活,进行纳西族东巴教田野作业,先后出版《么些象形文字字典》(1944年)、《么些标音文字字典》(1945年)和《么西经典译注六种》(1957年),其中《么西经典译注六种》有"占卜起源的故事""多巴神罗的身世""都萨峨突的故事""某莉亥孜的故事"等内容,记述了地方少数民族的民间文学。1941年4月,杨成志他们赴粤北乳源瑶山考察,发表《粤北乳源瑶民的宗教信仰》(《民俗周刊》1943年第2卷第1、2期合刊)和《粤北乳源瑶人调查报告》(中山大学研究院文科研究所1943年版)等著述。1941年夏,高伦带领西南联大川康科学考察团对大凉山彝区社会风俗生活进行深入考察,编写出《大凉山彝区见闻录》。1941年6月,凌纯声、芮逸夫对四川理县羌民社会风俗生活的调查,芮逸夫和胡庆钧对川滇交界叙永苗民社会风俗生活的调查及其《苗语释亲》与《川南叙永苗民人口调查》,陶云逵对云南新平县杨武坝鲁魁山倮族社会风俗的调查及其《大寨黑夷之宗族与图腾制》,卫惠林与中央大学边政系学生对青海互助县土族人社会风俗生活的调查及其《青海土人之社会组织》,芮逸夫、石钟对四川兴文县珙县僰人社会风俗生活的调查及其《僰人考》,李安宅对藏族的社会风俗生活的调查。1943年7月,林耀华等人深入大凉山彝区考察,主要成果有调查报告《凉山夷家》。1946年12月,陈宗祥走遍大小凉山,进行彝族社会风俗生活与民间文学的调查,尤其是他对德昌县傈僳族水田族的调查,及其发表《西康栗粟水田民族之图腾制度》与《倮㑩的宗教》(《边政公论》1947年12月第6卷第4期;1948年3月第7卷第2期)。都是中国现代民间文学史上独具特色的篇章。这些社会风俗生活调查不同程度上涉及少数民族地区的民间文学内容,都卓有成效。

民间文学与民族学息息相关,尤其是对少数民族民间文学的深入调查与别开生面的理论研究,都有力促进了中国现代民间文学思想理论的发展。他们提出的"到边疆去",与五四以来走进民间、目光向下的民间文学思想主张是一致的,表现出他们非凡的学术品格、高尚的献身精神与强烈的责任感。

第十一章
中国现代民间歌曲理论

民间文学思想理论并不能仅仅围绕着具体的文本而展开,而应该是对民众文化生活的多层次研究。诸如民间歌谣,如果抛却其音韵、旋律、表演形态等内容,有许多更有价值的现象,我们可能就无法感受和理解其生动性与丰富性了。

中国现代民歌理论包括了民间歌谣的社会文化研究与民间歌曲的表演等内容。

歌谣与歌曲是两个相互联系又有明显区别的概念;歌曲的概念在内容上涵盖了歌谣。这里,笔者提出现代民间歌曲理论,其实是把民间歌谣置于民间歌曲之中,强调其文化生活属性的动态特征。

在历史上,我国是一个富有民间音乐资源的文化大国,人们运用音乐表达情感,抒发胸臆,形成独具中国特色的音乐文化。在中国传统文化生活中,常常不乏引吭高歌、慷当以慨,以歌声表现威武不屈的、个人歌唱的历史文化记忆内容。如传说中的涂山氏"候人猗兮"与伯牙子期"高山流水"到岳飞的《满江红》,更有充满激越与昂扬的合唱,如葛天氏"三人操牛尾以歌八阕"、商民族被灭亡之后其遗民仍然高唱《商颂》,等等,雅俗并存,相互影响,共同发展。民间歌谣与民间歌曲在整体上是密不可分的,其基本区别在于前者多吟诵,后者可歌唱。它们的传播与传承都依赖民间音乐。中华民族很早就重视民间音乐,出现"乐府"等搜集整理保存民间歌谣、民间歌曲的文化机构，具有以歌曲振奋民族精神，特别是面对外敌入侵，在民族危亡重要关头，通过整理挖掘民间歌曲，唤醒民众，凝聚民族精神，团结御侮，革新与发展音乐文化的宝贵传统。有学者将这种现象概括总结为"礼失求诸野"的文化发展规律。现代中国社会，同样如此，富有正义感、责任感、使命感的知识分子，异常重视民间歌曲的价值意义；他们从启蒙民间到走进民间，努力遵循"礼失求诸野"这种音乐文化的发展规律，深入研究和大胆探索运用民间歌曲，使音乐文化传统发扬光大，并形成逐渐系统、完善的现代民间歌曲理论。从宏观上我们可以把这一过程概括为三个基本阶段，即承启近代文化发展的学堂乐歌教育歌唱运动时期，在科学、民主思想影响下所出现的五四歌谣学、民俗学与乡村教育运动时期，新音乐运动与大众文艺运动时期。在不同历史时期，形成了不同的理论特色。

应该说，在我国近代社会存在着一个以学堂乐歌为主要内容与民间歌曲有密切联系的教育歌唱运动。在我们民族传统教育历史上，曾经把音乐教育列入"六艺"之中，然而，真正把音乐教育提高到一个很高地位的时期还是近代。在两次鸦片战争中，我们民族的身心都受到极大伤害；废除科举，新学兴起，学堂乐歌应运而生。一些具有觉醒意识的知识分子认识到音乐教育对于唤醒民众的重要作用，较早提出重视乐歌的社会教育作用，借鉴日本明治维新以来重视音乐教育的历史，吸收和借鉴西方音乐，组织音乐教育团体，创办音乐杂志、出版或整理音乐作品集，在一定范围内形成了学堂乐歌教育歌唱运动。早期的学堂乐歌大多以旧曲填新词为主，即使用民间歌曲或欧美歌曲的曲调填进创作的新词。据不完全统计，20世纪初出版了各种歌集100余册，编入学堂乐歌2000余首。其中，沈心工编辑的《学堂乐歌集》、曾志忞编辑的《教育唱歌集》和李叔同编辑的《国学唱歌集》影响尤为突出，其他如《新唱歌》《女子唱歌集》《修身唱歌书》《新撰唱歌集》《中学唱歌集》《共和国民唱歌集》《雅乐新编》等，无不充满救国济世的热情。这些唱歌集中，有许多苦心创作的音乐作品，而更多的是对民间歌谣的整理与改编,实际上成为影响五四歌谣学运动发生的重要因素。1904年,沈心工、曾志忞等人在日本东京成立"亚雅音乐会",提出以"发达学校社会音乐,鼓舞国民精神"为宗旨,至1906年李叔同创办《音乐小杂志》,这一时期可以看作学堂乐歌教育歌唱运动的先声。1911年1月,上海成立了"中华女子音乐协助会",南京中华民国临时政府教育部颁发的《普通教育暂行办法》《普通教育暂行课程标准》中指出音乐教育必须纳入学校日常课程体系。既而,又公布《中学校令施行规则》《师范学校规程》和《高等师范学校课程标准》,包括《藏蒙学校章程》等文件,一再提出音乐教育特别是乐歌为必修科目。1919年3月,南京中华民国临时政府教育部颁发的《全国教育计划书》,明确提出"文艺、音乐、演剧,皆人民娱乐之所寄,惟宜力趋于高尚者,故是项事业亟宜提倡或补助之"。自1919年1月蔡元培等人成立"北京大学音乐研究会",5月冯伯廉等人成立"中华音乐会",11月教育部组织成立国歌研究会,全国各地许多地方成立了音乐教育组织或机构。1920年3月北京大学音乐研究会编辑出版《音乐杂志》,蔡元培在《发刊词》中写道:"一方面,输入西方之乐器、曲谱,以与吾固有之音乐相比较。一方面,参考西人关于音乐之理论以印证于吾国之音乐,而考其违合","循此以往,不特可以促吾国音乐之改进,抑亦将有新发见之材料与理致,以供世界音乐之采取"。蔡元培是学堂乐歌教育歌唱运动的重要组织者,此前他曾大力提倡美育,在《以美育代宗教说》中提出借之"舍宗教而易之以纯粹之美育",[1]之后萧友梅在他的支持下建立北京大学音乐传习所,系统讲授西方音乐史与西方声学,出版《今乐初集》《新歌初集》等中国现代歌曲理论的开拓之作。黎锦晖是北京大学音乐研究会的积极参加者,他曾经深入研究民间戏曲,对皮黄、大鼓等民间艺术进行认真考察,1922年他创办《小朋友》,发表大量适应儿童教育的音乐作品,标志着学堂乐歌教育歌唱运动

---

[1] 蔡元培:《以美育代宗教说》,《新青年》,1917年8月第3卷第6期

历史任务的完成。其间，许多有识之士积极呼吁在全社会加强音乐的革新与普及教育，对于学堂乐歌特别是民间歌曲概念、功能、价值和意义的理解，成为现代民间歌曲理论的重要内容。如廉士的《乐者古以平心论》(《万国公报》1883年第1卷第15期。)、张德彝《乐可化民说》(《五述奇》1890年稿)、匪石的《中国音乐改良说》(《浙江潮》1903年第6期)、王国维的《论小学校唱歌科之材料》(《教育世界》1907年10月第148号)、我生的《乐歌之价值》(《云南教育杂志》1917年第7号)等。其中曾志忞、萧友梅做出积极而卓越的贡献，他们在许多著述中大力提倡开阔视野，提出"教科书者，教育之命脉也"，[1]重视西方音乐在国民教育中的运用。同时，越来越多的人认识到在音乐教育上要有自己的声音，不能盲目照搬西方音乐。如留学德国的王光祈积极向国内介绍西方音乐学历史和理论，倡导比较音乐学的研究方法。他在《欧洲音乐进化论》中指出："音乐是人类生活的表现，东西民族的思想、行为、感情、习惯，既各有不同，其所表现于音乐的，亦当然彼此互异。"他特别指出"西洋音乐是表白人的思想、行为、感情、习惯，原来不是为中国人作的"，"希望中国将来产生一种可以代表'中华民族性'的国乐。而且这种国乐，是要建筑在吾国古代之音乐与现今民间谣曲上面的。因为这两种东西是我们'民族之声'"。[2]1912年至1922年十年间的音乐出版物表现出这样几种特点，即一为唱歌集，主要是振奋民族精神、愉悦民众的歌曲创作，一为曲谱集，其中个人创作曲谱与民间歌曲包括古代曲谱的整理出版有格外突出的意义，一为音乐知识与教科书在音乐教育普及方面影响突出。至北京大学成立歌谣研究会，发起抢救整理研究民间歌谣，即五四歌谣学运动的兴起，学堂乐歌教育歌唱运动继续存在，渐渐告一个段落。这两个运动在发展过程上未必有必然联系，但它们都不同程度对民间歌曲给以

---

[1] 曾志忞：《音乐教育论》，《新民丛报》，1904年第14号。
[2] 王光祈：《欧洲音乐进化论》，上海中华书局1923年11月版，第1页。

热情关注,在事实上促进民间歌曲理论的重要发展。

对于现代民间文学发展中的民间歌曲理论而言,五四歌谣学运动、民俗学运动作为我国民俗学发展的重要开端,同样也是民间歌曲理论发展的重要契机。乡村教育运动则是我国民俗学深入发展的重要时期。这三个运动在民间文化研究的整体上意义是大致相同的,它们都以对民间文化的关注,包括对民间歌曲的研究为学术研究的重要出发点。就五四歌谣学运动、民俗学运动而言,前者的主体是北京大学,后者的主体是中山大学,他们共同关注于民间歌谣,包括民间歌曲,他们把搜集整理民间歌谣作为自己的基本任务,如何精确记录民间歌谣的曲调、音调,成为许多学者不可回避的问题。与学堂乐歌教育歌唱运动所不同的是,这两个运动更注重民间歌曲在文艺学、民俗学和文化史上的重要价值与意义。特别是一批文学家、语言学家,他们中的许多人精通我国古代音乐知识,将语言学、音乐学的知识贯通于民间歌谣的研究。如郭绍虞在对传统文化研究中将诗与歌分割开的批评中说"只可惜孔子以后再没人同他一般纂集国风","忘了诗歌是同时发生,忘了诗是带有乐歌的性质",他引郑樵"自后夔以来,乐以诗为本,诗以声为用"的话,批评后来"腐儒之说起","以义理相受,遂使声歌之音,湮没无闻",称"以此成为古乐失传的原因"。[1] 又如刘半农对于俗曲的研究,他特别重视方音、乐曲在俗曲与民间歌曲中的重要价值。他在拟定《北京大学征集全国近世歌谣简章》中特别强调"歌谣之有音节者当附注音谱。用中国工尺谱、日本简谱,或西洋五线谱均可"。[2] 他曾讲:"打算利用蓄音机,将各种方言逐渐收蓄下来,作研究的张本。同时对于社会上流行的俗曲,以及将要失传的旧乐,也须竭力采访收蓄,希望十年八年之后,我们可以有得一个很好的蓄音库。"[3] 刘半农的《中国俗曲总目稿》编入6000余种俗曲,是我国

---

[1] 郭绍虞:《村歌俚谣在文艺上的地位》,《晨报》副刊《艺术谈》,1920年8月21日。
[2] 《北京大学征集全国近世歌谣简章》,《歌谣周刊》,1918年2月1日第1期。
[3] 刘半农:《我的求学经过及将来工作》,《北京大学研究所国学门周刊》,1925年11月第1卷第4期。

现代民间歌曲特别是俗曲理论历史上的一部重要著述,迄今仍然是我们不可缺少的工具书,他在序言中提到当年征集歌谣"最初所注意的只是歌谣,后来就连俗曲也同样看重,甚而至于看得更重些",对于其中"没有能谈到记载乐曲的工作"感到遗憾,但他又不得不承认自己"于唱的一方面是门外汉"。[1] 他在《北平俗曲略》的序言中特别提到俗曲在音乐研究上"将来还大有继续研究的余地","在这一个范围之内的探求校订的工作,最好交给天华去做,可惜天华死了"。[2] 刘天华是刘半农的兄弟,是国乐改进社的发起人之一。当时,国乐改进社提出"设法刻印尚未出版的古今乐谱","把无谱的乐曲记载下来",保存、改进和发展国乐,"以期与世界音乐并驾齐驱";[3] 刘天华本人也曾提出研究、保存古音乐"要顾及一般的民众",不要"以音乐为贵族的玩具"。[4] 另外还有黎锦熙、董作宾他们大力提倡用工尺谱记录民间歌曲演唱的曲调,为歌谣学包括民间歌曲的研究提供了重要基础。工尺谱以汉字来标注音阶,也以汉字的读音来发音,但旋律却同现代的简谱相同。据考,我国隋唐时期就已经形成了工尺谱、减字谱等音乐记录方法,宋代出现了俗字谱的记录方法。清末,通过留日学生的努力,简谱传入我国。在我国近、现代历史上,使用比较普遍的是简谱和五线谱,特别是简谱,使用的人最多。1904年,沈心工先生倡导的《学校唱歌法》一书出版后,简谱的记录方法在我国逐渐普及,对于我国民间歌曲的整理、现代音乐知识的普及和音乐教育的推广起到非常重要的作用。当然,他们更关注的是民间歌谣包括民间歌曲对于文化研究和文学发展的理论意义。如《歌谣周刊》的编者在发刊词中提出,其目的有两种"一是学术的,一是文艺的",就是"从这学术的资料之中,再由文艺批评的眼光加以选择,编成一部国民心声的选集",

---

[1] 刘半农:《诳城隍庙牌子曲》,《语丝》,1926年6月21日第84期。

[2] 刘半农:《〈北平俗曲略〉序》,李家瑞《北平俗曲略》,中国曲艺出版社1988年9月版。

[3] 《国乐改进社成立刊》,1927年8月。

[4] 刘天华:《"月夜"及"除夕小唱"说明》,《音乐杂志》,1928年2月第1卷第2期。

"根据在这些歌谣之上,根据在人民的真感情之上,一种新的'民族的诗'也许能产生出来",[1] 十多年后,《歌谣周刊》复刊时,胡适仍然念念不忘"替中国文学扩大范围,增添范本"作为其"最大的目的"。[2]

中山大学民俗学运动更为激进,顾颉刚他们强调推翻以封建贵族为中心的历史,要建立以民众为中心的历史。董作宾曾专门在文章中提到他们"有三个目的",除了"学术的"和"文艺的",特别强调"教育的目的",说"我们感到'割股救亲'的愚孝,'奔丧守寡'的苦节,这些曲本唱书的教训,是20世纪所不应有的"。这里他们的"民间","不限于汉族","凡属于中国领域内的一切民族"皆是,作品也不限于"韵文的歌谣、谜语、谚语、曲本、唱书","凡神话、童话、传说、故事、寓言、笑话"皆是。他曾经高呼有名的民间文学战斗口号:"打破传统的腐化的贵族文艺的旧观念!用研究学术的精神来探讨民间文艺!用批评文艺的眼光来欣赏民间文艺!用改良社会的手段来革新民间文艺!热心民间文艺的同志团结起来!提倡新颖而活泼的民间文艺!"[3] 中山大学的学者们从出版《民俗周刊》和《民俗学会丛书》,到杭州中国民俗学会时期,形成我国现代民俗学运动的又一次高潮。他们对于民间歌曲表现出很高的热情。如谢云声的《台湾情歌集》和《闽歌甲集》、黄诏年的《孩子们的歌声》、丘峻的《情歌唱答》、叶德均的《淮安歌谣集》等,大多在民间歌曲后面注音,注释方言含义。特别是对于少数民族民间歌曲的翻译、整理,更具有学术意义。如刘乾初、钟敬文合译的《狼獞情歌》(民俗学会丛书之三,国立中山大学语言历史学研究所1928年版),有人在序中由衷地感叹道:"我们与其读诗人成册成集的歌曲,不如听一个刘禾少女的几声慢唱"[4]。钟敬文的《民间文艺丛话》(民俗学会丛书之六,国立中山大

---

[1] 《发刊词》,《歌谣周刊》,1922年12月17日第1号。
[2] 胡适:《复刊词》,《歌谣周刊》,1936年4月4日第2卷第1号。
[3] 董作宾:《为〈民间文艺〉敬告读者》,《民间文艺》"创刊号",1927年11月1日。
[4] 王独清:《狼獞情歌·序》,中山大学民俗学会丛书之三,国立中山大学语言历史学研究所1928年。

学语言历史学研究所 1928 年版）在对客家山歌、台湾民歌、歌仙刘三妹、竹枝词和儿童歌谣等民间歌曲进行探讨时,格外关注民间歌曲在一定地区民众文化生活中的具体存在状况,这种研究方法即使在今天仍然值得我们重视。顾颉刚等人在《孟姜女故事研究集》（三）（民俗学会丛书之七,国立中山大学语言历史研究学研究所 1928 年版）中,从不同方面对孟姜女故事、民间戏曲、小调中的民间歌曲问题展开研究,更富有意义。如其中何植三的《诸暨与上虞的孟姜女歌曲》、涂光熙的《平湖的孟姜女歌》、"学生界一分子"的《吴中唱春调的孟姜女哭夫》、刘复（半农）的《敦煌写本中之孟姜女小唱》、钱肇基的《南曲谱及民众艺术中之孟姜女》和《〈孟姜女鼓词〉与〈听稗〉鼓词》、钟敬文的《送寒衣的传说与俗歌》、钱南扬的《目连戏与四明文戏中的孟姜女》等,这些文章在今天仍然对我们有深刻的启发。

总的来讲,以《歌谣周刊》为重要阵地的五四歌谣学运动主要关注民间歌曲的文学性,《民俗周刊》民俗学运动主要关注民间歌曲的社会历史价值。应该说明的是,这二者对于民间歌曲的研究而言都是不可缺少的,尤其是对确立民间歌曲的研究立场具有非常重要的意义。我们研究民间歌曲固然应该重视音乐形式,同样也不能忽视其词句所蕴涵的内容。

乡村教育运动中民俗学的发展是中国现代民俗学真正成熟的标志。它与俄国的民粹运动、日本的新村运动有着十分密切的联系。在这一运动中,取之于民,用之于民,用和学都取得突出成就。以民间歌曲作为教材,教农民识字,在一些实验区内展开不同层次的民俗学建设,包括多种形式的民间歌曲与识字相结合的实验。无论是从规模上还是从理论创新程度上,这一时期都远远超过了以往任何一个时期。这是一场有目的、有步骤的理论与实践相结合的文化运动,其目的就是通过教育实验探索乡村社会迅速发展的途径,承接了梁启超他们倡导的新民理论,民间歌曲在这一运动中发挥了十分积极而重要的作用。乡村教育运动中的学者们提出一个响亮的口号："到农村去。"当然,他们也同样关注城市底层民众的生活。

乡村教育运动对现代民间歌曲理论的意义主要体现在民间歌曲对社会历史文化研究的探究,及其在社会教育实践中民间歌曲作为民众识字教育的具体运用。相当长一个时期内,民间歌曲研究中存在一个缺陷,即忽视民间歌曲的文化存在条件,民间歌曲的研究应该是与民间戏曲的研究密切联系在一起的。民间戏曲大量吸收了民间歌曲的曲调,同时也广泛影响了民间歌曲的传播,二者常常密不可分。但是,我们许多学者有意或无意地忽略了这一方面。20世纪30年代,乡村教育运动深入开展,诸如北京、河北、河南、山东、江苏、福建、贵州、云南、四川等地,学者们深入社会底层进行不同形式的考察,或以此了解社会历史文化的存在与发展状况,或寻找民间文化资源,直接服务乡村教育运动中的教材建设。在这一时期,许多学者通过对外国民歌的介绍,运用比较的方法研究民间歌曲。如青主的《论民歌》,就是相当难得的民间歌曲理论文献。他提出,"本来的民歌发祥地,就是自然界,只有接近自然界的人们,才能够创作本来的民歌",即"本来的民歌创作者,并不是音乐艺人,乃是接近自然界的居民,他们创作出来的民歌,是用来表示他们的哀乐,并用不着诗的艺人同他们做歌辞","还有许多由诗的艺人和音乐艺人创作成功的民歌",他说,"每一首民歌都是凭着它的歌辞和音乐,用来表示出一种最真挚的情感,或欢乐,或愁苦,都是不可以移易的",他批评"外国民歌有些是失之太淫",强调"我们有输入正当的世界民歌的必要","不论哪一处的民歌,只要它是美是好,我们都可以拿来唱,正不必把它的民族性妨害我们的乐性"。[1] 聂尔以黑天使的笔名发表《中国歌舞短论》,高喊"要向那群众深入,在这里面,你将有新鲜的材料,创造出新鲜的艺术",这才是"时代的大路"。[2]

对于中国现代民间歌曲理论而言,其中最有价值的应该是各地的民众

---

[1] 青主:《论民歌》,《乐艺》,1930年10月1日第1卷第3号。
[2] 聂尔:《中国歌舞短论》,《聂尔全集》,上海音乐社1932年版。

娱乐调查。如晏阳初、梁漱溟、陶行知、王拱璧、黄炎培他们的乡村教育考察论著,尤其是张履谦的《相国寺特种调查》(河南开封教育实验区1936年版)和郑合成的《陈州太昊陵庙会概况》(河南立杞县教育实验区1934年版),其他如《河北定县秧歌概况》《山东庙会调查集》等学术著作,对于民间歌曲的关注,也具有非常重要的学术价值。在《相国寺特种调查》中我们可以看到,他们"调查相国寺的民众娱乐,是同民众读物调查的时间一同开始的",其调查方法采用"个案调查""实地访问与观察"。调查内容有"梆子戏调查""坠子戏调查""大鼓书调查""道情调查"等。他们除了对民间戏曲基本内容的调查外,还详细记录了许多民间艺人即民间歌曲演唱者的生活状况,包括他们传授演唱技巧、授徒方式等内容,这对我们研究民间歌曲的形成、发展、传承、传播,及其价值、功能等问题都具有特殊的意义。其实际影响范围远远大于五四歌谣学运动和民俗学运动,但是,毋庸讳言的是其理论深度则明显不及前两者,其更多的是以相对浅显的社会学理论对民间文化所做的描述与评说。

新音乐运动与大众文艺运动是我国现代民间歌曲理论发展和完善的重要阶段。我们应该看到新音乐运动与大众文艺运动都是新文化运动的重要发展,都是五四以来新文化的一部分。但是,由于社会文化发展的特殊时代背景与其所赋予的任务不同,它们又表现出特殊的时尚与风格,形成现代民间歌曲理论的重要特色。尤其是文学语言与音乐语言在这里得到有机统一,更是现代民间歌曲理论的杰出成就。我们可以说,如果没有新文学对新音乐的文学支持,就不会出现《黄河大合唱》那样震撼人心的音乐作品;同样,如果没有新音乐对新文学的艺术支持,也不会出现《白毛女》《王贵与李香香》那样的优秀文学作品。

20世纪30年代,日本侵略中国,抗日救亡的文化潮流极大地改变了一大批文艺工作者的文化立场与艺术观念。许多人明确提出文化救国,如吕骥提出"目前对于大多数工农群众,新音乐运动不能不把一大部分力量致力于整理、改编民歌的工作,不过我们更需要的还是用各地方言和各地特有的音乐方言制作的'民族形式,救亡内容'的新歌曲"。[1] 大众文艺运动,其实就是文艺的大众化运动,应该看作五四歌谣学运动的余音和新文学运动的新声。它为新音乐运动提供了必要的文学支持,包括民间文化理论的思想支持。在当时,它反对的是欧化,即所谓五四新文学发展中的文学语言与文学形式的"欧化倾向"。他们认为五四新文学运动"产生了一种新式的欧化的'文艺上的贵族主义':完全不顾群众的,完全脱离群众的,甚至于是故意反对群众的欧化文艺,在言语文字方面造成了一种新文言('五四'式的假白话),在体裁方面尽在追求着怪僻的摩登主义,在题材方面大半只在知识分子的'心灵'里兜圈子"。向林冰他们更是指责五四以来的新文学非大众化、非民族化,对于民间旧形式表现出巨大的热情,甚至看作民族形式的"中心源泉"。胡风他们则反对认为五四新文艺"割断了历史的优秀传统,割断了与人民大众的联系",反对认为"民间文艺为中国文学的正宗"。他反复地批判向林冰他们提出的"新质发生于旧质的胎内"。特别是对于大众文艺和民族形式的讨论,通过对"民族形式"和"民间形式"的强调,不无偏颇地排斥对西方文学必要的学习,瞿秋白在《大众文艺的问题》中强调语言形式问题,指出"革命的大众文艺必须开始利用旧的形式的优点"。毛泽东非常关注大众文艺运动的发展,组织召开延安文艺座谈会,针对当时的文艺发展情况,包括如何对待大众文艺运动及文艺大众化等问题,他发表了自己的意见,即《在延安文艺座谈会上的讲话》。[2] 这篇文章是对大众文艺运动的重要概括与总结;它规定的文艺为人民服务,为工农兵服务的方向与任务,在相当长的一个时期内对广大文学工作者影响极其深刻。如对延安新秧歌剧运动与赵树理小说的影响。最为典型的应该是以新音乐为背景的大

---

[1] 吕骥:《中国新音乐的展望》,《光明》,1936年8月10日第1卷第5期。
[2] 毛泽东:《在延安文艺座谈会上的讲话》,《解放日报》,1943年10月19日。

众歌咏运动在全国各地的风行。

在实质上讲,大众文艺运动与五四歌谣学运动重视民间文学的文学价值、学术价值,包括民俗学运动提到的社会价值,但是,在价值立场和叙述方式等方面他们又表现出不同意见。这两个运动都是民族危亡的关头由文艺工作者自觉发起的,带有浓郁的救亡色彩,在现代文化发展中都发挥了重要作用;它们相互支持,共同发展,表现出非凡的文化品格。"新音乐运动"显然是以新音乐为主要内容的文化运动。其源头在于学堂乐歌教育歌唱运动。黄自曾经提出"民族文化的新音乐",主张学习俄国音乐文化建设,建立具有中国特色的民族乐派。[1] 萧友梅第一次提出"新音乐运动"的概念,他在《关于我国新音乐运动》中回答了"我国旧音乐与现代西洋音乐比较""复兴我国音乐的方法与道路""如何对待民众领略新音乐运动""如何形成我国音乐学派""我国音乐教育的途径"和"如何对待新音乐运动与时代"等问题,特别是对于如何对待民众音乐,他提出"搜集旧民歌,去其鄙俚词句易以浅近词句,并谱以浅近曲调;遇有谱之民歌,整理之后更配以适当的和声","搜集民曲〔Folk tune(俗名小调)指有声无词的一类〕,加以整理配以和声","选择好的旧剧(指有历史价值而含时代思潮的)加以整理","由政府及音乐学校双方征求新作民歌并配以曲谱。认为有价值的请政府给予奖励,藉以创作新时代的民众音乐"。[2] 这在事实上应该将其看作新音乐运动基本纲领性的论述。后来,又有吕骥他们明确提出了"国防音乐";吕骥在《中国新音乐的展望》(《光明》1936年8月第1卷第5期)、《伟大而贫弱的歌声》(《光明》1936年12月第2卷第2期)等文章中进一步提出了"新音乐运动"的理论,贺绿汀的《音乐艺术的时代性》(《新夜晚·音乐周刊》1934年第12期)和《中国音乐界现状及我们对于音乐艺术所应有的认

---

[1] 黄自:《怎样才可产生吾国民族音乐》,《晨报》,1934年10月21日。
[2] 萧友梅:《关于我国新音乐运动》,《音乐月刊》,1938年2月第1卷第4期。

识》(《明星》1936年10月第6卷第5、6期合刊),周钢鸣的《论聂耳和新音乐运动》(《生活知识》1936年7月第2卷第5期)、《从"九一八"说到新音乐运动》(《生活知识》1936年9月第2卷第9期),穆华的《歌曲是一面社会的镜子》(《生活知识》1936年5月第2卷第1期)等文章,从不同方面对民间歌曲进行广泛而深入的探索。在抗日战争全面开展之后,新音乐运动进入发展高潮阶段。李凌、孙慎、林路等人在重庆、桂林等地建立了新音乐社,进行新音乐的宣传和鼓动。同时,各地的抗敌歌咏队、抗敌演剧队、抗敌宣传队、战地服务团、孩子剧团等各种各样的抗日文化宣传团体,将新音乐运动开展得如火如荼。特别是他们在重庆国立音乐院成立的"山歌社",对民间歌曲进行收集、整理、改编和演唱,出版《山歌通讯》《中国民歌选》和《五声音阶及其和声》等专集。许多人认识到民族性与时代性的重要,如贺绿汀在《抗战音乐的历程及音乐的民族形式》中所说,"中国是个地域辽阔、人口众多的国家,是个有几千年历史的国家;从极南到极北,从极东到极西,无论是言语、风俗、生活、习惯、民族性、社会组织等等,都有极大的差异。在这各不相同的地域里,蕴藏着几千年遗留下来的无尽的民间音乐、歌谣等等,如昆曲、皮黄、梆子、大鼓、河南坠子等,大都是来自民间而富有极其浓厚的地方色彩。从现代音乐的立场看来,这些东西已不够代表新中国的音乐,但是这些东西是新中国音乐最宝贵的泉源","在抗战时期,我们要用音乐来动员民众,当然我们应该更需要民间歌谣形式,利用民歌,创造为民众所喜欢的新民歌,我们的目的是在动员民众,教育民众,提高民众音乐文化的水平",要"创作无愧于我们伟大时代的史诗性作品"[1]。

延安的音乐运动更是热火朝天,与田间等人的街头诗运动交相辉映,共同构成延安文艺运动的灿烂景观。鲁迅艺术学院简称"鲁艺",其音乐系先

---

[1] 贺绿汀:《抗战音乐的历程及音乐的民族形式》,《中苏文化》"抗战三周年纪念特刊",1940年7月7日。

后成立了民歌研究会（1941年更名为"中国民间音乐研究会"）、理论作曲研究会、鲁艺音乐工作团、大合唱团、小合唱团、鲁艺乐队等组织。他们的课程表上，赫然排列着"民歌研究""民间文学""民间音乐"等课程。他们开展了多种多样的研究、创作和演出活动，到农村、部队、学校进行新音乐的宣传，建立"边区音乐界抗敌协会""延安作曲者协会"（后改为"边区作曲者协会"）等组织，编辑出版《歌曲月刊》《边区音乐》《星期音乐》《民族音乐》等刊物。特别是鲁艺音乐系音乐高级班学生发起成立的民歌研究会，把民歌的搜集、整理、研究作为自己的主要工作，如吕骥整理的《绥远民歌集》在当时产生积极影响。不久，吕骥他们又采集到许多山西、河北和三边地区的民歌；特别是吕骥，亲手设计了民间歌曲记录整理格式表格；他们又成立中国民歌研究会（1940年10月），继而又提出"加强民间音乐的采集与研究工作"，改名"中国民间音乐研究会"。安波、张鲁等人在对前线将士访问、慰问工作中采集到400多首民歌和大量的民间音乐、民间戏曲，包括马可等人组成的"鄜户五人团"根据民间道情等音乐创作的《白毛女》，对于中国现代文艺发展产生重要影响。到1942年的12月，他们搜集整理的民间歌曲达2000多首，自1942年12月到1943年的3月，他们搜集整理并出版《民间音乐研究》《秧歌集》《陕甘宁边区民歌》《鄜户道情集》《河北民歌集》等10余种民间歌曲集，同时还完成了《山西民歌》《江浙民歌》《河南民歌》《山东民歌》《东北民歌》等民歌集的整理。

冼星海的《民歌与中国新兴音乐》原为《民歌研究》，他在这里集中论述了三个问题，即"从音乐观点上来看民歌""研究民歌与创作民歌的方法""民歌研究与中国新音乐前途"。他的民歌研究照他自己的话说，是受"曾看见刊载《北平文学周刊》的民谣研究"其实就是五四歌谣学的影响；他对于"只有歌词而无歌曲"作为文学研究的状况提出自己的意见，说，"自从中国一般前进的音乐家提出了'新音乐运动'之后，不少大众化、民族化的新兴歌曲，由民歌的影响产生出来，今天我们提出从音乐观点上来看民歌,既可补充过去民歌研究的不足,而且更可促进我们中国新兴音乐的向更实际方面的发展"。他提出,"音乐工作者应该深入民间,尽量搜集各省各地的民歌,与大众一起生活,同他们一块儿唱和;考察他们的生活,用记谱法精确地记录他们的曲调与歌词","把所有搜集的材料,要分门别类用科学方法整理","歌词与曲调并重,它们是彼此联系的,不能偏重一方面"并且特别指出"过去的毛病,就是收集民歌有词无谱,失去了它的生命","要从民间的艺术家那里学习","只有向民间不虚伪、不矫饰的劳苦大众去学习,才是条正路",靠自己"吃苦耐劳的精神","吸收民歌的精华,创作真善美的民歌","通过民歌去了解民众","吸收民歌的优良艺术要素来创造更丰富的、伟大的、最民族性、同时也是最国际性的歌曲和器乐曲"[1]。在整个中国现代民间歌曲理论的发展中,冼星海的《民歌与中国新兴音乐》是一篇最系统而完整、最深入而具体的著述,应该说代表着中国现代民间歌曲理论发展的水平。与之相媲美的是吕骥的《中国民间音乐研究提纲》,他详细论述了"研究中国民间音乐的目的""研究中国民间音乐的原则和方法""民间音乐的范围""应该研究的问题"等内容。[2] 相比而言,他在同时代人中视野更开阔。他特别强调对民间歌曲发展规律、特殊性及其相互间的关系的总结,强调对于民间歌曲形成的社会生活条件与历史传承、在社会生活中功能等内容的重视,强调实践的重要意义。他说,"研究中国民间音乐,既不应该从狭隘的民族观点,或'本位文化'或'源泉论'的观点强调中国民间音乐的优越性,因此说只有从民间音乐出发才能创造中国新音乐;也不应该从所谓'科学的;进步的'观点认定中国民间音乐只有落后性、原始性,否定其作为民族音乐遗产的优秀传统的意义与价值,因此认为只要全心全意学会了近代西洋音乐就能创造出中国的音乐",他以为这两种观点"都是不正确的",

---

[1] 冼星海:《民歌与中国新兴音乐》,《中国文化》"创刊号",1940年1月。
[2] 吕骥:《中国民间音乐研究提纲》,《新音乐运动论文集》,新中国书局1943年版。

提出要注意从人民生活出发,要注意"不同地方民歌艺人在表演上创造的特殊风格"。他把民间音乐包括民间歌曲具体分为"民间劳动音乐""民间歌曲音乐""民间说唱音乐""民间戏剧音乐""民间风俗音乐""民间舞蹈音乐""民间宗教音乐""民间乐器音乐"等八大类别,进而提出"一般理论的问题"和"专门的技术问题",事实上就是基础理论问题与专业发展问题。直到今天,这些理论思想还有益于我们对中国民间歌曲的深入研究。

中国现代民间歌曲的研究,除了关注历史上有重要影响的红色歌谣、[1]抗战歌曲,还应该关注到以国民政府名义实行的"禁歌"。如陈立夫签署训令,称《秋风儿》《唱五更》等"歌词内容荒谬",有"《禁止广播不良歌曲清单》(不良歌曲123种)"等。[2]

中国现代民间歌曲理论研究走过了一个世纪的历程,其生于忧患,直面现实,走进民间,深入民间,与人民同呼吸共命运,表现出崇高的学术品格。不仅仅是他们的研究方法值得我们继承,更重要的是他们的研究立场与学术品格值得我们深入思索。特别是学科融合与交叉等方面,还有许多值得我们重新审视的内容。诸如全球化、信息化日益加剧,文化格局与文化观念多元并存,我们如何面对传统与现代民族间的相互影响、民间艺术的生态保护、民间歌曲与时尚艺术,特别是如何对待以民间歌曲为主要内容的口头与非物质遗产的抢救与保护工作,有效而合理利用民间文化资源进行文化产业开发等问题,最为突出的是相关学科建设与发展如何汲取现代民间歌曲研究理论思想等问题,回顾中国现代民间歌曲理论研究的历史,对我们而言是十分有意义的。中国现代民间文学史应该关注其口头文学中语言和文字形态之外的旋律、节奏等艺术生态的内容,才能看到其作为社会风俗生活的实质意义与丰富的思想文化价值。

---

[1] 如红军时期井冈山歌谣,今存江西省吉安市井冈山革命博物馆。
[2] 此材料存南京市中国第二历史档案馆,"中华民国教育部档案材料"。南京大学教授沈卫威提供(2019年3月15日)。此致谢意。

第十二章
少数民族民间文学

  少数民族民间文学的搜集整理工作,在晚清时期就有西方学者参与,如1896年英国传教士克拉克(Samuel R Clarke)在贵阳黔东南黄平苗人潘秀山的协助下记录的苗族民间故事和《洪水滔天》《兄妹结婚》《开天辟地》。1902年,日本学者鸟居龙藏在《苗族调查报告》中记述道:"关于苗蛮之神话,以往文献史上最著名者,为《后汉书》中所记'盘瓠'之传说及'夜郎大竹'之传说二种。此等神话,凡欲言苗蛮事者必引用之,此处则无叙述之必要,兹所宜研究者为关于现时苗族有如何之神话传说耳",其记录整理了"青苗间有一种甚有趣味之创生记的传说",称此"为人类学上最有裨益之材料",其援引"安顺附近青苗之耆老"曰:"太古之世,岩石破裂生一男一女,时有天神告之曰:汝等二人宜为夫妇。二人遂配为夫妇,各居于相对之一山中,常相往来。某时二人误落岩中,即有神鸟自天飞来,救之出险。后此夫妇产生多数子孙,卒形成今日之苗族。"又记曰:"太古之世,有兄妹二人,结为夫妇,生一树,是树复生桃、杨等树,各依其种类而附之以姓,桃树姓'桃'名Ché lá,杨树姓'杨'名Gai Yang。桃杨等后分为九种,此九种互为夫妇,遂产生如今日之多数苗族。此九种之祖先即Mungá chantái, Mun bān(花苗), Mun jan(青苗), Mun lō(黑苗), Mun lai(红苗), Mun la'i(白苗), Mun ahália, M'man, Mun anjū 是也。"他由此总结道:"多数人产生后,分居于二山中,二上之间有深谷,彼等落入谷中时,有鹰(Lan Palé)一羽自天上飞来救之出,由是苗族再流传于四方。因此吾人视鹰为神鸟,常感其恩而祭之。吾等苗族,贵州最多,明时,吾等中有移住于西部及 Sio tsuó 者。据以上神话考之,白、黑、红、青、花苗等皆出自同一祖先,且皆以 Mun 为名,故此传说实可证明苗族为同一种族也。"[1] 当年,钟敬文曾发表《种族起源神话》(浙江《民间教育季刊》1931 年 4 月 20 日第 1 卷第 3 期)、《南蛮种族起源神话之异式》(《艺风》1935 年 4 月 1 日第 3 卷第 4 期,即《民俗园地》第 3 期),已经表现出"少数民族"研究的学科独立意识。中央研究院成立民族学和民间文学的研究机构,制定包括少数民族民间文学在内的调查研究计划,成为搜集整理少数民族民间文学学术活动的重要开端。

首先是学者们尤其强调对少数民族的尊重。当年,严复翻译英国甄克斯《社会通诠》,在注释中说:"古书称闽为蛇种,盘瓠犬种,诸此类说,皆以宗法之意,推言图腾,而蛮夷之俗,实亦有笃信图腾为其先者,十口相传,不知其怪诞也。"此不无鄙视之意。薛汕在《反对称"特族"》说:"以汉族为本位,将其他民族称为东夷、西戎、南蛮、北狄的时代应该是过去了。或者是如《周礼》所云,把'四夷、八蛮、九闽、九貉、五戎、六狄'等说得有声有色的高傲态度也应该收起来了。不久以前,有不少人已经知道将其他民族的名称,加上从'犬'、从'虫'、从'草'、从'豸'等贱视的符号为不当了。我们算是解除《说文》所注视的谎语,什么'南方蛮闽,从虫'。同样,对存在于各县的所谓'通志'的大片骗词,什么猺,什么獞,什么'兽身犬祖宗'……虽然'狗头瑶'传说中是以犬为祖先,甚至连他们本族的习俗亦显示出这一点,但单凭这粗浅的看法是危险的。我们由于有所谓历史'武功',对他们加以迫害,更由于历史的记载极其模糊,对这一点是值得考虑的。到现在,亦始获揭发了。是的,我们很赞成教育当局将有侮辱性的字眼改为从'人'。"[2]

---

[1] [日]鸟居龙藏:《苗族调查报告·上》,南京国立编译馆 1935 年 4 月版,第 48—49 页。
[2] 薛汕:《反对称"特族"》,《民风》,1944 年 5 月 15 日。

在现代民俗学运动中,少数民族民间文学渐渐成为一个热点,尤其是在抗日战争时期,在边疆文化建设中,对西南少数民族地区的少数民族民间文学调查达到高潮。1928年5月,中山大学生物系辛树帜教授他们深入广西瑶族和壮族中去做调查,钟敬文翻译古代典籍《粤风》中的少数民族歌谣,张清水也曾经记述瑶族民俗与相关的民间传说,等等;尤其是钟敬文等人提出"要解决西南各种人是否一个种族"的问题,通过编辑《西南民族研究专号》集中探讨这个问题,余永梁的《西南民族起源神话——盘瓠》在《国立中山大学语言历史学研究所周刊》1928年第3集第35、36期合刊发表,形成少数民族民间文学研究的热点。而少数民族民间文学搜集整理真正形成大规模,则是20世纪30年代之后。如芮逸夫《苗族的洪水故事与伏羲女娲的传说》(国立中央研究院历史语言研究所《人类学集刊》1938年第1卷第1期);对此,岑家梧在《黔南仲家的祭礼》中做了补充,并提出异议,说:"这个文化区的文化性质,除铜鼓、芦笙及芮氏所谓兄妹配偶型的洪水故事外,尚有口琴(Harp)、蜡染、文身、几何纹、及盘瓠传说。但芮氏推测兄妹配偶型的洪水故事起源于苗人,我们却未敢同意,因为这种传说,除芮氏所述者外,如广西都安,象县板瑶[1],融县罗城的瑶人[2],川南的苗人,贵州威宁的花苗[3],下江的生苗[4],黔南的侗家[5],云南鲁魁山的黑夷[6],西康的罗罗[7],以及荔波、三都的仲家水家(荔波仲家水家的洪水传说,作者采得8种),贵州西南部的苗人[8],都

---

[1] 陈志良:《广西特种部族歌谣集·历史歌类》,《说文月刊丛书》,1942年版,第4—9页。
[2] 常任侠:《重庆沙坪坝出土之石棺画像研究》,《说文月刊》,1939年第1卷第10、11期合刊。
[3] 《威宁花苗之洪水滔天歌》,大夏大学社会研究部编《社会研究》,第9期。
[4] 《生苗的人祖神话》,大夏大学社会研究部编《社会研究》,第21期。
[5] 《侗家洪水歌》,大夏大学社会研究部编《社会研究》,第28期。
[6] 陶云逵:《大寨黑夷之宗族与图腾制》,《边疆人文》,1943年9月第1卷第1期。
[7] 庄学本:《西康夷族调查报告》,1941年5月,第5页。
[8] S.R.Clarke, Among the Tribes in South-West China, P.55, 1911, London.

极盛行,所以此刻要解决它的起源问题,颇觉为时过早。"[1] 对于芮逸夫《苗族的洪水故事与伏羲女娲的传说》,常任侠也表示不同意见,他将汉文典籍记载中的伏羲女娲传说、苗瑶民众流传的洪水传说进行比较研究,认定沙坪坝石棺上所刻之人首蛇身像,就是中国上古传说中的伏羲女娲:"稽考中国古史,苗瑶之民,亦中夏原始民族之一。古先传说,谓伏羲、女娲而后,黄帝常(尝)与蚩尤战而败之。至舜,更窜三苗于三危。说虽不必为信史,而古者苗民亦常(尝)混居中原,殆属可信。故于伏羲、女娲二灵,称为人类之祖。崇敬既深,传说亦富,固不仅为汉族之神话也。苗、瑶相传为槃瓠之裔,干宝《搜神记》,述之颇详。而槃瓠亦即盘古。《赤雅》载刘禹锡诗曰,'时节祀槃瓠',谓苗人祀其祖也,《岭表纪蛮》引《昭平县志》曰:'瑶人祀盘古,三年一醮会。招族类,设醮场,行七献之礼,男女歌舞,积盛一时,数日而后散,三年所畜鸡犬,尽于此会。'《洞溪纤志》记苗俗曰:'苗人祀伏羲、女娲。'伏羲一名,古无定书,或作伏戏、庖牺、宓羲、虙羲,同声俱可相假。伏羲与槃瓠为双声。伏戏、庖牺、盘古、槃瓠,声训可通,殆属一词,无间汉苗。俱自承为盘古之后,两者神话,盖亦同出于一源也。"[2] 其"声训可通,殆属一词",是神话语言学研究的可喜尝试。诚然,语言学的研究是少数民族民间文学研究的重要拓展,少数民族民间文学中的语言固然是语言学研究的重要资源,而田野作业中也面临言语不通的巨大困难。此如《西南采风录》的作者刘兆吉记述自己的感受称:"我国领土广大,交通不便,各省言语差异很大,尤其北方人初到南方来,时时会感到言语不通的困难。当我采集民歌的工作开始时,第一步便受到这种痛苦,因为民歌童谣不像载诸书册的诗词,它是村妇野老以当地土语吟咏出来的,听他们歌唱也很悦耳,但有时不懂歌的意思,要把歌词记下来,而没有相当的字能恰巧符合它的音意。求他们解释,但问答有时不能互相了解。

---

[1] 岑家梧:《黔南仲家的祭礼》,重庆《风物志集刊》,1944 年 2 月版第 1 期。

[2] 常任侠:《重庆沙坪坝出土之石棺画像研究》,《说文月刊》,1939 年第 1 卷第 10、11 期合刊。

再者一般的农夫牧童,虽然能唱歌谣,而多不识字,请他们把歌词写出来更不可能。往往为了仅仅四五句的短歌,费了不少的话和时间。还有一点也是因为语言不通而引起的困难。一般老守乡里又没受过教育的乡民,逢着异言异服的外乡人,生疏的很,即便好心好意和和气气的请他们告诉几首歌谣,也曾引起他们的怀疑。虽再三的解释他始终不肯尽量的告及,这也是由于自己的经验不够,不能洞悉民众的心理,以致在湘西碰了不少这样的钉子。"[1]刘兆吉所谈现象,在这个时期的学者中是普遍存在的。

同时期的少数民族民间文学搜集整理与理论研究还有马学良的《云南土民的神话》(《西南边疆》1941年第12期)、《云南罗族(白夷)之神话》(《西南边疆》1942年第15—17期)、楚图南的《中国西南民族神话之研究》与马长寿的《苗瑶之起源神话》(《民族学研究集刊》1940年第2期)等。此如楚图南所说:"要想对于西南民族及其文化得到一个明确的认识,最先得探险,调查,搜集,和根据于过去的成文的与未成文的史实,各作分科或专题的研究。譬如言语,文字,民族,社会组织,风俗习惯,宗教思想等,由初步的分析,比较,以进于统整的认识和理解。又由统整的认识和理解,以进于与四邻文化和民族的交互的影响的研究。在所能得到的资料中,有属于神话,或是近于神话的,也只能把它作为神话或传说来加以研究和处理,不能即直截了当地作为史实或信史来应用。过去已被误认,或误用了的史实,现在也得先将它们还原为神话,然后以对于神话的态度,以神话学的一般的方法,来将它们清疏,整理,研究,判断,得出正确的结论。又从这些结论中,来推论,来研究出西南民族的比较可靠的信史来。"[2]管思九、丁仲皋受吴泽霖影响,编纂出《江口情歌集》(大夏大学丛刊第三种,1935年3月版),吴泽霖在该书的序言中写道:"近年来我国青年的注意和努力又转入于革命

---

[1] 刘兆吉:《西南采风录》,商务印书馆1946年12月版。
[2] 楚图南:《中国西南民族神话的研究》,《西南边疆》,1938年第1、2期,1939年7、9期。

的思想和活动,对于这一类'无聊'的研究工作,又遭唾弃,这或许又是一种时代精神,我们很难与之逆流对抗。但是我们如能放大眼光,我们立刻就可以看到这一类民谣、情歌、风俗等的研究,也正足以明了中国社会的结构、变迁和动向。这类的调查研究倒是一种脚踏实地的工作。这本情歌集的编者能在国家扰乱之际,苦心的搜集了百首之多,再加上注音解释,实足令人钦佩。如果他们的工作能够引起江口以外人的兴趣,而去同样的搜集研究,那他们的功绩,真是大呢!"[1] 吴泽霖主持大夏大学社会研究部关于少数民族社会风俗生活包括民间文学的调查研究,其深入少数民族中,调查记录了贵州花苗中流传的大量兄妹婚神话、大花苗民间古歌《洪水滔天歌》、八寨黑苗洪水遗民神话、短裙黑苗洪水神话。[2] 他在《苗族祖先来历的传说》中讲,"他们所述的"那些洪水神话与祖先神话,"都不是开天辟地后第一个老祖宗的故事","乃是人类遇灾后民族复兴的神话",其中的兄妹婚"很可以证明在这些神话形成的时候,兄弟姊妹间的婚姻已不流行或已在严厉禁止之列",包括神话传说中的铁器等物质的出现,"这又可以证明这样神话的形成,至少春秋以后又产生了许多的变化";他举例"美国的人类学家在美洲的印第安人中得到不少材料,证明摩擦的方法,较撞击法为早",解释说"这在花苗的神话中,火是用铁块投掷于石上而产生的","这明明是撞击的方法,当然撞击不一定需要铁块,在事实上人工造火的开端,还在使用铁属以前,凡燧石之类互相撞击,都可以生火星,铁块显系由苗人后来改编的","无论如何这是撞击较摩擦为早的证据,并可说明造火方法的次序至少带有地方性。而不一定循古典派所主张的一定的程序和阶段",最后,他强调说"所以,这一点在人类学上也是值得注意的"。[3] 陈国钧曾经搜集整理黑苗、花苗、红苗、白苗、生苗、花衣苗、水西苗、仲家、水家、侗族等少数民族 965 首

---

[1] 吴泽霖:《〈江口情歌集〉序》,上海大夏大学 1935 年 3 月版。
[2] 吴泽霖:《苗族祖先来历的传说》,《贵州苗夷社会研究》,贵阳文通书局 1942 年 8 月版。
[3] 吴泽霖:《苗族祖先来历的传说》,《贵州苗夷社会研究》,贵阳文通书局 1942 年 8 月版。

民间歌谣,编成《贵州苗夷歌谣》和《贵州苗夷社会研究》等;陈国钧是一位非常勤奋的学者,他还曾发表了《生苗的人祖神话》(《社会研究》1941年第20期)、《广西蛮瑶的传说》(《社会研究》1942年第46期)等著述。他研究神话传说中的兄妹婚等历史遗留物现象,称:"古时曾经有一次洪水泛滥,世上人类全被淹死,只有两个兄妹躲免过,后来洪水退却,这对兄妹不得已结成夫妻,他们生了一个瓜形儿子,气极把这瓜儿用刀砍成碎块,散在四处,这些碎块即变成各种人了。"[1]亦如其在《贵州苗夷歌谣》自序中所说:"我专事调查贵州苗夷族生活,已历多年,早就打定主意,在我所编的书中,一定要先编这本书。因为当我每次作苗夷族调查,附带搜集歌谣的材料,是件轻而易举并有意味的事,而且材料积到相当多时,也不必化多大的整理工夫,就可以编成书。现在,经过了几年的采集,略有一些所得","本书在国内尚属第一本集录特种民族的歌谣,所以,我不敢随便在中间加以修改和诠释,只原原本本把它转译编汇在一起,以便保存它本来朴质的真面目,并就它的内容种属分了先后,我想,这样仍不会减却它的价值,也可以供研究苗夷族者,一大堆材料"。[2]因而,有学者给予其很高评价,称"陈先生对于调查与搜集的工作,不辞辛劳!这一部歌谣集就是陈先生费了许多心血搜集而来的。此集出版以后,贵州苗夷族的歌谣始有定本。我们翻开来一看,其中无一首不是天籁。我们很庆幸,中国的民间文艺从此又增加了一种宝贵的资料"。[3]这些记录文本,一方面成为当世少数民族民间文学流传状况的证明,一方面成为他们进行科学研究的珍贵历史文化资料。此如张小微为《贵州苗夷歌谣》写的序中所论说道:"人类社会文化有了种族性和地方性的区别,学术上的研究便不能够一概而论,除非个别的加以分析之外,结果一定难望深刻彻底。个别研究的途径固然很多,但是利用歌谣来作分析的资料,

---

[1] 陈国钧:《生苗的人祖神话》,《贵州苗夷社会研究》,贵阳文通书局1942年8月版。
[2] 陈国钧:《贵州苗夷歌谣·自序》,贵阳文通书局1942年4月版。
[3] 谢六逸:《〈贵州苗夷歌谣〉序》,陈国钧著《贵州苗夷歌谣》,贵阳文通书局1942年4月版。

实不失为犀利的工具之一,倘若所研究的社会文化是属于缺乏文献的落后民族,则这种工具尤擅重要。因歌谣是人类社会生活的附产品,可以反映出来各种族和各区域的特有形态。不过歌谣的研究系客观研究的性质,必须首先从事于多量歌谣的汇集,否则便无法着手研究。是以搜集歌谣乃是以分析歌谣为研究人类社会文化的途径的初步工作。"[1] 其他如王兴瑞曾发表《海南岛苗人的歌谣与传说》(《文史杂志》1944 年第 5 卷第 3、4 期)、《苗人起源传说之研究》(《新政治》1938 年第 1 卷第 2 期)、《海南岛苗人的来源》(《西南边疆》1939 年第 6 期)、《海南岛的苗人生活》(《边疆研究季刊》1940 年创刊号)、《黎人的文身、结婚、丧葬——从史籍上所见》(《风物志集刊》1944 年第 1 期)等,学者们的论述形成一个通则,即从文献记录状况(包括有无文字)出发,按图索骥,寻求少数民族民间文学口头记录,并以此展开田野作业,进行不同形式的研究;他们都强调通过一定的社会风俗生活具体研究少数民族民间文学,或通过民间文学研究风俗以及文化人类学在风俗与民间文学中发现历史文化。

卫聚贤主编的《说文月刊》是少数民族民间文学研究的重要理论阵地。在这里,郭沫若曾经提出"禹化黄龙",孔令谷提出"神话还原论",论说"古代原始民族往往以歌谣神话表叙自己民族的著名史事","神话传说决无无因而至","神话并不是梦话,而是实际的事"。其他如常任侠《重庆沙坪坝出土之石棺画像研究》(1939 年第 1 卷第 10、11 期合刊)等文章,都从不同程度上论及少数民族民间文学。陈志良曾经发表《广西特种部族歌谣之研究》(《说文月刊》1940 年第 2 卷第 6、7 期)、《广西东陇瑶的礼俗与传说》(《说文月刊》1940 年第 1 卷第 3、4 期)等著述,其他还有朱祖明《塔弓寺与其神话》发表于《康导月刊》1943 年第 5 卷第 2、3 合刊,岭光电辑《圣母的故事(倮民故事)》发表于《康导月刊》1943 年 11 月第 5 卷第 7、8 合刊,任乃强《关于〈蛮

---

[1] 张少微:《〈贵州苗夷歌谣〉序》,陈国钧著《贵州苗夷歌谣》,贵阳文通书局 1942 年 4 月版。

三国〉》发表于《康导月刊》1947年第6卷第9、10期。《风土什志》也是发表少数民族民间文学理论研究的重要刊物,如吕朝相关于羌民端公神话的文章《羌民生活一瞥》(1944年第1卷第2、3期)、李元福《倮倮的文学》(1944年第1卷第4期)、陈志良《板瑶情曲》(1946年第1卷第6期)、陈志良《恭城大土瑶的礼俗与传说》(1948年第2卷第2期)和林荣标《介绍几条高山族民歌》(1948年第2卷第2期)等。《风土什志》还发表了许多少数民族民间文学作品,如第1卷第6期的《瑶民情歌四首》《苗民恋歌》;第2卷第2期的《独龙族创世故事》、第2卷第4期的《闷域(门巴族)的传说》;第3卷第1期的《西藏民歌》等。另外,李霖灿(李灿霖)所编《金沙江情歌》,也是少数民族民间文学的优秀之作。这些现象背后,充满无数艰辛,表现出年轻的学者们对学术事业的执着追求,也为后来少数民族民间文学研究奠定了重要基础,特别是他们不畏艰苦、孜孜以求、坚韧不拔、勇敢开拓、精益求精的科学精神,是后来者应该倍加珍惜的学术传统。

总之,少数民族民间文学的搜集整理和研究,学者们更多是从民族学和社会学等学科理论需要出发,其大致情况,笔者在前面关于民间文学的民族学研究等章节中已经论述。

最后要特别提到的是《阿细的先鸡》。

光未然《我怎样整理〈阿细的先鸡〉》(代跋)中声称自己是在原来民间演唱的基础上做了适当修补,所做的是忠实于彝族人民民间文学原貌的搜集整理。"阿细",指彝族支系阿细人,"先鸡"指他们的歌曲[1],这首叙事长诗的搜集整理过程与意义,颇类似于芬兰人的《卡勒瓦拉》,都属于民族危亡特殊背景下的民族传统被强化记忆与认同的结果。

其内容如光未然所述:"据我们现在所记录下来的,全部约计两千行,内容包括丰富的神话传说,男女的恋情,和民族生活与民族风习的忠实而

---

[1] 光未然:《阿细的先鸡》,昆明北门出版社1944年版。

准确的记录;阿细人民的幻想与希望,欢乐与痛苦,大概都可以从他们自己这部长诗中窥见一般了";其"第一部的神话传说的部分,来源一定是极其悠久的,而且我猜想,说不定其中还保存了若干已经湮灭了的汉民族神话传说的转化或变形。至于《创世纪》和《洪水记》的部分,是不是渗杂了后来传播到该地的基督教传说的若干影响,我这时还不敢断言",其"第二部描写民族风习的地方,形成的年代自然较后些,其中汉民族文化风习的影响,显然占有重要的支配地位",包括"在阿细部落中所流传的原诗,全部是五言体,这里是由阿细族青年毕荣亮君逐句口译,由我在不失原诗情趣的原则下略加润色发展而写定的。原诗天然地分上下二部,现在由我分为若干章并加上标题"云云。他说,"《阿细的先鸡》是一部活的口碑文学","随着他们的历史与生活的发展,随着一代代的流传,这部长诗也不断地在增加它丰富的创造性",同时,他也指出其濒临失传的危险,称"然而我们也可以说,这种发展到今天为止已经告一段落。因为即(使)在阿细部落中的男女青年,能够从头至尾唱完这'先鸡'的全部的,已经不多了","这部先鸡的生动的形象和语言,哪些是由来已久的,哪些是由于毕荣亮君的发展和创造,此刻也很难辨别了。我所以说这位毕荣亮君,这位保存了先鸡而且发展了先鸡的阿细人民诗人,不愧为'阿细的荷马',其理由也就在此",而"把这部长诗逐句传述给我的阿细青年毕荣亮君,是在邻近的数十个村落中能够唱完'先鸡'全部的唯一的一人,所以被当地同族的青年戏呼为'王子',大家都不敢和他对唱","毕君是路南县中毕业的学生,他的家住在弥勒路南两县交界处的深山中。在这个山岳地带里,散布着许多大大小小的阿细族的村落,其中有些已经汉化很深了。毕荣亮君的家乡磨香井,因为位置在崇山峻岭的最深处,所以还大部分保留着自己的文化面貌",其称:"这也许就是这部《阿细的先鸡》所以在磨香井部落得以保全的重要原因吧。[1] 这是中国现代

---

[1] 光未然:《〈阿细的先鸡〉解题》,《阿细的先鸡》,昆明北门出版社 1944 年版,第 1—5 页。

民间文学史上关于民歌手即民间文学发生主体研究的表现；其感慨"当地的男女青年们日常所歌唱着或者说所使用着的，大概都是这部'先鸡'中的某些片段。如果不很快的记录下来，再经过若干岁月，我想这部长诗会有逐渐泯灭的危险"，[1] 所以有这长篇叙事诗的出现。田野作业是这部少数民族民间文学经典形成的重要基础；或曰，没有光未然从民间歌手那里的详细调查，就没有这些脍炙人口的民间歌唱。

光未然是一个著名的诗人，富有表现时代的政治热情和文化热情。他在《阿细的先鸡》做"解题"时，详细论述了自己对这首民间长诗的记录过程，包括自己对民歌的理解。其记曰："云南是一个多民族的省份。我们在昆明附近常见的彝人（Lolo），是云南少数民族中间的一系；而阿细族又是彝族（Lolo）中的一个支系；他们的地区散布在路南、弥勒、陆良……一带的高山峻岭中"，"彝族各支系（如阿细、撒尼、阿哲、黑彝等）彼此之间，在文化上虽大同小异，语言上却相当隔阂，甚至到彼此不能通话的地步。这种种族上语言上的隔阂，或许就是今天云南的少数民族不能团结起来走上进步的文化生活的一个重要原因吧！"他进一步论述说："据我们所知道的，分布在云南各地支派繁多的少数民族中间，经过年长月久的积累，都有他们丰富而瑰丽的史诗一般的民歌流传着。《阿细的先鸡》就是千百年来流传在阿细族中的一部长诗。"他解释称，"'先鸡'是阿细语 asy 的音译"，意即"歌曲"，所谓"阿细的先鸡"，即"当地汉人恒译为先鸡"而得名，其接着记述道：这部长篇民间叙事诗"是一部活的情歌"，"有着现实的使用价值的"，即"在阿细族的村落中，青年男女们在耕作之暇互相对唱，作为求偶的手段"。[2]

这里，他提出问题说："受过近代文明洗礼的我们，或许觉得惊异：在男女恋爱的场合，为什么要反复无穷地歌唱一些与当前的现实目的无关的神

---

[1] 光未然：《〈阿细的先鸡〉解题》，《阿细的先鸡》，昆明北门出版社1944年版，第12页。

[2] 光未然：《〈阿细的先鸡〉解题》，《阿细的先鸡》，昆明北门出版社1944年版，第1—3页。

话故事以及风俗习惯这一类的题材呢?"然后,自己作答曰:"我们或许可以这样解释:在原始文化的部落中,歌唱是发挥青年智慧和表现青年智慧的重要手段,甚至可说是唯一的手段。谁唱得最多,谁记得最多,谁创造得最多,谁的歌声最响亮、最美丽,也就代表谁的智慧最丰富,谁才有资格博得异性对手的欢心。这和我们的社会中某些人以资格学历学位等等头衔来换取异性的赞佩,或者说,如在鸟类与昆虫社会中以羽毛、以歌喉来换取异性的爱悦,是初无二致的。"[1] 显然,这种解释未必就是文化人类学的理论,而是文化演进的推论与假设。

民间文学是千百年来无数民众共同的创造,蕴含着中华民族的聪明智慧。尤其是我国众多少数民族,能歌善舞,他们的民间文学更富有特色。《阿细的先鸡》是一种典型,三大民族史诗《格萨尔》《江格尔》《玛纳斯》也是典型。其他如壮族的民族史诗《布洛陀》,讲述一位"山中无事不晓的老人"如何开辟世界,造就敢壮山、五指山,劈开右江河,充满豪情的故事;所有少数民族的民间文学都有着非常重要的价值意义,中华民族众多各民族和睦相处,相互尊重,使中国民间文学事业充满生机。随着国际间交往的频繁,中国少数民族民间文学受到国际范围内越来越多学者的关注,使得这些内容造成更大影响。诸如国际纳西族学会、国际瑶族学会等,研究中国少数民族民间文学取得可喜成就。尤其是国外学者对中国少数民族民间文学的研究,一方面表现出他们的研究方法与他们的思想理念,另一方面在交流中也对我们提出挑战,在挑战中形成学术发展的诸多机遇。我们不再仅仅关注意识形态问题,更重视相互学习,共同发展、提高。这是社会发展巨大的进步,改革开放让我们越来越清晰我们与世界各民族间的联系,让世界看到我们的位置,包括我们应具有的立场和态度。想当年,西方人揭开敦煌的面纱,曾经给我们带来多少尴尬;今天,一切都在改变,因为一切都在发展,更

---

[1] 光未然:《〈阿细的先鸡〉解题》,《阿细的先鸡》,昆明北门出版社1944年版,第3—4页。

重要的是我们逐渐战胜了自我,逐渐摆脱唯我独尊的文化本位主义,越来越自信,越来越从容。但是,完全纯粹的学术研究是否在每一个地方都存在,或者一夜之间是否能够完全消除意识形态方面的差别,完全做到平等的交流,这还需要用事实验证。而无论如何,我们研究民间文学,将之与实现中华民族伟大复兴的时代任务相结合,这绝对没有错;一味用西方学者的理论衡量中国民间文学,也未必就是走向了世界。

各少数民族间的民间文学是中国民间文学的重要表现形式和重要组成部分,是中国传统文化的一部分。有不少的学者并不懂得或不完全懂得民间文学这些内容,便动辄倡言什么民间文学充满封建糟粕,在20世纪40年代对于民族形式的讨论中,如胡风、葛一虹等人,极力谴责民间文学所显示的封建糟粕,十分武断地把民间文学作为与时代发展相悖的封建迷信,放大了那些所谓低级趣味的内容。民间文学未必完美无缺,但是,把民间文学完全等同于落后,视作小农经济的产物,这未必不是新的蒙昧,未必不是一种极其狭隘而肤浅的理解。中国现代社会政治动荡不断,军阀混战,外敌入侵,中华民族到了最危险的时候。胸怀救国救民雄心壮志的年轻一代知识分子,不畏艰险,始终走一条与人民大众相结合的道路,在田野中发现问题、思索问题,立足脚下,胸怀世界,运用各种新说、旧说,重说中国民间文学,发掘出一大批珍贵的民间文学。他们的民间文学思想理论是属于整个中华民族的思想文化财富;他们献身民族独立自由解放事业的豪情与品格,更是整个民间文学思想理论的光荣传统。

除了这些,少数民族民间文学的搜集整理者还有许多民间社会的宗教团体与个人。其中,有许多是出自民间宗教中民族文化教育需要,或作为教材,或刻写在墙壁上,或作为民族文化的文献典籍整理而进行。如人所言,伊斯兰教自唐代传入中国以来,在明末之前其传播还比较单一,主要使用阿拉伯语、波斯语作为中国信仰伊斯兰教的穆斯林的语言。明末清初以来,汉语逐渐成为回族社会生活中的共同语言,中国伊斯兰教文化的传承与传播,除在经堂中用阿拉伯语和波斯语,许多穆斯林学者还开始用汉文译述伊斯兰教文化经典。他们称之为"不但使吾教人容易知晓,即儒教诸君子咸知吾教非扬墨之道也"。这也构成中国现代民间文学的重要内容;后来其典籍整理形成《回族经堂歌》。[1] 有学者称,这是中国穆斯林学者发起的一次护教辩教的宣传活动,也是中国穆斯林内部振兴宗教信仰的自救活动,它和经堂教育一起,为中国伊斯兰文化的发展,起到了积极的推动作用。[2] 其中有许多经歌采用三字经、四字经、五更月、哭五更、十叹、十可夸、十二叹等传统民间文学形式。其民间歌谣篇,收集有《信主歌》《伊玛尼颂歌》《十二等复生》《可叹歌》《劝世人》《劝青年歌》《劝老人歌》《戒酒歌》《穆民要知道》等。如其《回教女子三字经》中歌唱道:"嫂子前,有礼行。多礼请,少任性。人亏人,主不亏。亏人者,主必罪。"这是宣传民族道德传统的瑰宝。从搜集整理的范围看,如江苏南京、河南商丘、宁夏银川、甘肃兰州等地都有;从搜集整理时间来看,有近现代,也有当代。这是中国民间文学的重要内容,却被许多民间文学史著作所忽略。

总之,中国民间文学史是中华民族共同的民间文学史,东西南北中,上下五千年,伴随着中华民族发展壮大的历史,走过了无数的风风雨雨,体现了中华民族古老的文明历史及其非凡的聪明智慧与独特的审美情操。这是中华民族世世代代共同创造的文化宝典。

民族文化传统的基本标志就是不同形式的记忆与表达,而民间文学世代相传,是任何历史文献都不可比的极其鲜活的民族文化遗产。从其体现人民大众的情感与意志上说,中国民间文学史是一部民族心灵史;从其表现社会历史发展进程上说,这是一部口头形式的民族生活通史,与各种文献构成的中国社会通史相对应;从其显示的社会风俗生活内容上说,这是中华民

---

[1] 马广德选注:《回族经堂歌》,宁夏人民出版社2009年版。
[2] 马廷义:《〈回族经堂歌〉序》,马广德选注《回族经堂歌》,宁夏人民出版社2009年版。

族的百科全书。所以,笔者把中国民间文学称之为人民的信仰,是民族的图腾,是历史的良心,是文化的底色,是时代的强音。

千百年来,民间文学哺育了民族文化的诸多形式,从口头到文字,再发展成为各种新媒介所表现的内容,生生不息,变化万千。更重要的是它培养和锻炼了中华民族坚强不屈的性格与文化精神,其追求自强不息,厚德载物,讲究与人为善,见贤思齐,惩恶扬善,疾恶如仇,崇尚聪明、仁义、正直、勇敢、和谐、善良,造就了中华民族海纳百川的极其坦荡、博大的胸怀。尤其是在民族危亡的历史关头,中国民间文学表现出威武不屈、坚韧不拔的民族气概,出现许多可歌可泣的民族英雄。中国民间文学浩如烟海,是一望无际的文化森林。

中国民间文学是人类社会伟大而神圣的文化遗产,是当之无愧的人类文明史诗。